Blick in die Vergangenheit

Für die Mitglieder unserer Islandgruppe:
Dörk, Tied, Tina, Jani und Majus.
Ihr seid die zuverlässigsten, lustigsten und verrücktesten Reisebegleiter,
die ich mir wünschen kann!

LYDIA NEERKEN

BLICK IN DIE VERGANGENHEIT

Zeitreiseroman

Bibliografische Information der Deutschen Nationalbibliothek
Die Deutsche Nationalbibliothek verzeichnet diese Publikation in der
Deutschen Nationalbibliografie; detaillierte bibliografische Daten sind im
Internet über http://dnb.d-nb.de abrufbar.

Umschlagdesign, Satz, Herstellung und Verlag:
BoD – Books on Demand, Norderstedt
ISBN 978-3-7557-6306-2

Takk fyrir

Ganz besonderer Dank gebührt meiner Freundin Anne, meinem Sohn Christoph, meiner Tochter Kristina und meiner Stieftochter Jana.

Liebe Anne, ich musste dir versprechen, dass dieses Manuskript nicht in der Schublade verstaubt. Ich bin für immer dankbar, dich gekannt zu haben. Du fehlst mir sehr.

Christoph ging mit mir den Plot durch, gab mir viele wertvolle Tipps und Hinweise und konnte mit originellen Ideen aufwarten, wenn ich nicht weiterwusste.

Kristina war nach der Lektüre der ersten Kapitel meines Manuskripts so begeistert, dass ich mich noch in derselben Nacht an den Schreibtisch setzte, um weiterzuschreiben. Du hast mich aus dem dunklen Tal der Selbstzweifel herausgeführt.

Jana hat den Text in einem Rutsch verschlungen. Es erfüllte mich mit Stolz, dass sie es vor lauter Spannung kaum abwarten konnte, bis der Drucker die nächsten Seiten ausspuckte.

Meine Testleserinnen, mit denen ich weder verwandt noch verschwägert bin: Heike, Kirsten, Paula, Jenny und Regina. Ich danke euch für euer ehrliches Feedback (auch wenn's manchmal wehtat), eure zahlreichen Anregungen und die oft lustigen Notizen im Manuskript. Kirsten, ich habe mich sehr über deine ausführlichen Anschreiben, deine kritischen, aber vor allem die aufmunternden Worte gefreut. Paula, dein Brief, den du zu dem Manuskript geschrieben hast, war so inspirierend und erfrischend.

Ohne euch alle hätte ich mich nicht getraut, meinen Text einem Lektor vorzulegen!

Vielen Dank, lieber Hans-Peter Roentgen, für das Lektorat. Sie haben meinen Text von allem Überflüssigen befreit und poliert. Ich habe unglaublich viel von Ihnen gelernt!

1

ISLAND, 2015

ELÍN

Til hamingju med afmaelid«, wisperte mir eine Stewardess um Mitternacht ins Ohr und reichte mir ein Glas Sekt. Meine Sitznachbarn gratulierten mir ebenfalls flüsternd, lehnten sich dann in ihre Sitze zurück und schlossen wieder die Augen. Seit vielen Jahren war es der erste Geburtstag, den ich in meiner Heimat Island verbringen würde.

Meine Arme überzogen sich mit einer Gänsehaut, eine unerklärliche Rührung stieg in mir auf und plötzlich war mir klar, warum ich unbedingt hierher hatte reisen wollen, nachdem meine Hochzeit nebst Flitterwochen ins Wasser gefallen war.

Je länger der ›einmalige Ausrutscher‹ meines Ex-Verlobten zurücklag, desto mehr wurde mir bewusst, was für ein Glücksfall das gewesen war. Seit der Trennung fühlte ich mich von Tag zu Tag befreiter. Als ob ich eine Fußfessel verloren hätte. Außerdem musste ich nicht drei Wochen lang mit ihm in der Sonne braten. Hier war die Luft das ganze Jahr kühl und klar wie Gletscherwasser.

Zwei Stunden später saß ich auf dem Beifahrersitz des Geländewagens meiner Oma Gudrun und blickte auf die bizarre, aus Lava geformte Landschaft, die sich schon kurz hinter dem Flughafen Keflavik vor uns auftat. Kein Wunder, dass die Amerikaner in den 60er Jahren ihre Mondfahrzeuge hier getestet hatten.

Vereinzelt ragten Steine wie Salzsäulen aus der Lavawüste. Im Zwielicht der nordischen Sommernacht sahen sie aus wie Trolle, die die vorbeifahrenden Reisenden auf der Straße beobachten. Die Schwaden von Rauch, die hier und da aus der Erde strömten, zitterten im Wind. Ich hatte das schon tausendmal gesehen, aber es war immer wieder faszinierend, Island, dem jüngsten Land der Erde, beim Wachstum zuzusehen.

Bis auf leises Radiogedudel war es still im Auto. Meine Oma sprach nicht gern, wenn sie fuhr, und ich war tief in Gedanken versunken. Was würden die nächsten Wochen bringen?

Eine knappe Stunde später parkten wir vor Omas Häuschen in Reykjavik. Dicke Regentropfen platschten auf die noch trockene Auffahrt und hinterließen große, graue Flecken. Die spitze Silhouette der Hallgrimmskirche, das mit 73 Metern höchste Gebäude des Landes, war jetzt im Dunst nur zu erahnen. Dabei stand sie höchstens 500 Schritte von hier entfernt.

Ich stieg aus und betrachtete mit zusammengekniffenen Augen die Fassade von Omas Haus. Blau war es schon vorher gewesen, aber seit dem letzten Anstrich vor einem Jahr, den ich bisher nur auf Fotos gesehen hatte, erinnerte es noch mehr an den isländischen Sommerhimmel. Weiße Holzfenster mit hellblauen Klappläden hoben sich wie Schäfchenwolken von dem Royalblau der Fassade ab. Vor dem Hintergrund des jetzt dunkelgrauen Himmels leuchtete das Häuschen wie ein Versprechen auf besseres Wetter. Wie der Himmel auf Erden ging mir durch den Kopf und genau das war es für mich immer gewesen. Die ersten sechs Jahre meines Lebens war ich hier ein und aus gegangen. Da hatten wir, also Jón, Kate, mein knapp ein Jahr jüngerer Bruder Larus und ich, in der Nebenstraße gewohnt. Danach war ich leider nur noch in den Ferien hier gewesen.

Oma schob mich auf einen Stuhl am Küchentisch und nahm mir gegenüber Platz. »Dann leg mal los. Was kann nicht bis zum Frühstück warten?«, fragte sie.

Nach unserer stürmischen und freudentränenreichen Begrüßung hatte ich sie schon am Flughafen vorgewarnt, dass ich wichtige Nachrichten für sie habe und ganz bestimmt nicht schlafen könne, ohne es ihr zu sagen.

Ich holte tief Luft. »Ich will meine richtigen Eltern finden. Ich muss wissen, warum sie das getan haben.«

Oma hatte bis gerade noch ein wenig müde gewirkt, aber jetzt strahlte ihr Gesicht wie angeknipst. Beim Aufstehen fiel ihr Stuhl um, sie lief um den Tisch, umarmte mich und drückte mir dabei die Luft ab.

»Du kannst dir nicht vorstellen, wie mich das freut, Elín.«

»Ich brauche deine Hilfe. Du warst damals dabei.«

»Du auch.« Sie lächelte, aber mir war nicht danach, es zu erwidern.

»Es wäre mir lieber gewesen, wenn du es mir gesagt hättest, dass meine echten Eltern gar nicht bei einem Unfall ums Leben kamen und nicht irgendeine alte Bekannte von Kate.«

»Deine Mutter hat mir gedroht, dass ich dich nicht mehr sehen darf, wenn ich dir die Wahrheit erzähle. Später dachte ich, dass es sogar besser für dich wäre, wenn du sie nicht erfährst.«

Bei dem Wort Mutter vereiste ich innerlich. »Dass ich weggeworfen wurde, meinst du?«

Oma schnipste einen unsichtbaren Krümel vom Tisch. »Wie kann ich dir helfen?«

Meine Anspannung löste sich ein wenig, ich nahm einen tiefen Atemzug und beugte mich über den Tisch. »Kannst du dich noch erinnern, wer mich fand und wo?«

»Natürlich. Du wurdest von einem jungen Paar an der Hallgrimmskirche gefunden. Die beiden haben dich zur Klinik gebracht. So stand es damals im Morgúnblad.«

»Hast du die Zeitung noch?«

Oma schüttelte den Kopf. »Nein, leider nicht. Zu dem Zeitpunkt wussten wir doch noch nicht, dass du bald zu uns gehören würdest. Deine Eltern hatten Jahre vorher einen Adoptionsantrag gestellt und du kamst erst Wochen nach dem Zeitungsbericht zu uns.«

Sie lächelte mich an, als ob ich wieder das winzige Neugeborene wäre. Ich war plötzlich hellwach und hielt meine Fingerspitzen an, die unablässig auf den Tisch klopften. Gab es etwas, das ich sofort tun konnte? Wie kam ich an die alten Zeitungsausgaben? Vielleicht standen dort die Namen von dem Paar?

Oma unterbrach meine Überlegungen. »Es gibt da noch etwas ...« Ihre Stimme klang belegt.

»Ja Oma?«

»Die, die dich an der Kirche abgelegt hat, hinterließ etwas für dich. Seit Jahren bewahre ich das für dich auf.«

Sie stand auf. Ich glotzte ihr hinterher. Meine Knie zitterten und die Unterlippe zuckte, ohne dass ich etwas dagegen tun konnte.

Knarrende Stufen. Meine Großmutter ging ins obere Stockwerk. Ich konnte mich kaum bremsen, ihr zu folgen. Stattdessen rutschte ich auf meinem Stuhl hin und her und sprang abrupt auf, als sie die Küche wieder betrat. In der Hand hielt sie einen dunkelblauen Samtbeutel.

»Bevor ich dir das gebe, muss ich dir noch etwas sehr Wichtiges erzählen.«

Was? Da war was drin, das ich schon vor 27 Jahren hätte bekommen sollen. »Oma, gib her«, sagte ich und schlug bittend die Hände gegeneinander.

Sie schüttelte bedächtig den Kopf. »Auf diese zwei Minuten kommt es nun auch nicht mehr an«, sagte sie sehr bestimmt. Sie war ein Dickkopf. Ich trat einen Schritt zurück.

»Es hört sich vielleicht ein wenig verrückt an ...«, begann sie.

»Bitte keine Geschichten von Elfen oder Trollen.« Ich musste grinsen, obwohl ich vor Neugier fast platzte. Meine Oma gehört zu denjenigen, die hundertprozentig davon überzeugt sind, dass es unsichtbare Wesen in Island gibt.

Sie verdrehte die Augen, aber sie lächelte nicht. »Der Inhalt des Beutels ...«

Im selben Moment klingelte ein Handy. Wir schauten gleichzeitig zur Wanduhr. Es war zwei Uhr morgens.

Zehn Minuten später blickte ich dem Wagen meiner Großmutter hinterher. Omas beste Freundin Helga war gerade mit einem Schlaganfall ins Hospital eingeliefert worden. Bis deren Tochter aus Schweden hier eintraf, wollte Oma bei ihr am Krankenbett bleiben.

Wo hatte sie den Beutel versteckt? Hoffentlich nicht mitgenommen? In der Küche lag er jedenfalls nicht. Im Flur vielleicht oder im Bad? Nichts. Mist. Vermutlich hatte sie ihn doch eingesteckt. Schließlich kannte sie mich. Noch ein schneller Blick in die Duschkabine. Nichts. Oma konnte doch nicht mit dem Beutel vor meiner Nase herumwedeln und dann einfach abhauen, verdammt noch mal.

Meine Reisetasche stand seit meiner Ankunft im Flur. Ich zog meinen Schlafanzug und den Kulturbeutel heraus und stieg die Treppe hinauf. Im oberen Stockwerk befand sich mein altes Zimmer. Im angrenzenden Badezimmer machte ich mich bettfertig, dann ließ ich mich auf die weiche Matratze sinken und zog mir die geblümte Bettdecke bis über die Nase. Sie roch nach Frühling und zuhause. Wie ich das vermisst hatte!

Nach ein paar tiefen Atemzügen streckte ich einen Arm aus und fischte nach meinem Handy auf dem Nachttisch. Keine einzige Nachricht. Nicht einmal mein Bruder Larus hatte mir bisher zum Geburtstag gratuliert.

Im letzten Jahr feierten wir gemeinsam in meinen Geburtstag, aber das war bevor er seine Verlobte Christina kennenlernte.

Ich seufzte laut und hatte überfallartig Hunger auf etwas Süßes. Die Gummibären vom Flughafen Hamburg befanden sich längst in meinem Magen. Ob Oma irgendetwas Leckeres für mich gekauft hatte? Ich war schon fast an der Küchentür, als mich ein heftiger Schmerz stoppte. Mein kleiner Zeh wurde blitzschnell heiß und fühlte sich doppelt so groß an. Er pochte, als ob ein eigenes kleines Herz darin schlüge. »Scheiße, Scheiße.« Ich hüpfte und wimmerte und starrte voller Hass auf die Rollen meiner Reisetasche.

Der Inhalt des Vorratsschranks war genauso übersichtlich wie der des Kühlschranks. Weit und breit nichts Süßes zu finden.

Mein pulsierender Zeh verlangte nach einer Abkühlung. Im Eisfach fand ich ein Paket Tiefkühlerbsen. Ich zog sie heraus und sah, dass dahinter noch etwas anderes lag.

Kein schlechtes Versteck, Oma. Ohne den angestoßenen Zeh, hätte ich es nicht gefunden. Meine Freude besiegte mein schlechtes Gewissen um Längen. Ich nahm den blauen Beutel in die Hand.

Der Gegenstand darin war schwerer als gedacht. Ein flacher Kieselstein? Ich befühlte das Innere durch den weichen Stoff. Es war halb so groß wie mein Handteller, uneben mit drei runden Ausbeulungen. Nein, ein Stein war das nicht.

Ich musste wissen, was da drin ist. Warum sollte ich auf Oma warten? Ich konnte schließlich nichts dafür, dass sie plötzlich wegmusste. Nur ein kurzer Blick, mehr nicht.

Doch als ich die Beutelöffnung schon aufgedehnt hatte, hörte ich plötzlich ihre eindringliche Stimme überlaut und zog den Beutel wieder zu. Ich setzte mich auf einen Stuhl, kühlte den schmerzenden Zeh mit der Erbsenpackung und legte den Samtbeutel vor mir auf den Tisch. Oma hatte nicht gesagt, dass ich den Beutel weder anschauen noch anfassen durfte. Behutsam fuhr ich mit den Fingerspitzen über den weichen Samtstoff, drückte ein bisschen.

Als mein Zeh weniger glühte, verstaute ich die leicht angetauten Erbsen wieder im Eisfach. Kurz darauf lag ich wieder unter der Bettdecke, schloss die Augen und hielt mir den Beutel an die Nase. Dieses ›was auch immer‹ darin hatte die Haut meiner Mutter berührt.

Ich roch den Duft der Lavendelseife, mit der ich mir gerade die Hände gewaschen hatte, aber da war noch etwas anderes. Etwas, das meinen Körper mit einer Gänsehaut antworten ließ. Mama, was hast du mir mit auf den Weg gegeben?

Durch die dicken Vorhänge in meinem Zimmer drang ein heller Streifen und warf einen weißen Strahl auf den rötlichen Holzboden. Die Sonne schien. Ich war schnell eingeschlafen letzte Nacht und fühlte mich fit. Den Beutel fand ich unter meinem Kopfkissen. Wenn das mal keinen Ärger mit Oma gab. Aber war sie überhaupt schon wieder zuhause?

Wie spät mochte es sein? Ich warf die Decke zurück und schwang meine Beine aus dem Bett. Sonnenlicht füllte in Sekunden den ganzen Raum, als ich die schweren Gardinen zur Seite schob und dadurch tanzende Staubpartikelchen ins Rampenlicht brachte.

Im Haus war kein Geräusch zu hören. Ein Blick durch das Fenster der Haustür auf die leere Auffahrt bestätigte meine Ahnung, allein zu sein. Die Wanduhr in der Küche zeigte acht Uhr, aber mein deutscher Magen knurrte mir zu, dass es für ihn zwei Stunden später war. Hoffentlich kam Oma bald nach Hause mit ein paar leckeren Sachen fürs Frühstück.

Mein Handy klingelte. Omas Stimme klang müde.

»Hej Elín. Helgas Tochter kommt erst am Nachmittag hier an. Ich warte hier auf sie. Danach gehen wir beide Kaffee trinken und Kuchen essen, versprochen.«

»Äh ...«

»Ich melde mich gleich noch mal.« Sie hatte das Gespräch beendet. Ich blickte sprachlos auf mein Handy.

So hatte ich mir diesen Tag nicht vorgestellt. Was war mit dem Geschenk? Ich legte meine Hand auf die Tasche der Pyjamahose, in der der Beutel steckte, und lief wieder nach oben, um mir die Zähne zu putzen und zu duschen.

Wenige Minuten später schellte es an der Haustür. Wer konnte das sein? Heute war Sonntag. Ich blickte durch das obere Flurfenster auf die Auffahrt.

Ein roter Geländewagen stand dort. Es klingelte nochmals.

Ich wickelte mich in ein Badelaken und ging die Treppe wieder hinunter.

Vor der Tür stand ein junger Mann, der mich strahlend anlächelte. An seinem ausgestreckten Zeigefinger baumelte ein Autoschlüssel. In Sekundenbruchteilen scannte er mich von meinen klitschnassen Haaren abwärts bis zu den pinkfarbenen Lackresten auf meinen Zehennägeln und grinste.

Ganz schön frech, Kleiner. Durfte der überhaupt schon fahren?

»Ich soll hier einen Leihwagen abgeben mit besten Grüßen von deiner Großmutter.« Mit diesen Worten drehte er sich um und nickte in Richtung des Geländewagens.

»Äh, danke.« Ich streckte meine geöffnete Hand aus, in die er den Schlüssel fallen ließ. Im nächsten Moment hielt er mir ein Klemmbrett mit einem Zettel vor die Nase.

»Ich brauche noch deine Unterschrift.«

Ich unterschrieb und weg war er. Mein Handy klingelte. Und wieder war es Oma.

»Ist der Wagen schon da?«

»Ja, aber was soll ich damit?«

»Du wolltest deine Eltern suchen.«

»Und?«

»Unser Gespräch ging mir nicht aus dem Kopf. Ich konnte mich nicht erinnern, in welches Krankenhaus das Paar dich damals brachte, aber dann fiel mir ein, dass eine der Säuglingskrankenschwestern in dem Zeitungsartikel genauso hieß wie ich.«

»Gudrun Sverrisdóttir?«

»Ja, genau. Ich habe hier im Haus herumgefragt, ob sie jemand kennt. Und stell dir vor, eine der Lehrkrankenschwestern hat eine Tante, die so heißt und die in deinem Geburtsjahr hier gearbeitet hat.«

»Hast du ihre Adresse?«

»Nein, die wollte sie mir nicht geben, ohne ihre Tante zu fragen, aber sie erzählte mir, dass die am Wochenende ehrenamtlich im Pjódveldisbaerinn arbeitet.«

»Was ist das?«

»Es ist die Rekonstruktion des Wikingergehöfts Stöng im Pjórsádalurtal. Ungefähr eineinhalb Stunden von hier. Dafür brauchst du den Wagen.«

»Sollen wir da nicht lieber zusammen hinfahren?«

»Ach was, das ist ein schöner Ausflug. Vielleicht kann diese Gudrun sich noch an dich erinnern und dir weitere Informationen geben. Wenn du zurückkommst, bin ich wieder zuhause.«

»Ich überlege es mir.«

»Und noch was.«

»Ja?«

»Versprich mir, das Geschenk nicht herauszunehmen, bevor ich mit dir sprechen konnte, und den Beutel zuhause zu lassen.«

»Woher ...?«

»Ach Elín, ich kenne ...«

Ein durchdringendes Piepen übertönte Omas nächste Worte.

»Was war das?«

»Die Schwestern haben mir einen Pieper mitgegeben, damit sie mich rufen können, sobald sich an Helgas Zustand etwas ändert. Ich geh wieder rein. Versprich es mir.«

»Ja, ja, ist ja schon gut.« Ich ließ mich auf einen Küchenstuhl plumpsen. Wenn die Frau auf dem Museumshof wirklich meine frühere Säuglingskrankenschwester war, kannte sie mich schon länger als meine Oma.

Wenn ich mich beeilte, konnte ich in zwei Stunden mit ihr sprechen.

Meine Knie waren wie Pudding. Plötzlich ging alles so schnell.

2

ELÍN

Eine fremde Stimme. Metallisches Klirren. Noch eine Stimme. Flüsternd. Ich lag nackt auf einem harten Untergrund. Auf mir eine Decke. Sie stank und kratzte, wärmte aber kein bisschen. Ich zitterte. Mein Versuch, die Augen zu öffnen, scheiterte, meine Lider klebten fest. Wieder drangen Laute an meine Ohren. Verdammt. Lag ich wirklich hier oder würde sich das Ganze gleich als ziemlich realistischer Traum herausstellen?

Der zweite Versuch, die Augen zu öffnen, gelang. In wenigen Metern Entfernung standen zwei Frauen und sahen zu mir herüber. Kein Traum also. Sie waren eigenartig gekleidet. Ich wollte aufstehen, aber meine Glieder schmerzten wie nach einem 24-Stunden-Hot-Iron-Kurs. Ich blieb liegen. In der Nierengegend bohrte sich irgendetwas in meinen Rücken.

Eine der beiden Frauen kam näher und ging vor mir in die Hocke. Ihre Lippen bewegten sich unablässig. Die Worte, die sie sprach, hatten keinen Zusammenhang. Ein Schlaganfall? An meinem 27. Geburtstag?

Ein Schluchzen stieg in mir auf und unterbrach den Redefluss der Frau. Sie stand auf und ging weg. Die zweite Frau drehte unablässig an den herunterhängenden Enden der Kordel um ihre Hüfte und starrte mich an.

Ah, die andere kam zurück. Ein tropfnasser Lappen baumelte zwischen ihren Fingern. Bevor das Tuch meine Stirn berührte, drehte ich den Kopf zur Seite. Mich würde hier niemand anfassen. Nicht bevor ich wusste, was los war. Sie richtete sich auf und stellte sich wieder neben die andere Frau. Ich schloss die Augen.

Was war passiert? Schlaganfall? Überfall? Unfall? Ich lag unter freiem Himmel unter einer Decke, die so roch wie mein Schafwollpulli, wenn er nass geworden war. Und die beiden Frauen sahen nicht wie Krankenschwestern aus, sondern wie Akteure eines Ritterfestspiels.

Was war das für ein Ton? Ich hielt die Luft an. Ein leises Rauschen. Es wurde lauter. Glucksen. Wasser! Ich drehte meinen Kopf in die Richtung des Geräuschs. In ungefähr 20 Metern Entfernung stürzte ein Wasserfall aus einer Basaltsäulenwand in einen Teich hinab. Ich lag an dessen Ufer.

Quälend langsam kam die Erinnerung. Gjáin ... Ich war in der Oase Gjáin.

Das Geschenk. Der Beutel, in dem ich es aufbewahrte, hatte plötzlich angefangen zu brennen. Aus seinem Inneren entwich weißer Qualm, breitete sich über die gesamte Wasseroberfläche des Beckens aus. Ich war plötzlich tieftraurig gewesen. Und zum ersten Mal in meinem Leben fehlte mir meine Mutter wie verrückt. Sehr merkwürdig das Ganze.

Ich musste den Beutel finden. Sofort. Doch ich konnte nur den Kopf bewegen. Plötzlich sah ich Oma vor mir. Sie schüttelte tadelnd den Kopf. Vielleicht hätte ich auf sie hören und den Beutel zuhause lassen sollen.

Mittlerweile wusste ich, was in dem Beutel war. Eine wertvolle Brosche. Armut schien nicht der Grund, dass meine Eltern mich wegwarfen.

Ich schaute zu den Mittelalterfans. Die zwei waren jung, höchstens 18 und 15, schätzte ich. Warum begeisterten sich moderne Menschen so sehr für Ritterfestspiele? Die Kostüme der beiden sahen echt professionell aus. Über einem langärmeligen und bodenlangen grauen Unterkleid trugen sie Trägerröcke, die bis knapp unter ihre Knie reichten. Mit den Klamotten und den dünnen Lederstiefelchen, die dort am Ufer lagen, konnten sie unmöglich über die gleichen Felsen geklettert sein wie ich. Es musste einen einfacheren Zugang in dieses Tal geben.

Meine Finger und Zehen kribbelten plötzlich, als ob sie vorher eingeschlafen gewesen wären. Ob das ein gutes Zeichen war? Ein bisschen mit den Zehen wackeln klappte jedenfalls. Jetzt waren die Finger dran. Ich bewegte sie, als ob ich Klavier spielte. Auch das ging problemlos und ohne Schmerzen. Die beiden Frauen ließen mich nicht aus den Augen. Ich setzte meine Übungen fort, beugte meine Ellenbogen und die Knie und wollte mich aufsetzen.

Die Frau, die vorhin mit mir gesprochen hatte, machte einen Schritt in meine Richtung, aber die andere hielt sie an der Schulter zurück. Gefühlt dauerte es ewig, bis ich mich in eine zusammengesunkene Sitzposition quälte. Jetzt traute sich auch die jüngere der beiden, näher zu kommen, und im nächsten Moment standen beide direkt vor mir. Wie ein schlaffer Sack saß ich da, aber der Druck in der Nierengegend hatte deutlich nachgelassen. Trotzdem schmerzte die Stelle immer noch. Mit beiden Händen drückte ich die Schmuddeldecke gegen meine Brüste. Hoffentlich kam jetzt kein Tourist um die Ecke, der ein Foto von meinem dicken Hinterteil machte.

»Hej«, krächzte ich. Immerhin, meine Stimme war zurück. Die beiden zuckten zusammen, nickten sich zu und hockten im nächsten Moment neben mir.

»Ich bin Tjara«, sagte die Mutigere, »und das ist meine Schwester Sigrún.« Sie deutete auf ihre Begleiterin, die mich mit großen Augen ansah und immer noch schwieg.

»Wir haben uns große Sorgen um dich gemacht.«

Tjara starrte mich unentwegt an. Ich kannte diese Reaktion von Menschen, die mir das erste Mal begegneten. Manche sahen es schnell, andere brauchten etwas länger. Ihr Blick entspannte sich.

»Du hast sehr ungewöhnliche Augen. So etwas habe ich noch nie gesehen«, sagte sie.

Ich nickte. Normalerweise erzählte ich den Leuten an diesem Punkt, dass das Heterochromie heißt und wie selten gerade diese Kombination vorkommt und dass ich keine Ahnung habe, wer sie mir vererbte. Jetzt war aber nicht die Zeit für Smalltalk. »Ich heiße Elín«, erwiderte ich und schaute auf mein Handgelenk. Wie lange war ich schon hier?

Ein heller Streifen in der gebräunten Haut war das Einzige, was von meiner Uhr noch zu sehen war. Ich heulte gequält auf. Sie war ein Weihnachtsgeschenk meines Bruders.

»Hast du Schmerzen?«, fragte Tjara.

»Nein. Ja. Meine Uhr ist weg.«

Tjara suchte den Blick ihrer Schwester und zuckte dann mit den Schultern. Hatten die beiden mich nicht verstanden? War es ihnen egal, dass ich bestohlen worden war? Ich biss mir auf die Lippe, um nicht zu weinen »Bitte erzählt mir alles, was ihr wisst.« Ich flüsterte.

»Da gibt es nicht viel zu erzählen. Meine Schwester und ich sind am Morgen zum Baden hierhergekommen.« Tjara blickte in die Richtung des Wasserfalls. »Als wir aus dem Wasser kamen, lagst du vor uns auf dem Boden. Zuerst dachten wir, du seist tot, aber wir konnten deinen Herzschlag noch fühlen. Seitdem warten wir, dass du erwachst. Jetzt ist es bereits Abend.«

Ich schoss hoch und setzte mich kerzengerade hin. Das Licht hatte sich seit meiner Ankunft in Gjáin verändert. Die Farben leuchteten viel intensiver. Es schienen tatsächlich mehrere Stunden vergangen zu sein. Ich wurde starr vor Panik.

»Wie bitte?«, stieß ich hervor. Hatten die noch nie was von Notarzt oder stabiler Seitenlage gehört? Tjara hat doch bestimmt schon den Führerschein. Sie müsste wissen, was zu tun ist.

»Warum habt ihr mich denn ausgezogen, wenn ihr keine Ahnung von erster Hilfe habt?«, schrie ich.

Sigrún zuckte zurück. Sie sah aus, als ob sie gleich weinen würde. Tjara dagegen verzog die Lippen zu einem schmalen Strich. Sie war es auch, die als Erste die Sprache wiederfand. »Wir haben dir geholfen. Aber ausgezogen haben wir dich nicht. Im Gegenteil. Meine Schwester hat deine Blöße mit ihrem Umhang bedeckt. Überall haben wir nach deinen Kleidern gesucht. Vergeblich.«

Sie zog die Schultern hoch und mir wurde klar, dass die ganze Situation nicht nur mir einen gehörigen Schrecken einjagte.

Ich sah mich um. Sie hatten recht. Hier lag weder meine Kleidung noch mein Rucksack. Niedergeschlagen und ausgeraubt also. Aber dann hätte ich doch mindestens eine Beule am Kopf haben müssen, oder? Und warum hatte der Täter sogar meine Klamotten mitgenommen? Wie war es möglich, dass die beiden nichts davon mitbekamen? Das machte alles keinen Sinn.

Außer ...

Schlagartig wurde mir heiß. Es gab nur eine schlüssige Erklärung. Irgendein Arschloch hatte mich betäubt, weggeschleppt und vergewaltigt. Danach nahm er nicht nur meine Wertsachen, sondern auch alles andere mit, und trug mich hierher zurück. Der wollte ganz sichergehen, dass seine DNA nirgends gefunden wurde.

Mein Magen verkrampfte zu einem Stein. Ich versuchte, den Würgereiz zu unterdrücken, aber es gelang mir nicht. Ein Schwall gelben Schleims ergoss sich aus meinem Mund ins Moos.

Im nächsten Moment hielt jemand meine Stirn. So lange, bis das Würgen und Brechen endlich aufhörte. Mein Hals brannte, als ob ich Chili gegessen hätte. Sigrún hockte neben mir.

Plötzlich fing ich an zu zittern. Ich ließ mich seitwärts auf den Boden sinken und kniff die Augen zu. Nachdem ich einige Male tief durchgeatmet hatte, wurden meine Gedanken klarer.

Nach einer Vergewaltigung müsste es Spuren geben. Spuren an mir. Ich seufzte und tastete mit meiner Hand zwischen meine Beine. Wenn der Typ so umsichtig vorgegangen war, wie ich annahm, hatte er sicher ein Kondom benutzt. Aber es war auch nichts wund. Was immer in den letzten Stunden passiert war, es deutete nichts darauf hin, dass sich jemand an mir vergangen hatte. Ich weinte vor Erleichterung.

Dass irgendein perverser Idiot mir alles stahl, war trotzdem ätzend. Das Schlimmste – die Brosche war weg. Kein einziges Mal hatte ich sie mit eigenen Augen gesehen.

Ich musste dringend Oma anrufen. Sie würde toben, wenn sie erfuhr, dass das Schmuckstück verschwunden war. Mein Handy war im Rucksack, genauso wie der Schlüssel des Mietwagens, der in der Nähe auf einem Parkplatz stand. Oma anrufen fiel also erst mal flach. Ebenso wie zurück nach Reykjavik zu fahren. Ob Tjara oder Sigrún ihr Handy bei sich trugen? Wo waren die zwei eigentlich?

Ich entdeckte sie auf der anderen Seite des Wasserbeckens. Während sie sprachen, schauten sie immer wieder zu mir herüber. Vermutlich war ich ihr Gesprächsthema.

Mein rechter Arm war eingeschlafen und ich drehte mich wieder auf den Rücken. Keine gute Idee. Der Brocken bohrte sich wieder in meine Nieren. Diesmal gelang es mir, nach dem nervigen Ding zu tasten.

Verdammt, es hatte mich gestochen. Ich saugte den Blutstropfen von meinem Mittelfinger und griff erneut danach. Als ich es von meiner Haut löste, zog ich die Luft ein. Es schien sich mit ihr verbunden zu haben. Teufel, tat das weh. Finster blickte ich auf meinen Handteller.

Die Brosche. Meine Brosche.

So etwas Schönes sollte mir gehören? Die beiden Edelsteine in der Mitte hatten dieselbe Farbe wie die Iriden meiner Augen. Und zwar exakt dieselbe. Moosgrün und eisblau. Aber das war nicht alles.

In dem blauen Stein war derselbe sternförmige Fleck eingeschlossen wie in der Iris meines rechten Auges.

Ich hielt die Luft an. Mein Magen kribbelte, als ob ich ein Kilo Brausepulver gegessen hätte. Ich drehte die Brosche um und entdeckte auf der Rückseite ein schnörkeliges ›E‹. Waren das die Initialen meiner Mutter? Oder hatte Oma das für mich eingravieren lassen?

Wenn das echter Schmuck war, dann lag gerade mindestens ein Kleinwagen in meiner Hand. Was für ein Glück, dass der Dieb diesen Schatz nicht gefunden hatte. Tjara und Sigrún standen noch an derselben Stelle wie vorhin und waren in ihr Gespräch vertieft. Sehr gut.

Die dicke Ansteckungsnadel bohrte ich an der Innenseite des Umhangs durch den groben Stoff und hakte sie an der Öse fest.

Ich versuchte aufzustehen. Oh je. Ich fühlte mich wie an Deck eines Segelbootes bei mindestens Windstärke 10, ruderte mit den Armen und fand unerwartet Halt. Die beiden Schwestern standen neben mir. Offenbar hatten sie meinen wackeligen Versuch beobachtet. Ich krallte mich an ihnen fest, bis der Sturm sich legte. Dabei fiel mir auf, dass ich den beiden auf den Scheitel gucken konnte. Das war ungewöhnlich, weil ich selbst nur 158 Zentimeter maß.

»Danke schön«, hauchte ich. Mir war immer noch etwas schwindelig. Meine Fingerspitzen kribbelten, aber ich wusste, was helfen konnte. »Habt ihr vielleicht Schokolade oder eine Cola dabei?«

Die beiden antworteten nicht und sahen sich an, als ob ich eine Außerirdische wäre. »Wir werden dich ans Wasser führen. Dort kannst du etwas trinken.«

Am Ufer angekommen schaffte ich es, ohne Hilfe in die Hocke zu gehen, mir Wasser in die Handflächen zu schöpfen und zu trinken. Ich musste so schnell wie möglich weg von hier. Heiß duschen. Die Brosche in Sicherheit bringen.

Die Schwestern zogen sich ihre Lederstiefeletten an und banden kreuzweise Schnüre herum. Tjara kam auf mich zu und legte mir ihre Hand auf die Schulter. »Wir nehmen dich mit zu unserem Hof, Elín. Dort kannst du dich ausruhen und dann sorgen wir dafür, dass du zu deiner Familie gebracht wirst.«

Hof? Keine Ritterfestspiele? Deshalb sahen die so echt aus? Eine Gruppe, die auf ihrem Hof wie im Mittelalter lebte. Die Frage nach einem Handy hatte sich dadurch erledigt und damit auch, warum sie keinen Notarzt angerufen hatten. Würden sie einen Festnetzanschluss haben? Und ein Telefonbuch?

»Danke. Ich muss von eurem Hof die Polizei und meine Großmutter in Reykjavik anrufen.«

Ein Blick von Tjara genügte. Das mit dem Anruf konnte ich vergessen. Die zogen das Mittelalterding voll durch. Kein Telefon.

Ich musste zum Parkplatz gehen. Heute Morgen war mein Auto das einzige gewesen, das dort parkte, aber irgendwann würde dort jemand aufkreuzen, der mir helfen konnte.

»Gut, dann lasst uns zu eurem Hof gehen. Vielleicht könntet ihr mir dort etwas zum Anziehen leihen? Ich bringe es euch spätestens übermorgen gewaschen und gebügelt zurück.«

Sigrún neigte den Kopf zur Seite und betrachtete mich, ohne zu antworten. Was hatte ich diesmal Falsches gesagt? War Waschen und Bügeln auch nicht mittelalterkonform?

»Wir gehen.« Mit diesen Worten drehte sich Tjara zum Gehen um. Sigrún hinterher. Mir blieb nichts anderes übrig, als ihnen zu folgen.

Mit einer Hand hielt ich den Umhang fest, mit der anderen raffte ich ihn so, dass ich beim Laufen den Boden sehen konnte. Ich war barfuß und legte keinen Wert darauf, auf Steine zu treten. Am Vormittag hatte ich die sogar durch die dicken Sohlen meiner Wanderschuhe gespürt.

Sigrúns hüftlanger weißblonder Zopf hüpfte vor mir auf und ab. Im gleichen Takt klimperte etwas. Ich entdeckte an ihrem Gürtel einen kleinen zweizinkigen Haken und ein Messer, die bei jedem Schritt aneinanderschlugen. Das gleiche metallische Klirren wie vorhin. Der Umhang kratzte wie blöd.

Ich hätte schwören können, dass wir in die gleiche Richtung gingen, aus der ich hierhergekommen war, aber der Pfad unter meinen Füßen war moosbewachsen und überhaupt nicht steinig. Der weiche Boden hatte den Vorteil, dass ich mich umsehen konnte.

Hier war ich noch nie gewesen. Solche ausgedehnten Flächen grünes Gras, gespickt mit gelben Wildblumen, wären mir aufgefallen. Die kleinen Birken am Ufer des Flusses hatte ich vorher auch nicht gesehen. Gingen wir in die falsche Richtung?

Aber nein, der Fluss war auf der richtigen Seite und da vorne, das war das Felsentor, durch das ich vor einigen Stunden gestiegen war, um nicht durchs Wasser waten zu müssen. Wir liefen jetzt um das Tor herum, ohne nasse Füße zu bekommen. Entweder hatte ich eine Gehirnerschütterung oder der Verbrecher hat mir irgendetwas eingeflößt, was meine Wahrnehmung veränderte. Links sah ich den Vulkan Hekla. Die Richtung war also doch korrekt. Wenn jetzt hinter der nächsten Biegung das rote Dach auftauchte, das die Ruine von Stöng bedeckte, wüsste ich wieder, wo ich war.

»Sieh mal. Da vorne ist unser Hof«, sagt Sigrún und wies in die Richtung, in der das rote Dach auftauchen müsste.

Im Tal vor uns stand ein mit Grassoden bedecktes Langhaus. Daneben einige kleinere Gebäude, ebenfalls unter Grasdächern. Das Ganze umgeben von einem Palisadenzaun. In der Ferne eine Herde Schafe und ein Kornfeld. Über dieser Idylle wölbte sich ein isländischer Schäfchen-wolkenhimmel. Ein schöner Anblick. Nur – wo war ich?

Mein Hals zog sich zu. Ein lautes Stöhnen. Wie durch Watte hörte ich Kinderlachen und Hundegebell. Dann nichts mehr.

3

LARUS

Elíns Adoptivbruder Larus stand am Fenster seiner Berliner Wohnung, das Telefon in der Hand. Sein Fuß tappte im schnellen Takt auf den alten Parkettfußboden.

Seine Großmutter ging schon nach dem ersten Freizeichen ans Telefon.

»Ja?«

Ein wenig atemlos, oder? »Hej Omi, ich wollte Elín gratulieren. Hast du eine Ahnung, wo sie steckt?«

»Hej Larus. Sie wollte heute Morgen einen Ausflug machen. Seitdem habe ich nichts mehr von ihr gehört.«

»Wie, du hast nichts mehr von ihr gehört?« Das Tappen nahm Fahrt auf.

Stille am anderen Ende, dann ein tiefer Seufzer. »Vielleicht hatte sie eine Reifenpanne im Hochland?«

»Elín, allein ins Hochland? Niemals. Außerdem könnte sie dann immer noch anrufen.«

»Außer ihr Handyakku ist leer.«

Er musste kurz die Luft anhalten, um ruhig antworten zu können. »Jetzt im Juni sind genügend Menschen im Hochland, die ihr helfen könnten. Hattet ihr gar nichts geplant? Sie hat doch Geburtstag.«

Wieder Schweigen.

»Omi?«

»Doch.«

Stille. Am liebsten hätte Larus seine Großmutter durch den Hörer gezogen.

»Wir hatten für 19 Uhr einen Tisch im Perlan reserviert.«

»Verdammt Oma! Das war vor zwei Stunden. Elín würde sich nie so lange verspäten, ohne Bescheid zu geben.«

»Wenn sie wirklich so zuverlässig wäre, wäre sie hier.«

»Ich nehme den nächsten Flug nach Reykjavik. Wenn du irgendetwas von ihr hörst, dann ruf an, okay?«, sagt er und beendete das Gespräch, ohne eine Antwort abzuwarten.

4

ELÍN

Hämmern in meinem Kopf weckte mich. Ich rieb mir die pochenden Schläfen. Der Gestank menschlicher Ausdünstungen und die abgestandene Luft nahmen mir fast den Atem. Ich starrte in Dunkelheit. Ein flackernder Schein warf zittrige Schatten an die Raumdecke. Meine Augen gewöhnten sich sehr langsam an das schummerige Licht, aber meine Ohren funktionierten tadellos. Leises Schnarchen und andere Atemgeräusche aus verschiedenen Richtungen.

Offenbar lag ich mit mehreren Menschen in diesem Raum. Jeder Knochen tat mir weh. Unter mir lag ein Fell, auf mir eine stinkende Decke. Und das Ding kratzte an jeder Stelle, an der es meine Haut berührte. Kratzte. Der Umhang!

Die zwei Frauen, die mich zu ihrem Hof mitnahmen. Als wir hier eintrafen, hatte ich den Eindruck, den Hof Stöng in voller Pracht vor mir zu sehen. Nur hatte ich die kläglichen Überreste dieses Hofes Stunden vorher besichtigt.

Irgendwas stimmte nicht mit mir. Zweimal an einem Tag in Ohnmacht zu fallen war nicht normal.

Hatte ich die ganze Nacht bei dem Mittelaltervolk verbracht? Oma Gudrun würde sich wie verrückt sorgen. Sicher hatte sie bereits die Polizei verständigt.

Meine Beine juckten, als ob ich Flöhe hätte. Ich musste mich kratzen. Sofort. Beinahe wäre ich dabei von dem Holzpodest heruntergefallen, konnte mich aber gerade noch an der Kante festkrallen. Auf der anderen Seite des Raumes lagen mehrere Menschen dicht aneinandergedrängt und schliefen. Zwei winzig kleine Füße lugten unter einer Decke hervor.

Wie spät mochte es sein? Unbewusst blickte ich auf mein leeres Handgelenk. Ich blinzelte die Tränen weg. Immerhin hatte ich das Allerwichtigste noch.

Die Brosche! Ich tastete danach, konnte sie aber nicht finden. Gab es denn kein Fenster in diesem Raum? In dem Nachbau war über dem Feuer ein sogenanntes Windauge gewesen. Der Blick nach oben bestätigte meine Vermutung, dass die Langhäuser sich ähnelten. Dort war die kleine Öffnung, durch die sich ein Stück grauen Himmels abzeichnete. Das reichte aber nicht, um die Brosche zu suchen.

Ich brauchte mehr Licht, mir war speiübel und meine Blase würde gleich platzen. Wie kam ich schnellstens hier raus? Es gelang mir, mich geräuschlos zu erheben. Der Boden war eiskalt. Wenn das mal keine Blasenentzündung gab. Jemand hatte mir ein Unterkleid angezogen, wie Tjara und ihre Schwester es trugen. Ich zog es bis zu Knöcheln herunter und stellte fest, dass auf meinen Schultern nicht Sigrúns Umhang, sondern eine Decke lag. Das erklärte, warum ich die Brosche nicht tasten konnte, aber nicht, wo sie war. Mir wurde schwindelig. Ich musste mich an dem Holzpfosten festhalten, um nicht zu stürzen.

Die Decke drapierte ich so auf der Bank, dass mein Fehlen nicht sofort auffiel. Ich würde mich draußen erleichtern und dann auf die Suche nach der Brosche machen. Vielleicht hing sie immer noch an dem Umhang.

Auf beiden Seiten des langen Raumes führten Öffnungen heraus. Welche mochte zum Vorraum mit der Haustür führen? Nachdem ich mich einige Meter an dem rauen Holzbalken entlang getastet hatte, kroch mir der Geruch saurer Milch in die Nase. Rechts war demnach der Kühlraum. Wenn der Grundriss dieses Hauses so war, wie der des Museumshofes, dann war das die falsche Richtung. Ein Blick zu der Öffnung, die jetzt direkt vor mir war, bestätigte das. Da drin war es stockdunkel. Da ging es nicht nach draußen.

Ich ging auf der anderen Seite zurück. Vorbei an vielen schlafenden Frauen und Kindern, wie ich jetzt erkennen konnte. Wenn ich nicht bald hier rauskäme, würde ich in die nicht vorhandene Unterhose machen.

Ein leichter Luftzug an meinen Knöcheln. Dort musste der Durchlass zum Vorraum sein. Eine Wolke aus Fisch- und Fäkaliengestank umfing mich. Bloß raus hier. Ich schlug den Riegel hoch, mit dem die Haustür verschlossen war, und warf mich mit der Schulter gegen das dicke Türblatt. Beim Hinauseilen schlug mein Kopf an den Türrahmen. Dann endlich stand ich draußen. Meine Schulter und mein Kopf brannten. Egal, Hauptsache frische Luft.

Kurz lehnte ich mich an die grasbewachsene Außenwand. Dann rannte ich zum großen Tor im Palisadenzaun, drückte es auf, quetschte mich durch den schmalen Spalt und hockte mich hin. Kribbelnde Erleichterung. Ich betrachtete die Landschaft, die sich vor mir ausbreitete. In welcher Richtung mochte Reykjavik liegen?

Außer der Hekla kam mir nichts bekannt vor. Wenn ich mich nach dem Vulkan richtete, müsste ich einfach geradeaus gehen, um irgendwann die Ringstraße zu erreichen. Aber ohne meine Brosche wollte ich nirgendwohin.

Ich stand auf, zog das Unterkleid herunter und strich den Stoff glatt. Hinter den sanften Hügeln aus Lavagestein war die Sonne bereits zu erahnen. Bald würde sie die gras- und blumenbewachsene Ebene vor mir erhellen und den Dunst auflösen. In der Ferne sah ich einen großen Wald. Schön, dass die Aufforstung hier schon so weit fortgeschritten war.

Ich legte meine Hand an das Tor.

Jemand auf der anderen Seite des Zaunes flüsterte meinen Namen. War das nicht Tjaras Stimme? Ich schlich zurück und legte mein Ohr an einen Spalt zwischen den Holzbohlen.

»Plötzlich lag sie völlig nackt in Gjáin vor uns. Sie spricht absonderliche Dinge und fremde Worte. Jemand muss ihr einen Hexentrank gegeben haben.«

Hexentrank? Was für eine einfallsreiche Bezeichnung für K.-o.-Tropfen.

»Welche absonderlichen Dinge?« Die Stimme einer anderen Frau. Sie klang brüchig.

»Stell dir vor, sie meinte, sie könne innerhalb eines Tages nach Reykjavik reisen.«

Äh, ja?

»Selbst auf dem Pferd dauert das vier Tage.«

»Ich weiß, und sie glaubt, von hier aus nach ihrer Großmutter rufen zu können, die dort lebt.«

»Ist sie eine Hexe?«

Die sollte sich mal mit Oma unterhalten. Sie schienen auf einer Wellenlänge zu liegen.

»Was mich aber noch mehr erschreckt hat«, sagte Tjara, machte eine Gesprächspause, und sprach so leise weiter, dass ich sie kaum noch verstand. »Was mich wirklich erschreckt hat, ist, dass sie wie ein Kind am ganzen Körper unbehaart ist.«

Die andere Frau schnappte hörbar nach Luft. »Das geht nicht mit rechten Dingen zu, Tjara. Was ist, wenn sie eine Wiedergängerin ist? Dann wird sie uns alle töten! Wir müssen sie aufhalten!«

Verdammt. Die schienen das ernst zu meinen. Was, wenn diese Leute mich nicht wieder gehen ließen?

Ich musste die Brosche Brosche sein lassen und verschwinden. Sofort. Ich hob das Unterkleid und spannte die Muskeln an, um loszulaufen.

Im selben Moment knickten meine Beine unter mir weg. Ich rutschte am Zaun herunter. Meine Beine lagen vor mir im Gras wie zwei riesige weiße Fleischwürste, die Arme regungslos daneben. Nur meine Augäpfel gehorchten mir noch. Ich sah die Berghänge auf der anderen Seite der Ebene.

Die Landschaft vor meinen Augen drehte sich mit einem Mal wie eine gigantische Waschmaschine. Schneller, immer schneller. Beim Schleuderprogramm schloss ich die Augen und atmete tief ein.

Der Duft von Tannennadeln und frisch gebackenen Plätzchen. Es roch wie ... wie Weihnachten. Okay. Ich würde verrückt werden. So wie alle anderen hier.

Das Bild einer Frau schob sich vor meine geschlossenen Lider. Meine Großmutter. Ihre Haare waren noch dunkelbraun, ihr Gesicht nahezu faltenlos. Flackerndes Licht ließ ihre Augen strahlen. Kaminfeuer. Es wärmte meine schlaffen Muskeln. Ich saß auf dem dicken Teppich in ihrem Wohnzimmer, legte die Arme um meine angezogenen Beine und lehnte mich an meine liebe Oma. Ihre warmen Finger streichelten meine Wange, dann legte sie einen Finger auf ihre Lippen.

Oh, ein neues Geheimnis. Bestimmt etwas von Elfen und Trollen. In meinem Bauch kribbelte es. Mama und Papa durften nicht wissen, dass Oma mir so was erzählte.

Aber die schliefen schon oben. Ich war auch sehr müde, aber ich wollte unbedingt hören, was Oma mir sagen wollte. Ihr Gesicht war jetzt direkt an meinem Ohr. Sie flüsterte.

»Elín, du musst mir jetzt genau zuhören.« Es hörte sich viel ernster an als sonst. Ich nickte und nahm mir fest vor, gut aufzupassen.

»Du erwachst vielleicht irgendwann in einer anderen Welt ...«

Eiskalte Finger streiften meine Wange. Warum sprach Oma nicht weiter und warum hatte sie plötzlich so kalte Hände? Bitte lass mich noch ein bisschen schlafen. Jemand schüttelte mich unsanft an der Schulter. Ich drückte die Hand weg.

»Steh auf, du holst dir noch den Tod.« Eine weibliche Stimme. Nicht die meiner Großmutter.

Ich riss die Augen auf. Die Welt hatte sich um 90 Grad gedreht. Hatte ich jemals so gefroren? Wo war ich?

Auf der anderen Seite des hohen Palisadenzauns hatten vor einigen Minuten – oder waren es Stunden? – zwei Frauen über mich gesprochen. Ich setzte mich auf.

Diesen Abend mit meiner Oma hatte es gegeben. Ich konnte mich nur dunkel daran erinnern. Was hatte Oma damals bloß gemeint? Dasselbe, was sie mir vermutlich gestern hatte sagen wollen, als sie meinte, diesmal müsse ich aber zuhören? Dann hatte die Brosche etwas mit all dem zu tun. Sie war schuld, dass ich jetzt hier war. Hätte ich mir auch denken können, nachdem sie so heiß geworden war und nach der Sache mit dem Qualm aus dem Beutel.

Okay, ich musste ohne Omas Information klarkommen, um zu verstehen, was geschehen war. Erst mal die Fakten. Das Langhaus, in dem ich vorhin aufwachte, sah genauso aus wie der Nachbau von Stöng auf dem Museumshof, den ich gestern besucht hatte. Der stand aber fast fünf Kilometer von hier entfernt, während dieses Haus sich genau da befand, wo die Ruine von Stöng eigentlich sein sollte. Es würde auch zu der Richtung passen, die wir gestern von Gjáin hierher einschlugen. Die Raumaufteilung innerhalb des Langhauses war absolut die gleiche wie im Nachbau. Nur mal angenommen, das Haus hinter mir wäre wirklich Stöng, also das richtige ...? Mein Gehirn weigerte sich, diese Option weiterzudenken. Was für ein Quatsch.

»Elín, willst du nicht aufstehen?« Sigrún hielt mir ihre Hand entgegen. Ich schüttelte den Kopf. Noch war ich nicht so weit.

Angenommen, das war wirklich Stöng, in welchem Jahr befände ich mich? Die Kleidung der Frauen sah nach Mittelalter aus. Im Jahr 1104 wurde dieses Tal von der Asche der Hekla begraben und war danach unbewohnbar. So stand es auf der Hinweistafel am Parkplatz. Die Kirche auf dem Hofgelände zeugte davon, dass die Bewohner schon Christen waren. Demnach befand ich mich irgendwo zwischen den Jahren 1000 und 1104.

Über 900 Jahre? So weit zurück? Wie war das Leben vor so langer Zeit? In den Romanen, die ich gelesen hatte, waren es praktischerweise immer Geschichtsforscher oder Mediziner gewesen, die in eine andere Zeit reisten. Welche meiner Fähigkeiten könnte hier von Nutzen sein?

Gesetzestexte zitieren? Torten backen? Na toll. Das brachte mich sicher ganz weit nach vorne. Aber eigentlich war das auch egal, weil es nämlich keine Zeitreisen gab.

Ich musste Sigrún nach dem Datum fragen, um diese dämliche Idee aus dem Kopf zu bekommen.

Stumm und abwartend stand sie neben mir und beobachtete mich.

Ich blickte sie an und sie beugte sich zu mir herunter. »Bist du kräftig genug zum Aufstehen?« Sie schien nicht länger warten zu wollen. Ohne meine Antwort abzuwarten, griff sie mir unter die Achseln und zog mich hoch. Das nasse Unterkleid klebte an meinem Hintern fest. Sie zog es ein Stück herunter als ob ich ein kleines Kind sei.

Ich musste es wissen. Jetzt. »Kannst du mir sagen, welches Jahr wir haben? Ich bin so durcheinander.«

Ein trauriger Schatten huschte über ihr Gesicht. Sie hatte Mitleid mit mir.

»Ja natürlich, du Ärmste. Wir schreiben das Jahr des Herrn 1104.«

Der Boden unter mir schwankte bedrohlich. Nur mit Hilfe Sigrúns gelang es mir, stehen zu bleiben. Ich fühlte mich wie damals, als ich erfuhr, dass meine beste Freundin bei einem Motorradunfall ums Leben gekommen war. Das hier war nicht wirklich, es war ein sehr schlimmer Traum und ich wollte nur eines – nach Hause. Wo war diese verdammte Brosche, die mir diesen Zeitreisealbtraum eingebrockt hatte?

»Du verlierst sehr häufig die Besinnung. Bist du guter Hoffnung?« Sigrún flüsterte.

Zuerst wusste ich nicht, was sie meinte.

Dann verstand ich. Schwanger? Sicher nicht. Mein erster Impuls war, vehement den Kopf zu schütteln. Im letzten Moment hielt ich mich jedoch zurück und zuckte nur mit den Schultern. Niemand würde mir die Geschichte mit der Zeitreise abkaufen. Eine vorgetäuschte Amnesie war meine einzige Chance. Zugegeben, sonderlich einfallsreich war das nicht, aber mein Gehirn arbeitete gerade auf Notstrom.

»Was ist geschehen? Wie komme ich hierher und wer bist du?«, fragte ich und versuchte so verwirrt wie möglich zu gucken. Keine schauspielerische Höchstleistung in meiner Verfassung.

Sigrúns Gesichtsfarbe wechselte von rosig zu schneeweiß. »Elín, was ist mit dir?«

»Elín. So heiße ich? Aber wer bist du? Lebst du dort?« Ich deutete mit der Hand Richtung Langhaus.

Sie nickte in Zeitlupe und ließ mich dabei keinen Moment aus den Augen. »Ich bin Sigrún. Meine Schwester Tjara und ich haben dich gestern hier in der Nähe gefunden. Du warst ohne Besinnung. Nach deinem Erwachen hast du mit uns gesprochen und deinen Namen genannt. Kurz danach bist du aber wieder umgefallen und wir haben dich in unser Haus gebracht.«

»Ich kann mich an nichts erinnern. Was soll ich denn jetzt machen?«

»Du kommst jetzt erst einmal zurück ins Haus und wärmst dich auf. Dann besprechen wir mit meiner ... äh ... Mutter und meiner Schwester, was wir tun können.«

Wie auf ein Stichwort steckte Tjara in dem Moment ihren Kopf durch das geöffnete Hoftor. »Hier seid ihr beiden«, rief sie und kam näher.

»Es ist etwas Schreckliches geschehen«, sagte Sigrún. »Elín hat mich nicht erkannt und kann sich auch sonst an nichts erinnern.«

»Ach nein, du Arme. Ich hatte schon gestern das Gefühl, dass du sehr verwirrt bist.«

Mir entging nicht der Blick, den die beiden sich zuwarfen. Die hielten mich für genauso verrückt, wie ich sie bis vor kurzem.

»Wir werden deine Familie schon irgendwie finden. Lasst uns etwas essen. Du musst ja fast verhungert sein.« Sigrún legte ihre Hand auf meinen Unterarm und führte mich Richtung Hoftor.

5

Larus

Am Mittag des nächsten Tages stand Larus im Ankunftsbereich des Keflavík International Airport.

Seine Großmutter stürmte auf ihn zu und quetschte ihm beim Umarmen fast die Luft ab. Kurz legte er sein Kinn auf ihren Scheitel, drückte sie dann jedoch auf Armlänge von sich, um ihr ins Gesicht zu sehen.

»Hat Elín sich gemeldet?«

»Gut, dass du sofort hergekommen bist.«

»Was ist passiert?«

»Gestern Abend standen zwei Polizisten vor meiner Haustür.«

Er hatte augenblicklich weiche Knie.

»Sie brachten mir Elíns Sachen. Touristen hatten sie ...«

»Verdammt Omi, du hattest mir versprochen, mich sofort anzurufen, wenn du etwas Neues erfährst. Da war ich noch in Berlin und habe minütlich versucht, Elín zu erreichen.«

»Jetzt lass mich doch erst mal zu Ende erzählen.« Sie schob Larus' Hand von ihrer Schulter. »Touristen haben Elíns Kleidung und ihre Wertsachen in der Nähe einer Ausgrabungsstelle gefunden. Ihr Leihwagen stand noch auf dem Parkplatz.«

Ihr Redefluss war immer schneller geworden, als ob sie befürchtete, erneut unterbrochen zu werden.

»Larus, ihre gesamte Kleidung wurde aufgefunden. Und das meine ich wortwörtlich. Unterwäsche, Socken, alles. Ihre goldene Kette lag daneben, ihr Handy, der Autoschlüssel und das gefüllte Portemonnaie. Sogar die Uhr, die du ihr geschenkt hast. Sie wurde nicht überfallen und ausgeraubt.«

»Vielleicht wurde sie von einem Perversen entführt?«

»Und der lässt alle Wertsachen und vor allem ihre Papiere zurück?« Sie wühlte in ihrer Handtasche. Nachdem sie das dritte und letzte Fach abgesucht hatte, war sie offenbar fündig geworden. »Guck mal.« Mit diesen Worten hielt sie ihm das Display ihres Smartphones direkt vor die Nase. »Dieses Foto haben die Touristen gemacht, die Elíns Sachen gefunden haben. Mikael, der Sohn einer Freundin, arbeitet bei der Polizei. Er hat es mir freundlicherweise gesendet.«

Larus erkannte auf dem Foto Elíns Kleidung, die im Moos neben einem kleinen See lag. Ihre Wanderschuhe mit den Socken darin standen vor einer grauen Cargohose. Darüber lag ihre kirschrote Regenjacke. Die Ärmel ihres Kapuzenpullis steckten noch in der Jacke, so als ob sie beide Kleidungsstücke gleichzeitig abgestreift hätte. Unter den Oberteilen zeichnete sich ihr Rucksack ab. Larus zoomte das Bild größer und konnte dann auch eine schmale Goldkette erkennen und einen Teil des Ziffernblattes der Uhr. Er atmete tief durch. Was war hier bloß passiert?

»Was du auf dem Bild nicht erkennen kannst, ist, dass die Schnürsenkel ihrer Schuhe sogar noch geschlossen waren. Wer kann seine Wanderstiefel ausziehen, ohne die Schnürsenkel zu öffnen? Und … sie waren mit der Schleife verschlossen, die nur Elín und du binden können.«

Okay. Das war wirklich unerklärlich.

»Wir fahren dorthin, wo ihre Sachen gefunden wurden. Sofort«, sagte er.

»Das sind 170 Kilometer und das letzte Stück ist eine reine Schotterpiste. Bist du gar nicht müde von der Reise?«

»Elín ist verschwunden und du machst dir Sorgen, ob ich ausgeschlafen bin? Nicht dein Ernst, oder?« Er warf seine Tasche auf die Rücksitzbank von Gudruns Jeep und setzte sich auf den Beifahrersitz. »Hast du die geringste Ahnung, was passiert sein könnte?«

Oma setzte sich hinters Steuer. Sie schien nach den richtigen Worten zu suchen, dann holte sie tief Luft und begann:

»In meiner Familie wird erzählt … äh.« Sie schwieg einige Sekunden.

»Was? Was wird in deiner Familie erzählt?« fragte Larus mit ungeduldiger Stimme.

»Ich vermute, dass sie beim verborgenen Volk ist.«

Larus stieß die Tür auf und sprang aus dem Auto. »Hör auf mit deinem mystischen Elfenmist«, schrie er ins Wageninnere.

Das Gesicht seiner Großmutter zuckte kurz, bevor es erstarrte.

Ihr Enkel ließ sich wieder auf den Beifahrersitz fallen. Die Anspannung steckte zwischen ihnen wie eine Wand. Gudrun ließ den Wagen an und fuhr los. Ihre Kieferknochen bewegten sich unaufhörlich. Sie starrte auf die Straße und schwieg. Larus steckte sich Kopfhörer in die Ohren, versuchte den Ärger über seine elfengläubige Großmutter herunterzuschlucken und die bisherigen Informationen in irgendeinen sinnvollen Kontext zu bringen. Er schloss die Augen und machte die Musik noch lauter.

Einige Musikstücke später wurde er angestupst. Er guckte zu seiner Oma und begegnete ihrem Blick. Sie bewegte die Lippen. Er zog einen der Ohrstöpsel heraus. »Hast du was gesagt?«

»Ja, dass wir da vorne von der Ringstraße runtermüssen.«

Kurz darauf begann die angekündigte Schotterpiste.

Gudrun steuerte ihr Auto gekonnt um die riesigen, mit Wasser gefüllten Schlaglöcher oder fuhr mitten hindurch. Larus musste neidlos anerkennen, dass sie das deutlich souveräner machte, als er es gekonnt hätte. Auf dem Parkplatz am Hof Stöng, direkt vor der großen Hinweistafel, stand nach wie vor Elíns Leihwagen. Es war das einzige Fahrzeug auf dem mit feinem Geröll angelegten Platz.

»Die Polizei scheint es ja nicht eilig mit ihren Nachforschungen zu haben«, schnaubte er.

»Was erwartest du? Es gibt doch keine Hinweise auf ein Verbrechen.«

»Ja klar, Elín ist ganz sicher freiwillig verschwunden.« Er verdrehte die Augen.

Mit der Stirn an die kühle Autoscheibe gelehnt, blickten sie ins Wageninnere. Auf dem Beifahrersitz lagen ein eingepacktes Sandwich und daneben ein zerknülltes Sandwichpapier. An dessen Rand konnte Larus rosafarbene Lippenstiftspuren erkennen. Seine Schwester hatte das Handschuhfach offengelassen. Er schaute sich um, konnte aber nichts Ungewöhnliches entdecken. Wenige Minuten später stand er mit Gudrun vor der Tafel, direkt bei der überdachten Ausgrabung des Hofes Stöng.

Genau hier hatte Elín gestern wahrscheinlich gestanden und gelesen.

Obwohl Larus bei dem Gedanken eine Gänsehaut bekam, fühlte er plötzlich eine starke Wärme in sich. So, als ob sein Herz ein kleiner Ofen sei. Diese Empfindung nahm ihm fast den Atem. Er fühlte Schweiß auf der Stirn. So etwas hatte er noch nie erlebt. War das etwa ein Herzinfarkt?

Aber im nächsten Moment war eine andere Gewissheit da. Elín war in seiner Nähe. Larus spürte ihre Verzweiflung. Ihre unendliche Traurigkeit. Wo war sie?

Dann war das Gefühl wieder verschwunden. Alles fühlte sich an wie vorher. Unsicher blickte er seine Großmutter an, die den Text auf der Hinweistafel las. Sie wirkte nach wie vor sehr ruhig. Offensichtlich hatte sie diese überwältigende Empfindung nicht gehabt.

»Manche Menschen können das verborgene Volk sehen, oder?« Oh Mann, hatte er das wirklich gefragt? »Wo genau lagen ihre Sachen?«, fügte er schnell hinzu.

Oma sah ihn lange an und wies dann in Richtung eines niedrigen Birkenwäldchens.

»In Gjáin. Das ist nur einen kleinen Fußmarsch von hier entfernt.«

20 Minuten später standen sie an dem Wasserfall Raúdafoss, der rauschend in ein Wasserbecken hinabfiel. Gudrun nahm erneut ihr Smartphone heraus und zeigte dann auf ein moosbewachsenes Fleckchen. Larus sah auf das Display und nickte. Das war die Stelle, an der Elíns Sachen gelegen hatten. Er blickte sich um. Nichts wies darauf hin, was hier geschehen sein mochte.

»Sie ist auf genauso ungewöhnlichem Wege verschwunden, wie sie zu uns kam«, überlegte er laut.

»Vielleicht hat das eine mit dem anderen zu tun?«

Larus nickte. »Wenn wir herausfinden, wer sie ausgesetzt hat, erfahren wir vielleicht auch, wo sie jetzt ist.«

»Komm, wir fahren zurück nach Reykjavik. Vielleicht hat die Polizei mittlerweile Elíns Handy und ihre Kamera zu mir gebracht.«

6

ELÍN

Vom Tor aus überblickte ich das Hofgelände. Links von mir befand sich das Langhaus, rechts eine winzige Kirche, die von einer niedrigen Hecke umgeben war. Dazwischen drei andere Gebäude in verschiedenen Größen. Es herrschte reger Betrieb.

Ein Mann lief mit zwei Holzeimern Richtung Langhaus. Mehrere schwarzbraun gefleckte Hundewelpen stolperten ihm ungelenk hinterher, gefolgt von zwei kichernden Kleinkindern. Wenige Meter vom Eingang des Langhauses entfernt stand eine Gruppe Frauen. Sie schwatzten laut. Als sie mich mit den beiden Schwestern auf sich zukommen sahen, verstummten sie und drehten ihre Köpfe in unsere Richtung. In ihren Gesichtern erkannte ich eine Mischung aus Furcht und Neugier. Eine der Frauen war hochschwanger. Ihre Gesichtszüge wirkten geradezu eingefroren, während sie auf den Boden starrte. Sie biss die Zähne zusammen und bewegte dabei den Kiefer hin und her. Ob das die Frau war, deren Gespräch mit Tjara ich belauscht hatte? Die hatte sehr besorgt und ängstlich geklungen.

Ich, eine Wiedergängerin – wie absurd. Oma hatte mir von dem früheren Glauben der Isländer erzählt. Wiedergänger waren Tote, die, weil sie keine Ruhe finden konnten, als Untote zu den Lebenden zurückkehrten, um sich für erlittenes Unrecht zu rächen.

Ich schenkte der Hochschwangeren ein kleines Lächeln. Sie drehte sich auf der Stelle um und stürzte davon.

Tjara sah ihr kopfschüttelnd hinterher.

»Ramea hat Angst vor dir. Dabei ist sie sehr mutig, wenn sie nicht gerade ein Kind erwartet.«

Sie wandte sich an die übrigen drei Frauen. »Leider ist unser Gast immer noch sehr verwirrt und kann sich im Moment an nichts mehr erinnern. Bitte helft Elín ein wenig dabei, sich hier zurechtzufinden.«

Nach einer kurzen Pause nickten die Frauen zustimmend und starrten mich dabei unverwandt an. Das nasse Unterkleid klebte an mir fest. Mir war erbärmlich kalt. Ein Schauer lief mir über den Rücken und ließ mich beben. Jemand legte mir einen Umhang auf die Schultern. Ich drehte mich um und blickte in das schmale Gesicht einer jungen Frau, die mir herzlich zulächelte.

»Ich danke dir«, sagte ich und freute mich ehrlich über ihre freundliche Miene.

»Hej, ich bin Freydis. Ich habe gestern geholfen, dich zu waschen und einzukleiden.«

»Oh.« Mir wurde warm.

Freydis errötete jedoch im selben Moment ebenso wie ich. Sie war mir auf Anhieb sympathisch.

Im nächsten Augenblick drückte jemand mich in Hüfthöhe auf die Seite. Ein kleiner Mensch, von dem ich zunächst nur den weißblonden Haarschopf erkennen konnte, drängte sich zwischen Freydis und mich hindurch und stellte sich in die Mitte der Gruppe.

Der Junge reichte mir etwa bis zum Ohrläppchen. Für sein Alter hatte er schon recht kräftige Muskeln. Dabei konnte er höchstens zehn Jahre alt sein. In seinem braunen Ledergürtel, der seine Tunika zusammenhielt, entdeckte ich einen Kurzdolch mit einer Metallklinge. Breitbeinig mit verschränkten Armen stand der Knabe vor mir, hob sein Kinn und blickte mir ins Gesicht.

Mich durchfuhr ein kurzer Schreck. Der Junge hatte eine Lippenspalte, die seinen linken Nasenflügel nach unten zog. Dadurch wirkte sein Lächeln leicht schief. Seine freundlichen blauen Augen konnte man bei dem Anblick leicht übersehen. Ich hatte Mitleid mit ihm. Er befand sich, wie ich, in der falschen Zeit.

»Hej Elín.« Wie ich erwartet hatte, sprach er nasal. »Ich heiße dich herzlich auf Stöng im Hause des Goden Einar willkommen.« Er deutete eine leichte Verbeugung an. Ich konnte mich erinnern, dass Island früher 39 Goden hatte, die jeweils ungefähr 100 Höfe in einem Godord unter sich vereinten. Der Hausherr Stöngs war demnach ein einflussreicher Mann.

»Flosi nimmt seine Aufgabe als einziger anwesender Mann der Familie sehr ernst.« Die Stimme der Frau troff vor Sarkasmus, wobei sie das Wort Familie besonders betonte. Sie und die Frau, die neben ihr stand, stießen sich gegenseitig die Ellenbogen in die Rippen und lachten.

»Warte nur ab, bis die richtigen Männer vom Althing zurückkommen, dann weißt du wieder, wo du hingehörst«, fügte die andere hinzu.

Flosi wurde unter seinem schulterlangen Haarschopf tomatenrot.

Kurz bevor er den Kopf zu Boden senkte, konnte ich erkennen, dass seine Augen verdächtig glitzerten. Warum wurde dieses benachteiligte Kind so schlecht behandelt? Er hatte sich doch nur ein wenig aufspielen wollen, wie viele Jungs es in diesem Alter tun.

»Lasst ihn in Ruhe. Wenn unser Vater wieder hier ist, wisst vor allem ihr, wo ihr hingehört.« Tjara drohte den beiden mit der Faust. Die antworteten mit einem meckernden Kichern.

Ohne sie anzublicken, stieß Flosi eine der beiden zur Seite und stapfte davon. »Dummes Weibsvolk«, knurrte er.

Ich blickte ihm hinterher. Im Eingang des Langhauses wäre er beinahe mit einer etwas fülligeren Frau zusammengestoßen. Sie sprach mit ihm. Er zog den Kopf noch tiefer zwischen die Schultern und wandte sich Richtung Hoftor, hinter dem er verschwand. Die Frau dagegen kam mit ausladenden Schritten auf mich zu.

»Mutter kommt«, zischte Tjara aus dem Mundwinkel. »Oh nein, Hallveig«, flüsterte Freydis und senkte den Kopf. Die Frauen strafften ihre Körperhaltung, strichen ihre Unterkleider glatt oder sammelten dort imaginäre Fusseln. Niemand sprach mehr ein Wort.

Hallveig überragte ihre Töchter um einen halben Kopf. Ihre Haare waren zu einem Knoten gebunden. Sie trug ein dunkelgrünes Kopftuch. Ihr Trägerkleid in derselben Farbe unterschied sich deutlich von den schlichten, die ich bisher gesehen hatte. Es war mit sorgfältig bestickten Borten verziert und schimmerte wie Seide. Das konnte nur die Frau des Hofherrn sein. Die kunstvoll verzierten Broschen, die das Trägerkleid schmückten, waren aus Gold und vor der Brust mit einer Kette aus bunten Glasperlen verbunden. An dem Ledergürtel, der um ihre Taille geschlungen war, hingen mehrere Schlüssel.

Weder ihr kostbares Gewand noch der üppige Schmuck konnten jedoch davon ablenken, dass ihr Gesicht verkniffen und verärgert wirkte. So als ob sie schon lange nichts mehr erfreuen könne. Dabei war sie früher bestimmt hübsch gewesen.

»Wo habt ihr sie diesmal gefunden?« Hallveig bellte es fast.

Ich zuckte erschreckt zusammen.

Ihre Töchter wirkten plötzlich wie kleine Mädchen, die sich am liebsten in eine Ecke hocken würden.

»Sie lag auf der anderen Seite des Zaunes. Völlig durchgefroren. Sie sollte sich etwas Wärmeres anziehen und bald etwas essen. Schließlich haben wir sie schon am gestrigen Tag in Gjáin gefunden, aber vielleicht ...«

Hallveig hob die linke Hand. Sigrún verstummte augenblicklich.

»Sie kann sicher selber sprechen.«

Bei ihrem Anmarsch hatte ich mir fest vorgenommen, mich nicht einschüchtern zu lassen. Aber jetzt, wo sie mich mit ihrem Blick durchbohrte, war dieser Vorsatz Geschichte.

Was sollte ich sagen? Ein leichtes Kratzen in meinem Kehlkopf nahm ich zum Anlass, ausgiebig zu husten.

»Guten Tag, Hallveig«, sagte ich dann mit heiserer Stimme. »Ich danke dir, dass ich hier sein darf.«

»Gastfreundschaft ist ein hohes Gebot für uns«, Hallveig quetschte die Worte so leise durch ihre zusammengepressten Lippen, dass ich sie kaum verstehen konnte.

»Wo kommst du her und was willst du hier?«

Auch wenn es mir schwerfiel, ich musste höflich zu dieser Frau sein. Im Moment war ich darauf angewiesen, dass sie mich nicht wegschickte.

Also nahm ich einen tiefen Atemzug und ließ ihn seufzend entweichen: »Ich weiß es leider nicht. Ich habe keine Erinnerung an mein Leben vor der Ohnmacht.«

Sie nahm meine Worte stumm zur Kenntnis, kniff die Augen zusammen und klopfte mit dem Zeigefinger ihrer rechten Hand auf die Oberlippe. Ihre Augen waren auf den Boden gerichtet. Ihre Mundwinkel zuckten.

Ich wurde das Gefühl nicht los, dass Hallveig meine Auskunft mit großer Erleichterung aufgenommen hatte.

Wenige Augenblicke darauf hatte die Godin ihre Überlegungen offenbar abgeschlossen und blickte mir ins Gesicht. »Deine Sippe sorgt sich bestimmt um dich. Du scheinst nicht aus dieser Gegend zu stammen, sonst würden wir dich kennen. Auch deine Sprache ist anders als unsere. Vielleicht bist du erst vor kurzem ins Land gekommen.«

Sie kratzte sich mit der rechten Hand am Kinn. Ihre goldenen Armreifen klimperten. Dann fuhr sie fort: »Die Männer, die nicht beim Althing sind, werden auf dem Hof gebraucht. Ich kann niemanden davon entbehren, um wer weiß wie lange nach deiner Familie suchen zu lassen.«

Tjara, die bisher schweigend zugehört hatte, mischte sich ins Gespräch ein.

»Mir kommt gerade ein Gedanke, Mutter. Sigrún und ich könnten doch mit Elín zum Althing reiten. Alle isländischen Sippen sind dort. Das ist die einzige Gelegenheit im Jahr, herauszufinden, wo sie zuhause ist.«

Zum Althing? Reiten? Hallo? Warum fragte niemand, was ich davon hielt? Thingvellir war ziemlich weit entfernt. Und ich wusste, wo meine Familie wohnte. Die sollten mir einfach meine Brosche zurückgeben und mich in Ruhe lassen.

Hallveigs verkniffener Gesichtsausdruck löste sich augenblicklich. Sie lächelte sogar. »Das ist ein sehr guter Gedanke.«

Mir sackte das Herz ins Hemd.

Tjara rieb sich die Hände. »Wir reisen morgen früh ab und kehren mit Vater und seinen Thingleuten zurück. Elín wird dann sicher mit ihrer eigenen Sippe nach Hause gelangen.«

»Aber ihr drei Frauen solltet nicht alleine reiten. Nehmt euch zwei Knechte mit und schickt sie dann sofort wieder nach Stöng zurück. Das Vieh muss auf die Weiden getrieben werden. Da brauche ich jede Hand.«

Schon morgen? Ach du Scheiße. Mir blieben nur wenige Stunden, um meine Brosche zu finden und hier zu verschwinden.

Ich versuchte, Tjaras Lächeln zu erwidern, aber bekam die Mundwinkel nicht auseinander.

»In Thingvellir wirst du ganz sicher deine Sippe finden«, sagte sie.

»Das wäre zu wünschen«, Hallveigs Ton ließ keinen Zweifel daran, dass es auch für sie mehr als erfreulich wäre, wenn ich nicht mehr hierher zurückkehrte.

»Eine Magd wird alles für die Reise vorbereiten, und du, Sigrún, sorge dafür, dass Elín endlich trockene Kleidung erhält.«

Tjara maß mich mit den Augen ab.

»Ich denke, dass ihr Rameas Kleidung passen könnte.«

Ramea, das war der Name der hochschwangeren Schwägerin. Ich zog den Bauch ein.

Sigrún nickte. »Danach lasst uns endlich essen, mir knurrt der Magen und Elín muss zu Kräften kommen. Es liegt eine lange Reise vor uns.«

Mit diesen Worten nahm sie mich bei der Hand und zog mich zum Eingang des Langhauses.

Ich hatte zwar keinen Appetit, aber eine kleine Stärkung wäre sicher gut. Dann musste ich dringend meine Brosche finden. Tjara und Sigrún meinten es nur gut mit mir. Mir fiel kein Argument ein, ihren Vorschlag mit dem Ritt nach Thingvellir abzulehnen, und Hallveig würde mich nicht länger als nötig auf ihrem Hof dulden. Damit blieb mir nur der heutige Tag, um das Schmuckstück zu finden und schnell wieder zurück in meine Zeit zu reisen.

Das Langhaus war erfüllt von Frauen- und Kinderstimmen. Die meisten Männer waren wohl zum Althing gereist. Der Vorraum war nur spärlich erhellt. Sigrún zeigte auf die Tür gegenüber dem Eingang. »Da ist der Abtritt.«

Ich nickte nur und erinnerte mich an das gestrige Gespräch im Nachbau dieses Hauses. Gudrun, die ehemalige Säuglingskrankenschwester, hatte mit mir über den Gestank gesprochen, der in früheren Zeiten aus der Latrine gedrungen sein musste. Der Mief hier war viel widerlicher, als ich es mir vorgestellt hatte.

In dem Moment kam Hallveig ins Haus, schob Sigrún zur Seite und ging in die Latrine. Durch die Haustür fiel ein wenig Licht in den kleinen Raum und ich konnte sehen, wie sie sich mit dem Rücken zur Außenwand auf einen Holzbalken setzte. Die Geruchsmischung aus menschlichen Ausscheidungen, Fäulnis und Blut nahmen mir den Atem. So lange wie möglich hielt ich die Luft an. Der Würgereiz ließ sich dadurch kaum unterdrücken.

Ganz bestimmt würde ich diese Latrine nicht nutzen. Plötzlich meinte ich, den Gestank auf meiner Zunge zu schmecken. Mein Zwerchfell krampfte schmerzhaft. Ich schlug die Hand vor den Mund und rannte zurück durch die Haustür nach draußen. Dann lehnte ich mich an die Hauswand und sog die frische Luft tief in meine Lunge.

Sigrún war mir gefolgt. »Entweder hast du lange nichts gegessen oder ...«, sie blickte auf meinen Bauch. »Oder du bist wirklich guter Hoffnung.«

Ich blickte Richtung Latrine und nickte langsam.

»Können wir wieder hineingehen, Elín?«

»Lass mich noch ganz kurz hierbleiben«, bat ich und holte noch einmal tief Luft. Im nächsten Moment wurde mir warm. Bis gerade hatte ich am ganzen Körper eine Gänsehaut gehabt. Larus? Ich hatte das Gefühl, er stünde neben mir. Ich wusste, dass das nicht möglich war, und blickte mich trotzdem suchend nach ihm um. Verdammt, ich war wirklich kurz davor durchzudrehen.

Dann folgte ich Sigrún erneut ins Haus. Im Vorraum bogen wir nach links ab und gelangten in einen großen Raum. Seit gestern wusste ich, dass er Skáli genannt wurde. Hier war ich vorhin aufgewacht. Jetzt war es hier deutlich heller. Das Feuer brannte und an den Holzstützen hingen rußig flackernde Öllampen.

Mit so vielen Menschen wirkte die Skáli viel kleiner als die im Nachbau. Über dem Feuer hing an einer langen Kette ein großer Topf, aus dem Dampf aufstieg. Eine junge Frau schüttete mit einer Schüssel etwas hinein und rührte das Ganze mit einem großen Holzlöffel um.

Ich empfand die Luft immer noch als sehr abgestanden und hätte am liebsten ein paar Fenster aufgerissen. Mein Herz schlug schneller. Der Blick nach oben zum Windauge beruhigte mich und ich folgte Sigrún weiter in den Raum hinein.

Die Schlafdecken und Kissen waren mittlerweile beiseite geräumt worden, so dass auf den breiten Bänken Platz zum Sitzen war. Ramea und eine andere Frau hatten sich mit ihren Kindern bereits hingesetzt. Ramea hielt einen kleinen Jungen auf dem Schoß und zog ihm eine Hose an. Sigrún ging hinüber und sprach kurz mit ihr. Sie nickte, ließ mich dabei aber nicht aus den Augen.

Kurz bevor die Skáli endete, zeigte Sigrún mir den Vorratsraum auf der rechten Seite. Im Halbdunkel erkannte ich drei halb im Boden eingegrabene Bottiche. Es roch säuerlich.

»Und das hier ist unsere Stofa«, Sigrún zog den Vorhang zurück, hinter dem sich der hinterste Raum befand. »Wir Frauen verrichten im Winter unsere Handarbeiten in dieser Kammer. Hier können wir uns auch mal in Ruhe unterhalten.« Ich musste den Kopf einziehen, um ihr in das Zimmerchen zu folgen. Beim Passieren berührten meine Hüften beide Seiten des Durchgangs. Wie peinlich, wenn ich wie ein Korken hier stecken bliebe. Aber nein, es passte. Gerade eben. Wie man in dieser Dunkelkammer arbeiten sollte und dann auch noch Handarbeiten war mir ein Rätsel. Es gab nicht das geringste Loch, durch das Tageslicht einfallen konnte, lediglich aus der Skáli drang ein wenig Feuerschein herein. Ich atmete langsam ein und aus.

Eine Magd reichte eine Öllampe herein. In ihrem fahlen Schein entdeckte ich einen Webstuhl, der an der Wand lehnte. Daneben stand eine sarggroße Holztruhe, deren flachen Deckel Sigrún hochklappte und vorsichtig an die Wand lehnte. Während ich die Lampe hielt, kramte sie darin herum und drückte mir kurz darauf ein Stoffbündel in die Hand. Mit dem Rücken zu Sigrún gewandt, zog ich das nasse und schmutzige Unterkleid aus und das trockene an. Mein fetter Hintern war blamabel genug und meine abrasierte Schambehaarung hatte schon für genug Verwunderung gesorgt.

Sigrúns erschrockenes »Was hast du da?« ließ mich jedoch innehalten.

»Was meinst du?« Ich drehte den Kopf, um sie anzusehen.

»Du hast einen Flecken auf deinem Rücken. Das sieht aus wie ein dreiblättriges Kleeblatt.« Sie deutete mit dem Finger dahin, wo gestern die Brosche geklebt hatte.

Ich tastete mit der Hand nach der Stelle. Die Haut war empfindlich wie nach einem starken Sonnenbrand.

»Oh. Was ist das denn?« Hatte das unbedarft genug geklungen?

Sigrún seufzte. »Ich hoffe so sehr für dich, dass du deine Erinnerung zurückerhältst und diese ganzen eigenartigen Dinge, die geschehen sind, sich bald aufklären.«

Ich seufzte ebenfalls.

»Ja, das hoffe ich auch. Bitte erzähle niemandem von dem Zeichen. Ich habe das Gefühl, dass schon jetzt viele auf dem Hof Angst vor mir haben.« Ich zog das Unterkleid herunter und fragte mich, wo die Unterhose blieb.

»Tjara werde ich es erzählen, sonst niemandem, versprochen. Du wirst ohnehin nicht mehr hierher zurückkehren.«

Sigrún legte mir ein Trägerkleid auf die Schultern.

»Sehr freundlich von Ramea, einer Fremden ihr Kleid zu leihen«, bedankte ich mich.

»Sie ist die Frau unseres Bruders Ingolf.« Sigrún sagte es mit gesenkter Stimme. »Sie erwartet schon ihr drittes Kind innerhalb von drei Jahren. Die letzte Geburt hätte sie fast nicht überlebt. Aber er denkt nicht daran, seine Frau zu schonen.«

Das schien ja ein tolles Bürschchen zu sein.

»Hier, mit diesen Broschen kannst du die Träger am Kleid befestigen«, sagte Sigrún und legte mir etwas in die Hand, das im Schein der Öllampe golden schimmerte.

Ich befestigte die Träger jeweils links und rechts über der Brust mit den beiden ovalen Broschen und dachte dabei an meine eigene.

Bisher hatte mich niemand darauf angesprochen. Sigrún schien sie nicht gesehen zu haben, sonst hätte sie wohl anders auf den Flecken auf meinem Rücken reagiert. Freydis hatte nach Hallveigs Erscheinen auf dem Hof gar keine Gelegenheit mehr gehabt, mit mir zu reden. Vielleicht befand sich die Brosche noch an dem Umhang.

»Wo sind eigentlich die Dinge, die ich bei mir trug, als ihr mich fandet?«

Sigrún legte das Kleid, welches sie noch in der Hand hielt, zurück in die Holztruhe und schloss den Deckel. »Als wir dich fanden, warst du völlig entkleidet und hattest auch sonst nichts bei dir. Derjenige, der dich ausraubte, hat dir nichts gelassen.«

»Habt ihr mich etwa völlig nackt hierhergebracht?« Ich fühlte mich mies, weil ich sie anlog.

Sigrún schüttelte langsam den Kopf. »Du warst in meinem Umhang eingewickelt.«

Dieses kratzige Ding hatte ich nicht vergessen.

»Und wo ist dieser Umhang jetzt? Vielleicht kann ich mich wieder an irgendetwas erinnern, wenn ich etwas Bekanntes sehe.«

Sigrún nickte.

»Einen Versuch ist es wert. Freydis hat ihn mitgenommen, um ihn zu waschen. Er war voller Moos und Grasflecken und ...«

»Und was?«

»Du hast alles ausgespuckt, was in dir war.«

»Oh. Das tut mir leid.«

Spätestens beim Waschen würde Freydis die Brosche entdecken. Nach dem Essen musste ich mich sofort auf den Weg zu ihr machen.

7

ELÍN

Nebenan in der Skáli wurde es lauter. Ausgelassenes Kinderlachen drang zu uns in die Stofa.

»Beim Althing in Thingvellir gibt es Händler, die Stoffe und Leder anbieten. Dort werden wir dir ein Kleid und Schuhe anfertigen lassen«, sagte Sigrún und ging mir voraus. Im Feuerschein konnte ich erkennen, dass das Oberkleid, das ich trug, rostrot gefärbt war, die Broschen waren aus Kupfer und mit einem feinen Muster aus Punkten verziert. Eine Unterhose hatte Sigrún mir nicht gegeben.

Ich setzte mich zwischen Tjara und Sigrún auf die Bank neben dem Alkoven.

»Es sind keine Männer hier«, stellte ich fest.

»Die Männer der Familie sind verpflichtet, beim Althing zu erscheinen. Das sind mein Vater, mein Bruder und zwei meiner Vaterbrüder. Aber es sind auch Knechte, Frauen und Kinder mitgereist. Der Aufbau der Buden bedeutet viel Arbeit und es muss gekocht und sauber gemacht werden. Außerdem gibt es dort nicht nur die Gerichtsverhandlungen, es ist ein großes Fest mit vielen Vergnügungen und ein beliebter Heiratsmarkt.« Sie zwinkerte mir zu.

»Die Knechte, die hier sind, schlafen und essen mit den Mägden in einem anderen Haus«, sagte sie und gab mir eine Holzschüssel in die Hand.

Ich nahm von einem kleinen Jungen einen Holzlöffel entgegen und bedankte mich bei ihm.

Kreischend und lachend stolperte er davon.

»Wenn alle daheim sind, ist es sehr viel enger hier auf den Bänken, aber dafür sind die Kinder etwas leiser, wenn ihre Väter da sind.« Der Junge mit dem Holzlöffel kletterte auf ihren Schoß und sie ließ ihn auf ihren Knien reiten. »Das ist Rameas Sohn.« Sie lachte.

Mit einem Blick zum Eingang erstarb ihr Lächeln jedoch. Vorsichtig hob sie den Jungen von ihrem Schoß. Ich folgte ihrem Blick.

Hallveig kam aus dem schummrigen Licht des Vorraums in die Skáli. Diejenigen, die ihre Anwesenheit nicht sofort bemerkten und weiter-

sprachen, wurden von anderen unsanft mit dem Ellenbogen angesto-
ßen. Alle drehten den Kopf Richtung Eingang und die gerade noch so
ausgelassene Gesellschaft verstummte. Hallveig stellte sich vor eine der
vollen Sitzbänke. Ein knurrendes Geräusch entwich ihren zusammengepressten Lippen. Schleunigst sprangen zwei Kinder von der Bank und
gingen mit gesenktem Blick zu einem freien Sitzplatz auf der anderen
Seite des Raumes.

»Ich weiß gar nicht, warum sie heute mit uns isst«, flüsterte Tjara mir
ins Ohr. »Wenn Vater weg ist, weigert sie sich, mit dem Rest der Familie
in einem Raum zu sitzen. Vor allem den Lärm der Kinder kann sie nicht
ertragen.«

Ihre Mutter hatte das Gewispere offenbar vernommen. Sie starrte ihre
Tochter mit eingefrorener Miene an, bis diese verstummte.

Eine Magd hielt Hallveig eine Schüssel vor die Brust. Die Frau des
Goden wusch sich darin sorgfältig die Hände und ließ sich dann ein
Tuch zum Abtrocken reichen. Nach und nach hielt die Magd allen die
Waschschüssel entgegen. Ganz zum Schluss kam sie zu mir. Es schüttelte mich, wenn ich daran dachte, was für eine Brühe sich mittlerweile
in der Schüssel befinden musste. Eigentlich hatte ich meine Hände nur
ganz kurz hineintunken wollen, aber ich bemerkte Hallveigs Blick und
wusch sie ausgiebigst.

Jeder Anwesende, außer den Kleinkindern, die gefüttert werden mussten, hielt einen Holzlöffel und eine Schüssel in der Hand. Ein junges
Mädchen rührte mit einer großen Schöpfkelle in dem Topf und gab
schließlich zuerst Hallveig und dann allen anderen eine Portion in die
Schüsseln, von etwas, das aussah wie Bircher Müsli. Die Mahlzeit verlief
von jetzt ab schweigend.

Ich war froh, meinen leeren Magen füllen zu können, denn ich war
etwas wackelig auf den Beinen. Die Masse in meiner Holzschüssel roch
gar nicht mal so übel. Irgendein Getreide. Hin und wieder entdeckte ich
einen dunklen Punkt innerhalb der Masse, der sich beim Draufbeißen
als eine Beere entpuppte. Der Brei schmeckte trotz dieser Einlage so fad,
dass ich nach wenigen Löffeln meine Mahlzeit unterbrach. »Habt ihr ein
wenig Zucker für mich?«, wisperte ich Tjara aus dem Mundwinkel zu,
ohne sie dabei anzusehen.

»Was ist das?«

»Schsch«, zischte Hallveig und Tjara senkte den Blick.

Irgendwo in meiner Speiseröhre kam die klebrige Pampe ins Stocken und klemmte fest. Ich hustete und nahm einen großen Schluck aus dem Holzbecher, den Sigrún mir reichte. Im nächsten Moment hätte ich beinahe alles wieder ausgespuckt. Das war kein Wasser, sondern Bier! Oder jedenfalls so was Ähnliches. Tapfer schluckte ich es hinunter.

Ich versuchte, die Breireste mit der Zunge aus den Zahnzwischenräumen zu puhlen. Dabei ließ ich den Blick durch den Raum wandern. Links vom Eingang zur Stofa war mir schon vorhin ein erhöhter Sitz aufgefallen. Das Ding, das aussah wie ein überdimensionierter Kinderhochstuhl, musste der Hochsitz des Goden sein. Jetzt war er leer. Die Pfeiler, die an beiden Seiten der Sitzlehne emporragten, waren reich mit Schnitzereien verziert.

Nach dem Essen sammelten zwei Frauen das Geschirr in einen Korb und brachten es aus dem Haus. Auch die anderen drängten jetzt nach draußen und verteilten sich auf dem Gelände.

Niemand hatte mir eine Aufgabe zugeteilt. So konnte ich sofort mit der Suche beginnen.

Nachdem ich zuerst im Stall gelandet war, fand ich das Gesindehaus.

»Hej, ist hier jemand?« Keine Antwort. Hier schien sich im Augenblick niemand aufzuhalten. Vermutlich war Freydis mit dem Umhang schon zum Waschen gegangen.

Als ich mich umdrehte, bemerkte ich Flosi. Ein kleines Mädchen mit nackten Füßchen, welches gerade die ersten Laufversuche machte, hielt er an beiden Händen, damit es ein paar Schritte gehen konnte. Die Kleine juchzte vor Vergnügen und strahlte ihn an. Ich wollte ihn nach dem Weg zur Waschstelle fragen. Im selben Moment eilte Hallveig mit großen Schritten herbei. Ich ging ein Stück rückwärts und verbarg mich hinter der Hausecke. Dabei wäre ich beinahe auf eine schlafende Hündin getreten. Die schreckte kurz auf, legte aber ihren Kopf sofort wieder ins Gras, als ich mich hinhockte und begann, sie im Nacken zu kraulen.

Die Frau des Goden lief direkt auf das kleine Mädchen an Flosis Hand zu und riss es an sich. Die Kleine strampelte verzweifelt, schrie und weinte, aber Hallveig tat, als ob sie es nicht bemerkte. »Wage es nicht noch einmal, unsere Kinder anzufassen, hast du gehört, du Bastard?«, blaffte sie Flosi an. Dann rannte sie zurück Richtung Langhaus. Das kleine Mädchen kreischte und strampelte immer noch.

Die angestaute Wut ließ mein Herz rasen. Flosi stand mit hängenden

Schultern dort, wo er gerade eben noch mit der Kleinen gespielt hatte, und sah Hallveig hinterher. Ich ging zu ihm und nahm ihn wortlos in den Arm. Er zuckte erschrocken und wollte sich aus der Umarmung lösen. Nach wenigen Momenten löste sich seine Körperspannung und er barg seinen Kopf an meiner Schulter.

»Magst du mich zur Waschstelle begleiten, Flosi?«, fragte ich.

Er schüttelte den Kopf und rannte wortlos davon.

Der Hof war jetzt menschenleer.

Aus einem Gebäude drang lautes Hämmern. Eine Welle von Hitze schlug mir entgegen, als ich in die offene Tür trat. In der Schmiede arbeiteten ein Mann und zwei Jungen. Die Wände waren voller Ruß. An ihnen hingen Hufeisen und Schöpfkellen, aber auch Messer und Dolche. Einer der Knaben bediente einen Blasebalg, um die Glut anzufachen, der Schmied bearbeitete mit dem Hammer ein Stück rauchendes Eisen auf dem Amboss, das so aussah wie ein Seil aus Metall. Als er das glühende Werkstück in das Wasserbecken neben ihm tauchte, zischte, brodelte und qualmte es beängstigend.

Es stank nach Schweiß, Kohle und Metall. Der Schmied sah kurz auf und führte dann seine Arbeit fort. Ich wandte mich mit meiner Frage an den Knaben, der gerade damit beschäftigt war, Werkzeug zu säubern.

Die Waschstelle war nach seiner Erklärung einfach zu finden. Zwar lag sie ein gutes Stück entfernt, aber schon einige hundert Meter hinter dem Hoftor konnte ich den weißen Rauch ausmachen, der aus der heißen Quelle emporstieg. Beim Näherkommen hörte ich Stimmen. Am Bach angekommen sah ich, dass drei Frauen bis zu den Knien in dem dampfenden Wasser standen. Ihre Unterkleider hatten sie bis unter den Po hochgeknotet. Freydis konnte ich nicht entdecken. Aber vielleicht hatten sie trotzdem Sigrúns Umhang in ihren Wäschekörben?

Am Ufer angekommen erkannte ich zwei der Frauen. Es waren die, die Flosi lächerlich gemacht hatten. Die dritte Frau stand ein wenig abseits, mit dem Rücken zu mir. Sie schien mich noch gar nicht bemerkt zu haben.

»Hej, darf ich euch zusehen?«

Die beiden Lästermäuler unterbrachen ihre Arbeit und glotzten mich an.

»Hast du nichts Besseres zu tun?«, rief eine von ihnen.

Ich konnte mich kaum erinnern, je solche Gesichter gesehen zu haben.

Beide hatten eine knollige Nase, eine niedrige Stirn und ein fliehendes Kinn. Fleischgewordene Blödheit.

»Bisher nicht, danke der Nachfrage.«

Blödes Kichern war die Antwort.

»Wo ist Freydis?«, fragte ich.

»Sie fühlte sich unwohl und wollte später kommen. Hatte vermutlich wieder keine Lust zu arbeiten.« Sie lachte meckernd und entblößte dabei eine Reihe dunkler Zahnstummel. Ha, wenn die nicht hin und wieder heftige Zahnschmerzen hatte, wer dann?

Dann hatte Freydis vorhin wohl geschlafen, als ich im Gesindehaus nach ihr rief.

»Habt ihr ihre Wäsche schon mit hierher genommen?«

»Was geht dich das an?«, blaffte die Stummelzahnige.

»Bevor ich hier nur herumstehe, könnte ich die waschen.«

Die Frau hob die Augenbrauen, stieß aber dann einen der Körbe zu mir. »Hier, das ist ihre Wäsche.« Nur durch einen schnellen Griff konnte ich verhindern, dass der Korb umfiel. Blöde Kuh.

Das oberste Kleidungsstück war ein Unterkleid. Ich nahm es in die Hand und stellte mich mit einem großen Schritt in das dampfende Wasser der Quelle.

Oh Mann, das war viel zu heiß. Begleitet von lautem Gegröle der Lästermäuler sprang ich aus dem Wasser. »Ihr hättet mich warnen können.«

»Woher sollen wir wissen, dass du nicht nur so haarlos, sondern auch so dünnhäutig wie ein Neugeborenes bist?«

Die Röte kroch langsam über mein Gesicht Richtung Haarwurzeln. Wenn die wussten, wie ich nackt aussah, wussten es alle auf dem Hof, so viel stand fest.

»Du musst deine Füße langsam an die Wärme gewöhnen«, sagte eine leise Stimme hinter mir. Die dritte Frau war näher gekommen. Ein zart gebautes Mädchen, mindestens zehn Jahre jünger als ich. Sie lächelte und hob einen ihrer Füße an. Auch dieser war durch die Hitze stark gerötet.

»Komm, ich helfe dir.« Mit diesen Worten hängte sie das tropfnasse Wäschestück in ihrer Hand über den Korb. Sie bückte sich und schaufelte mit ihren Händen heißes Wasser auf meine Füße. Ich blickte währenddessen auf ihren glänzenden dunkelblonden Zopf und kam mir vor wie ein Sklaventreiber. Oder wie eine alte Frau. Beides nicht angenehm.

Immerhin, es half. Nach wenigen Minuten hatten meine Füße sich an die Hitze gewöhnt. Ich stellte mich neben das Mädchen in das Quellwasser.

»Vielen Dank. Ich heiße übrigens Elín.«

Die Angesprochene nickte. »Ich bin Alva.«

Alva beugte sich bis auf Flüsterdistanz zu mir hinüber. »Beachte die beiden nicht. Emma und Fenna sind zu jedem boshaft.«

»Sie waren sehr gemein zu Flosi. Genau wie die Godin.«

»Das sind sie immer.« Sie tunkte das Wäschestück, das sie in der Hand hielt, in das heiße Wasser.

Ich machte es ihr nach und hielt das schmutzige Unterkleid unter Wasser, bis es völlig durchnässt war. Aus dem Augenwinkel beobachtete ich, was Alva tat.

»Was sagen denn Flosis Eltern dazu?«

Das Mädchen rieb ihre Wäsche mit einem Stück hellgrauer Seife ein und reichte sie an mich weiter. »Die Mutter ist schon lange tot. Kurz nach seiner Geburt ging sie zusammen mit ihrem unehelichen Sohn ins Wasser. Einar konnte nur den Jungen retten. Seinen Vater kennt niemand.«

In Erwartung eines angenehmen Duftes hielt ich meine Nase an das glitschige Seifenstück. Es roch wie Butter, drei Monate nach Ablauf des Mindesthaltbarkeitsdatums. Ranzig. Damit sollte die Wäsche sauber werden?

Alva fuhr fort. »Der Gode hat Flosi gegen den Willen Hallveigs als Ziehsohn in sein Haus genommen.«

Sie drückte mir ein Holzbrett in die Hand. Es erinnerte mich an das Schneidbrett in meiner kleinen WG-Küche. Auch ein Geschenk von Larus. Kurz musste ich die Luft anhalten. Ich zwinkerte die Tränen weg und wischte mit dem Ärmel über meine Wangen. Morgen würde ich wieder zuhause sein. Es war noch früh am Tag.

Ich sah mir das Brett genauer an.

Was sollte ich mit dem Ding anfangen? Waschbretter kannte ich vom Flohmarkt, aber die sahen völlig anders aus. Ich schaute Alva an, zuckte mit den Schultern und gab es ihr zurück.

»Schau, wie ich es mache.« Sie nahm das Brett an der schmalen Seite und schlug mit der breiten, flachen Seite wieder und wieder auf das Wäschestück ein. Dann tunkte sie den Stoff erneut ins Wasser, zog ihn hin und her, um die Seife herauszuspülen und dann wieder mit dem Brett auf die Wäsche einzuschlagen.

Ich sah hinüber zu den Schwestern, die gerade in gebückter Haltung mit ebensolchen Brettern auf ihre Wäsche einschlugen. Wie sie da breitbeinig, gebückt im Wasser standen, sahen sie wirklich selten dämlich aus und im Gegensatz zu Unterhosen gab es Cellulitis offenbar schon immer.

Ich wartete, bis Alva mit dem Schlagen fertig war, und nahm ihr das Brett wieder ab. Dann hieb ich damit auf das eingeseifte Unterkleid ein, wie ich es bei ihr gesehen hatte.

Diese Hallveig war ein wirklich schlechter Mensch. Wie sie den armen Flosi behandelte. Und auch das Verhalten mir gegenüber. Gastfreundschaft – von wegen. Ich hatte genau gespürt, dass ich alles andere als erwünscht war. Wenn Larus jetzt hier wäre, pah … Er würde schon dafür sorgen, dass niemand mich so behandelte. Aber nein, der war ja bei seiner ach so wichtigen Verlobten. Ich schlug immer weiter, bis jemand meinen Arm festhielt.

»Du sollst die Wäsche nicht erschlagen, sondern säubern.«

Alvas Stimme klang halb belustigt, halb ängstlich.

Ich schaute hoch und sah, dass auch Emma und Fenna ihre Tätigkeit unterbrochen hatten und mich mit offenem Mund anstarrten. Guckt nur weiter so dämlich, dann bekommt ihr das Ding gleich in eure dummen Fratzen.

Ich warf das Brett ans Ufer und begann, das Wäschestück auszuspülen. Ein Wäschestück nach dem anderen unterzogen wir dieser Prozedur. Wann kamen bloß endlich die Wollsachen dran? Nach dem Waschen wrangen Alva und ich gemeinsam die großen Wäschestücke aus und breiteten sie zum Trocknen auf einer großen Wiese aus.

Emma zog einen grünen, mit einer Borte bestickten Umhang aus einem Bottich. Das Wasser wurde offenbar zuerst ein wenig darin abgekühlt, bevor die Wolle gewaschen wurde. Ich hielt die Luft an und wartete, dass Sigrúns Umhang erschien. Als sie den Bottich auskippte, zerplatzte die kleine Hoffnung, die ich gehabt hatte. Völlig erschöpft ließ ich mich neben die Wäsche auf das Gras plumpsen. Meine Handinnenflächen waren weiß und aufgequollen. Alva setzte sich neben mich und grinste. »Egal, wer oder was du bist, eine Magd sicher nicht. Deine Hände sehen eher nach Näh- und Webarbeiten als nach Waschen und Feldarbeit aus.«

Sie hielt ihre Hände neben meine. Neben ihren muskulösen und schwieligen Händen wirkten meine wie die zarten Finger einer Chirurgin. Ich drehte sie vor meinen Augen hin und her, als ob ich sie das erste Mal sähe. »Ja, da könntest du recht haben.«

Alva legte sich aufs Gras und blickte in den sonnigen Himmel. Kurz darauf schnarchte sie leise. Ich war auch abgekämpft, der Gedanke an meine Brosche ließ mir jedoch keine Ruhe.

8

LARUS

Larus parkte das Auto auf der Auffahrt seiner Großmutter. Die sprang sofort heraus und lief hinter das Haus. Als sie zurückkam, hielt sie einen Leinenbeutel in die Höhe. »Auf unsere Polizei ist Verlass«, rief sie schon von weitem.

»Gib mal her«, sagte Larus und nahm ihr den Beutel aus der Hand. Es waren Elíns Spiegelreflexkamera und ihr Handy, auf dem ein Post-it klebte.

Er zog den Zettel ab und las vor: »Die Auswertung der Geräte hat keinen neuen Anhaltspunkt ergeben. Ich rufe dich an, sobald ich Neues weiß. Mikael«

»War ja klar«, murmelte Omi nur.

»Möchtest du auch einen heißen Kakao?«, fragte sie, als sie kurz darauf in ihrer Küche standen, und setzte einen Topf mit Milch auf.

»Ja, gern.«

Larus schaltete die Kamera ein und klickte sich rückwärts durch die Aufnahmen. Als Erstes sah er Fotos der Landschaft, die sie kurz zuvor besichtigt hatten. Erst jetzt fiel ihm auf, wie verzaubert der Ort wirkte, in dem seine Schwester verschwunden war. Sie hatte es verstanden, die Stimmung Gjáins perfekt einzufangen. Mindestens 50 Aufnahmen hatte sie dort gemacht. Die letzten zoomte er heran und betrachtete sie eingehend. Die Polizei war sicher auch so vorgegangen, aber er verließ sich lieber auf seine eigene Wahrnehmung. Auf den Fotos war keine andere Person zu erkennen. Elín war offensichtlich allein in der Oase gewesen.

Es folgten einige Aufnahmen des alten Hofes Stöng, sie hatte auch den Innenraum ein paarmal fotografiert, außerdem das Haus von allen Seiten und den Blick vom Hof in die nähere Umgebung. Auf einem der Fotos konnte er den Vulkan Hekla erkennen.

Gudrun stellte eine große Tasse mit dampfendem Kakao vor ihm auf den Tisch und ließ sich auf den Stuhl neben ihm sinken.

»Hast du etwas gefunden?«

Larus schüttelte den Kopf. »Bisher nicht.«

Sie legte ihm die Hand auf den Unterarm.

»Vorhin in Stöng hatte ich das Gefühl, du könntest meine Version zu Elíns Verschwinden akzeptieren.«

Unwirsch entzog er ihr seinen Arm.

»Ach Quatsch. Keine Ahnung, warum ich dort kurz das Gefühl hatte, es sei möglich«, antwortete er und gestikulierte dabei mit weit ausholenden Armbewegungen. Dabei stieß er die fast volle Tasse um. Der Anblick der großen dunkelbraunen Lache, die sich auf dem Tisch bildete und in einem Rinnsal auf den Küchenboden lief, brachte ihn vollends zur Verzweiflung. Am liebsten hätte er Omas Toaster, der neben ihm auf der Anrichte stand, durch das Fenster geworfen. Aber das brachte ihm Elín auch nicht zurück.

»Scheiße!«, schrie er und beobachtete seine Omi, die bereits einen Lappen geholt hatte und die Spuren seines Ausrasters beseitigte. Sie blickte ihn ängstlich und irgendwie verloren an. Er hielt sie am Handgelenk fest. »Tut mir leid.«

»Du musst dich nicht entschuldigen. Es ist alles ein bisschen viel, nicht wahr?« Ihre Stimme klang heiser.

Larus nickte und klickte dann gedankenverloren auf das nächste Foto von Elíns Kamera.

Wer war das denn? Seine Schwester stand mit einer ihm unbekannten Frau, Mitte 60, vor einem grasbewachsenen Haus. Es gab mehrere Fotos von den beiden. Elín sah glücklich und gelöst aus wie schon lange nicht mehr. Hatte diese Fremde sie zum Lächeln gebracht?

»Omi, kennst du die?«, fragte er und drehte die Kamera so, dass Gudrun auf das Display schauen konnte.

Gudrun wischte sich die Hände an ihrer Hose ab und sah sich das Foto an.

»Ich kann mir denken, wer das ist«, sagte sie dann und erzählte ihrem Enkel von ihrer Namensvetterin.

»Ich hatte deiner Schwester davon erzählt und auch, dass die ehemalige Kinderkrankenschwester jetzt ehrenamtlich in Pjodveldisbaer arbeitet.«

»Du meinst den Museumshof.«

Sie nickte.

»Wir sind vorhin fast direkt daran vorbeigefahren. So was Blödes.«

»Das Museum hat montags sowieso geschlossen.«

»Elín hat sicher die Telefonnummer ihrer neuen Bekanntschaft gespeichert. Gib mir mal ihr Handy, ich rufe diese Gudrun sofort an.«

9

ELÍN

Ich machte mich auf den Heimweg zum Hof. Kurz meldete sich mein schlechtes Gewissen, weil ich Alva mit der Arbeit allein ließ, aber noch länger wollte ich meine Suche nach Freydis nicht aufschieben.

Als ich in das Hoftor einbog, kam mir Ramea, trotz ihrer Leibesfülle, mit großen Schritten entgegen. »Ist Freydis noch bei der Waschstelle?«, fragte sie.

»Sie war gar nicht da.«

»Ich habe gesehen, dass sie den Hof verließ, und nahm an, sie ginge zur Waschstelle.« Ramea blickte sich um wie ein gehetztes Reh.

»Dann hat Hallveig vielleicht doch recht.« Fahrig strich sie sich eine blonde Haarsträhne aus dem Gesicht. »Sie behauptet, dass Freydis sie bestohlen habe und dann geflohen sei.«

Ich wurde unsanft zur Seite geschoben. Emma und Fenna. Sie mussten sich direkt nach mir auf den Weg gemacht haben. »Ach nein, wer hätte das gedacht von der lieben, freundlichen Freydis?« Sie hatten uns belauscht.

»Haltet euer Schandmaul und macht, dass ihr wegkommt«, stieß Ramea hervor.

Laut kichernd gingen die beiden davon.

Ich hörte und beobachtete sie, gedanklich war ich längst woanders. Freydis konnte meine Brosche beim Auskleiden kaum übersehen haben. Das Ding war so wertvoll, sie hatte sie auf ihrer Flucht sicher mitgenommen. Panik schlug mir in die Magengrube. Ich biss mir auf die Unterlippe und schluckte meine Tränen herunter. Tief durchatmen. Zum Nachdenken brauchte ich einen wachen Kopf.

»Ich werde Hallveig nicht erzählen, dass Freydis beim Waschen fehlte. Wenn es wirklich stimmt, dass sie die Godin bestohlen hat, dann hat sie gute Gründe und benötigt Vorsprung auf ihrer Flucht.«

Gute Gründe? Vielleicht. Vorsprung? Ganz bestimmt nicht. Mir war völlig egal, was der Godin abhandengekommen war, aber meine Brosche durfte sich nicht weiter von mir entfernen. Ich sah über Rameas Schulter hinweg, dass Emma und Fenna mit Hallveig sprachen.

»Zu spät. Sieh nur die beiden Lästermäuler.«

Ramea drehte sich um. »So ein Mist. Diese dummen Gänse.«

»Hej, warum hast du mich nicht geweckt, bevor du gegangen bist?«
Alva war mittlerweile ebenfalls auf dem Hof angekommen.

»Ich dachte, ein wenig Ausruhen täte dir gut.«

Alva winkte ab und lächelte. »Wenn du mir nicht geholfen hättest,
stünde ich immer noch im heißen Wasser.«

Ramea blickte mir, zum ersten Mal seit meinem Auftauchen, in die
Augen.

»Ich habe mich wohl in dir getäuscht.« Sie strich sich über ihren riesigen Bauch.

Hallveig rannte über den Hof.

Ramea schien meinen versteinerten Blick bemerkt zu haben, denn sie
drehte sich um und sagte: »Die hat es aber eilig.«

Im nächsten Moment stürzte die Godin mit zwei Männern im Schlepptau Richtung Stall.

»Oh nein, Thorkell und Thorgeir. Das sind ihre Brüder. Sicher schickt
sie die beiden auf die Suche nach Freydis. Jetzt können wir nur noch
für sie beten.« Rameas Hände öffneten und schlossen sich unablässig.
Sie starrte aus dem wachsweißen Gesicht auf irgendetwas in der Ferne.
Einige Augenblicke später rannten Hallveigs Brüder mit zwei Pferden
an uns vorbei zum Hoftor und kurz darauf ertönte Hufgetrappel.

»Freydis einzige Möglichkeit zu entkommen ist es, sich zunächst für
längere Zeit gut zu verstecken. Sie ist hier aufgewachsen und kennt
sich besser in dieser Gegend aus als die beiden.« Ramea legte Alva ihre
Hand auf die Schulter: »Freydis ist deine beste Freundin. Denk nach.
Wo könnte sie sein?«

Das Mädchen starrte auf den Boden und runzelte die Stirn, während
Ramea ihre Arme verschränkte und mit den Fingern auf ihren Ober-
armen tänzelte. Mit einem Mal erhellte sich Alvas Gesichtsausdruck.
»Ich weiß, wo sie sein könnte. Vor zwei Jahren haben wir hinter einer
Höhle eine weitere entdeckt und uns gegenseitig geschworen, dass das
unser Geheimnis bleibt.«

Rameas Dekolletee zeigte hochrote Flecken, ihre Stimme zitterte. »Wir
müssen Freydis Essen und Trinken für einige Tage bringen. Egal, was
sie getan hat, Hallveigs Rache hat sie nicht verdient.« Sie wandte sich
wieder an Alva. »Wie weit ist diese Höhle entfernt?«

»Wenn ich nach dem Abendessen aufbreche, könnte ich am frühen Morgen wieder zurück sein.«

Rameas Körperhaltung entspannte sich etwas. »Sobald Hallveig schläft, komme ich zum Gesindehaus, um dich abzuholen.«

Alva blickte auf Rameas Bauch. »In deinem Zustand halte ich das für keinen guten Gedanken.«

»Ich kann dich begleiten«, sagte ich schnell.

»Du reitest morgen früh zum Althing, um deine Sippe zu suchen.« Ramea wandte sich an Alva: »Oder kannst du versprechen, dass ihr bis dahin zurück seid?«

Zu meinem Entsetzen schüttelte Alva den Kopf. »Ich werde allein gehen. Meine Abwesenheit wird Hallveig nicht bemerken.«

Ramea nickte, hakte mich unter und zog mich mit. Ich fühlte mich wie ein willenloses Kind über den Hof geschoben. Mit jedem Schritt wuchsen Wut und Verzweiflung in mir. Warum hatte ich mich so leicht abwimmeln lassen? Ich würde ganz sicher nicht zum Althing reiten. Weder morgen noch sonst wann. Freydis musste mir die Brosche zurückgeben und dann – Abflug in die Zukunft.

Wir betraten die Skáli. Die meisten Familienmitglieder hatten sich bereits zum Essen niedergelassen. Über dem Feuer brutzelten verschiedene Fischstücke auf einem Rost. Hin und wieder tropfte etwas Flüssigkeit zischend in die Glut. Der Duft ließ mir das Wasser im Mund zusammenlaufen.

Tjara und Sigrún kamen uns entgegen. Unvermittelt zogen sie Ramea und mich in die Dunkelheit der Stofa. »Habt ihr schon gehört, wessen unsere Mutter Freydis beschuldigt? Unglaublich.« Tjara klang entrüstet.

Der Vorhang zur Skáli wurde zurückgezogen und eine ältere Frau steckte ihren Kopf durch die Öffnung. »Wir wollen essen.«

Sigrún nickte ihr zu und die Alte zog ihren Kopf zurück.

»Mutter hat ihre Brüder auf die Suche nach Freydis geschickt. Ich habe solche Angst um sie.«

»Es gibt noch Hoffnung. Ich erzähle euch später davon.« Ramea wandte sich Richtung Skáli. »Lasst uns mit den anderen essen. Sonst bemerkt Hallveig sofort, dass wir etwas im Schilde führen, und lässt uns nicht mehr aus den Augen.«

Wir gingen hinüber und setzten uns auf die freien Plätze. Keinen Moment zu früh, denn auf der anderen Seite der Halle trat gerade die Godin ein.

Der Bratfisch schmeckte köstlich, aber jeder bekam nur ein kleines Stück davon. Ramea bot mir etwas an, das aussah wie ein alter Lederlappen und streng nach Fisch roch. Stockfisch. Den kannte ich aus einem Urlaub in Portugal. Voller Erwartung riss ich ein mundgerechtes Stück ab und steckte es in den Mund. Nur mit viel Bier gelang es mir, das gummihafte Zeug irgendwie hinunterzuspülen. Glücklicherweise kam gerade eine Magd mit frischem Brot herein. Damit konnte ich mich satt essen.

Nach dem Ende der Mahlzeit sammelten zwei Mägde das Essgeschirr ein und gingen damit nach draußen. Die anderen blieben noch auf den Bänken sitzen, schwatzten oder spielten mit den Kindern. Hallveig verließ die Skáli. Die angespannte Stimmung nahm sie mit und der Geräuschpegel schwoll wieder an.

»Mutter ist ins Badehaus gegangen.« Tjara machte Sigrún, Ramea und mir ein Zeichen, ihr in die Stofa zu folgen. Ramea berichtete, was Alva plante. Ich konnte Tjaras Gesichtsausdruck in dem Dämmerlicht nicht ausmachen, aber ihre Stimme klang heiser, als sie flüsterte: »Wir können nur hoffen, dass die beiden unversehrt zurückkehren.« Laut sagte sie: »Dann haben wir alles für unsere Abreise morgen früh.« Wir gingen zurück in die Halle.

Als die Frau des Goden vom Baden zurückkehrte, waren mehrere Frauen damit beschäftigt, die Bänke mit Fellen und Decken auszulegen und den kleineren Kindern zu helfen, sich für die Nacht vorzubereiten. Bevor Hallveig die Türen zum Alkoven öffnete, drehte sie sich nach ihren Töchtern um. »Ich werde nicht so früh aufstehen und verabschiede mich daher schon jetzt von euch.« Sie nickte Tjara und Sigrún zu. »Wir sehen uns dann nach dem Althing.«

Mit einem Blick zu mir sagte sie: »Wir werden uns vermutlich nicht wiedersehen.«

Wenige Minuten später drang ihr Schnarchen durch die Türen des Alkovens. Ramea machte sich auf den Weg zu Alva. Kurz nachdem ich das Klappen der Haustür gehört hatte, stand ich auf. Draußen zog ich mir meinen Umhang über den Kopf und verließ den Hof durch das Tor. Es konnte nicht lange dauern, bis Alva hier vorbeikam. Sie würde es nicht schaffen, mich davon abzuhalten, sie zu begleiten. Ich lehnte mich mit dem Rücken an die Palisaden.

Irgendwann waren meine Füße eingeschlafen. Warum ging das Tor nicht endlich auf? »Verdammter Mist.« Ich schüttelte meine Beine aus, damit das unangenehme Kribbeln aufhörte.

»Elín, bist du das?«

Endlich bewegte sich das Tor einen Spalt. Allerdings war es nicht Alva, sondern Ramea, die ihren Kopf hindurchsteckte. »Was machst du hier?«, fragte sie.

»Wo ist Alva?«

»Die ist längst weg. Wir sahen, dass sich jemand klammheimlich durch das Tor stiehlt, deshalb half ich ihr, auf der anderen Seite des Hofes über den Zaun zu klettern.«

Mir war plötzlich speiübel. Ich hatte es gründlich versaut.

10

Larus

Die Wanduhr über der Tür zum Flur zeigte 15.30 Uhr. Larus' Schwester war jetzt seit über 24 Stunden verschwunden. Oma zog Elíns Handy vom Stecker des Ladekabels und reichte es ihm.

»Kennst du die PIN?«

Er nickte, tippte sie ein und sagte: »Da ist die Nummer von dieser Gudrun. Ich versuche es mal.«

Sekundenlang klingelte es. Gerade als er auflegen wollte, hörte er eine leise Frauenstimme.

»Elín?«

Es klang, als ob er sie aus tiefsten Träumen ans Telefon geholt hätte.

»Nein, hier ist ihr Bruder Larus.«

»Ist was passiert?« Plötzlich war ihre Stimme hellwach.

Larus' Omi lehnte neben ihm an der Arbeitsplatte und knetete das Geschirrtuch wie einen Brotteig. Dann fuchtelte sie damit vor seiner Nase herum. Sie wollte mithören. Er stöhnte innerlich und stellte den Anruf auf laut. »Meine Großmutter hört übrigens mit.«

»Hej Gudrun«, sagte Oma.

»Hej. Warum ruft ihr mich von Elíns Handy aus an?«

»Sie ist gestern nicht von ihrem Ausflug zurückgekehrt. Wir haben ihre Fotos durchgesehen und dabei auch Aufnahmen von euch beiden gefunden. Elín hatte deine Nummer abge...«

»Sie ist verschwunden? Gestern Vormittag war sie noch bei mir im Museumshof.«

»Konntest du ihr weiterhelfen?«

»Nur wenig, aber wir waren bereits für ein Treffen mit den anderen Säuglingsschwestern verabredet.«

Larus' Fingerspitzen kribbelten plötzlich, als ob eine Horde Ameisen darüber liefe. Unwillkürlich schüttelte er die Hand aus.

»Weiß eine von denen mehr über damals?«

»Keine Ahnung. Ich rufe die beiden gleich an. Wann habt ihr denn das letzte Mal von Elín gehört?«

»Nach eurem Gespräch ist sie nach Stöng gefahren und in Gjáin wurden ihre Sachen gefunden.«

»Und ich hatte ihr noch den Tipp gegeben, dort hinzufahren.« Ihre Stimme klang zerknirscht.

»Hatte sie eine Brosche bei sich?«, fragte Larus' Großmutter.

Larus drehte den Kopf ruckartig in ihre Richtung. Hallo? Brosche? Wovon sprach sie?

»Ja, sie trug sie in einem Brustbeutel bei sich. Ich durfte sie mir ansehen.«

Larus hatte seine Schwester noch nie mit so einem altmodischen Schmuckstück gesehen. Sie trug ohnehin kaum Schmuck.

»Ich hatte ihr verboten, sie aus dem Beutel zu nehmen.« Omi knallte das Geschirrtuchknäuel auf die Arbeitsplatte.

»Elín hat sich an dein Verbot gehalten. Als ich sie aus dem Beutel nahm, hat sie sich sogar umgedreht. Ich habe auch nicht verraten ... Obwohl ich mich furchtbar erschrocken habe.«

»Erschrocken?« Laurus verstand gar nichts mehr.

»Die beiden Edelsteine in der Brosche ... Die Farben sind die gleichen wie Elíns Augenfarbe. Und der orangene Stern im blauen Stein hat genau dieselbe Form wie der in ihrem blauen Auge«, sagte seine Großmutter tonlos.

Was zum Teufel?

»Okay, wir bleiben in Kontakt«, beendete Larus das Telefongespräch.

Seine Großmutter blickte ihn mit hochgezogenen Augenbrauen an. »Spinnst du?«

»Warum weiß eine Wildfremde von dieser ominösen Brosche, aber ich nicht?«

»Du wolltest nichts davon wissen.«

»Von schwachsinnigen Reisen ins Elfenreich wollte ich nichts wissen.« Seine Großmutter setzte sich betont aufrecht auf einen Stuhl.

»Soll ich dir jetzt davon erzählen oder nicht?«

Larus nickte betreten und setzte sich neben sie.

»Als Elín damals von den jungen Leuten an der Hallgrimmskirche gefunden wurde, lag neben ihr eine Brosche.«

»Die Brosche?«

»Genau. Weil sie zu dem Findelkind gehörte, haben damals ihre Adoptiveltern, also deine Eltern, sie erhalten. An dem Tag, an dem Elín zu uns kam, konnte ich einen kurzen Blick darauf werfen.«

»Warum haben Mama und Papa ihr die Brosche nie gegeben?«

»Ich nehme an, sie wollten alles verschwinden lassen, was irgendwas mit Elíns Vergangenheit zu tun hat.« Oma zuckte mit den Schultern. »Sie haben mir streng verboten, über die Adoption und alles andere zu reden. Als Elín ein Jahr alt war und ich ihre Augen sah, ahnte ich, dass ... äh. Immer, wenn ihr im Urlaub wart und ich euer Haus hütete, habe ich das Ding gesucht – aber vergeblich.«

»Und dann?«

Sie lächelte von einem Ohr zum anderen.

»Letztes Jahr habe ich sie im Schaufenster eines Antiquitätenhändlers entdeckt.« Ihre Augen blitzten. »Ich dachte, ich falle in Ohnmacht. Eigentlich hatte ich mir endlich ein neues Auto anschaffen wollen, aber dann habe ich die Brosche gekauft.«

»Wow.«

»Sie steht Elín zu.« Omi verzog das Gesicht. »Wenn ihr etwas passiert, ist es meine Schuld.«

Larus nahm sie in den Arm.

»Jetzt sag schon, was wird in deiner Familie erzählt?«

»Soll ich wirklich ...?«

»Los, raus damit.«

»Na schön.« Sie seufzte. »Dass die Frauen mit den zweifarbigen Augen für längere Zeit verschwanden, aber irgendwann wieder zurückkamen. Und, dass alle diese Brosche bei sich trugen.«

Larus schüttelte den Kopf. »Aber wie kommst du darauf, dass sie zwischenzeitlich beim verborgenen Volk gelebt haben?«

»Das ist doch das Naheliegendste.«

Er schüttelte den Kopf. Omi schien wirklich zu den wenigen Isländern zu gehören, die an diesen Quatsch noch glaubten.

»Warum hast du Elín das Ding bloß gegeben?«

»Habe ich nicht. Ich habe den Beutel mit der Brosche versteckt, bevor ich zur Klinik gefahren bin.«

11

LARUS

W as war mit der Klinik?«, fragte Larus
»Helga hatte einen Schlaganfall. Die Ärzte können noch nicht einschätzen, ob sie etwas zurückbehalten wird.« Ihre Unterlippe zuckte. Auch das noch. Larus nahm seine Großmutter fest in den Arm. Dann drückte er sie ein Stück von sich und schaute ihr in die Augen.

»So Omi, ich koche uns etwas und dann überlegen wir, was wir als Nächstes machen.«

»Ich bin noch nicht zum Einkaufen gekommen.«

»Egal, ich braue uns schon was zusammen.« Er begutachtete den Inhalt des Kühlschranks. Kurz darauf hielt er ein Paket Erbsen aus dem Tiefkühlfach in der Hand und legte es nach kurzem Zögern wieder zurück.

»Hast du noch deinen Kräutergarten?«

»Klar, was brauchst du?«

Larus kratzte sich am Kinn. »Schnittlauch und Estragon.«

Seine Großmutter ging mit einer Schere in den Garten und Larus setzte Kartoffeln und Eier auf.

Wenig später kam sie mit einem Korb voller Kräuter zurück.

Er hackte den Schnittlauch mit einem Kochmesser in kleine Röllchen, entfernte die Stängel vom Estragon und wendete die hartgekochten, abgepellten Eier nacheinander in Mehl, Ei und Paniermehl. Seine Oma bearbeitete die Mehlschwitze mit dem Schneebesen.

»Wenn sie ein paar Minuten geköchelt hat, kannst du die Kräuter, ein bisschen Senf und Salz und Pfeffer dazugeben.«

Larus ließ die panierten Eier ins heiße Fett gleiten. Dann tunkte er einen Finger in die Sauce. »Hm lecker, genauso muss sie schmecken.«

Wenige Minuten später saßen sie vor ihren Tellern.

»Kannst du dich noch an den Tag erinnern, an dem Elín gefunden wurde?«

Seine Großmutter kaute und schluckte den Bissen hinunter, bevor sie antwortete.

»Ja natürlich. Die Flughäfen und Häfen wurden kontrolliert, auch die Wasserschutzpolizei fuhr raus. In der Stadt hingen am nächsten Morgen

Suchanzeigen in verschiedenen Sprachen. Es stand natürlich auch in der Zeitung. Aber niemand hatte die Mutter gesehen.«

»Eine Touristin vielleicht, die gleich danach abgereist ist?«

Oma schüttelte den Kopf.

»Elín war erst wenige Stunden alt, als sie gefunden wurde, dann begann sofort die Suchaktion. Island ist eine Insel, so unbemerkt kommt man hier nicht weg.«

»Die Fundstelle mitten in der Stadt macht überhaupt keinen Sinn.«

Gudrun legte das Besteck auf den Teller. »Das hat mich schon damals gewundert. Wie soll es möglich sein, mitten am Tag ein Neugeborenes vor der Hallgrimmskirche abzulegen? Und dann lässt die Mutter ein wertvolles Schmuckstück für jeden sichtbar zurück?«

Larus stand auf, räumte den Tisch ab und wimmelte seine Oma ab, die ihm dabei zur Hand gehen wollte.

»Ich muss unbedingt mit diesem Paar sprechen. Du hast doch gute Beziehungen zur hiesigen Polizei. Was haben die noch registriert? Rufst du bitte bei deinem Polizisten an?«

Gudrun ging auf den Flur und holte ihr Handy aus der Handtasche. «Zuerst rufe ich aber Helgas Tochter an, um mich nach ihrer Mutter zu erkundigen.«

Larus stellte das Geschirr in die kleine Spülmaschine und begann damit, die Töpfe abzuwaschen. Mit einem Ohr lauschte er dem Gespräch seiner Oma, wurde aber nicht schlau aus ihren kurzen Äußerungen.

Sie kam in die Küche zurück und sagte: »Helga ist kurz aufgewacht. Es sieht gut aus.«

Dann rief sie den Polizisten an, es dauerte nur wenige Sekunden.

»Er versucht, die Namen herauszufinden.«

Elíns Telefon klingelte. Gudrun Sverrisdóttir.

Larus stellte den Lautsprecher wieder auf laut.

»Ich habe was für euch. Eine meiner früheren Kolleginnen konnte sich daran erinnern, dass die jungen Leute damals mit einer Jugendgruppe aus den USA hier waren. Ein Studentenaustausch.«

»Danke«, sagte Larus. Er blickte auf die Wanduhr und legte auf, bevor Gudrun etwas erwidern konnte. Seine Großmutter schaute ihn mit hochgezogenen Augenbrauen an.

»Ist ja gut, Omi«, sagte er, während er die Telefonnummern der Unis heraussuchte.

Sie stand auf und ging in den Flur. »Ich gehe einkaufen.«

Nach einer halben Stunde kam sie mit einem gefüllten Korb zurück.

Während sie die Lebensmittel einräumte, erzählte Larus: »1988 hat nur eine Uni in Reykjavik einen Studentenaustausch mit den USA, und zwar mit Boston gehabt. Ich habe im Sekretariat einen jungen Mann erreicht, der mir hilft. Er schaut im Archiv nach und meldet sich, falls er etwas über die damaligen Teilnehmer findet.«

Er stupste seine Großmutter sanft mit dem Ellenbogen in die Rippen. »Ich will noch mal nach Gjáin. Vielleicht haben wir etwas übersehen.«

»Jetzt noch?«

»Bleibt ja die ganze Nacht hell.«

Larus fischte seine Jacke von der Garderobe und verließ das Haus.

12

ELÍN

Ich lag auf der Bank und starrte auf den Holzbalken an der Decke. Eigentlich sollte ich vor der anstrengenden Reise ausreichend schlafen. Aber ich wollte nicht weg vom Hof. Auf gar keinen Fall. Ohne die Brosche würde ich vermutlich in dieser beknackten Zeit bleiben müssen. Ich hatte das Gefühl, ein dicker Stein läge auf meiner Brust. Verdammte Freydis. Hatte sie mich deshalb so nett angelächelt?

Mit einem Mal war ich hellwach. Was, wenn die Brosche schon vorher vom Umhang abgefallen war? Auf dem Weg von Gjáin hierher? Die Nacht war fast taghell. Ich könnte sie entdecken, wenn sie nicht allzu weit vom Pfad entfernt lag. Leise schob ich die Felldecke beiseite und lief hinaus.

Mein Herz schlug schnell gegen die Rippen, als ich das Hoftor hinter mir schloss. Der Pfad nach Gjáin war ohne Probleme zu erkennen. Ich schlich langsam, um bloß nichts zu übersehen. Nach gefühlt einer guten halben Stunde erreichte ich das Wasserbecken. An der Stelle, an der ich gestern gelegen hatte, war das Gras immer noch ein wenig niedergedrückt. Vielleicht klappte es doch ohne die Brosche? Vielleicht musste ich mich einfach nur an genau dieselbe Stelle legen? Ich legte mich hin. Statt der Brosche spürte ich die Verbrennung in meiner Lendengegend. Ich schloss die Augen und nahm dabei überdeutlich wahr, was um mich herum geschah. Das Rauschen des Wasserfalls, der in das kleine Becken stürzte. Das Gluckern der Steine in der Strömung.

Ansonsten geschah nichts.

Ich öffnete die Augen. Kein Qualm, kein Nebel, nichts. Gerade wollte ich frustriert aufstehen, da durchfuhr mich eine Wärmewelle. Meine Eingeweide glühten förmlich. Trotzdem musste ich albern kichern, als ob ich gekifft hätte. Das war doch ein Zeichen! Ich legte mich sofort wieder hin und ruckelte in die richtige Position.

Es klappte also doch. Ich würde zurückreisen in meine Zeit. Stocksteif blieb ich liegen und wartete.

»Larus?«

Er war hier. Nein, nicht neben mir. Um mich herum.

Das beruhigende Gefühl wurde stärker. Was war das für ein Duft? Sein

Rasierwasser! Ich drehte den Kopf. Da war nur Moos. Aber ich konnte ihn doch riechen und spüren!

Plötzlich wusste ich es. Er war hier, an derselben Stelle wie ich. 900 Jahre von mir entfernt.

»Larus?«

Keine Antwort. Ich hatte echt einen Sockenschuss. Mein Bruder war so weit von mir entfernt wie noch nie.

»Elín, ich bin bei dir.« Ich hielt die Luft an. Das war seine Stimme.

Im nächsten Moment war die Wärme fort und Kälte drang in alle Poren meines Körpers. Aber ich war mir sicher – Das war keine Einbildung gewesen. Uns war es tatsächlich gelungen, eine Verbindung zueinander aufzubauen. Schwerfällig stand ich auf und hüpfte auf und ab, um mich aufzuwärmen.

13

LARUS

Elíns Leihwagen war mittlerweile abgeholt worden.

An dem Hinweisschild am alten Gehöft hing ein Zettel. Je näher Larus kam, desto deutlicher konnte er das Foto seiner Schwester darauf erkennen. Die Polizei bat Zeugen um ihre Mithilfe.

20 Minuten später stand er erneut an der Stelle, an der Elíns Kleidung gefunden worden war, und setzte sich auf den Boden, um sich in Ruhe umzusehen. Auf dem Weg hierher war ihm niemand entgegengekommen. Er war allein in der Oase.

Wie müde er plötzlich war. Das monotone Plätschern des nahen Wasserfalls wirkte einschläfernd. Er hatte Mühe, die Augen offen zu halten, und legte sich ausgestreckt auf den Boden. Nur ein paar Minuten dösen. Das würde sicher schon reichen. Im nächsten Moment war er eingeschlafen.

Als er wach wurde, wusste er nicht, wo er sich befand. Ihm war heiß. Er wollte erschreckt aufspringen.

Da drang Elíns Stimme ganz leise an sein Ohr. Sie war hier!

Er setzte sich auf und das Gefühl von Elíns Nähe verschwand. Langsam ließ er sich wieder in die liegende Position zurückgleiten.

Wieder diese Hitze! Wieder das Gefühl, Elín sei bei ihm. Diesmal blieb er liegen. Es war wie vor einigen Stunden am alten Gehöft, aber viel intensiver. Sie war hier, aber sie war unsichtbar.

»Larus?«

Wie durch eine Wasserschranke drang ihre Stimme an sein Ohr. Dann ein Schluchzen.

»Elín, ich bin bei dir.« Er horchte, aber sie war nicht mehr da. Verdammter Mist! Larus sprang auf, nahm ein paar Steine auf und schleuderte sie an die Felswand hinter dem Wasserbecken. Das Rauschen des Wasserfalls schluckte das Geräusch ihres Aufpralls. Er entdeckte einen kopfgroßen Felsen, der wenige Meter hinter ihm lag, hob ihn hoch und stieß ihn wie ein Kugelstoßer so weit wie möglich ins Wasser. Mit einem lauten Platschen versank der Stein in der Mitte des Beckens und ein paar kühle Spritzer klatschten an seine Stirn. So, schon besser.

Dort, wo vorher der Stein gelegen hatte, war jetzt eine moosfreie Mulde, die deutlich dunkler als die Umgebung war. Wie lange das Ding dort gelegen hatte? Er ärgerte sich, dass er in seiner Wut diese unberührte Landschaft verändert hatte. Ob er einen anderen großen Stein wieder dorthin platzieren sollte?

Da hinten lag einer, der könnte passen. Und an der Stelle würde sein Fehlen auch viel weniger auffallen. Larus ging die kleine Anhöhe hinauf und zog den Stein ein wenig nach vorne, um ihn besser greifen zu können. Als er ihn schließlich anhob, offenbarte die Felswand dahinter ein eingemeißeltes, handtellergroßes X. Er nahm sein Handy aus der Hosentasche. Konnte nicht schaden, das Zeichen zu fotografieren.

Nachdem er den Stein an die vorgesehene Stelle gelegt hatte, war er zufrieden. Nach kurzem Überlegen verdeckte er das X mit ein paar kleineren Steinen und Sand. Dann durchsuchte er das Gelände, schaute hinter jeden Felsen, hob einige größere Steine an, tastete sorgfältig die Moosfläche ab, von der Elín verschwunden war, und legte sich nochmals an die Stelle.

Hatten sie vorhin wirklich eine Verbindung zueinander aufgenommen? Aber wie sollte das möglich sein? Omis Gerede vom verborgenen Volk war doch totaler Blödsinn. Oder? Er stand auf und bückte sich, um seine sandigen Hände im klaren Wasser zu säubern.

Einen halben Meter vom Ufer entfernt lag etwas auf dem Grund des Sees. Ein Blatt? Hier gab es keine Bäume. Er zog seine Schuhe und die Jacke aus, krempelte seine Hose bis über die Knie und watete langsam in das eiskalte Wasser. Dann bückte er sich, tastete mit der Hand danach, zog es heraus und legte es auf seinen Handteller. Ein Blatt war das nicht. Eher ein verkohltes Stück Stoff oder Leder. Larus zog sich wieder an und stopfte den nassen Fetzen in die Hosentasche. Bevor er sich auf den Rückweg zum Parkplatz machte, drückte er sich die Kopfhörer in die Ohren. Nachdem er sich vergewissert hatte, allein zu sein, sang er lauthals mit.

Eine halbe Stunde später bog er mit dem Auto auf die Ringstraße Richtung Reykjavik. Kurz darauf zeigte sein Handy eine Nachricht an. Er fuhr rechts ran und schaute nach. Der Mitarbeiter der Uni hatte versucht, ihn zu erreichen. Vor über zwei Stunden!

Es gab kaum Funklöcher in Island. Verdammt noch mal, warum gerade hier?

Er rief zurück, der junge Mann ging nach langem Klingeln dran.

»Hej Larus. Ich hab was für dich«, er klang verschlafen.

»Super, ich bin in einer knappen Stunde bei dir.«

»Nee, ist nich, sorry. Bin mit zwei Kumpels unterwegs zum Hochsee-angeln. Wir legen gleich ab. Donnerstag um neun Uhr am Haupteingang der Uni?«

»Kannst du mir nicht schon jetzt was sagen?«

»Ich hab ein Foto gefunden, das dich interessieren wird.«

»Schick es per WhatsApp.«

»Nee, nee, das muss ich dir persönlich geben.«

Heute war erst Montag. Larus schlug mit der Hand aufs Lenkrad.

»Okay. Bis Donnerstag«, sagte er und rieb sich den Handballen.

Eine knappe Stunde später legte er sein Fundstück auf den Küchentisch seiner Großmutter.

»Das lag im See in Gjáin.«

Seine Oma riss den Fetzen an sich, besah ihn von allen Seiten und roch daran. »Der Beutel, in dem die Brosche war. Wieso ist der verbrannt?« Sie stöhnte leise.

»Keine Ahnung, mach dich nicht verrückt.« Er nahm ihr den Fetzen aus der Hand und steckte ihn zurück in die Hosentasche.

»Nächsten Donnerstag bin ich mit dem Uni-Mitarbeiter verabredet. Er hat irgendein Foto gefunden.«

»Oh. Dann erst?«

»Ja, leider.« Larus fuhr sich mehrfach mit der Hand durch die Haare.

»Ich muss Papa und Mama anrufen. Die beiden wissen immer noch nicht, dass ihre Tochter verschwunden ist.«

Eine halbe Stunde später erreichte er seinen Vater.

»Hej Papa.«

»Hej Larus, erst meldest du dich wochenlang nicht und dann um diese nachtschlafende Zeit?«

»Ein Telefon funktioniert in beide Richtungen, Papa. Ich bin bei Omi in Reykjavik.«

»Du auch? Ich dachte Elín ...«

»Sie ist vorgestern spurlos verschwunden.«

Schweigen.

»Papa?«

»Warum erfahre ich das erst jetzt?«

»Wieso hast du nicht nachgefragt, als du sie an ihrem Geburtstag nicht erreichen konntest? Gar nicht versucht, oder?«

Sein Vater ging nicht darauf ein. »Hat ihr jemand eine Brosche gegeben?«, fragte er mit leiser Stimme.

Larus war, als ob ihm jemand mit eiskalten Händen in den Nacken fassen würde.

»Äh ... ja ... Omi.«

»Verdammt.«

»Woher weißt du ...?«

Ein Klacken.

»Papa?«

Stille

»Papa?«

Larus blickte auf sein Handy. Hatte der wirklich aufgelegt? Echt jetzt?

Seine Oma fand er im Garten. Unkraut zupfen beruhigte sie. Egal zu welcher Uhrzeit. Er schilderte ihr das Telefonat mit seinem Vater.

»Woher weiß er das?«, fragte sie.

»Er ist dein Sohn. Du hast ihm doch bestimmt die Geschichte erzählt.«

Sie schüttelte vehement den Kopf. »Sicher nicht.«

Kurz darauf summte Larus' Handy. Eine WhatsApp seines Vaters.

»Oma ist schuld, dass Elín weg ist.«

Seine Oma ließ sich auf die Gartenmauer sinken und stöhnte laut. »Er hat ja recht.«

Larus setzte sich neben sie und legte den Arm um ihre schmalen Schultern. »Du hast gesagt, dass die Frauen immer zurückkamen, und so wird es auch bei Elín sein.«

Ihre Augen schimmerten verdächtig. Sie nickte, zog sich die Gartenhandschuhe aus und stand auf. Larus nahm den Eimer mit dem Unkraut und sie gingen zum Haus. Auf der obersten Stufe der Außentreppe drehte er sich um und sagte: »Vor Donnerstag werden wir hier vermutlich nichts herausfinden. Ich würde gern morgen den frühen Flieger nach Köln nehmen und Mittwoch zurückkommen. Wenn ich vor ihnen stehe, sagen mir meine Eltern vielleicht eher die Wahrheit.«

»Hoffentlich kriegst du was aus deinem Vater raus«, erwiderte sie und wischte ihre Hände an der Hose ab.

Larus setzte sich an den Küchentisch, klappte seinen Laptop auf, tippte und blickte auf den Monitor. »11 Stunden für den Rückflug, na toll«, sagte er, gab seine Daten ein und schloss den Deckel wieder.

»Nimm nachher mein Auto mit zum Flughafen. Die zwei Tage geht's auch ohne.«

»Danke Omi. Ich versuche, ein paar Stunden Schlaf zu bekommen. Du brauchst nicht mit mir aufzustehen. Ich frühstücke am Flughafen.«

Sie nahmen sich kurz in den Arm und Larus ging nach oben.

14

LARUS

Larus zahlte das Taxi und stand wenige Augenblicke später vor der Haustür seiner Eltern. Jón und Kate lebten noch in dem Haus, in das sie eingezogen waren, als seiner Mutter ein deutlich besser bezahlter Job in einer Kölner Bank angeboten worden war. Larus war damals fünf Jahre alt gewesen und Elín im selben Jahr eingeschult worden. Früher hatte er hier mit seinen Freunden auf der Straße gespielt, später auf dem Spielplatz das erste Bierchen, die erste Zigarette und den ersten Kuss erlebt. Jetzt kam es ihm fremd vor.

Er klingelte.

Seine Mutter öffnete die Tür einen Spalt und riss die Augen auf.

»Larus! Was für eine Überraschung, Papa sagte gestern, du seist in Island.«

»Hat er dir erzählt, warum ich dort war?«

Ihr Gesichtsausdruck wurde merklich kühler. Er hasste sie dafür.

»Ja, hat er.«

»Und?«

»Was und?«

»Machst du dir keine Sorgen?«

»Sie hat vor Jahren den Kontakt zu uns abgebrochen. Was erwartest du?«

»Elín ist immer noch eure Tochter.«

»Adoptivtochter.«

War sie schon immer so gewesen? So gnadenlos? Larus schluckte.

Sein Vater kam um die Ecke gefahren. Vor der Auffahrt stoppte er seinen Wagen. Kurz sah es so aus, als ob er flüchten wolle. Dann gab er Gas, parkte direkt vor Larus, stieg aus und klopfte seinem Sohn auf die Schulter. »Hab's mir fast gedacht. Komm rein.«

Larus ging hinter seiner Mutter ins Haus, bog nach rechts ins Gäste-WC und wusch sich die Hände. Als er über den Flur ins Wohnzimmer ging, saßen seine Eltern bereits am Esstisch und unterhielten sich leise. Es klang aggressiv. Er setzte sich ihnen gegenüber.

Der leere Stuhl neben ihm war früher Elíns Platz gewesen. Er seufzte und suchte den Blick seines Vaters. »Die Vorreden sparen wir uns. Woher weißt du von den Fähigkeiten der Brosche?«

Jón schlug mit der Hand auf den Tisch. »Keine Ahnung, wovon du redest«, schrie er.

Larus zuckte zusammen. Sein Vater kam ihm wie ein bockiges Kind vor.

»Wovon sprecht ihr eigentlich?«, fragte seine Mutter.

»Mensch Papa, wenigstens jetzt könntet ihr mal was für sie tun.«

»Spinnst du?« Die Stimme seiner Mutter überschlug sich. Mit zusammengekniffenen Augen fixierte sie ihn wie ein Beutetier. »Sie hat immer dasselbe bekommen wie du.«

»Keine Liebe«, flüsterte er.

»Man kann nichts erzwingen«, sagte Jón. Larus bemerkte den unsicher flatternden Blick, mit dem sein Vater seine Frau ansah.

»Dass ich nach der Adoption noch schwanger werde, konnte doch keiner wissen. Wir konnten sie ja schlecht zurückgeben.«

Larus wurde speiübel. »Halt die Klappe, Mama, ich kotze gleich.«

»Wie redest du denn mit mir?« Sie hatte sich mit ausgestreckten Armen auf dem Tisch abgestützt und starrte ihren Sohn an.

Der winkte nur ab. »Warum habt ihr Elín die Brosche nicht gegeben? Sie steht ihr zu.«

»Ihre Mutter hatte sie entsorgt, wie Müll. Wer will denn an so was ständig erinnert werden?«

»Diese Entscheidung hätte sie selbst treffen müssen. Habt ihr wenigstens ordentlich Kohle dafür bekommen?«

Sein Vater schüttelte den Kopf und sah Kate fast unterwürfig an.

»Willst du mir etwas sagen, Papa?«

Keine Antwort.

»Sollen wir allein reden?«

Seine Mutter sprang auf. Ihr Stuhl krachte mit lautem Getöse auf den Parkettboden. Sie zeigte mit ausgestrecktem Arm Richtung Tür. »Es reicht!«

Larus stand betont langsam auf und ließ seinen Vater dabei nicht aus den Augen. Der senkte den Blick. »Du weißt, wie du mich erreichen kannst.«

Er drängte seine Mutter zur Seite, die sich ihm in den Weg stellte. »Was?«, schnaubte er sie an, nahm seinen Rucksack auf und ging aus dem Haus. Hinter ihm fiel die Tür ins Schloss. Er wartete kurz, aber sein Vater folgte ihm nicht.

Wie zu Schulzeiten lief er die knapp zwei Kilometer zur Bushaltestelle und fuhr in die Kölner Innenstadt. Am Rheinufer gab es ein paar schöne Lokale. Da wollte er etwas essen, bevor er sich auf den Weg zum Flughafen machte.

Nachdem er einen freien Tisch gefunden hatte, ließ er seinen Blick über den Rhein schweifen. Schiffe zogen vorbei, hinter ihm ertönte die Glocke des Kölner Doms. Larus konnte das alles nicht genießen und wollte nur eines – zurück nach Island. Er zog den verbrannten Fetzen aus seinem Rucksack und fühlte sich Elín ein bisschen näher.

»Larus!«

Die Stimme seiner ehemaligen Verlobten. Er drehte sich um und hatte sofort einen Kloß im Hals. Sie sah so traurig und müde aus.

»Hallo Christina.«

»Musst du nicht arbeiten?« In ihren Augen standen Tränen.

»Hab meine Eltern besucht.«

»Aha.«

Er machte eine einladende Geste. »Setz dich doch.«

»Nee, keine Zeit.« Ihr Kinn zuckte, die Kieferknochen traten hervor. Sie drehte sich um und rannte mehr, als dass sie ging, davon.

Was war er für ein Idiot! Bis vor wenigen Wochen war er sicher gewesen, dass sie die Richtige war. Aber das mit dem Heiratsantrag hätte er lassen sollen. Sie hatte sich so überirdisch darüber gefreut und dann …

15

ELÍN

Nach meinem nächtlichen Ausflug nach Gjáin trat ich in die Skáli. Ramea sah mir aus dem Dunkel entgegen. Ich nickte ihr zu und legte mich auf die Bank.

Was war bloß in Gjáin passiert? Auch wenn die Verbindung zwischen Larus und mir nur sehr kurz gewesen war – ich hatte jetzt deutlich weniger Angst vor dem, was vor mir lag.

Sigrún stupste mich an. War ich also doch eingeschlafen. Nachdem ich mich angezogen hatte, trat ich aus dem Haus und blinzelte in die Morgensonne. Vor mir standen fünf gesattelte Islandpferde mit Gepäcktaschen. Fünf weitere waren mit Zelten, Decken und Taschen bepackt.

»Bitte schicke uns einen Boten, wenn du etwas von Freydis oder Alva erfährst«, sagte Tjara und Ramea nickte. Sie war die Einzige, die uns verabschiedete. Wir schnalzten und trieben unsere Pferde an. Als Mädchen hatte ich Reiten geliebt. Immerhin etwas, das ich hier gebrauchen konnte.

Nach zweitägigem Ritt trafen wir am frühen Morgen des dritten Tages in Thingvellir ein. In der ersten Nacht hatten wir im Windschatten eines Berges, in der zweiten am Ufer eines Sees unsere Zelte aufgeschlagen. Beide Tage hatte es geregnet, zwar nur leicht, aber genug, um die Feuchtigkeit in die Zelte kriechen zu lassen. Mir war entsetzlich kalt gewesen, obwohl Tjara und Sigrún mich in ihre Mitte genommen hatten. In der letzten Nacht hatte der Regen endlich aufgehört.

Mein Hinterteil schmerzte fürchterlich. Zwischen den Beinen war ich wundgescheuert. Meine Füße in Tjaras viel zu kleinen Lederstiefeletten spürte ich kaum noch.

Das Erste, was wir von Thingvellir sahen, war der weitläufige See Thingvallavatn, der hinter dem Versammlungsgelände lag. Er glitzerte im Licht der Morgensonne, an seinem jenseitigen Ufer waren die Konturen von Berghügeln zu erahnen.

Wir lenkten unsere Pferde bis an den Rand der Ebene, in der die alljährliche Althingversammlung abgehalten wurde. Bei dem Anblick vergaß ich meine Schmerzen. Vor uns tat sich eine riesige, grasbewachsene, von gewaltigen Lavafelsen flankierte Fläche auf. Bis zum diesseitigen Ufer des Sees war sie übersät mit Hütten unterschiedlichster Größe. Der Fluss Öxará schlängelte sich durch die gesamte Ebene und der kobaltblaue Himmel spiegelte sich in seinem Wasser. Er war schon bald nach dem ersten Althing im Jahr 930 verlegt worden, um die Versammlungsteilnehmer mit Wasser zum Trinken, Kochen und Waschen zu versorgen.

Die Landschaft würde in neun Jahrhunderten noch genauso aussehen, aber die beiden großen Parkplätze, die in der Zukunft dort angelegt waren, würden voller Autos und Busse stehen.

Da vorne, an der Abbruchkante beim Lögberg, dem Gesetzesfelsen, hatte ich vor zwei Jahren lange mit Oma gestanden. Die Erhabenheit dieses geschichtsträchtigen Ortes hatte uns dermaßen in den Bann gezogen, dass wir kein Wort mehr sagen konnten.

In der Ebene hielten sich auch jetzt hunderte Menschen auf. Aber es waren keine Touristen mit Kamera und Reiseführer. Es waren die Bewohner Islands. Männer, Frauen und Kinder. Wahnsinn.

Auf einer runden Fläche, ganz in der Nähe einer winzigen Kirche, hatten sich die Goden und ihre Gefolgsmänner versammelt. Sie stimmten über Recht und Gesetz des Landes ab. Dass ich das erleben durfte! Mein Körper reagierte mit einer Gänsehaut.

Das Althing hatte bereits vor zehn Tagen begonnen, würde demnach in vier Tagen enden. Von den Menschen hörten wir lediglich ein Murmeln. Die Hütten der Thingbesucher reihten sich in mehreren Linien wie bunte Bauklötze auf der grünen Grasfläche aneinander. Auf einer Weide, weit abseits der Buden standen hunderte Islandpferde. Ich konnte kaum erwarten, das Ganze aus der Nähe zu sehen.

Jeder durfte zum Althing kommen, bis auf die, denen wegen eines Verbrechens, die Erlaubnis entzogen worden war. Abstimmen durften nur die Goden, also die Mitglieder der gesetzgebenden Versammlung, die beiden Bischöfe und der Gesetzessprecher. Jeder männliche Besucher durfte jedoch die Prozesse und Urteile am Rande mitverfolgen.

Wir ritten zwischen zwei Felsen hindurch in die Ebene hinein. Das Stimmengewirr der Thingbesucher wurde immer lauter.

Einige Kinder hatten uns entdeckt. Sie rannten und sprangen um die Pferde herum, bis wir aus den Sätteln gestiegen waren. Dann stoben sie lachend und kreischend auseinander. Die beiden Knechte, die uns begleitet hatten, führten die Pferde zum Weideland. »Gebt den Pferden was zu saufen und bringt dann unser Gepäck zur Bude unseres Vaters«, rief Tjara ihnen nach.

Gemeinsam gingen wir durch die Reihen der Hütten und Zelte. Meine Begleiterinnen wurden von allen Seiten freudig begrüßt. Die Stimmung erinnerte mich an ein Volksfest.

In dem allgemeinen Gewusel beachtete mich niemand, so konnte ich mich in aller Ruhe umsehen. Soweit ich erkennen konnte, bestanden die Wände der Buden aus Rasen und Steinen.

Plötzlich gab es einen lauten Knall, der mich zusammenzucken ließ. Kurz schoss mir der Gedanke durch den Kopf, dass es einen Terroranschlag gegeben hatte. Dann sah ich, dass sich das zeltartige Stoffdach der Bude, neben der ich gerade stand, laut flatternd in einer Windböe blähte. Ich musste grinsen.

»Stehen die Buden auch hier, wenn kein Althing stattfindet?«, fragte ich Sigrún. Sie schüttelte den Kopf. »Bis auf die Wände muss alles hierhergebracht werden.«

»Wenn ich an die Menschen denke, die ganz aus dem Norden oder Osten kommen müssen ...«

»Ja, die müssen sich nach dem Althing beeilen, um rechtzeitig zur Heuernte zuhause zu sein. Denn da wird wirklich jede Hand gebraucht.«

Im nächsten Moment mussten wir zwei Knechten ausweichen, die riesige Grassoden transportierten.

Die Bude Einars, des Hausherrn von Stöng und Goden des Pjórsárdalurtales, lag am Ende des Geländes. Sie gehörte zu den größten, die ich auf dem Weg hierher gesehen hatte. Vor dem Eingang standen mehrere Frauen. Sie redeten und lachten miteinander.

Die Frau, die Tjara und Sigrún zuerst entdeckte, stieß einen Schrei aus. »Hej, wie schön, dass ihr noch den Weg hierher gefunden habt! Wir haben euch sehr vermisst.« Im nächsten Moment scharten sich mehrere Frauen um die beiden und tauschten den neuesten Tratsch aus.

Da mich niemand beachtete, nutzte ich die Gelegenheit, durch den offenen Eingang in das Gebäude hineinzugehen, um mich ein wenig umzusehen.

Die Bude war viel länger und breiter als die Skáli von Stöng. Hier wohnten offenbar deutlich mehr Menschen als auf dem Hof. Von innen wirkte der Raum durch das dreieckige Dach wie ein Festzelt. Es gab aber keine lange Theke, sondern mittendrin eine mindestens drei Meter lange und einen Meter breite Feuerstelle. In dem mit Steinen abgegrenzten Rechteck glühte und flackerte es jetzt nur wenig. Die kleinen Flammen züngelten nach dem Reisig, das man ihnen gegeben hatte, und tauchten den Raum in ein orangefarbenes Licht. Allein der Anblick wärmte meine Eingeweide schon ein bisschen auf. Ich spürte immer noch die Kälte der letzten zwei Tage in den Knochen und trat etwas näher an die Feuerstelle. Wie mollig das war.

Tjara und Sigrún schwatzten immer noch draußen und ich ging tiefer in den Raum hinein.

Schlafbänke gab es hier nicht. Felle und Decken lagen auf dem Boden. An den Wänden standen Tische und schmale Sitzbänke. Am hinteren Ende der Bude stand der erhöhte Stuhl des Goden. Obwohl nicht so reich geschnitzt wie der in Stöng, bot er immer noch einen imposanten Anblick. Nicht nur das Dach der Bude bestand aus festem Leinenmaterial, sondern auch die Innenseiten der Wände waren mit grobem Stoff verkleidet.

Von einer Sekunde zur nächsten verstummte das muntere Geplapper der Frauen vor dem Eingang und ich ging zurück, um nachzusehen, was los war. Vor Tjara und Sigrún hatte sich ein junger Mann aufgebaut. Mit verschränkten Armen stand er da und starrte sie an. Er war nur wenig größer als die beiden, aber so muskulös, dass er sie vermutlich beide gleichzeitig hätte hochstemmen können. Seine kinnlangen Haare und sein Bart waren rot und struppig wie die eines griechischen Straßenhundes.

»Was fällt euch ein, hier zu erscheinen?«, zischte er. »Habt ihr auf dem Hof nicht zu tun? Und dann noch zwei unserer Knechte mitzubringen. Die ganze Arbeit bleibt liegen.«

Tjara stemmte die Hände in ihre Hüfte und presste ihre Lippen zu schmalen Strichen zusammen. »Wir brauchen deine Erlaubnis nicht, Ingolf.«

Hatte ich also richtig getippt, dass das ihr Bruder war.

Sigrún sagte nichts, sondern schaute mit gesenktem hochrotem Kopf zwischen ihren Geschwistern hin und her.

Ingolfs Gesicht war zu einer wütenden Maske verzerrt. Fehlte nur noch, dass er die Lefzen bleckte. Tjara sah ihn ohne jede Regung an. Ich bewunderte ihre Ruhe.

Ihm dagegen schien das abgeklärte Verhalten seiner Schwester nicht zu passen. Er hob die rechte Hand und es sah so aus, als ob er sie schlagen wolle. Tjara zog jedoch nicht einmal jetzt den Kopf ein, sondern erwiderte stumm seinen Blick. Ich war dem Streit bisher mit klopfendem Herzen gefolgt. Dieser aufgeblasene Gnom würde doch hoffentlich nicht vor aller Augen seine Schwester schlagen? Warum sagte Sigrún nichts?

»Lass das«, rutschte mir raus. Ich wusste sofort, dass es eine blöde Idee gewesen war, sich einzumischen. Als ob ich ihm den Stecker gezogen hätte, hielt er mitten im Schlag inne und schaute sich um, ohne die Hand herunterzunehmen. Dann machte er einen Schritt auf mich zu. Ich hielt die Luft an. Wir waren gleich groß, aber ich war sicher, er würde mich Wurm gleich zertreten. Mein Herz pochte bis zum Hals.

»Wer bist du, dass du mir Vorschriften machst und das in meinem eigenen Haus?« Sekundenlang blieb es still in der Bude. Dass seine ungezügelte Wut jetzt mich traf, machte mich sprachlos.

Allerdings schien Sigrún ihre Stimme wiedergefunden zu haben. So leise, dass sie kaum zu verstehen war, sagte sie: »Elín ist seit einigen Tagen unser Gast. Sie hat alles vergessen, was vorher war, konnte sich nicht mal an ihren eigenen Namen erinnern.«

Ingolf brachte Sigrún mit einem Blick zum Schweigen. Gleichzeitig stierte er mich von oben bis unten an, wie ein Stück Vieh. Was für ein Arschloch! Ich gab mir Mühe, meine Körperhaltung zu straffen, um etwas größer zu wirken. Lieber hätte ich mich in irgendeiner Ecke verkrochen.

»Lass sie in Ruhe«, schrie Tjara ihn an.

»Kann sie nicht für sich selbst sprechen? Alles vergessen, ha!«, er lachte kalt. »Mir kannst du nichts vormachen. Was willst du wirklich von uns?« Ingolf spuckte den letzten Satz heraus.

In mir brodelte es. Was glaubte er, wer er war? Kurz dachte ich darüber nach, an ihm vorbei aus der Bude zu rennen. Aber nein, die Blöße wollte ich mir nicht geben. Obwohl meine Unterlippe unkontrolliert zitterte, schaffte ich es, Ingolfs bohrendem Blick standzuhalten. Meine Fäuste hielt ich geballt hinter meinem Rücken.

Er stand jetzt nur noch wenige Zentimeter von mir entfernt und glotzte mich an, ohne ein einziges Mal zu zwinkern. Aus seinem Mund troff Speichel in seine gekräuselten Barthaare. Ich wich einen Schritt zurück.

»Ich möchte dich nicht auf unserem Hof sehen, wenn ich zurückkomme. Hast du das verstanden?«, schnauzte er mich an. Speicheltropfen trafen meine Wange. Ich wischte sie mit dem Ärmel ab. Das konnte er haben. Ich wollte gerade zustimmend nicken, als die Stimmung um mich herum sich erneut veränderte.

»Wen willst du nicht mehr auf meinem Hof sehen, wenn du zurückkommst?«

Ingolf wirbelte herum. Der Mann, der das gesagt hatte, schritt langsam auf uns zu. Seine Tunika war aus fein gewebtem Stoff, die von einem geflochtenen Ledergürtel in der Hüfte gehalten wurde. Daran hing ein glänzendes Schwert, um das eine weiße Schleife gebunden war. Die goldene Spange, die seinen Umhang auf der linken Schulter zusammenhielt, hob und senkte sich unter den tiefen Atemzügen. Das musste der Gode Einar sein. Seine nächsten Worte bestätigten mich in meiner Annahme.

»Wer bei uns willkommen ist und wer nicht, das entscheide immer noch ich.« Drohend standen sich Vater und Sohn gegenüber. Dann stapfte Ingolf wortlos davon. Einar schaute ihm hinterher. Seine Miene zeigte eine Mischung aus Wut und Trauer.

Als er seinen Blick zu seinen Töchtern lenkte, wurden seine Gesichtszüge mit einem Mal ganz weich. Der Blick eines stolzen Vaters, den hatte ich oft bei dem Papa meiner besten Freundin gesehen. »Was führt Euch hierher? Ihr wolltet doch in diesem Jahr nicht am Althing teilnehmen?«

»Du weißt warum.« Sigrún blickte in die Richtung, in der Ingolf verschwunden war. Ihr Vater nickte. »Was hat Eure Meinung geändert?«

Tjara fasste mich am Oberarm und zog mich zu ihrem Vater.

»Sie ist der Grund.« Sie erzählte ihm dasselbe wie vorher Ingolf.

Einar hörte ihr in Ruhe zu und ließ mich dabei nicht aus den Augen. Als Sigrún mit ihren Ausführungen endete, lächelte er mich an.

»Bleib so lange, bis du weißt, wo du hingehörst.«

»Vielen Dank. Das ist sehr großzügig von dir.« Einars gletscherblauen Augen strahlten jetzt viel Wärme aus, aber ich hatte gesehen, dass sie auch sehr kalt blicken konnten. Seine graumelierten, schulterlangen Haare waren gepflegt. Ich schätzte ihn auf Ende 40, Anfang 50. Eine tiefe Narbe zog sich nahezu über seine gesamte Stirn und ließ ihn verwegen wirken. Ohne seinen grauen Vollbart würde er mir noch deutlich besser gefallen. Aus irgendeinem Grund war ich sicher, dass er zu seinem Wort stehen würde, und fühlte mich schlagartig besser. Mit seiner Fürsprache brauchte ich nicht als Bittsteller zurück nach Stöng zu kommen und konnte dort in Ruhe nach meiner Brosche suchen.

Einars Blick ruhte recht lange auf meinem Gesicht. Ruhig erwiderte ich ihn. Im nächsten Moment schienen ihm die Gesichtszüge zu entgleiten. Seine Nasenflügel blähten sich und sein Kinn zitterte. Er schloss die Augen. Als er sie öffnete, hatte er sich wieder im Griff.

Tjara und Sigrún drängten zum Aufbruch.

»Was habt ihr vor?«, fragte Einar. Sigrún erklärte ihm ihren Plan.

Viel lieber hätte ich mich ein wenig ausgeruht oder wäre herumgegangen, um mir alles genau anzusehen. Vielleicht würde ich sogar einen Blick auf die nächste Gerichtsverhandlung erhaschen können. Aber Tjara und Sigrún gaben sich meinetwegen so viel Mühe. Ich wollte sie nicht vor den Kopf stoßen.

»Ein guter Gedanke«, sagte Einar. »Geht nur. Die Versammlung wird gleich erneut zusammentreffen. Danach werden wir gemeinsam essen.«

In dem Moment bimmelte eine Glocke blechern und er hob die Augenbrauen. »Es ist so weit. Der Sprecher hat die Verhandlung eröffnet.« Mit diesen Worten ging er nach links, Richtung Lögberg.

Mit einem Nicken bedeutete Tjara uns, sie zu begleiten, und wir machten uns auf die Suche.

In jeder Bude erhielten wir die gleiche Antwort. Nach einem kurzen Blick auf mich schüttelten die Befragten voller Bedauern den Kopf und wünschten uns viel Glück. Auch hatte niemand davon gehört, dass überhaupt eine Frau vermisst wurde.

Die Töchter des Hofes Stöng kannte fast jeder und da die meisten Menschen sie nur dieses eine Mal im Jahr trafen, dauerten die Gespräche oftmals sehr lange. Die Frauen tauschten den neuesten Klatsch aus und nicht wenige lästerten, was das Zeug hielt. Für mich war das langweilig und ich sah mich um. Dort hinten war ein Schuster, der fertige Stiefeletten anbot. Gern hätte ich mir welche gekauft. In Tjaras Stiefeletten schliefen meine Füße ständig ein und sie drückten bei jedem Schritt. Ohne Silber oder irgendetwas zum Tauschen gab es aber keine Möglichkeit, das zu ändern. So abhängig war ich das letzte Mal als Kind gewesen. Es fühlte sich nicht gut an.

Gegen Abend gaben die Schwestern die Suche nach meiner Sippe endlich auf. Jedenfalls für heute. Immer mehr Männer mischten sich unter die Frauen und Kinder, so dass es in den Gängen zwischen den Buden deutlich enger wurde. Viele von ihnen trugen Waffen. Wie ich es schon bei Einar gesehen hatte, waren sie mit Schleifen versehen. Ich fragte Tjara nach dem Grund dafür.

»Während des Allthings müssen die Waffen ruhen. Diese Bänder stehen als Zeichen dafür. Wer sich nicht an den Thingfrieden hält, wird viel härter bestraft als zu sonstigen Zeiten. Viele Männer nutzen die kampffreie Zeit, um ihr Schwert bei einem Schwertfeger polieren zu lassen.«

Die Händler riefen laut durcheinander und priesen ihre Waren an. Es wurde gefeilscht, gestritten und gelacht. Was immer man brauchen konnte, war hier zu finden. Töpfe in allen Größen, Korbwaren und Spielsachen, Leder, Stoffe und Bänder. Allerlei Nützliches aus Horn, Holz oder Metall. Kinder rannten kreischend durch die Reihen der Erwachsenen. In einer Bude wurde Bier verkauft. Direkt neben dieser stand ein Mann, der die Umstehenden mit Geschichten unterhielt. Viele Menschen lauschten seinen Worten, einige von ihnen mit offenem Mund. Gerade als ich Bescheid geben wollte, dass ich auch gern ein wenig zuhören würde, fielen mir zwei Männer auf. Sie standen etwas abseits, hielten Bierkrüge in der Hand und unterhielten sich angeregt. Beide trugen knöchellange braune Talare.

»Sind das Geistliche?«

Sigrún folgte meinem Blick.

»Ja, das ist unser Bischof Gissur Ìsleifsson vom Bischofssitz Skálholt und der andere ist Jón Ögmundson, der Bischof aus dem Norden.«

Tjara ergänzte: »Das sind zwei weit gereiste Leute. Sie haben schon so viel von der Welt gesehen.« Sie seufzte sehnsüchtig.

Ihre Schwester schüttelte den Kopf. »Du weißt nicht, was dich in diesen fremden Ländern erwartet. Mir wäre das zu gefährlich.«

Ein dritter Mann gesellte sich zu den beiden Geistlichen. Er überragte sie um eine Handbreit.

Meine Knie gaben nach. Für einen winzigen Augenblick dachte ich, meinen Bruder zu sehen. Seine gesamte Körperhaltung war identisch mit der von Larus. Wenn der einen älteren Bruder mit langen Haaren hätte – genauso würde er aussehen. Ich konnte den Blick nicht von ihm wenden.

Er hob den Kopf und schaute suchend umher wie ein Tier, das etwas witterte. Unsere Blicke trafen sich. Mein Gesicht wurde heiß und ich guckte schnell woandershin.

Sigrún sagte: »Sieh mal, wer da kommt.« Der Mann, der Larus so ähnelte, kam auf uns zu. Ich bekam außer einer weiteren Hitzewallung auch noch weiche Knie. Wie peinlich war das denn bitte?

Auch er trug einen Talar, aber kürzer als der der Bischöfe, und darunter eine dunkle Hose. Sein braunes welliges Haar endete auf Höhe seiner Ohrläppchen. Der Kinnbart war akkurat gestutzt. Das gefiel mir viel besser als die zauseligen Vollbärte, welche den meisten Männern hier im Gesicht hingen.

Er war etwas kleiner als Larus und mindestens zehn Jahre älter. Ihre Ähnlichkeit war auch aus der Nähe frappierend. Sogar seine jadegrünen Augen blitzten genauso unternehmungslustig wie die meines Bruders.

»Hej Magnus«, rief Tjara. »Wie geht es dir?«

»Sehr gut, ich lebe seit einigen Monaten auf Skálholt.«

»Er ist auch ein weit gereister Mann, unser Magnus«, sagte Sigrún an mich gewandt und hakte sich bei ihm unter.

»Bis nach Konstantinopel ist er gekommen.«

Ich war schwer beeindruckt. Wie beschwerlich mochte eine Reise ins heutige Istanbul ohne Flugzeug sein? Wie lange dauerte so eine Tortur? Wochen, Monate?

»Könntet ihr mich eurer Begleitung bitte vorstellen?«, fragte er und verbeugte sich leicht vor mir.

»Bist du sicher, dass du ihr noch nie begegnet bist?«, fragte Tjara, ohne meinen Namen preiszugeben.

Magnus schüttelte langsam den Kopf, während er meine Gesichtszüge studierte.

»Dem ist leider nicht so«, sagte er mit Bedauern in der Stimme. Als ich seinen Blick erwiderte, stutzte er. Seine eben noch freundliche Miene gefror von einer Sekunde zur nächsten. Erstaunen machte sich auf seinem Gesicht breit, das im nächsten Moment von großer Trauer verdrängt wurde. Seine Unterlippe zitterte und er starrte über meine Schulter hinweg in die Ferne. Dann drehte er sich auf dem Absatz um und hastete davon.

Ich starrte ihm hinterher, bis er in der Menschenmenge verschwunden war. Tjara und Sigrún sahen sich mit erstauntem Gesichtsausdruck an. Sie zuckten fast gleichzeitig die Schultern.

»So kennen wir ihn nicht.«

16

Elín

Tjara hakte Sigrún und mich unter und zog uns in Richtung der beiden Bischöfe. »Kommt, wir fragen Gissur und Jón, ob sie wissen, wer du bist. Die beiden kennen fast jeden in Island.«

Sigrúns Augen leuchteten erwartungsvoll. Ich ließ mich mitziehen, obwohl sich alles in mir gegen dies Begegnung sträubte. Was, wenn die beiden auch so ablehnend auf mich reagierten?

Doch sie konnten uns auch nicht weiterhelfen. Natürlich nicht.

Gemeinsam schlenderten wir durch die Reihen der verschiedenen Marktstände. Endlich sollte ich eigene Kleidung und Schuhe bekommen. Bei einem Händler, auf dessen derb gezimmertem Holztisch verschiedene Stoffe auslagen, blieben wir stehen. Neben Geweben aus Leinen und Wolle entdeckte ich zwei wunderschöne Seidenstoffe in dunkelblau und rot. So einen feinen Stoff hatte Hallveig getragen. Daneben lagen gestickte Borten in unterschiedlichsten Farben und Mustern. Obwohl die beiden Schwestern mich bei meiner Auswahl nicht eingeschränkt hatten, suchte ich mir graues Leinen für das Unterkleid und einen einfachen blauen Wollstoff für ein Überkleid aus. Der Händler nahm mit den Augen kurz Maß und schnitt den benötigten Stoff von den Ballen.

Das Nähen würde glücklicherweise eine Magd erledigen. Ich hatte null Ahnung, wie man mit der Hand nähte, geschweige denn wie man einen Schnitt anfertigte. Tjara hätte vermutlich sogar einem Eskimo einen Eisschrank verkaufen können. Sie handelte, bis der Stoffhändler schließlich mit säuerlicher Miene nickte. Stoff und Münze wechselten den Besitzer.

»Jetzt brauchst du noch Broschen und passende Stiefel; ach, und natürlich ein Messer.« Mit diesen Worten stand Tjara schon vor der Auslage eines Schmuckhändlers auf der anderen Seite des Weges.

»Oh, wie schön«, entfuhr es mir, während mein Blick über die vielen Broschen glitt. Es gab ovale und runde, massive und durchbrochene aus Kupfer und Silber und viele waren reich verziert. Gab es hier auch Broschen, die meiner ähnelten? In der äußersten Ecke des Tisches, außer Reichweite der Kundschaft, lagen ein paar außergewöhnlich wertvolle

Stücke aus Gold. Aber keine in Form eines Kleeblattes. Meine Brosche war eben etwas ganz Besonderes. Ich seufzte.

»Warum so traurig?«, hörte ich plötzlich eine Stimme direkt hinter mir.

Vor Schreck ließ ich das Stoffbündel fallen. Ich bückte mich und stieß unsanft mit dem Kopf eines anderen zusammen. Ich rieb mir die Stirn und sah auf.

Magnus schon wieder. Was war los mit dem? Sich bei meinem Anblick zuerst benehmen, als ob er einen Geist gesehen hätte, und mich dann doof von der Seite anquatschen.

»Wie kommst du darauf, dass ich traurig bin?«

»Du stehst zu nah am Lögberg. Dein Seufzer war im ganzen Tal zu hören.« Irgendjemand kicherte laut. Ich hasste es, ausgelacht zu werden.

»So ein Unsinn, ich …«, sein spöttischer Blick ließ mich vergessen, was ich sagen wollte. Jetzt bitte, bitte nicht wieder rot werden. Vergeblicher Wunsch. Ich wusste, dass ich aussah wie eine reife Tomate. Wie bitte sollte ich jetzt noch souverän rüberkommen?

Tjara und Sigrún standen mit amüsiertem Gesichtsausdruck neben Magnus und gackerten hinter vorgehaltener Hand. Danke dafür! Jetzt fielen die beiden mir auch noch in den Rücken. Mein Gesicht glühte mittlerweile wie heiße Lava.

Warum konnte nicht jetzt, in genau diesem Moment, meine Zeitreise zurück nach Hause starten? Dann würde dieser unverschämte Kerl Augen machen, wenn ich mich einfach so in Luft auflöste. Ich drehte mich um und schritt hinweg. Sollte der mal sehen, wie sich das anfühlte, einfach stehen gelassen zu werden. Tjara und Sigrún folgten mir. Sie kicherten. Erst als ich mich weit genug von diesem Kerl entfernt hatte, blieb ich stehen und holte tief Luft.

»Da fragt sich, wer wen mehr beeindruckt hat.« Tjara grinste.

»So ein Unsinn. Außerdem ist das ein Geistlicher, oder?«

»Ja und?«, fragte Sigrún mit einem Lächeln. »Magnus sieht gut aus und ist eine gute Partie. Außerdem hat er noch keine Frau.«

»Vor allem aber ist er schon ziemlich alt«, sagte ich und fragte mich, warum das Zölibat vor Island in die Knie gegangen war.

Tjara betrachtete mich, als ob sie mich zum ersten Mal sähe.

»Du zählst doch auch schon einige Winter.«

Nicht ihr Ernst, oder?

Sigrún versuchte einzulenken. »Sicher hast du schon einen Mann und viele Kinder.« Sie musterte mein Gesicht noch einmal akribisch. »Vielleicht sogar schon Kindeskinder. Ich hoffe sehr, dass du sie bald finden wirst.«

Wir gingen zurück zu dem Stand mit den ausgelegten Broschen. Dieser freche Priester war glücklicherweise nicht mehr zu sehen. Mir gefiel ein Paar aus Kupfer am besten. Das Muster erinnerte mich an komplizierte Seemannsknoten. Tjara und Sigrún gefielen sie auch und so gehörten sie kurz darauf mir.

Die Stiefel beim Schuster sahen alle gleich aus. Sogar links und rechts war identisch. So schnell hatte ich mich noch nie für Schuhe entschieden. Passende Schuhe – was für eine Wohltat!

Nach dem Einkauf gingen wir zurück zur Bude. Die war bereits prall gefüllt. Das Stimmengewirr erinnerte mich an die Cafeteria meiner Bremer Uni, nur dass dort Kinderstimmen eher die Ausnahme waren. Die Luft roch schwer nach Holzkohle, Schweiß und Essen und mir tränten sofort die Augen. Der Anblick der Fleischstücke, die an Spießen quer über dem Feuer brieten, ließen meinen Magen laut grummeln.

Einar saß mit einigen Männern auf Bänken an der Längsseite der Bude. Ihren lautstarken Worten konnte ich entnehmen, dass sie sich über einen Fall unterhielten, bei dem heute ein Urteil verhängt worden war. Einars verkniffener Gesichtsausdruck ließ darauf schließen, dass er mit dem Ausgang der Verhandlung äußerst unzufrieden war.

Als er uns im Eingang stehen sah, winkte er und wandte sich dann wieder seinen Gesprächspartnern zu. Wir stellten uns zu der Gruppe und hörten zu. Ingolf saß mit verschlossener Miene neben seinem Vater und versuchte angestrengt, uns zu ignorieren.

»Ich konnte nichts für ihn tun.« Einar zuckte resigniert die Schultern. »Gunnar ist kein feiger Mörder und dass Helgi ein verdammter Hundsfott war, wissen wir alle. Um ihn ist's nicht schade.«

Die Männer nickten zustimmend.

»Ja, wenn der in der Nähe war, musste man sein Weib und seine Töchter verstecken«, rief einer.

»Und trotzdem hat er immer mal wieder eine gefunden, über die er herfallen konnte«, pflichtete ihm ein anderer bei. Alle bis auf Ingolf nickten.

Sigrún sog tief die Luft ein. Tjara hatte den Blick auf ihre Schwester gerichtet und beobachtete sie. Sie schien besorgt. Ob Sigrún in Gunnar verliebt war?

Einars Worte dröhnten zu mir herüber. »So sah alles nach einem hinterhältigen Mord aus. Wir konnten die Acht nicht verhindern. Er muss Island verlassen.«

Er suchte den Blick Sigrúns und zuckte bedauernd mit den Schultern. Die schlug die Hand vor den Mund und lief aus der Bude. Draußen heulte sie auf wie ein gequälter Hund. Ich wollte ihr folgen. Tjara hielt mich jedoch am Ärmel fest und schüttelte den Kopf.

»Lass sie. Sie muss jetzt allein sein.«

»Wer ist dieser Gunnar?«

»Ihr Bruder.«

Ich verstand nur Bahnhof. »Dann ist er auch dein Bruder.«

Tjara schüttelte den Kopf. »Sigrún ist meine Ziehschwester. Sie ist die Tochter einer meiner Vaterbrüder, dessen Handelsschiff gesunken ist. Da zählte Sigrún sechs Winter. Jetzt ist sie 15.«

»Ich hatte das Gefühl, dass Einar euch beide gleich behandelt.«

Tjara sah mich mit großen Augen an. »Warum denn auch nicht?«

Ich dachte an meine eigene Kindheit und Jugend als Adoptivkind. Ich hatte mir so viel Mühe gegeben, eine gute Tochter zu sein, aber nie war es genug.

Mittlerweile hatten sich nahezu alle Anwesenden zum Essen hingesetzt. Mägde liefen mit Holzschalen zum Händewaschen herum. Dann stellten sie dampfende Holzplatten und Schüsseln auf die schnell aufgestellten Tische. Es gab Fleisch, Fisch, Gemüse und Brot. Ein echter Festschmaus. Das gebratene Fleisch war bereits an die Männer verteilt worden. Also griff ich zu dem in der Asche gebackenen Fladenbrot, das noch warm war. Es schmeckte besser als alles andere, was ich in den letzten Tagen gegessen hatte. Wo mochte das ganze Getreide zur Brot- und Bierherstellung herkommen? Auf dem Ritt hierher hatte ich bis auf ein kleines Feld mit Gerste keine Getreidefelder gesehen. Die gewohnte Abwechslung beim Essen fehlte mir. Morgens gab es Getreidebrei und abends Trockenfisch oder Brot. Manchmal auch Skyr mit ein paar abgezählten Beeren.

Nach dem Abendessen saßen wir noch bis tief in die Nacht um das Feuer und schwatzten. Zwei Jungen spielten mit ihren Holzschwertern zwischen den Sitzenden und mussten immer wieder einem Hieb von genervten Erwachsenen ausweichen, was sie meistens mit einem meckernden Lachen honorierten. Mehrere Männer spielten ein Brettspiel, das mich an ein Mühlespiel erinnerte. Es wurde viel Bier getrunken und die Lautstärke schwoll beträchtlich an. Die Kinder durften aufbleiben, so lange sie wollten. Einigen waren schon die Augen zugefallen und sie lagen zusammengerollt zwischen uns.

Mit einem aufmunternden Nicken reichte Tjara mir einen Becher aus Ton. Ich schnupperte daran und der würzige Duft von Honig stieg mir in die Nase. Endlich mal etwas Süßes. Ich nahm einen großen Schluck und merkte, wie er warm durch die Speiseröhre bis in den Magen floss. Met! Mir wurde schon von dem dünnen Bier schwindelig, also reichte ich ihr den Becher nach einem weiteren Schluck zurück. Ich hielt nach Sigrún Ausschau, konnte sie aber nirgends entdecken.

Die Luft war, trotz des offenen Eingangs, durch den die helle Sommernacht leuchtete, zum Schneiden dick. Es stank nach Alkohol, Schweiß und verdautem Kohl. Ich war so müde, dass ich kaum die Augen offen halten konnte. Die Geräusche um mich herum wurden immer leiser, dann hörte ich nichts mehr.

Am nächsten Morgen fühlte ich mich zum ersten Mal seit meiner Reise in die Vergangenheit ausgeruht. Vermutlich hatte der Alkohol dazu beigetragen, dass meine Gedanken endlich zur Ruhe gekommen waren.

Glücklicherweise hatten Tjara und Sigrún beschlossen, unsere Suche erst am Nachmittag fortzusetzen. Bis dahin hatte ich Zeit für mich und die würde ich nutzen. Frauen durften nur bei der öffentlichen Verkündung der Gesetze und Urteile anwesend sein. Ich wollte aber zumindest von Weitem eine Versammlung beobachten.

Aus der Entfernung sah ich, dass die Goden mit ihren Thingmännern auf den drei Bankreihen Platz nahmen, die im Kreis um eine freie Fläche aufgestellt waren. Einar setzte sich in den mittleren Kreis, neben die beiden Bischöfe. Obwohl ich nur Wortfetzen verstehen konnte, folgte ich in den nächsten Stunden gebannt dem Prozess. Die innere Sitzreihe schien für die Angeklagten und die Kläger reserviert. Viele der Anwesenden tuschelten untereinander und schenkten dem, was in der Mitte vor sich ging, keinerlei Beachtung. Wie im Schulunterricht saßen die Störenfriede vor allem in der letzten Reihe. Irgendwann erhoben sich die Verhandlungsteilnehmer und verließen den Platz.

Ich drehte mich zum Gehen um. Weit kam ich nicht. Meine Nase befand sich direkt an einer breiten Männerbrust. Ich blickte hoch in ein Paar grüne Augen. Natürlich, wer sollte sich sonst wieder an mich herangeschlichen haben? Der schon wieder. Und dann roch er auch noch gut.

»Hej Magnus.«

»Hej ... wie heißt du eigentlich?«

»Elín.« Ich versuchte, so ablehnend wie möglich zu klingen. Die Tatsache, dass er meinem Bruder so sehr ähnelte, war dabei nicht hilfreich. Ich wollte mich an ihm vorbeidrängen, aber er hielt mich am Oberarm fest. Mein Versuch, mich zu befreien, scheiterte kläglich. Beinahe hätte ich ihm vor das Schienbein getreten. Was fiel dem ein, mich anzufassen?

»Was ist eigentlich los mit dir?«, schrie ich. »Erst verschwindest du, als ob du einen Geist gesehen hättest, dann machst du dich vor anderen über mich lustig und jetzt hältst du mich gegen meinen Willen fest.«

Er ließ mich augenblicklich los und verbeugte sich leicht. Seine Lippen umspielten ein Lächeln.

»Ich möchte mich entschuldigen. Eigentlich wollte ich das schon gestern machen, aber dann bist du so schnell verschwunden.«

Ja toll, wenn er mich zum Gespött der Leute machte, hatte ich ja wohl das Recht dazu. Jetzt aber sah er direkt zerknirscht aus. Wie ein kleiner Junge, der etwas angestellt hatte. Und dann noch dieser Dackelblick. Ich brachte es nicht fertig, ihm länger böse zu sein.

Eines wollte ich aber noch wissen, bevor ich seine Entschuldigung akzeptieren konnte.

»Warum bist du gestern vor mir geflüchtet? Sehe ich so erschreckend aus?«

Das schelmische Lächeln, das er mir gerade noch geschenkt hatte, verschwand in Sekundenschnelle. Ein dunkler Schleier legte sich auf sein Gesicht. Er schluckte unentwegt, als ob er die sich aufdrängenden Gefühle verschlingen könnte. Das war dann wohl die falsche Frage gewesen.

»Du lebst in Einars Sippe auf Stöng?«, quetschte Magnus zwischen den Zähnen hervor, als ich gerade beschlossen hatte, mich schnellstens zu verabschieden.

Offensichtlich war er nicht bereit, meine Frage zu beantworten.

»Seine Töchter haben mich bewusstlos in der Nähe ihres Hofes gefunden. Er hat mir erlaubt zu bleiben, bis ich mich an mein vorheriges Leben erinnern kann.«

Magnus wurde während meiner Worte immer blasser.

»Warst du schon einmal dort?«, fragte ich.

Er zögerte mit seiner Antwort. Dann endlich.

»Der Bischof und ich haben vor zwei Wintern gemeinsam die neue Kirche dort geweiht.«

»Dann kennst du auch die Godin?« Es fiel mir schwer, neutral zu klingen. Ob er wusste, warum Hallveig so schlecht auf Fremde zu sprechen war?

»Wenig«, lautete die knappe Antwort.

»Kannst du mir das wenige erzählen?«

»Sie kommt seit vielen Jahren nicht mehr zum Allthing und bei der Kirchweihe lag sie krank im Bett.« Magnus sah demonstrativ an mir vorbei. So als ob er von irgendwo Rettung aus diesem Gespräch suchte. Ich hatte die Nase voll.

»Ich muss jetzt gehen«, kam er mir zuvor. »Der Bischof will vor der nächsten Verhandlung noch etwas mit mir besprechen.« Er drehte sich um und ließ mich stehen.

Der Versammlungsplatz füllte sich wieder. Der nächste Prozess schien bald zu beginnen, aber ich hatte erst einmal genug gesehen und suchte Sigrún und Tjara.

Sigrún hatte auch schon nach mir Ausschau gehalten.

»Hey Elín, da bist du ja«, rief sie mir schon von weitem entgegen. »Lass uns weitersuchen.«

Ihr Angebot konnte ich nicht ablehnen. Ich sah mich um. »Kommt Tjara heute nicht mit?«

»Nein, sie hat jemanden getroffen und kommt später.«

Schweigend liefen wir ein paar Meter nebeneinanderher. Dann hielt ich es nicht mehr aus. »Hast du deinen Bruder gestern Abend noch gesprochen?«

»Tjara hat es dir also erzählt?« Sigrún strich sich eine Haarsträhne aus der Stirn. »Ja, ich habe ihn kurz vor seiner Abreise getroffen.«

»Wo will er hin?«

»Er ist auf dem Weg nach Digranes. Von dort aus will er das nächste Schiff nehmen, egal wohin es fährt.«

Ich wusste, dass es in Island Anfang des 12. Jahrhunderts noch keine Gefängnisse oder Kerker gegeben hatte. Aber wer kontrollierte, ob sich ein Verurteilter an das Urteil hielt und wirklich das Land verließ? Es gab ja keine Polizei, die das gewährleisten konnte.

»Und wenn er in Island bliebe?«

Sigrúns Seufzen und ihr entsetzter Gesichtsausdruck zeigten mir, dass das keine gute Idee wäre.

»Dann gälte er als vogelfrei, jeder Angehörige des Getöteten hätte das Recht, ihn zu töten. Viele Geächtete verstecken sich im Landesinneren vor ihren Verfolgern. Ein Leben im Versteck passt aber nicht zu ihm.«

»Wofür wurde er genau verurteilt? Ein Mord?«

Sigrúns Unterlippe und Kinn zuckten, als sie mit stockender Stimme antwortete.

»Er soll einen Mann von hinten erschlagen haben, aber das würde er niemals tun.« Sie schluchzte.

»Das tut mir leid, Sigrún.«

»Ich habe Sorge, dass ich ihn niemals wiedersehe.«

Ich konnte ihre Angst nur allzu gut verstehen. Würde ich Larus jemals wiedersehen? Wortlos nahm ich Sigrún in den Arm.

»Genug geweint«, sagte sie kurz darauf mit resoluter Stimme, löste sich aus der Umarmung und zeigte mit dem Kinn Richtung Pferdekoppel.

»Da vorn steht Tjara. Der Mann daneben ist Björn. Sie kennen sich schon seit Kindertagen.«

Ich brauchte die beiden nur kurz anzusehen, um zu wissen, dass sie heftig miteinander flirteten. Tjara hatte sich eine Haarsträhne hinter das Ohr geschoben. Ihre Wangen waren hauchzart errötet und ihre Augen glänzten, während sie ihren Gesprächspartner mit schräg gelegtem Kopf anhimmelte. Der junge Mann hatte ein Bein auf einen Holzblock gestellt und nahm seinen Blick keine Sekunde von ihr.

Sigrún war die Balzerei der beiden auch nicht entgangen.

»Noch im letzten Jahr hatte ich das Gefühl, sie könnten sich nicht leiden.«

»Danach sieht es jetzt aber ganz und gar nicht aus«, sagte ich und grinste.

Tjaras Hals und Dekolleté waren über und über mit roten Flecken übersät. Kichernd plapperte sie mit Björn und schien ihre Umgebung völlig ausgeblendet zu haben.

Sigrún stupste mich mit dem Ellenbogen in die Seite und forderte mich mit einem Blick auf, weiterzugehen. »Er stammt aus einer sehr angesehenen Sippe«, erzählte sie, während wir liefen. »Vater würde es sicher gutheißen, wenn er Tjara heiraten würde.«

»Heiraten, ist das dein Ernst? Die beiden kennen sich doch kaum.«
»Tjara zählt fast 18 Winter. Es wird Zeit für sie, Stöng zu verlassen und eine eigene Familie zu gründen.«

17

Larus

L arus' Flug zurück nach Island ging am frühen Morgen, die Nacht schlief er auf einer Bank im Flughafen. Nach einer Zwischenlandung in Mailand, landete er am späten Nachmittag in Keflavik. Eine gute Stunde später stand er seiner Oma in der Haustür gegenüber.

»Ein überflüssiger und teurer Ausflug. Papa hält dicht.«

»Er macht schon seit Jahren nur das, was deine Mutter ihm sagt.«

Larus zuckte mit den Schultern. »Ich will nur noch etwas essen und dann ins Bett.«

»Essen steht schon auf dem Tisch.«

»Du bist die Beste, Omi.« Er drückte ihr einen Kuss auf die Stirn.

Am Donnerstagmorgen machte sich Larus zu Fuß auf den Weg durch die Altstadt Reykjaviks und entlang des Stadtteiches zur Uni. Gudrun hatte ihm mitgeteilt, dass die Polizei ihr die Namen des Paares nicht hatte nennen wollen. Wenn er gleich nichts Brauchbares über die beiden erfahren würde, hatte er keinen Anhaltspunkt mehr. Er stand 15 Minuten zu früh vor dem Haupteingang und lief hin und her, bis Punkt neun Uhr ein dürrer Jüngling mit Ziegenbärtchen und Haarknödel auf dem Hinterkopf heraustrat und direkt auf ihn zukam.

»Larus?«

Der nickte. »Wie heißt du eigentlich?«

Der junge Mann winkte ab. »Nee, lass man. Wollen wir in die Cafeteria gehen?«

»Käffchen wäre super.«

Kurz darauf saßen sie sich an einem langen Holztisch gegenüber. Außer ihnen waren nur zwei weitere Gäste im Raum, die entfernt in einer Ecke saßen.

»Semesterferien?«, fragte Larus.

Sein Gegenüber nickte: »Yep. Im September geht's wieder los.«

»Und du?«

»Studentische Hilfskraft.«

»Was hast du für mich?«, fragte Larus und nahm seine Kaffeetasse in die Hand. Die heiße Flüssigkeit schwappte in seinen zittrigen Fingern beinahe über. Er stellte die Tasse wieder ab, sein Gesprächspartner fixierte ihn mit hochgezogenen Augenbrauen.

»Ich hab herausgefunden, dass der Studentenaustausch mit Harvard im Jahr 1988 zum allerersten Mal durchgeführt wurde. War natürlich ein großes Ding hier. Es gibt massig Fotos davon. Und ...« Er blickte sich um, zog ein Blatt Papier aus seiner Tasche und legte es mit der Textseite nach unten auf den Tisch.

»Auf diesem Gruppenfoto sind alle Teilnehmer mitsamt ihren Namen vermerkt.«

»Das ist ja der Hammer.« Larus griff danach, aber sein Gegenüber zog das Blatt wieder zurück und legte seine Hand drauf.

»Dir ist schon klar, dass ich Ärger bekomme, wenn das rauskommt?«

»Ich hab nichts Kriminelles damit vor.«

»Du willst diejenigen suchen, die deine Schwester damals fanden. Falls die hier drauf sind, versprich mir, ihnen nicht zu sagen, von wem du das hast.«

»Klar. Versprochen.«

Er steckte das Blatt in die Innentasche seiner Jacke und nahm einen Schluck vom Kaffee. Dann verabschiedeten sie sich.

Mit großen Schritten verließ Larus das Unigelände. Am Ufer des Stadtteiches entdeckte er eine leere Bank, setzte sich drauf und zog das Foto aus der Tasche. Seine Hand zitterte immer noch. Er atmete tief durch und beobachtete zwei Schwäne, die vor den beiden Gebäuden des Rathauses auf der anderen Uferseite gemächlich ihre Bahnen zogen. Dann klappte er das Papier auseinander.

Karottenhosen, Schulterpolster und breite Taillengürtel – auch ohne Jahresangabe hätte er sofort gewusst, dass die Aufnahme Ende der 80er, Anfang der 90er gemacht wurde. Welche der jungen Menschen mochten die sein, die er suchte? Würde die ehemalige Krankenschwester oder eine ihrer Kolleginnen sie erkennen?

18

LARUS

Die andere Gudrun lebte nur zwei Kilometer entfernt, im westlichen Teil der Stadt. Larus betätigte den Türklopfer und die Frau, die er auf den Fotos auf Elíns Handy gesehen hatte, öffnete ihm und seiner Oma. »Schön, dass ihr hier seid. Kommt doch herein.«

Leger in Jeans und blauen Pulli gekleidet, lief sie auf dicken Norwegersocken vor ihnen her ins Wohnzimmer. Er blickte sich um. Die beiden Gudruns schienen neben ihrem Namen auch den gleichen skandinavisch gemütlichen Einrichtungsstil miteinander zu teilen.

Gudrun zwei machte eine einladende Bewegung Richtung Küchentisch.

»Setzt euch bitte. Ich hoffe, ihr mögt Tee?«, fragte sie.

»Doch, sehr gerne«, sagte Larus und legte das Foto aus dem Jahr 1988 auf den Tisch. Gudrun warf nur einen kurzen Blick darauf, dann tippte sie auf zwei junge Menschen, die in der letzten Reihe nebeneinanderstanden.

»Das sind die beiden, hundertprozentig.«

Larus atmete geräuschvoll aus. Endlich etwas Handfestes. Er schrieb sich die Namen der beiden auf einen Zettel.

»Was habt ihr jetzt vor?«

Larus und seine Oma blickten sich kurz an und nickten dann beide fast gleichzeitig.

»Wir können uns nicht vorstellen, dass jemand sein Baby mitten in der Stadt ablegt, ohne dass es bemerkt wird. Vielleicht haben die beiden die Polizei damals belogen«, sagte er.

»Warum sollten sie?«

»Das finde ich heraus.« Larus warf einen Blick auf seine Armbanduhr. »In Boston ist jetzt Morgen.«

Er tippte den Namen des männlichen Studenten und der Uni in Boston in sein Handy. Kurz darauf erschien die E-Mail-Adresse und die Mobilnummer auf dem Display.

Nach einer kurzen Stille ertönte der typische schnarrende Ton, der ihn immer an alte amerikanische TV-Serien denken ließ. Aber niemand hob ab. Gerade als er auflegen wollte, nahm dann doch jemand das Gespräch an. Die beiden Gudruns hielten die Luft an.

»Yes?«

Er brachte bis auf ein Grummeln nichts heraus.

»Hello?« Die weibliche Stimme klang etwas genervt.

Er räusperte sich und sagte dann auf Englisch: »Hey, mein Name ist Larus Jónsson.«

»Sarah Scoggins. Was kann ich für Sie tun?« Das war der Vorname des Mädchens und der Nachnamen des Jungen.

»Meine Schwester ist das kleine Mädchen, das Sie und Ihr Mann vor 27 Jahren in Reykjavik gefunden und ins Krankenhaus gebracht haben.«

Sekundenlang herrschte Stille. Nur leise Atemgeräusche waren zu hören.

»Wir hatten darauf bestanden, anonym zu bleiben.« Ihre Stimme hatte sich gesenkt.

»Meine Schwester ist verschwunden. Ich glaube, dass ihr Verschwinden etwas mit dem Ort zu tun hat, an dem sie damals gefunden wurde.«

Die Frau am anderen Ende zog hörbar die Luft durch die Zähne. »Das Baby lag am Denkmal vor der Kirche. Wir haben es sofort zur Klinik gebracht. Mehr kann ich nicht sagen.«

Es klackte. Sie hatte aufgelegt.

Larus blickte einige Augenblicke auf den dunklen Bildschirm seines Handys. Was jetzt?

»Und?«, fragte seine Oma.

»Sie besteht auf ihrer Aussage, aber ich bin mir sicher, sie hat irgendwas zu verbergen.«

19

ELÍN

Die Geräuschkulisse in der Bude wurde lauter und ausgelassener. Ich hörte gebannt zu. Geschichten über andere Sippen, über den Walfang, die Robbenjagd und die Schafzucht. Und natürlich wurde über die aktuellen und anstehenden Gerichtsverhandlungen gesprochen. Die Mägde sammelten das Geschirr ein und begannen den Abwasch.

Die von Alkoholgeruch geschwängerte, abgestandene Luft verursachte mir Übelkeit.

Ich ging nach draußen, ich musste sowieso zum Abort. Ungefähr 50 Meter hinter der Bude war für diesen Zweck eine Grube ausgehoben worden. Niedrige Birkenbäume schützten vor den Blicken der anderen Thingbesucher. Das helle Tageslicht hatte sich zurückgezogen, aber das Dämmerlicht in den drei Stunden von Sonnenuntergang bis Sonnenaufgang war immer noch zu hell, um sich verbergen zu können. Ich hob meinen Rock an und hockte mich mit Blick auf die Buden hin. Puh, das war nötig gewesen.

Hinter mir raschelte es, dann ein Geräusch, als ob jemand auf trockenes Moos trat, ein Zweig knackte. Das war auf jeden Fall ein größeres Lebewesen. Vielleicht ein Hund oder gar ein Polarfuchs? Na toll, und ich hockte hier und streckte dem Viech meinen nackten Hintern entgegen.

»Verschwinde!«, rief ich über die Schulter, stellte mich aufrecht hin und zog das Kleid wieder herunter. Hinter mir ertönte ein ersticktes Stöhnen. Eindeutig ein Mensch. Hier am Abtritt würde sich wohl kaum ein Liebespaar vergnügen. Saß da ein Spanner im Gebüsch?

»Verschwinde«, rief ich noch einmal und klatschte mehrmals in die Hände.

»Psst, nicht so laut.« Aus dem Zwielicht schälte sich eine Gestalt, das Gesicht durch eine Kapuze völlig bedeckt. Ich erkannte die nasale Stimme sofort.

»Flosi, was machst du hier? Warum bist du nicht zuhause?«

Er schüttelte den Kopf. »Hallveig, du weißt ja.«

»Du bist noch ein bisschen jung, um allein unterwegs zu sein, findest du nicht?«

Flosi stemmte seine Hände in die Hüften und ich fühlte mich an die Szene auf dem Hof erinnert, als ich ihn das erste Mal gesehen hatte. Meine Mundwinkel zuckten, aber ich konnte das Lachen unterdrücken. »Ich bin erwachsen. Außerdem war ich immer in eurer Nähe.«

Ich nickte. »Wo hältst du dich seit gestern versteckt?«

Er zeigte mit der Hand zum See.

»Am Ufer des Thingvallavatn habe ich ein Versteck gefunden, in dem ich schlafen kann.«

»Hast du Hunger?«

Flosi nickte heftig und rieb sich den Bauch.

»Hab seit Tagen nur Wasser getrunken und Beeren gegessen.«

»Ich bringe dir gleich etwas. Was hast du jetzt vor?«

»Ich will nach Skálholt, um lesen und schreiben zu lernen. Vielleicht kann ich sogar studieren wie Gissur. Gott ist es nicht wichtig wie ich aussehe, oder? Die Priester sagen, vor ihm sind alle gleich.«

Die letzten Worte konnte ich kaum noch verstehen, weil Flosis Stimme immer leiser geworden war. Mit einer langsamen Bewegung zog er seine Kapuze herunter. Sie blieb auf halber Höhe an seinen weißblonden Haaren hängen. Eine Träne lief über seine Wange, über die missgestalteten Lippen und tropfte schließlich vom Kinn. Flosis Idee mit der Ausbildung in einer kirchlichen Schule war vermutlich das Beste für ihn. Hallveig hatte mit ihrem Gerede dafür gesorgt, dass viele Hofbewohner Stöngs Angst oder Ekel vor ihm hatten. Er seufzte tief und zupfte an meinem Ärmel.

»Schickst du Vater zu mir hinaus?«

Ich nickte. »Warte hier. Wir sind gleich zurück und bringen dir etwas zu essen.«

Flosi zog seine Kapuze wieder so tief ins Gesicht, dass nur noch die Spitze seines Kinns zu erkennen war, und hockte sich hinter den Birkenbusch.

Höchstens zehn Minuten später kamen Einar, seine Töchter und ich mit einem Bündel voll Essen zurück zum Abtritt.

»Flosi?« Einar lief einmal um die Grube herum und blickte mich fragend an.

»Ich schwöre, dass er vorhin hier war.« Ich erzählte ihm von Flosis Plänen.

»Wir müssen ihn suchen. Er wird nicht freiwillig von hier weggegangen sein«, sagte er mit belegter Stimme.

Wir teilten uns auf und suchten in verschiedenen Windrichtungen. Nach geraumer Zeit trafen wir uns vor der Bude. Nirgendwo gab es eine Spur von dem Jungen.

»Das Gebiet ist viel zu groß für uns. Wir brauchen Hilfe«, sagte Einar. Im nächsten Moment hatte er sich umgedreht und lief Richtung Lögberg.

Kurz darauf erklang die Glocke. Schlagartig war es auf dem Versammlungsgelände ruhig. Im nächsten Moment stürmten Hunderte von Menschen aus den Buden und starrten hoch zum Gesetzesfelsen. Dort oben stand Einar. Der Wind ließ seine grauen Haare stürmisch flattern. Er wartete, bis der Platz unter ihm gefüllt war. Dann hob er die rechte Hand und das aufgeregte Gemurmel verstummte.

»Mein Sohn Flosi ist verschwunden. Bitte helft mir, ihn zu suchen.«

Seine kräftige Stimme hallte über das ganze Versammlungsgelände.

»Den kennen wir nicht«, erklang es aus mehreren Kehlen gleichzeitig.

»Er zählt zehn Winter, ist so groß«, Einar zeigte auf Höhe seines halben Oberarms. »Und er hat eine Spalte in der Lippe.«

»Sein Wechselbalg«, flüsterte eine Frau neben mir und mehrere Umstehende kicherten. Die Männer liefen bereits zu ihren Buden, um kurz darauf mit Fackeln zurückzukehren. Einars Stimme dröhnte erneut vom Lögberg.

»Falls ihn jemand findet, klingelt er diese Glocke.«

Die Menschen verteilten sich, in alle Richtungen starteten Suchtrupps.

Auch Tjara, Sigrún und ich gingen in die Bude, um Fackeln und unsere Umhänge zu holen, denn mittlerweile war es empfindlich kühl geworden. Im hinteren Bereich des Gebäudes erkannte ich im Schein des Feuers Ingolf. Breitbeinig saß er dort, rülpste, kratzte sich am Hoden und machte nicht die geringsten Anstalten, aufzustehen.

Einar hatte sich wieder zu uns gesellt. Als er seinen Sohn sah, blitzte Wut in seinen Augen auf.

»Warum so viel Aufhebens? Das Wechselbalg entstammt nicht deinen Lenden, Vater.« Ein feistes Grinsen überzog Ingolfs Gesicht.

Der Gode drehte sich kommentarlos um und ging hinaus. Seine Töchter und ich folgten ihm.

Draußen am Eingang wartete Magnus auf uns.

»Kann ich euch begleiten?«

Einar nickte und wir machten uns auf die Suche. Nur wenige Meter voneinander entfernt schlichen wir Richtung See. Im Grau des Dämmerlichts konnte ich schemenhaft die Fackeln der anderen erkennen. Das gesamte Versammlungsgelände wirkte wie mit Glühwürmchen übersät. Unmöglich, dass der Junge übersehen werden konnte, sofern er sich noch hier im Tal aufhielt.

Wir entfernten uns immer weiter von den Buden. Der starke Wind, der ständig die Richtung zu ändern schien, trug immer wieder Rufe der Suchenden zu uns herüber. Ich kniff die Augen zusammen, um etwas mehr zu erkennen. Meter für Meter tasteten wir uns weiter und starrten dabei auf den Boden.

Plötzlich bimmelte die Lögbergglocke.

Mir blieb vor Schreck fast das Herz stehen.

Im nächsten Moment hastete Einar an mir vorbei, gefolgt von Tjara und Sigrún. Magnus und ich folgten ihnen mit etwas Abstand. Einar verschwand hinter der Ecke seiner Bude. Mit einem Mal herrschte Totenstille. Nur ein lautes Stöhnen durchbrach die unheimliche Ruhe. Ich tastete nach Magnus' Unterarm und hielt mich an ihm fest. Meine Beine waren plötzlich so schwer. Ich konnte kaum noch laufen.

Dann sah ich Flosi.

20

LARUS

Larus saß in einem Ohrensessel in seinem Lieblingscafé in der Nähe des alten Hafens und wartete auf seine Bestellung. Der Gastraum wirkte wie ein riesiges Wohnzimmer. Kein Sofa, kein Sessel, kein Tisch, kein Teller, keine Tasse glichen einander. Die Wände bestanden aus Sichtmauerwerk mit Fachwerk. Die bunten Wellblechhäuser auf der anderen Seite der schmalen Straße leuchteten in rot und blau.

Larus' Oma war im Hospital, um ihre Freundin Helga zu besuchen. Anschließend wollte sie zu ihm kommen.

Sein Handy klingelte.

Papa endlich?

Nein, eine amerikanische Vorwahl.

»Larus Jónsson«, meldete er sich.

»Sarah Scoggins.«

Er musste sich räuspern bevor er ein kratziges »Yes?« herausbrachte.

»Ich muss ständig an Ihre Schwester denken. Warum glauben Sie, dass der Ort ihres Verschwindens etwas damit zu tun hat, wo wir sie als Baby fanden?«

»Weil ... äh, ja weil sich damit eine alte Familiengeschichte bewahrheiten würde.«

Im nächsten Moment schluchzte Sarah laut auf. Nach einer langen Pause, in der sie mehrfach schniefte, sprach sie weiter.

»Mein Mann und ich ..., wir waren damals noch nicht mal 20 und frisch verliebt. An dem Tag waren wir endlich ohne die anderen unterwegs und haben uns von einem isländischen Studenten ein Auto geliehen. In der Nähe einer alten Langhausruine haben wir einen wunderbaren Ort entdeckt. Dort war niemand außer uns und die ganz besondere Stimmung dort ...« Sie schwieg.

»Sie wissen schon ...«, sprach sie dann weiter.

Endlich verstand Larus. »Und dann?«, fragte er.

»Auf einmal lag dieses winzige Baby neben uns. Nackt und blutverschmiert. Und neben ihm eine goldene Brosche. Irgendwie wie eine Grabbeigabe. Und dann die Verletzung ...« Sie schluchzte.

»Warum haben Sie das damals nicht gesagt?«

»Wir vergnügten uns an einem öffentlichen Ausflugsort! Wir bemerkten nicht mal, dass jemand ein verletztes Neugeborenes neben uns ablegte, und wir wussten nicht einmal, ob wir gegen ein isländisches Gesetz verstoßen hatten!«

»Dann hätte die Polizei aber an der richtigen Stelle nach Spuren der Mutter und den Entbindungsort gesucht.«

Schweigen am anderen Ende der Leitung, dann sagte sie: »Das war dumm von uns. Es gab aber keine Fußspuren, obwohl das Baby auf einer weiten Moosfläche lag.«

»Sicher?«

»Ganz sicher. Wir haben danach gesucht, aber da war nichts.«

»Sie haben meiner Schwester das Leben gerettet. Das ist das Wichtigste.«

Larus beendete das Telefonat.

Dann winkte er seiner Oma, die in dem Moment die Eingangstür aufschob und sich suchend umsah.

»Du guckst so zufrieden, wer war das?«

Er fasste das Gespräch für sie zusammen.

»Hatten wir also den richtigen Riecher.«

Er nickte und lächelte die Bedienung an, die eine Waffel mit heißen Kirschen und Sahne und den Kaffee vor ihn auf den Tisch stellte.

»Für mich bitte das gleiche«, sagte Oma.

»Wusstest du, dass Elín damals verletzt war?«

Oma schüttelte den Kopf. »Irgendwann habe ich einen rosa Streifen auf ihrem Rücken entdeckt, aber deine Mutter hat gesagt, das sei beim Krabbeln im Garten passiert.«

Larus stöhnte: »Verstehe einer diese Frau.«

Oma rutschte auf die Vorderkante des Sessels und legte ihre Hand auf Larus' Unterarm.

»Was denkst du über die fehlenden Fußspuren?«

»Auch wenn es mir schwerfällt, das zu sagen. Mein erster Gedanke war, dass Elíns Mutter zu den besonderen Frauen gehören könnte.«

Sie nickte. »Wir sollten nach Frauen suchen, die vor Elíns Geburt als vermisst gemeldet wurden.«

»Aber wenn ihre Mutter aus einer ganz anderen Epoche stammt?«

Gudrun schüttelte vehement den Kopf. »Man kann nur in die Zeit zurückreisen, aus der man stammt.«

Larus starrte seine Oma an und zog die Augenbrauen hoch.

»Jedenfalls soweit ich mich erinnern kann«, fügte sie hinzu.

Er nickte. »Wenn wir davon ausgehen, dass ihre Mutter höchstens 40 war, als sie Elín bekam, dann müsste sie im Zeitraum Ende der 40er bis Herbst 1987 verschwunden sein. Rufst du bitte deinen Bekannten Mikael noch mal an und fragst ihn nach Vermisstenfällen in dem Zeitraum?«

»Mach ich.«

Gudruns Bestellung wurde gebracht. Sie löffelte Sahne in ihren Kaffee und nahm dann einen vorsichtigen Schluck davon.

Larus beobachtete sie, war aber mit seinen Gedanken ganz woanders.

»Ich fahre später noch mal nach Gjáin, Oma.«

Er hatte ihr noch nichts von den Kontakten zwischen ihm und Elín erzählt. Bevor er sie einweihte, wollte er sichergehen, dass er sich das nicht eingebildet hatte. Vielleicht würde es heute noch mal gelingen?

»Mein Auto steht im Parkhaus in der Vesturgata. Im Erdgeschoss auf einem Frauenparkplatz. Ich laufe nach Hause. Muss sowieso noch einiges in der Stadt erledigen.«

Larus grinste. »Danke Omi. Hoffentlich fällt mich keine Feministin an, wenn ich in dein Auto steige.«

»Das haben wir isländischen Frauen nicht nötig.«

»Auch wahr«, sagte er und nahm den Schlüssel entgegen.

Drei Stunden später war Larus wieder auf dem Rückweg nach Reykjavik.

Er war durch die Ruine des Hofes Stöng gegangen, hatte in der Oase das X im Felsen nochmals freigelegt und wieder versteckt, sich an das Ufer des Sees gelegt und den Stofffetzen betrachtet. Elín hatte er nicht mehr gespürt.

Er biss sich auf die Unterlippe und starrte auf den Schotterweg, um nicht eines der riesigen Schlaglöcher zu übersehen.

Sein Handy klingelte, er hielt an.

»Hej Omi, gibt es was Neues?«

»Eine der vermissten Frauen ...«

»Lass hören.«

Schluchzen.

»Kennst du sie?«

»Nein.« Nur ein dünnes Krächzen.

»Oder die Familie?«

»Vielleicht ... ich weiß nicht ... nein, das kann nicht sein ...« Sie stockte.

»Okay. Ich komme nach Hause«, sagte Larus betont ruhig, obwohl er am liebsten durch das Handy gesprungen wäre. Auf dem Heimweg drehte er die Musik so laut auf, dass es ihm in den Ohren schmerzte. So konnte er seine Gedanken abstellen.

Eine knappe Stunde nach dem Telefongespräch stand er vor Omas Haustür. Als er den Schlüssel ins Schloss stecken wollte, öffnete sie die Tür von innen. Sie hatte rot verquollene Augen und hängende Schultern und wirkte zehn Jahre älter als am Morgen.

»Komm mal her«, sagte er und drückte sie an sich.

Sie schniefte an seiner Schulter. »Ist schon wieder gut.«

Der Boden in der Küche war übersät mit zerknüllten Taschentüchern.

»Sicher, dass es wieder gut ist?«

»Möchtest du etwas essen?«

»Hör auf abzulenken und setz dich hin«, sagte Larus und klopfte auf die Sitzfläche einer der Küchenstühle.

Seine Oma ließ sich darauf niedersinken und er nahm ihr gegenüber am Tisch Platz.

»Soll ich dir einen Kaffee kochen oder eine heiße Schokolade?« Sie stand schon wieder auf und drehte sich Richtung Herd, aber Larus war schneller. Er lehnte sich über die Tischplatte und hielt sie an ihrer Gürtelschlaufe fest.

»Sag schon, was los ist.«

Gudrun setzte sich wieder hin und zog wenig damenhaft die Nase hoch. Mit heiserer Stimme begann sie zu sprechen.

»Mikael hatte lediglich die Vermisstenfälle seit 1970 vorliegen. Es gab seitdem nur eine verschwundene junge Frau. Das war 1987.«

»Und warum bringt dich das so aus dem Gleichgewicht?«

Tiefes Seufzen. »Ihr Nachname. Benediktsdóttir.«

»Die Tochter Benedikts. Und?«

»Ich habe dir doch gesagt, dass in meiner Familie die Geschichte der besonderen Frauen seit Generationen erzählt wird.«

»Und?«

»Das war nicht ganz die Wahrheit.« Sie blickte ihren Enkel mit gesenktem Blick an. »Es war nicht meine Familie, sondern die meines Verlobten Benedikt.«

21

ELÍN

E inar kniete hinter Flosi und hatte den blutüberströmten Kopf des Jungen in seinen Schoß gebettet. Aus einer klaffenden Wunde an der Schläfe floss Blut über seine Wange. Viel Blut.

Sein dürrer Hals ringsum bläulich verfärbt, so als ob jemand ihn wie einen Lappen ausgewrungen hätte.

Tjara und Sigrún hatten sich in den Arm genommen und starrten mit eingefrorenem Gesichtsausdruck auf ihren Vater.

Einar strich seinem Sohn mit einer langsamen, zärtlichen Bewegung eine blutige Haarsträhne hinter das Ohr. »Wo habt ihr ihn gefunden?«

»Oben am Wasserfall.«

Warum leistete hier niemand Hilfe? Warum standen alle nur herum und starrten auf den leblosen Jungen? War Flosi wirklich tot? Hatte schon irgendjemand seinen Puls gefühlt?

»Darf ich?«, fragte ich und kniete mich neben die beiden. Einar nickte zögernd.

Ich fühlte nach Flosis Puls, konnte jedoch keinen mehr ertasten.

Aber seine Hand war nicht kalt, sondern immer noch warm.

Ich musste es wenigstens versuchen.

»Lege deinen Sohn auf den Boden, Einar. Vielleicht kann ich ihm noch helfen.«

Mit meinem Umhang wischte ich Flosi das Blut aus dem Gesicht. »Presse ein Stück Stoff auf die Wunde. So fest du kannst.« Irgendjemand sprang herbei und gab Einar einen Lappen in die Hand, den er sofort auf die klaffende Wunde drückte.

Mit der linken Hand hielt ich Flosis Nase zu, mit der rechten zog ich sein Kinn herunter. Hoffentlich klappte Mund-zu-Mund-Beatmung trotz der Kiefern-Gaumenspalte. Wie war das noch gewesen? Wie oft beatmen und wie oft Herzmassage? Egal, immer noch besser es falsch zu machen, als nichts zu tun.

Ich holte tief Luft, meine Lippen umschlossen den verzerrten Mund Flosis. Kräftig blies ich ihm meinen Atem in die Lunge. Sein Brustkorb hob sich leicht, was ein erstauntes Murmeln der Umstehenden auslöste.

Fünf Atemzüge. Dann legte ich meine Hände übereinander und drückte mit aller Kraft sein Brustbein zehn Mal herunter. Stayin' Alive, Stayin' Alive, ha, ha, ha, ha, Stayin' Alive, summte ich währenddessen, um dabei den richtigen Takt einzuhalten. So hatte ich es im Erste-Hilfe-Kurs gelernt.

»Wenn er nicht schon tot ist, dann ist er es gleich«, sagte jemand hinter mir laut.

Jetzt wieder beatmen. Und wieder Herzmassage. Irgendwann brannte meine Lunge und meine Arme zitterten. Ich konnte nicht mehr, sie hatten Flosi zu spät gefunden. Erschöpft lehnte ich mich zurück und schaute in sein zerschundenes Gesicht. Der Anblick des leblosen, wächsernen Kindergesichts, die klaffende Wunde, der metallene Geruch und Geschmack des Blutes waren zu viel für mich. Bloß weg von hier. Weg von all dem Elend, all der Brutalität. Ich stand auf und wischte mir sein Blut aus dem Gesicht.

Aber was war das? Etwas hatte sich im Gesicht des Jungen bewegt. Ich starrte ihn an. Da! Der blutige Schleimpfropfen in seinem Nasenloch wölbte sich ganz leicht nach außen. Er atmete!

Sein Puls war nicht mehr als das Flattern eines Schmetterlings. Ich tupfte seine Nase frei, damit er besser atmen konnte.

Auch andere sahen, dass Flosis Brust sich hob und senkte. Ein Raunen ging durch die Menge.

Über Einars Gesicht, das die ganze Zeit über wie in Eis gehauen ausgesehen hatte, liefen Tränen. Immer noch presste er das Stück Stoff auf die Stirn des Jungen. Es war mittlerweile blutdurchtränkt.

»Du hast meinen Sohn gerettet. Das werde ich dir nie vergessen.«

Leider endeten meine medizinischen Kenntnisse hier. Ich hatte keine Ahnung, was jetzt zu tun war. Gab es hier keinen Heiler oder so etwas? Waren diese ganzen Menschen, die mich anstarrten, schon die ganze Zeit hier gewesen? In den meisten Gesichtern erkannte ich keine Freude, sondern blankes Entsetzen. Einige der Frauen weinten sogar.

»Sie hat ihn von den Toten auferweckt«, sagte einer. Einige der Anwesenden wiederholten diesen Satz. Die Wand der Beobachter wich Schritt für Schritt vor uns zurück.

Mit einem Mal teilte sich die Menge. Eine alte Frau drängte sich durch und bewegte sich mit großen Schritten auf mich zu. Überraschend behände kniete sie im nächsten Moment neben mir. Die Augen der Alten waren bei dem Dämmerlicht in der Tiefe ihrer vielen Runzeln nicht zu erkennen. »Ich habe erst jetzt erfahren, was geschehen ist«, sagte sie und blickte auf den schwer verletzten Flosi. »Bringt ihn in die Bude. Vorsichtig«, bestimmte sie mit resoluter Stimme.

Zwei von Einars Männern brachten ein Brett, auf das sie Flosi betteten. Gemeinsam trugen sie ihn hinein und legten ihn auf ein mit Fellen ausgelegtes Lager nahe dem Eingang. Ich folgte ihnen. Die Zuschauer blieben zunächst in sicherer Entfernung stehen, zogen sich dann aber nach und nach zurück.

Kurz nach der Alten traf ihre junge Gehilfin ein. Ein zartes blondes Mädchen, höchstens zwölf Jahre alt. Sie wechselte ein paar Worte mit der Heilerin, rannte los und kehrte kurz darauf mit einem gefüllten Bündel zurück. Einar drückte immer noch den Stoff auf Flosis Stirn. Die Heilerin schob seine Hand zur Seite. Das blutdurchtränkte Tuch klebte an der Wunde, sie benetzte es mit Wasser. Als sie es abzog, sah ich, dass die Haut über der Schläfe mit einem fingerlangen Schnitt gespalten worden war. Darunter wurde der weiße Schädelknochen sichtbar.

»Ein abgerutschter Axthieb«, sagte Einar.

Mir war übel. Trotzdem konnte ich den Blick nicht abwenden. Die alte Frau blickte auf die Verletzung, zog den Hautfetzen zurück über den Knochen und drückte ihn fest. Ihre Gehilfin reichte eine Nadel, durch die sie einen Faden gezogen hatte. Aus welchem Material mochten die Dinge gefertigt sein? Knochen oder Walrosszahn? Und der Faden? Haare? Tiersehnen?

Nachdem die Alte fünf Stiche gesetzt und einzeln verknotet hatte, nahm sie eine Handvoll Blätter aus dem aufgeschnürten Bündel und zerrieb sie direkt über der Stirn Flosis zwischen den Handflächen. Nach und nach drang Pflanzensaft heraus und tropfte direkt in die Wunde. Die Blutung ging zurück. Dann legte die Heilerin die zerquetschten Blätter auf den Schnitt und wickelte einen strammen Verband um den Kopf. Während der ganzen Behandlung murmelte sie fremdklingende Worte.

»Es sieht schlimmer aus, als es ist. Betet zu Gott, dass er kein Fieber bekommt«, sagte die Alte und verließ mit dem Mädchen im Schlepptau die Bude. Einar gab ihr am Ausgang ein Silberstück in die Hand und nickte ihr zu.

Flosis Brustkorb hob und senkte sich schnell und sehr schwach. Tjara reinigte sein Gesicht mit einem nassen Lappen. Einar hielt seine Hand. Im Moment war ich hier überflüssig und ging nach draußen.

Ob sich Flosis Angreifer noch in der Nähe aufhielt? Jemand, der ein Kind so zurichtete, hätte mit Sicherheit keine Skrupel, eine Frau anzugreifen. Ich wollte allein sein, aber in Rufweite der Buden bleiben. An den Budeneingängen vorbei ging ich in Richtung des Flusses. Die Geräusche der Menschen inner- und außerhalb der Hütten drangen nur noch gedämpft an meine Ohren. Ich suchte mir einen Platz am Flussufer. Dort zog ich meine Stiefel aus und steckte die Füße ins Wasser. Das kühle Nass tat gut.

Hinter mir knirschten Steine. Sollte ich etwa das nächste Opfer sein? Ich straffte meinen Oberkörper und horchte. Eindeutig Schritte. Ein Tier war das nicht. Entweder schlich sich jemand an oder die Person war sehr leicht. Mit der rechten Hand tastete ich nach etwas, womit ich mich wehren konnte, und fand einen faustgroßen Stein. Ich drehte mich um.

Da war ein Mädchen, das jetzt stehen blieb und aus einigen Metern Entfernung zu mir hinübersah.

»Was willst du?«, sagte ich härter als beabsichtigt. Warum schlich sich dieses Mädchen auch so an?

Es war die junge Gehilfin der Heilerin. Sie machte einen Schritt zurück und ich ärgerte mich über meinen schroffen Ton.

»Ich hatte Angst, dass ich auch überfallen werde. Setz dich zu mir«, sagte ich.

Sie ließ sich neben mir ins Gras plumpsen und seufzte tief.

»Ich habe dich gesehen, als du Richtung Abtritt gingst.«

Ihre Worte wurden durch das ständige Zucken ihres Zwerchfells unterbrochen.

»Und?«

»Als ich mich anschließen wollte, sah ich zwei Männer, die dir folgten, und habe mich in einer Senke verborgen.«

»Hast du sie erkannt?«

»Sie hatten die Kapuzen über ihre Köpfe gezogen. Als du dich niedergehockt hast, haben sie sich auf den Boden gelegt.« Sie schluchzte und nestelte ein schmutziges Tuch aus ihrem Ärmel, mit dem sie sich geräuschvoll die Nase schnäuzte.

»Plötzlich hast du mit jemandem gesprochen und dann stand ein Junge hinter dir. Ich glaube, das war der, der verletzt ist.«

»Ja, das war Flosi.«

»Die beiden Männer haben euch beobachtet. Sie waren viel näher an euch dran als ich.«

Mir wurde schwindelig. »Was ist danach passiert?«

Sie zuckte die schmalen Schultern. »Als du zurückgegangen bist, bin ich schnell weggerannt.«

Mich schauderte. Ich zog meinen Umhang enger um mich.

»Denkst du, ich hätte den Jungen retten können?« Die Stimme des Mädchens zitterte.

Ich schüttelte den Kopf und legte ihr meine Hand auf den Unterarm. »Was willst du gegen zwei Männer ausrichten?«

22

Larus

Omis Verlobter Benedikt? Larus' Großvater war er jedenfalls nicht geworden.

»Willst du nicht doch etwas trinken?« Gudrun hatte sich schon wieder halb von der Sitzfläche erhoben.

»Bleib sitzen.«

»Ich war, wie gesagt, mit ihm verlobt.« Oma atmete tief ein und seufzte beim Ausatmen leise. Nach einem weiteren tiefen Seufzer sprach sie weiter.

»Wenige Tage vor unserer Hochzeit zeigte er mir die Brosche und erzählte mir von den Frauen mit den ungewöhnlichen Augen. In seiner Familie war seit zwei Generationen kein Mädchen mehr geboren worden. Sie wurde daher an den erstgeborenen Sohn weitergegeben und Benedikt war der älteste von vier Brüdern.«

Wieder stahl sich ein tiefer Seufzer aus ihrer Brust.

»Meine Zwillingsschwester Halla ...«

»Deine was?« Larus sprang auf.

Seine Großmutter hob abwehrend die Hand und er setzte sich wieder.

»Später. Halla hat zu der Zeit in New York gearbeitet. Ihr Flug kam sehr spät, am Abend vor unserer Hochzeit, an. Ich hatte Durchfall vor Nervosität und bat Benedikt, allein zum Flughafen zu fahren. Er kannte meine Schwester bis dahin nur von Bildern, aber sie sah ja aus wie ich.« Erneut unterbrach ein Schluchzer ihren Redefluss. »Wie die beiden sich am nächsten Morgen beim Frühstück ansahen ... ich wusste sofort, dass unsere gemeinsame Zeit vorbei war.«

Larus hatte seine Hände an die Tischplatte gelehnt und sich nach vorne gebeugt.

»Was für ein Arschloch!«

Gudrun schüttelte langsam den Kopf. »Ich bin noch am selben Tag zu einer Freundin gezogen und erst zurückgekommen, als die beiden weg waren.«

»Verständlich.«

»Benedikt und Halla sind kurz darauf in die USA übergesiedelt und ich habe mir einen Arbeitsplatz in Stockholm gesucht.« Sie putzte sich die Nase.

»Auf der Beerdigung unseres Vaters drei Jahre später habe ich sie das letzte Mal gesehen. Unsere Mutter war da schon lange tot und weitere Geschwister haben wir nicht. Als ich Jahre später mit meinem Sohn, deinem Vater, zurück nach Island zog, war die Sache längst vergessen.«

»Und du denkst, dass die verschwundene Frau die Tochter der beiden sein könnte?«

Gudrun zog die Schultern hoch. Sie wirkte bedrückt.

»Ihr Nachname gepaart mit der Tatsache, dass sie sich quasi in Luft aufgelöst hat ist ...Ein bisschen viel Zufall, oder?«

Larus nickte. »Kennt Mikael ihre aktuelle Adresse?«

Oma blickte auf ihre Finger, die sie unablässig knetete, als ob sie nicht zu ihr gehörten. »Sie gilt immer noch als vermisst«, sagte sie leise.

»Was?« Ihr Enkel sprang auf. »Du hast gesagt, alle kamen wieder zurück.«

»Benedikt ...«

»Verdammt! Was jetzt?«

»Elín kommt zurück – ganz bestimmt.« Omas Stimme klang lahm.

Larus holte tief Luft. »Wenn nicht ...« Er stöhnte und wischte sich mit der Hand übers Gesicht. »Ich koche uns einen starken Kaffee.«

Sie hielt ihn am Ärmel fest. »Ehrlich gesagt brauche ich etwas Handfesteres.«

Ihr Enkel zog die Augenbrauen hoch. »Hast du so was?«

»Im Schrank in der Stube steht ein Whiskey. Ich hole ihn. Gläser findest du da.« Sie zeigte mit der Hand auf einen der Küchenoberschränke.

Er sah zu, wie die bernsteinfarbene Flüssigkeit mit einem sanften Gluckergeräusch in die Gläser lief.

Kurz darauf saßen sie sich am Küchentisch gegenüber, schwenkten ihre Gläser, prosteten sich zu und nahmen beide einen großen Schluck.

»Mmmh ... der ist gut.«

Im nächsten Moment schob er das Glas ein Stück von sich weg. »Ich möchte einen klaren Kopf behalten.«

Sie nippte an ihrem Whiskey und sah ihn über den Becherrand hinweg an.

»Ist Papa der Sohn von Benedikt?«, fragte Larus aus einer Eingebung heraus.

Oma schüttelte den Kopf. »Er wurde zwei Jahre später geboren. Ich mag es kaum zugeben, aber dein Vater ist das Resultat einer einzigen Nacht. Ich wusste nicht mal seinen Namen.« Sie errötete.

»Ein One-Night-Stand? Omi ...!« Gespielt missbilligend schüttelte er den Kopf und spürte im nächsten Moment schmerzhaft ihre Faust an seiner Schulter.

»Ich schäme mich dafür. Das ist nicht lustig.«

»Doch, ist es«, erwiderte Larus, aber er lachte nicht. »Papa hat sich übrigens immer noch nicht bei mir gemeldet.«

Seine Großmutter seufzte und nahm einen großen Schluck Whiskey.

Larus stand auf, öffnete die Kühlschranktür, blickte ins gut gefüllte Innere und nahm ein Stück Käse und ein Glas Gurken heraus.

»Wir müssen deine Schwester Halla und Benedikt finden. Die Polizei hat sicher ihre damalige Adresse notiert, als sie die Vermisstenanzeige aufgaben.«

»Nicht sie, sondern eine ehemalige Kommilitonin hat die Anzeige aufgegeben. Deren Adresse und Telefonnummer hab ich.«

»Oh. Okay«, sagte Larus und blickte auf die Wanduhr. Es war fast 23 Uhr.

»Ich rufe da gleich morgen früh an.« Er stellte das halbvolle Gurkenglas zusammen mit einem kläglichen Anstandsrest des Käses zurück in den Kühlschrank.

»Ich versuche zu schlafen, bin todmüde.«

»Warte. Mikael erzählte mir von einem mittlerweile pensionierten Kollegen, der ungeklärten Fällen nachgeht. Wir sollten Kontakt zu ihm aufnehmen, meint er. Er wohnt in Hafnarfjördur.«

»Die Elfenstadt? Na, denn gute Nacht, Omi.« Er versuchte ein Grinsen, aber es misslang.

23

ELÍN

Das Mädchen verabschiedete sich bald.

Ich wollte noch ein wenig zwischen den Buden hin und her laufen. Das fröhliche Lachen ihrer Bewohner passte aber so gar nicht zu meiner Stimmung. Immer wieder sah ich Flosis blutüberströmtes Gesicht vor mir, schmeckte sein Blut auf meiner Zunge. In Einars Bude wollte ich noch nicht zurück. Ich hätte alles für ein Telefonat mit Oma oder Larus gegeben. Den beiden gelang es auch am Telefon, mir das Gefühl zu vermitteln, dass sie ganz nah bei mir waren. Aber sie waren noch nicht geboren. Noch lange nicht. Ich war allein.

Der Kloß in meinem Hals dehnte sich explosionsartig aus. Plötzlich bekam ich keine Luft mehr. Eine Woge Angst riss mich wie ein Strudel mit sich. Ich rannte los. Rannte, bis ich nichts mehr hörte außer meinen eigenen Schritten. Rannte, bis das Dorf der Althingbuden so weit hinter mir lag, dass selbst die Lagerfeuer nur noch matte orangefarbene Schimmer waren. Rannte, bis etwas Hartes sich meinem rechten Fuß in den Weg stellte. Ich landete unsanft auf dem Boden. Mein Fuß pulsierte im Takt meines rasenden Herzens. Aua, das tat richtig weh.

Ich setzte mich auf, lehnte mit dem Rücken an dem großen Felsblock, mit dem mein Fuß kollidiert war, wischte mir den kalten Schweiß von der Stirn und versuchte, so ruhig wie möglich zu atmen. Das Herzrasen ließ nicht nach. Meine Fingerspitzen kribbelten immer stärker. Ein Schluck eiskaltes Wasser könnte helfen. Oder Beine anheben, aber die waren zurzeit aus Gummi. Die Buden waren viel zu weit entfernt, als dass jemand mein Rufen hören könnte.

Trotz des Nebels konnte ich erkennen, dass in ungefähr 50 Metern Entfernung jemand im Zickzack hin und her lief. Ich klammerte mich an den Gedanken, dass das nicht die Verbrecher sein konnten, weil die zu zweit waren, und beschloss, mich bemerkbar zu machen.

»Hej!« Ein Krächzen.

»Hej!« Das war deutlich lauter. Ich sah, dass die Person stehen blieb, sich dann umdrehte und auf mich zulief. Es war Magnus.

»Elín ... endlich.«

»Ich ... ich ... bekomme keine Luft. Bitte ... Beine hoch.«

Er verstand sofort, was ich meinte, nahm meine Füße in seine Hände und hielt sie auf Hüfthöhe. Wenige Augenblicke später beruhigte sich mein rasender Herzschlag. Noch ein paar weitere angestrengte Luftzüge, dann fiel die Anspannung ab und ich konnte wieder tief durchatmen. Was für eine Wohltat.

Magnus legte meine Beine vorsichtig zurück auf den Boden und kniete sich neben mich. Sanft strich er eine verschwitzte Haarsträhne aus meiner Stirn und nahm vorsichtig meine Hände in seine. Sie schlossen sich wie ein Wärmekissen um meine Eisfinger.

Warum freute mich das? Ich würde mich doch wohl nicht in einen Mann vergucken, der schon seit vielen hundert Jahren tot war? Der Gedanke löste einen kleinen Stich in meinem Herzen aus. Ich traute mich nicht, ihm in die Augen zu sehen.

»Danke«, flüsterte ich.

»Kannst du aufstehen?« Ich nickte und er half mir auf die Beine. Ich schwankte und krallte mich in seinen Talar.

»Bist du sicher, dass du schon laufen kannst?« Er hielt mich an den Schultern fest.

»Das wird mir bestimmt guttun.«

Mein Fuß schmerzte bei jedem Schritt. Ich lehnte mich zwischendurch immer mal wieder an Magnus. Es tat gut, jemanden zum Anlehnen zu haben. Er dirigierte mich zurück zum Thingplatz.

»Was hast du vorhin gesucht?«, fragte ich.

»Dich natürlich. Du bist an mir vorbeigerannt, als ob der Leibhaftige hinter dir her wäre, und auf einmal warst du weg.«

»Hab dich nicht gesehen.«

Er grinste. »Das kann ich mir vorstellen. Mein Freund Ari Frodi und ich standen am Rande des Platzes, als du vorbeigehetzt bist. Vermutlich steht er immer noch dort und wartet auf mich.«

Ari Frodi? Mir wurde übel vor Aufregung.

»Meinst du etwa Ari Frodi Thorgilsson?«

»Kennst du ihn?«

»Den Mitverfasser des Landnahmebuches? Den kennt jeder Isländer. Ich habe es sogar gelesen.«

Magnus blieb abrupt stehen und ließ meinen Arm los. »Was ...?«

Mist, ich hatte einen Fehler gemacht. Wie sollte ich mich mit meiner

Amnesie plötzlich an ein Buch erinnern können? Wie blöd konnte man sein?

Magnus schüttelte den Kopf und strich sich mehrmals mit der Hand durch die Haare, während er auf den Boden starrte. Seine Mundwinkel zuckten.

Als im nächsten Augenblick ein Mann neben uns stand, wandte Magnus sich ihm mit lächelndem Gesichtsausdruck zu. Nichts erinnerte mehr an sein kurzes Erschrecken.

»Das, Elín, ist Ari Frodi.« Der Vorgestellte verbeugte sich leicht.

»Sehr angenehm, deine Bekanntschaft zu machen.« Er zwinkerte Magnus zu. »Du bist die Frau, die ihre Erinnerung verloren hat, nicht wahr?«

Wenn ich nichts sagte, konnte ich auch nichts Falsches mehr sagen. Ich nickte nur.

Ari fuhr fort: »Sehr beeindruckend, wie du dem todgeweihten Jungen das Leben wieder eingehaucht hast. Könntest du mir diese Vorgehensweise in den nächsten Tagen erklären? Natürlich nur, wenn du dich wieder gut fühlst. Im Moment siehst du sehr blass aus.«

Ich war überwältigt. Der erste isländische Autor, der seine Bücher nicht in Latein, sondern in der Landessprache geschrieben hatte, stand leibhaftig vor mir und bat mich um einen Gefallen. Er war schätzungsweise Anfang/Mitte vierzig. Ich konnte ihn nur anstarren. Wie ein Groupie. Er musste denken, dass ich total dämlich war.

Zum Glück schien Ari mein Verhalten anders zu deuten. Zu Magnus gewandt, sagte er: »Ich glaube, sie ist schwächer, als es den Anschein hat. Lass sie besser nicht aus den Augen.«

»Ich werde mich um sie kümmern.«

Ari nickte uns zu und schritt davon.

»Komm mit«, sagte Magnus. Es klang unfreundlich. Er bugsierte mich weg von den Buden.

»Aua, nicht so schnell!« Hatte er völlig vergessen, dass ich mich verletzt hatte? Immerhin zügelte er sein Tempo ein wenig.

Als nur noch unsere eigenen Schritte zu hören waren, blieb Magnus endlich stehen. Wir setzten uns nebeneinander auf einen Felsen am Flussufer. Ich schnappte nach Luft. Magnus schwieg netterweise. Mein lautes Schnaufen hätte ohnehin jedes Wort übertönt. Der verletzte Fuß fühlte sich an, als ob ich wieder in heißem Waschwasser stünde.

»Netter Mensch, dieser Ari«, murmelte ich.

Magnus nickte. »Wir haben beide unsere geistliche Ausbildung vom Bruder des Bischofs erhalten. Über all die Jahre wurde er mir ein guter Freund.«

Ich schwieg.

»Wer hat dich lesen gelehrt?« Magnus' Stimme klang lauernd.

»Ich weiß nicht.«

Er hob die Augenbrauen.

»Erzähl mir mehr von Ari«, bat ich.

»Sein Vater starb, als er noch ein Kind war. Er ist dann zuerst bei seinem Großvater, dann bei einem Onkel und danach einige Jahre bei einem Skalden aufgewachsen. Das war in Haukadalur. Als ich dorthin kam, lebte er schon einige Jahre dort. Er ist Priester und schreibt Bücher, aber das weißt du ja.«

Oh, oh. Wie kam ich da bloß wieder raus?

»Seit gestern habe ich solche Erinnerungsfetzen. Wäre es nicht schön, wenn ich mich irgendwann wieder an alles erinnere?«

Magnus rückte ein Stück von mir ab und blickte mir direkt ins Gesicht. »Wer bist du wirklich, Elín?«

»Wenn ich das wüsste, wäre ich nicht hier.«

Er schüttelte den Kopf.

»Zuerst weißt du sehr genau, was zu tun ist, um den Jungen vor dem Tod zu retten, und jetzt erinnerst du dich daran, ein Buch von Ari gelesen zu haben. Ohnehin finde ich es sehr außergewöhnlich, dass eine Frau lesen kann.«

In meinem Kopf fuhren die Gedanken Achterbahn. Was sollte ich dazu sagen?

»Hab ich doch gerade gesagt; ein winziger Teil meiner Erinnerungen ist wieder da.«

Magnus seufzte laut und vernehmlich. »Ja, ja und das, was kommen wird, ist für dich schon Vergangenheit.«

Mir wurde heiß. Ich stand auf, humpelte ein paar Schritte hin und her, strich mir mit fahrigen Bewegungen das Haar aus dem Gesicht, zupfte an meinem Überkleid herum und begann schließlich, an meinem Daumennagel zu kauen.

»Ich weiß nicht, was du meinst.«

Magnus seufzte nochmals. »Aris Ziehvater, der Skalde, hatte ihm viel erzählt über die Besiedlung Islands und auch die Jahrhunderte danach. Ari will dieses Wissen über unsere Vorfahren für alle Zeit festhalten. Er möchte die Namen all derjenigen aufschreiben, die damals aus Norwegen und anderen Ländern hierherkamen, und herausfinden, wie es ihnen in dem neuen Land ergangen ist. Dafür wird er ab dem nächsten Sommer das ganze Land bereisen und die Menschen nach den Geschichten befragen, die seit Generationen in ihrer Sippe weitererzählt werden. Es wird vermutlich viele Winter dauern, bis das Buch fertig ist. Rate mal, wie es heißen soll.«

Landnahmebuch vielleicht? Oh shit.

Magnus blickte mich immer noch an. Aus dieser Nummer kam ich nicht mehr heraus. Aber vielleicht war es gar nicht schlecht, wenn wenigstens er eingeweiht war. Ohne Hilfe würde ich hier gar nichts erreichen. Magnus war Priester im finstersten Mittelalter Islands. Er war es gewohnt, dass eigenartige Dinge geschehen konnten.

»Glaubst du an Wunder?«, fragte ich.

»Ich glaube, dass ein Mann namens Jesus vor über 1000 Jahren nach seiner Kreuzigung von den Toten wiederauferstanden ist. Ist dir das Antwort genug?«

Konnte ich ihm vertrauen? Existierte in Island das Beichtgeheimnis? Er schien meine Gedanken erraten zu haben.

»Ich verspreche dir, niemandem etwas zu erzählen.«

Das hörte sich schon mal gut an, aber wie sollte ich ihm sagen, dass ich erst in fast 900 Jahren geboren würde? Ich konnte es ja selbst kaum glauben.

»Ich bin durch ... Ich bin eine ... ich ... ach ...«

»Du stammst aus einer Welt, die nach uns kommt, nicht wahr?«

Woher konnte er das wissen?

»Ich habe es geahnt, als ich dich das erste Mal sah, und als du den Jungen vor dem Tod gerettet hast, war ich mir fast sicher.«

»Meine Augen?«

Magnus nickte.

»Ich habe bis vor einigen Tagen nicht gewusst, dass so etwas möglich ist. Erst recht nicht, dass es mich treffen könnte. Woher weißt du davon?«

Er antwortete nicht sofort, aber hinter seiner Stirn arbeitete es. Ich wollte ihn nicht unter Druck setzen. Nicht dass er wieder davonlief.

Zwielicht und Nebel hatten den Horizont geschluckt und ließen die Ebene und die Lavaberge mit dem Himmel zu einem einzigen Grau verschmelzen. Ich schloss die Augen.

Plötzlich begann er zu sprechen. »Vor vielen Wintern erschien hier auf dem Allthing eine Frau, die auch solche Augen hatte. Sie hatte ein Kleid gestohlen und wurde danach erwischt. Niemand kannte sie und sie sagte, sie könne sich an nichts erinnern. Einer der anwesenden Männer gab der bestohlenen Frau Silber, damit sie Ruhe gibt. Die Fremde und ihr Wohltäter heirateten noch beim selben Allthing. Schon ein Jahr später war die Frau jedoch wieder weg.«

»Ja und?«

Magnus zögerte wieder, bevor er weitersprach.

»Die Frau hatte sich ihrem Mann anvertraut, hatte ihm gesagt, dass sie aus der Welt stammt, die noch kommt. Sie besaß Kenntnisse, die viel weiter reichten, als alle unsere Gelehrten wussten.«

»Bist du dieser Ehemann?«, fragte ich aus einer Eingebung heraus.

Er sah mich nicht an, als er mit leiser Stimme antwortete: »Da war ich noch ein Junge.«

»Der Ehemann hat es dir also erzählt?«

Magnus nickte. »Er kam zu mir, als ich schon ein Geistlicher war. Seine Frau war bei ihrem Verschwinden guter Hoffnung gewesen und er erhoffte von mir eine Antwort auf seine Frage, ob sie und das Kind noch lebten.« Magnus stöhnte leise auf.

»Wer außer dir weiß noch davon?«

»Von mir hat niemand was erfahren.«

»Ist der Mann hier beim Allthing?«

Magnus blickte an mir vorbei.

»Hab ihn seit langem nicht mehr gesehen.«

Er strich sich mit der Hand über den Mund und wandte sich mir wieder zu.

»Hattest du irgendetwas bei dir, als du aufgefunden wurdest?«

»Ja. Eine Brosche.«

Magnus atmete geräuschvoll aus. Täuschte ich mich oder klang es erleichtert?

»Hat der Ehemann die Brosche dir gegenüber erwähnt?«

Er zuckte mit den Schultern. »Ich glaube nicht.«

»Nach meiner ersten Nacht auf Stöng war sie leider weg.«

»Oh ...«, er wirkte ehrlich betroffen.

»Eine junge Magd, die beim Umkleiden half, hat sie wahrscheinlich geklaut. Am selben Tag hat sie nämlich auch Hallveig bestohlen und ist dann geflüchtet.«

Magnus starrte mit zusammengezogenen Augenbrauen auf seine Stiefel.

Ich biss mir auf die Lippe.

Magnus' beugte sich zu mir. Sein Gesicht war jetzt ganz nah vor meinem.

»Ich werde dir bei der Suche helfen, Elín.« Er sagte es mit so viel Nachdruck, dass ich das Gefühl hatte, sein Leben hinge davon ab.

Ich tastete nach seiner Hand und drückte sie fest. Er erwiderte den Druck und schaute mich an. Kurz hatte ich das Gefühl, mir könne nichts geschehen, solange er in meiner Nähe war. Ein winziges Stück Hoffnung keimte in mir auf.

»Wo sollen wir anfangen?«

Er lächelte. »Wir sollten die Magd finden.«

»Falls Freydis überhaupt noch lebt. Hallveig hat dem Mädchen ihre beiden Brüder hinterhergeschickt. Tjara und Sigrún befürchten, dass die beiden nicht allzu zimperlich mit ihr umspringen werden, wenn sie sie entdecken.«

»Ich kenne die beiden. Zwei schafsdumme Schläger.«

»Freydis' Freundin glaubt zu wissen, wo sie sich versteckt hat, und sucht sie.«

Ich spürte Magnus' Hand auf meinem Unterarm und wandte ihm das Gesicht zu. Sekundenlang blickten wir uns schweigend in die Augen.

»Wie du dem Jungen das Leben gerettet hast ...«, sagte er dann. »Die Gaffer hätten ihn nicht einmal angefasst.«

Das Lob tat gut, aber es war mir auch unangenehm. Ich hüpfte von dem Felsen, ohne an meinen verletzten Fuß zu denken, und heulte kurz auf.

»Ich möchte ohnehin nach ihm sehen. Kommst du mit?«

Magnus nickte.

24

LARUS

4 6 ... das ist doch im Norden ...«, sagte Larus zu sich selbst und fand seine Vermutung sofort bestätigt. Unter der notierten Telefonnummer stand eine Adresse in Akureyri.

Nach wenigen Sekunden rief eine atemlose Stimme »Hej«.

»Hej ... äh ... spreche ich mit Erla Akisdóttir?«

»Ja ... Und mit wem spreche ich?«, erklang es zögernd aus dem Lautsprecher.

»Mein Name ist Larus Jónsson. Ich rufe aus Reykjavik an.«

»Hm ... Was willst du von mir?«

»Du hast eine Frau Benediktsdóttir 1987 als vermisst gemeldet?«, fragte er schnell.

Außer einem tiefen Atemzug war nichts zu hören.

»Wurde sie endlich gefunden?« Erlas Stimme zitterte. »Lebt sie noch?«

Er räusperte sich. »Äh ... nein, ich weiß nicht.«

Geräuschvolles Ausatmen. »Warum rufst du an?«

»Wir wollten dich nach den Umständen von ihrem Verschwinden befragen und mehr über sie erfahren.«

»Wer ist ›wir‹ und warum sollte ich das mit euch besprechen?«

»Meine Großmutter und ich. Sie kann dich übrigens hören«, schob er ein. »Meine Adoptivschwester ist vor kurzem auf ähnliche Weise verschwunden. Wir sind völlig fertig.«

»Das tut mir leid, aber ich kann euch nicht helfen. Ich weiß bis heute nicht, was damals geschehen ist. Plötzlich war sie weg.«

»Magst du uns etwas über sie erzählen?«

»Ich wüsste ehrlich gesagt nicht, wie ... Nein, das ist mir zu persönlich, das möchte ich nicht.«

»Das verstehe ich, aber ...«, er warf seiner Großmutter einen kurzen Blick zu. Als sie nickte, sagte er: »Meine Oma ist vielleicht ihre Tante.«

»Gudrun, die Zwillingsschwester von Halla?«, kam es wie aus der Pistole geschossen.

»Jap«, antwortete Larus und schaute zu seiner Oma, die plötzlich hellgrün im Gesicht war.

Ein langgezogenes »Okay« erklang aus dem Hörer.

Dann einige Sekunden Stille.

»Nächsten Mittwoch hätte ich Zeit. Ich fahre gleich in die Westfjorde zu meiner Tochter. Bin nämlich gestern zum ersten Mal Oma geworden.« Larus hörte das Lächeln in ihrer Stimme. »Herzlichen Glückwunsch.«

Aber erst nächste Woche? Am liebsten hätte er sich in der nächsten Minute auf den Weg gemacht. Aber Akureyi war über vier Stunden Fahrtzeit entfernt.

»Hast du ein Foto von ihr?«

»Ja, aber der Karton mit den Dingen, die ich noch von ihr habe, steht in der hintersten Ecke des Dachbodens.«

Ein Karton mit persönlichen Dingen. Das war ja phantastisch. Oma sah mit einem Mal auch wieder gesünder aus. Mit hochroten Wangen und glänzenden Augen starrte sie auf das Handy.

Es fiel ihm schwer, seine Ungeduld einzufangen. »Wann sollen wir Mittwoch bei dir sein?«

»Kommt doch zum Mittagessen.«

»Sehr gut.« Er schaute nochmals auf den Notizzettel. »Wohnst du noch in der Lundargata?«

»Besser gesagt, ich wohne wieder hier, ja.«

»Also dann, bis nächste Woche.«

»Bis dann.«

Er legte auf und drehte sich nach seiner Oma um. »Ich muss meinem Chef Bescheid sagen, dass es hier länger dauert.«

25

ELÍN

Magnus und ich traten in die Bude von Stöng. Die meisten Bewohner schliefen. Schnarchen bestimmte die Geräuschkulisse. Jemand hatte neben Flosi ein kleines Feuer entfacht. Das war bis auf ein paar glimmende Öllampen die einzige Lichtquelle in der Bude. Der Junge lag mit geschlossenen Augen noch genauso, wie er vor Stunden abgelegt worden war. Neben ihm saßen Einar und seine beiden Töchter. Tjaras Kopf lehnte an Sigrúns Schulter. Sie schlief. Sigrún lächelte mir zu und flüsterte eine kurze Begrüßung.

Einar blickte auf, als wir eintraten. Er wollte aufstehen, aber ich bedeutete ihm, dass er sitzen bleiben solle. Ich hockte mich neben ihn und wisperte: »War Flosi schon wach?«

Einar schüttelte den Kopf.

»Ich weiß nicht, wie ich dir danken soll. Ohne dich wäre mein Ziehsohn jetzt tot. Es ist dir gelungen, ihm wieder Leben einzuhauchen.« Er nahm meine Hände in seine und drückte sie fest.

»Er war nicht tot, Einar. Ich kann keine Wunder vollbringen.«

»Ich danke jedenfalls Gott, dass er dich zu uns geschickt hat.«

Ich spürte Magnus' Hand auf meiner Schulter. Es war gut, dass wenigstens er wusste, wer ich wirklich war.

»Ich gehe hinüber zu meiner Bude«, sagte er. »Morgen sehe ich noch einmal nach dem Jungen.«

Sein Atem kitzelte mich im Nacken und ich zog unwillkürlich die rechte Schulter hoch.

Er schob den schweren Vorhang, der den Ausgang versperrte, zur Seite und lief in die hellgraue Nacht. Ganz kurz strömte frische Luft herein. Ich nahm einen tiefen Atemzug davon. Magnus würde mir helfen. Vielleicht konnte Larus in der Zukunft auch irgendetwas für mich erreichen. Zum ersten Mal seit langem spürte ich so etwas wie Zuversicht.

Einars Gesicht wirkte im flackernden Licht des Feuers fahl und eingefallen.

»Versuche, ein wenig zu schlafen, Einar. Ich werde bei Flosi wachen.«

Er sträubte sich kurz, war aber offenbar so erschöpft, dass er seinen

Widerstand schnell aufgab und sich auf der Wandseite neben seinen Ziehsohn auf den Boden legte. Bald darauf hörte ich seine tiefen Atemzüge. Sigrún schlummerte mittlerweile auch. Einträchtig lehnte sie neben ihrer Schwester.

Behutsam legte ich meine Hand auf Flosis Stirn. Sie fühlte sich kühl an. Hoffentlich hatte er Glück und bekam kein Fieber. Sein Gesicht und sein Kinn zuckten, so, als ob er gleich zu weinen anfangen würde. Beruhigend strich ich mit den Fingern über seine Wange. Im selben Moment schlug er die Augen auf. Vor Schreck zog ich die Hand zurück. Ein Hauch von Lächeln glitt über sein Gesicht.

»Elín.« Sein Krächzen war kaum zu verstehen.

Ich legte einen Finger auf seine trockenen Lippen. »Passt. Nicht reden, Flosi.«

»Deine Brosche ... Freydis.«

Schlagartig war ich hellwach. Hatte er wirklich Brosche gesagt?

Ich hatte mit niemandem außer Magnus darüber gesprochen und das erst nach dem Überfall. Und was war mit Freydis? Es wäre besser, wenn der Junge sich nicht anstrengte, aber was, wenn er die Nacht nicht überlebte? Ich starrte ihn an, streichelte unablässig seine Wange und lauschte auf weitere Worte. Sein Kopf fiel zur Seite. Er war wieder eingeschlafen.

Oh nein! Ich rüttelte an seiner Schulter. Zuerst sanft, dann etwas fester. Ich schämte mich für das, was ich tat. Meine Bemühungen waren vergeblich.

Die wenigen Worte, die er gesprochen hatte, gingen mir nicht mehr aus dem Kopf. »Bitte, bitte, lass Flosi durchkommen«, murmelte ich und mir war egal, ob Gott, Odin oder sonst wer meinen Wunsch erfüllen würde.

Der Adrenalinschub, den Flosis Worte bei mir ausgelöst hatten, ließ mich erschöpfter zurück als zuvor. Krampfhaft versuchte ich, meine Augen offen zu halten.

Als ich meine schweren Lider ein wenig hochzog, war klar, dass ich doch eingeschlafen war. Aber es konnten doch nur ein paar Minuten gewesen sein, oder?

Angesichts der Betriebsamkeit um mich herum schien das eher unwahrscheinlich. Jemand hatte mich mit einem schweren Fell zugedeckt. Ich blieb liegen, tat so, als ob ich immer noch schlafen würde, und ließ meinen Blick nur durch einen Sehschlitz durch die Bude schweifen.

Die Feuer waren neu geschürt worden. Einige Männer brachten gefüllte Wassereimer und stellten sie schwer auf den Boden. Geschirr klapperte. Eine Magd zerrieb Getreide für den Frühstücksbrei auf dem Mahlstein. Eine andere nahm den Trog mit den zerkleinerten Körnern, der unter dem Mahlstein stand. Sie schüttete den Inhalt in das kochende Wasser im Kupferkessel, der an einem Gestell über dem Feuer hing. Dann wischte sie den Mahlstein mit einer Fischschwanzflosse sauber und rührte anschließend mit einem langen Holzlöffel den schnell zäher werdenden Brei sorgfältig um. Der würzige Geruch, der mir in die Nase stieg, war deutlich besser als der Geschmack von der Pampe.

Am Eingang stand Einar und unterhielt sich mit der alten Kräuterhexe. Sie hatte ihre Kapuze tief ins Gesicht gezogen. Im nächsten Moment kamen die beiden näher und ich beeilte mich, mich aufzusetzen.

Die Alte oder besser, ihre Kapuze nickte mir zu. Dann fühlte sie Flosis Stirn und gab ein zufriedenes Grunzen von sich. Sie nahm den Verband und die gequetschten Blätter von der Wunde und ich konnte einen Blick auf die Verletzung des Jungen werfen. Die sah immer noch erschreckend aus, hatte sich aber offenbar nicht entzündet. Das würde eine dicke Narbe geben. Nachdem die Kräuterhexe frische Blätter auf die Wunde gelegt hatte, umwickelte sie Flosis Kopf wieder mit einem Stoffstreifen.

Was mochten das für Blätter sein? Es konnte nicht schaden, solche Dinge zu wissen.

»Wegerich«, antwortete die Alte auf meine unausgesprochene Frage und stand im selben Moment auch schon wieder auf, um sich Einar zuzuwenden, der während der gesamten Behandlung dicht hinter ihr gestanden hatte. »Dein Sohn hat sehr viel Glück gehabt. Bitte lasse mich rufen, sobald er erwacht.«

»Letzte Nacht war er kurz wach«, sagte ich.

»Hat er gesagt, wer das getan hat?« Die lange Querfalte über Einars Nasenwurzel und sein hasserfüllter Blick ließen keinen Zweifel aufkommen, was er mit dem Angreifer machen würde.

Ich schüttelte den Kopf. »Er sagte nur meinen Namen.«

»Das ist ein gutes Zeichen, dass er dich erkannt hat«, sagte die Alte und fügte flüsternd hinzu: »Einige können sich erinnern, andere nicht.«

»Das kommt nicht nur dir merkwürdig vor, alte Hexe«, donnerte hinter mir plötzlich Ingolfs Stimme. Sie triefte geradezu vor Verachtung. Völlig lautlos hatte er sich herangeschlichen. Er glotzte auf Flosi und seinen Vater, der daneben kniete. »Ach, das Wechselbalg lebt noch. Kein Wunder, wenn gleich zwei Hexen am Werk sind.«

Er rotzte auf den Boden und ein gelbschleimiger Auswurf landete direkt neben Flosis blassem Gesicht.

Mit einem Satz war Einar auf den Beinen. Er packte Ingolf an dessen Tunika. »Es reicht. Ich will dich hier nicht mehr sehen. Hast du das verstanden?«

»Deinen einzigen Sohn wirfst du hinaus? Pass nur auf, dass deine Wechselbälger und Zauberinnen ihre Magie nicht gegen dich einsetzen.«

Ingolf hielt die Fäuste geballt.

»Diese Frauen haben Flosi das Leben gerettet, während du besoffen herumgelegen hast. Du bist eine Schande für unsere Sippe.«

Mit diesen Worten ließ er Ingolf los und gab ihm einen leichten Stoß, so dass dieser taumelte.

Vater und Sohn standen sich mit hochroten Köpfen und gebleckten Zähnen, wie zwei aggressive Hunde, gegenüber. Mehrere Männer hatten sich um die Streithähne aufgebaut. Niemand traute sich, gegen den Goden laut aufzubegehren, aber einige stellten sich hinter Ingolf. »Ist das dein letztes Wort ... Vater?«

Einar antwortete nicht. Mit verschränkten Armen stand er vor seinem Sohn und starrte ihn unverwandt an.

Ingolf drehte auf dem Absatz um und stampfte mit drei Männern im Schlepptau aus der Bude. »Das wird dir noch leidtun«, schrie er.

Sein Vater blickte ihm hinterher. Tjara hatte ihm sanft ihre Hand auf den Unterarm gelegt und sah ihn beschwörend an.

26

ELÍN

Beim Essen beäugten mich einige argwöhnisch. Eine Frau sprang sogar auf, als ich mich neben sie setzte.

Ich schaute mehrmals nach Flosi, aber leider wurde er den ganzen Tag nicht wach. Der Angriff lag nun schon beinahe 24 Stunden zurück. Nach den Verhandlungen kam Magnus zu mir. Nahezu zeitgleich erschien Björn, um Tjara abzuholen. Zu viert gingen wir gemeinsam ein Stück zur Pferdebahn, dort entdeckte Björn einen seiner Brüder. Er und Tjara begrüßen ihn und wollten, wie die meisten Thingbesucher, dem Rennen zuschauen. Der Platz war von brennenden Fackeln hell beleuchtet.

So konnten Magnus und ich unbemerkt den Festplatz verlassen und uns ans Flussufer setzen. Die Mondsichel spiegelte sich im Wasser und sah aus wie ein lachender Mund. Neben mir saß ein attraktiver Mann. Unter normalen Umständen hätte ich diesen Moment genossen.

»Ich werde mich eurem Treck nach dem Althing anschließen. Dann suchen wir gemeinsam nach deiner Brosche«, sagte Magnus.

»Flosi war in der letzten Nacht kurz wach.«

»Ein gutes Zeichen.«

»Er sprach von meiner Brosche.«

»Hä? Ich dachte, dass nur wir beide und diese Freydis davon wissen.«

Ich zuckte mit den Schultern. »Wenn er mir sagt, wo sie ist, könnten wir uns schon morgen auf die Suche machen.«

Magnus schüttelte den Kopf. »Ich darf das Althing erst nach dem Abschluss verlassen. Das ist in vier Tagen.«

»Darf denn niemand früher abreisen?«

»Nicht die Mitglieder der Lögretta.«

»Und du bist ein Mitglied?«

»Nein, aber der Bischof, dessen Vertrauter ich bin.«

»Oh.« Ich wischte mir mit dem Handrücken über die Stirn und stand auf.

»Ich gehe jetzt zu dem Jungen.«

Magnus stand auch auf und klopfte sich Sand und Moos vom Talar.

Plötzlich hob er den Kopf, als ob er etwas witterte, und legte seine Hand auf meinen Mund. Im nächsten Moment drängte er mich unsanft in den Schatten des Felsens.

In ungefähr 50 Metern Entfernung stand Ingolf mit zwei weiteren Männern. Sie steckten die Köpfe zusammen. Kurz darauf gingen sie getrennt voneinander zum Versammlungsgelände.

»Hallveigs Brüder«, sagte Magnus.

»Was machen die denn hier? Die sollen doch Freydis aufspüren.«

»Einer von den beiden hat Ingolf gerade etwas gegeben.«

Wir standen immer noch im Schatten des Felsens. Ich wagte einen Blick, die Luft war rein.

»Sie sind weg. Lass uns zurückgehen.«

»Ich hörte, Ingolf und Einar haben Streit?«, fragte Magnus, ohne sich vom Fleck zu bewegen.

»Der Gode ist wütend, weil sein Sohn nicht bei der Suche nach Flosi geholfen hat. Nachdem Ingolf mich und die alte Kräuterfrau dann noch als Zauberinnen und Hexen beschimpfte, hat er ihn hinausgeworfen.«

Magnus starrte mich sekundenlang an. »Du hast dem Jungen das Leben gerettet, aber dir wird es das Leben nicht erleichtern.«

Kurz darauf trat ich an Flosis Schlaflager. Seine Stirn fühlte sich kühl an. Die Gesichtsfarbe wirkte gesund. Die Kräuter der alten Frau wirkten.

Hatten seine Augenlider nicht gerade gezuckt? Wurde er wach? Mein Magen kribbelte vor Aufregung. Wenige Minuten später schlug er tatsächlich die Augen auf.

»Elín.« Kaum mehr als ein Hauch.

»Möchtest du etwas trinken?«

»Ja«, krächzte er.

Ich schöpfte mit der Holzkelle etwas frisches Wasser aus dem Eimer und kniete mich neben ihn. Die andere Hand schob ich unter seinen Hinterkopf. Seine Lippen waren von tiefen Furchen durchzogen. Er trank gierig. Dabei floss viel daneben und durchnässte seine Tunika. Flosi hatte die Augen bereits wieder geschlossen. Ich legte ihn vorsichtig zurück auf das Schaffell.

»Geh nicht.« Seine Stimme klang schwach und heiser.

»Kannst du reden?«

Er nickte zaghaft.

»Letzte Nacht hast du von einer Brosche gesprochen.«

Flosi sagte minutenlang nichts. Am liebsten hätte ich ihn geschüttelt.

»Wo ist sie? Bitte! Es ist das Einzige, was mir von meiner Mutter blieb«, bettelte ich.

Er schwieg weiter.

»Hast du mit Freydis gemeinsame Sache gemacht?«

Sein Kinn zuckte, er drehte sein Gesicht demonstrativ zur Wand. »Hau ab«, sagte er leise.

Ich stand auf. »Verdammt, verdammt, verdammt«, murmelte ich, ging aus der Bude und stieß im nächsten Moment unsanft mit Magnus zusammen. Mit einem schnellen Blick vergewisserte ich mich, dass wir allein waren. »Wir müssen reden.«

Er schüttelte den Kopf »Jetzt nicht. Warte an unserer Stelle am Fluss auf mich. Es dauert nicht lange.«

27

LARUS

Das Haus des Ex-Polizisten in Hafnarfjördur erinnerte Larus an die Villa von Pippi Langstrumpf. Rosa und beige Außenwände unter einem grasgrünen Dach. Ob gleich Kleiner Onkel um die Ecke traben würde?

Ein hochgewachsener Endsiebziger im dunkelblauen Anzug und weißem Shirt öffnete die vanillefarbene Haustür. Sein voller weißer Schopf sah aus, als ob er gerade aus dem Bett käme.

Er verbeugte sich vor Oma. »Benedikt. Kommt doch rein.«

Die Inneneinrichtung passte nicht zum farbenfrohen Äußeren der Villa. Wenige, überwiegend weiße Möbelstücke, hellgraue Wände und überall Bücher. In den Regalen, auf den Tischen und gestapelt an beiden Seiten des Sofas. Trotzdem wirkte die Wohnung aufgeräumt. Oma und Larus setzten sich an den runden Esstisch, während ihr Gastgeber für jeden ein Glas Wasser aus der Küche holte und vor ihnen aufstellte.

»Ihr seid Verwandte der jungen Frau, die in Gjáin verschwand?«

»Sie ist meine Adoptivschwester.«

Benedikt nickte, ging zu seinem Schreibtisch, der am Fenster stand, und kam mit einem dicken Ordner zurück.

»Als ich noch ein junger Mann war, hat mir ein alter Polizist seine Rechercheunterlagen über ungeklärte Fälle in Island geschenkt. Er hatte sie bereits von seinem Vorgänger übernommen und der von seinem. Seit meiner Pensionierung erweitere ich diese Sammlung und versuche, weitere Informationen zu bekommen. Mein ältester Fall ist ein Mord aus dem Jahr 1887.«

»Den wirst du wohl nicht mehr klären«, sagte Larus.

Benedikt grinste und klappte den Ordner auf. »Im Rahmen der Ermittlungen wegen des Vermisstenfalls 1987 in Thingvellir sind wir auf zwei sehr alte Fälle gestoßen, bei denen Frauen auf dieselbe unerklärliche Art und Weise verschwanden. Diese kehrten aber nach wenigen Tagen zurück.«

»Wann war das?«

Benedikt blätterte in seinen Aufzeichnungen. »1889 eine Sigrún

Thorsdóttir, 1905 eine Anna Flókisdóttir. Diese Anna hat hinterher behauptet, sich nicht an die Zeit zu erinnern, in der sie vermisst wurde. Zu Sigrún steht dazu nichts.«

Larus und Oma rutschten auf ihren Stühlen bis an die Stuhlkante.

»Was denkst du, wo waren sie?«, fragte Larus.

»Ehrliche Antwort? Ich habe nicht die geringste Ahnung.«

»Gab es Übereinstimmungen zwischen den beiden?« Larus warf seiner Oma einen schnellen Blick zu.

»Das steht hier nicht. Sie waren unverletzt wieder da, das zählte.«

Larus schob sich wieder zurück auf die Sitzfläche. »Was hast du über den Fall von 1987?«

Benedikt legte einen Zeitungsartikel auf den Tisch. »Die junge Frau verschwand bei einem Ausflug ihrer Uni. Weil es nahe dem See Thingvallavatn war und sie seit Wochen unter Depressionen litt, kam ein Suizid in Betracht. Die Taucher fanden aber keine Leiche und es tauchte auch kein Abschiedsbrief auf. Die Vermisstenanzeige stellte eine ihrer Studienkolleginnen.«

»Zu der haben wir schon Kontakt. Hast du Informationen zu ihrer Familie?«

Benedikt blätterte erneut durch seine Unterlagen. »Die Protokolle der Befragungen ihrer Kommilitonen sind sehr unergiebig. Niemand hatte was gesehen. Über die Familie steht hier nichts. Tut mir leid.«

»Okay. War's das?«, sagte Larus und erhob sich.

»Hört sich an, als ob ich euch nicht viel Neues sagen konnte.«

Larus entging nicht der Dackelblick, den der Ex-Polizist Oma dabei zuwarf, die auch prompt errötete.

»Aber das macht doch nichts«, flötete sie. »Gut zu wissen, dass es jemanden gibt, der sich auskennt, falls wir weitere Fragen haben.«

»Meine Telefonnummer habt ihr«, sagte Benedikt und brachte sie zur Tür.

»Keine Brosche, keine zweifarbigen Augen«, sagte Larus, als die Autotüren geschlossen waren.

»Anna Flókisdóttir war Benedikts Uroma.«

»Dein Benedikt?«

Oma nickte.

28

Elín

Mein Schädel dröhnte wie nach einer feuchtfröhlichen Semesterfete. Dass er dabei nach unten hing, machte es noch schlimmer. Mein Körper wurde durchgerüttelt. Mir war so unglaublich schlecht, ich würde gleich aufs Parkett kotzen.

Plötzlich die Erkenntnis. Ich lag nicht in meinem Bett in Bremen. Der Takt, in dem mein Körper sich bewegte! Ich hing wie ein Mehlsack bäuchlings über einem Pferderücken. Unter mir zog mit Moosinseln durchsetzter Geröllboden dahin. Meine Hände waren auf dem Rücken gefesselt, Schulter und Oberarme brannten. Stechender Schmerz an meinen Fesseln.

Vorsichtig bewegte ich die Füße hin und her. Aua. Mit jeder Bewegung fraß sich etwas tiefer in meine wunde Haut. Wie lange mochte ich mich schon in dieser Lage befinden? Nur langsam bekam ich meine Sinne beisammen. Ich hatte am vereinbarten Treffpunkt auf Magnus gewartet. Ein Rascheln hinter mir, dann ein dumpfes Geräusch.

Mein Kopf war eine Wassermelone. Irgendetwas klebte an meiner Stirn. Ich runzelte sie einige Male. Eine Kruste riss schmerzlos auf. Durch meinen Hinterkopf dagegen zuckte bei jedem Stirnrunzeln ein Stromschlag. Hatte jemand mich hinterrücks niedergeschlagen? Das Blut war schon verschorft. Wir mussten schon einige Zeit unterwegs sein.

»Was sollen wir mit den beiden Zauberinnen machen, Ingolf?«

Ingolf? Zwei Zauberinnen? Ich ahnte, wer die andere Frau war, und versuchte, meinen Kopf ein wenig anzuheben. Doch schon die kleinste Bewegung schmerzte derart höllisch, dass ich diesen Versuch sofort abbrach.

»Zuerst werden wir uns mit der jüngeren vergnügen, dann werden wir die beiden zu einem besonders heißen Bad begleiten. Dass die alte Hexe aber auch zur Unzeit ihre Kräuter pflücken musste.«

Ingolf seufzte. »Das Wechselbalg können sie jetzt nicht mehr versorgen. Diese zwei Weiber werden niemandem mehr schaden.«

Sein klirrend kaltes Lachen trieb mir eine Gänsehaut über den Rücken. Meckerndes Gelächter von zwei weiteren Männern. Es gelang mir, einen

Aufschrei zu unterdrücken. Es war besser, sich weiterhin bewusstlos zu stellen.

»Leider haben wir dem Pfaffen nicht den Kopf von der Kutte geschlagen. Nach seinem Aufwachen wird sich bald jemand auf die Suche nach den beiden Hexen machen.«

Magnus lebte noch. Sobald er bemerkte, was geschehen war, würde er versuchen, mich zu retten. Wenigstens ein winziges Fünkchen Hoffnung.

Ingolf legte seine Hand auf meinen Po und schnalzte mit der Zunge. »Seht euch dieses Hinterteil an. Hoffentlich können wir danach überhaupt noch klar denken.«

Wieder meckerndes Gelächter. Mir drehte sich der Magen um. Unwillkürlich ballte ich die Fäuste.

»Ich glaube, das Täubchen wird wach.«

Das Klickern der Steinchen, die unter den Hufen emporgeschleudert wurden, verstummte. Ingolf stieg ab. Ich starrte auf seine Lederstiefel.

Eine mächtige Hand griff in meine Haare und riss daran, bis ich vom Pferd glitt. Unfähig, mich vernünftig abzustützen, stürzte ich auf Schulter und Hüfte.

Im selben Moment prallte neben mir ein zweiter Körper schwer auf und ich blickte in die aufgerissenen Augen der alten Heilerin. Sie sahen aus wie Milchglasscheiben. Ihre Augen blieben geöffnet. War sie tot? Leises Stöhnen. Die Milchglasaugen schlossen sich und die Alte wimmerte leise. Aus ihrer Nase tropfte Blut auf den steinigen Boden.

Diese Arschlöcher ließen uns liegen und gingen weg. Ich hörte sie pinkeln und drehte langsam den Kopf in ihre Richtung. Außer Ingolf standen drei weitere Männer dabei. Der mit der leuchtend roten Tunika hatte sich bei dem Streit zwischen Einar und seinem Sohn als Erster hinter Ingolf gedrängt. Ein Junge von höchstens 14 Jahren.

Ich legte den Kopf wieder auf den Boden und drehte meine Schulter hin und her. Es knackte und knirschte zwar, schien aber kein Bruch zu sein.

Sie kamen zurück.

»Na, wen haben wir denn da? Unsere beiden Zauberinnen sind wieder unter uns.«

Ein untersetzter Rotschopf mit verfilztem Bart stieß mich mit dem Fuß unsanft in die Seite. Vor zwei Tagen hatte ich ihm in der Bude das leere Essgeschirr abgenommen und er mir dankend zugenickt.

»Bringt sie da hin«, Ingolf zeigte mit dem Kinn in Richtung von zwei mannshohen Felsblöcken.

Der Rothaarige griff mir von hinten unter die Achseln, um mich zu der angegebenen Stelle zu ziehen. Seine dreckigen Finger bewegten sich knetend auf meinen Brüsten. Nimm deine stinkenden Finger von mir, du mieses Stück Scheiße, hätte ich gern gesagt, aber brachte keinen Ton heraus. Ich hielt die Luft an und machte mich stocksteif.

Vor dem Felsen ließ er mich unsanft auf den Boden fallen. Ich ruckelte mich so zurecht, dass ich mit dem Rücken an dem Stein lehnte. Erleichtert wollte ich tief Luft holen, da fasste er mir mit einem kräftigen Griff zwischen die Beine. Dabei grunzte er und blickte grinsend in Richtung seiner Begleiter. »Schaut mal, wie willig diese Schlampe ist.«

»Pass nur auf, dass sie dich mit ihren Säften nicht verzaubert«, schrie einer. Schallendes Gelächter war die Antwort. Ruckartig zog er seine Hand zurück, als ob er sich verbrannt hätte. Der gierige Ausdruck in seinen Augen wich einem ängstlichen Flackern.

Die Angst dieser Männer war vielleicht meine einzige Chance.

»Na komm doch und hole dir, was du willst«, flüsterte ich.

Er zögerte kurz, dann stürmte er zu den anderen, als ob ich auf einem Hexenbesen hinter ihm her wäre. Seine Kumpane klopften sich vor Vergnügen auf die Schenkel. Ich musste tief durchatmen.

»Du bist sehr mutig«, krächzte eine leise Stimme.

Erst jetzt bemerkte ich, dass die alte Frau neben mir am Felsen lehnte. Ihr Atem rasselte. Blut lief aus ihrer Nase, rann über das runzelige Kinn und tropfte schließlich auf die schlaffen Brüste, die sich unter ihrem Unterkleid abzeichneten. Ich schluckte mehrfach, bevor ich antworten konnte.

»Ich bin nicht mutig, nur verzweifelt.«

Die Alte antwortete nicht. Nur ein gequälter Laut entglitt ihrem von tiefen Furchen umkränzten Mund.

»Wo hast du Schmerzen?«, fragte ich.

»Ich glaube, meine Rippen sind gebrochen.« Sie keuchte schwer. »Und du?«

»Nichts Ernstes. Mein Kopf tut fürchterlich weh und alles dreht sich. Jemand hat mir einen Schlag auf den Schädel verpasst.«

Geräuschvoll zog die alte Frau die Nase hoch. Sie hüstelte und spuckte Blut auf die Moosinsel neben sich.

»Sprichst du noch eine andere Sprache außer Isländisch?«
»Englisch und Deutsch«, antwortete ich zögernd.
»Sehr gut. Meine Mutter kam aus Schleswig.«

29

ELÍN

Die Worte waren in Niederdeutsch gesprochen worden. Glücklicherweise verstand ich das. Sprechen konnte ich es nicht. Trotzdem nickte ich zustimmend.

»Mein Name ist Johanna, aber hier werde ich Jella gerufen.«

»Ich heiße Elín« sagte ich auf Hochdeutsch.

Sie versuchte zu lächeln.

»Alle beim Althing kennen deinen Namen«, sagte sie dann. »Die Frau, die Tote erweckt. Hast du die Brosche bei dir?«

Ich hielt die Luft an. »Warum weißt du davon?«

»Meine Gehilfin schilderte mir deine Augen und du hast dich durch deine Taten verraten.«

Ich starrte die Alte an.

»Man sieht es kaum noch, weil ich seit vielen Jahren den Star habe, aber wenn du genau hinschaust ...« Sie öffnete ihre Augen soweit es ihr möglich war.

Rund um die Milchglasscheiben waren die Farben ihrer Iriden noch zu erahnen. Grün und Blau.

Vor lauter Euphorie blendete ich kurz aus, in was für einer vertrackten Lage wir steckten. Aber das Stiefelpaar, das im selben Moment neben uns stand, brachte mich schnell zurück auf den Boden der Realität.

»Ingolf«, rief jemand über mir. Es war der Junge mit der roten Tunika. Seine Stimme vibrierte vor Angst. »Die beiden sprechen in einer fremden Sprache.«

Ingolf war wie der Blitz auf den Füßen und kam herübergerannt. »Stopfe ihnen das Maul.«

Er kreischte wie meine Oma, wenn sie eine Spinne sah.

Der junge Mann rannte zum Lagerfeuer und kam mit einigen Stofffetzen in der Hand zurück. Ehe ich mich versah, stopfte er mir ein großes, schmutziges Stück davon zwischen die Zähne. Dann wickelte er mir ein weiteres Tuch um den Mund und verknotete es straff hinter meinem Kopf. Tränen schossen mir in die Augen. Vor Angst und weil der Knebel mein Rachenzäpfchen reizte. Mit weit geblähten Nasenflügeln versuchte ich so viel Luft wie möglich in die Lunge zu ziehen. In dem Knebel war eindeutig vorher Trockenfisch eingewickelt gewesen. Mit Entsetzen beobachtete ich, wie der Junge sich zu Jella hinabbeugte.

Diese sah ihm direkt ins Gesicht. »Ich habe dir auf die Welt geholfen, wie vorher schon deinem Vater.« Sie flüsterte es. Sein Gesicht zeigte keinerlei Regung, als er auch ihr einen schmutzigen Knebel zwischen die wenigen noch verbliebenen Zähne presste. Auch ihr wickelte er einen weiteren Lappen stramm um den Kopf und erhob sich dann. Sein Blick suchte den Ingolfs.

Der klopfte ihm auf den Rücken und sie stampften wieder zurück zum Feuer.

Jellas Nase blutete stärker. Ihre bleichen Augen waren weit aufgerissen. Innerhalb von Sekunden veränderte sich ihre Gesichtsfarbe von rosig zu aschgrau. Wenn ich nichts tat, würde sie ersticken. Ich rollte zu ihr, drehte mich um und nestelte an dem Tuchknoten an ihrem Hinterkopf. Vergeblich. Er war viel zu fest. Ihr Körper neigte sich langsam zur Seite und fiel dann, wie in Zeitlupe, vollends zu Boden. Mit schneeweißem Gesicht lag sie neben dem Felsen gekrümmt im Moos.

Im nächsten Moment wurde ich an den Haaren zurückgerissen und krachte rücklings auf den steinigen Boden.

Breitbeinig stand der Jüngling vor mir und starrte mich an. Zwischen seinen Fingern flatterte eine meiner dunkelblonden Haarsträhnen. Ich wies mit dem Kinn Richtung Jella und stieß unartikulierte Laute aus. Es schien zu wirken, denn er drehte sich um und schaute zu ihr. Dann zum Lagerfeuer. Und wieder zu Jella. Im nächsten Moment wurde er zur Seite gestoßen. Ein anderer Mann löste flink den Knoten des Knebels und zog der alten Heilerin den Lappen aus dem Mund. Ihr Gesicht blieb weiß. Jetzt war ich ganz allein mit diesen Arschlöchern.

Beinahe hätte ich das Geräusch nicht gehört. Ein Pfeifen, das ihrem Mund entwich. Ihre Wangen röteten sich ganz zart. Kurz darauf schnappte sie, wie eine vor dem Ertrinken Gerettete, nach Luft. Bei jedem Atemzug schluchzte sie.

Ich rutschte näher an sie heran und streichelte ihr mit meiner Schulter über die runzelige Wange. Was für ein Glück, dass sie noch lebte.

Ingolf stand auf und schwankte zu uns. »Warum hast du das gemacht?«, schnauzte er Jellas Retter an.

»Wollte es so«, antwortete der mit fester Stimme.

Ingolf zögerte kurz, dann entspannte sich sein zorniger Gesichtsausdruck wieder. Er spuckte aus. »Du hast recht getan. So leicht wollen wir es ihr nicht machen.« Er hob die Hand, um ihm auf die Schulter zu klopfen, aber der junge Mann machte einen Schritt zur Seite. »Bin nicht dein Hündchen.«

Er blickte Ingolf mit undefinierbarem Gesichtsausdruck an, dann warf er noch einen Blick auf Jella und zog den Jungen mit der roten Tunika hinter sich her zurück zum Lagerfeuer. Der wehrte sich lautstark.

Ingolf sah den beiden kopfschüttelnd hinterher, bevor er mich anschaute. »Die Alte macht es nicht mehr lange. Wenn ich merke, dass ihr etwas im Schilde führt, wirst du noch vor ihr sterben. Sei versichert, dass das langsam und schmerzhaft geschehen wird.« Dann gesellte er sich zurück zu seinen Kumpanen.

Jellas Brustkorb hob und senkte sich bebend »Er hat recht, ich werde bald sterben.«

Ich schüttelte den Kopf. Sie sollte sich schonen.

Sie versuchte, mit der Zunge das Blut auf ihrer Oberlippe zu entfernen. Ich beugte mich zu ihr herunter, schob meine Schulter ein wenig vor und bedeutete ihr, das Gesicht daran abzuwischen. Zuerst weigerte sie sich, aber dann wischte sie mit Nase und Mund über meine Schulter und hinterließ dort rote Striemen.

»Danke«, sagte sie mit einem schiefen Lächeln. »Hör mir zu.«

Sie räusperte sich mit einem leisen Wimmern. Dann begann sie so leise zu sprechen, dass ich mich ihrem Gesicht weiter nähern musste.

»Im Sommer 1649 sollte ich auf dem Scheiterhaufen sterben.«

Oh nein! Die arme Frau.

»Mein Unterkleid hatte bereits Feuer gefangen und ich spürte die unerträgliche Hitze der Flammen an meiner Haut. Der Schmerz und der Gestank nach verbranntem Fleisch überrollten mich. Ich sah noch, dass meine Mutter nach vorne trat und mir etwas zuwarf. Dann weiß ich nichts mehr.«

Sie rang rasselnd nach Luft. Wie unter Zwang sprach sie stockend weiter: »Als ich aufwachte, lag ich auf einer Grasfläche. Ich dachte, ich sei bei Gott im Himmel, denn ich war so nackt wie Adam und Eva im Paradies. Neben mir lag die Brosche meiner Mutter. Sie hatte sie mir Jahre zuvor gezeigt. Ich war damals wütend auf sie. Das Schmuckstück hätte unseren Hunger für lange Zeit stillen können, aber sie wollte es nicht verkaufen.«

Jella richtete ihre bleichen Augen in den grauen Nachthimmel, seufzte tief und schwieg dann eine Weile.

»Als ich mich umsah, erkannte ich, dass ich mich immer noch am selben Fjord befand, aber die Hütten und der Platz mit dem Scheiterhaufen, all das war weg.« Sie hielt kurz inne. »Ich war ganz allein. Splitterfasernackt irrte ich zwei Tage lang am Ufer des Fjordes entlang, bis ich zum Haus eines alten blinden Fischers gelangte. Er versorgte mich mit Essen und Kleidung. Nach und nach begriff ich, dass ich in die Vergangenheit gereist war. Der alte Fischer gewährte mir Unterkunft und stellte keine Fragen.«

Jella versuchte, ihre Position ein wenig zu verändern. Sie stöhnte und blieb dann genauso liegen wie vorher.

»Er war ein guter Mensch. Drei Winter lang blieb ich bei ihm und pflegte ihn, bis er starb. Meine Mutter hatte mich das Wissen über die Heilkraft von Kräutern gelehrt und ich konnte ihm seine letzten Wochen erträglicher machen.« Jella schloss die Augen. Nach einem tiefen Seufzer sprach sie weiter.

»In meinem ersten Leben musste ich zwei Söhne zurücklassen. Sie fehlten mir jeden Tag meines Lebens.«

Mit geschlossenen Augen und weit aufgeblähten Nasenlöchern holte ich tief Luft.

»Die Brosche schenkte ich meiner ältesten Tochter. Sie hat nicht diese Augen. Niemand außer dir und einer alten Freundin kennt meine Geschichte. Sie war es auch, die wusste, dass nicht die Brosche allein ...« Ihr Kopf fiel zur Seite.

»Jella?« Ich legte meinen Kopf auf ihre Brust. Ihr Herz schlug. Holprig, aber es schlug. Sie konnte doch jetzt nicht aufhören zu reden. Verdammt.

Jellas fahle Wangen wirkten wie Felllappen, die man zum Trocknen aufgehängt hatte. Jeder ihrer Atemzüge wurde von einem leisen Röcheln begleitet. Bitte stirb nicht, Jella!

Schallendes Lachen aus mehreren Männerkehlen tönte zu mir herüber.

Ich schloss die Augen. Als ich sie wieder öffnete, hatten sich drei der Männer zum Schlafen hingelegt. Offenbar war ich auch kurz eingenickt. Der Rotschopf sollte vermutlich Wache halten, aber sein Kinn war auf die Brust herabgefallen.

Den Gedanken zu fliehen verwarf ich sofort. Ich wäre nur sehr langsam und vor allem geräuschvoll vorangekommen. Außerdem gab es hier in der Nähe keine Möglichkeit, sich zu verstecken. Auf ihren Pferden würden Ingolf und seine Kumpane mich innerhalb kürzester Zeit wieder einfangen.

Meine Blase drückte schmerzhaft. Jetzt schien ein günstiger Zeitpunkt, sie zu entleeren. Ich richtete mich am Felsen auf und hockte mich dann hin. Eine Unterhose war mir zwar nicht im Weg, allerdings waren meine Füße nach wie vor zusammengebunden. Der Urin brannte höllisch auf der wundgescheuerten Haut.

Der Knebel klebte zwischen Gaumen und Zunge fest. Ich hatte Durst. Zentimeter für Zentimeter trippelte ich Richtung Wasser. Dabei umrundete ich die Verbrecher in großem Bogen. Gut, dass die vier sich so richtig abgeschossen hatten. Sie rührten sich nicht und schnarchten laut.

Am See angekommen drang kühles Wasser in meine Lederstiefeletten und das Brennen ließ nach. Ich ließ mich auf die Knie fallen und beugte meinen Kopf hinunter. Dann tunkte ich meinen Mund so lange ins Wasser, bis der Knebel sich vollgesogen hatte. Vorsichtig sog ich das Wasser aus dem Knebel. Es schmeckte nach Fisch und Dreck und Leben. Das Stoffknäuel löste sich vom Gaumen.

Gerade wollte ich mich ein zweites Mal hinunterbeugen, als plötzlich jemand ruckartig an meinen Füßen zog. Ich landete bäuchlings im Wasser.

30

ELÍN

Du willst saufen?« Ingolfs Stimme. Im nächsten Moment drückte er meinen Kopf in den See. Verzweifelt wollte ich nach Luft schnappen. Aber da war dieser Schmutzlappen in meinem Mund. Das Wasser strömte in meine Nase. Meine Brust brannte wie Lava. Ich strampelte mit den Beinen. Es dauerte ewig, bis mich eine graue Wolke in sich aufnahm. Das Gesicht meines Bruders blitzte vor mir auf. Ich fühlte mich leicht und unbeschwert wie seit langem nicht.

Im nächsten Augenblick riss mir Ingolf den Knebel aus dem Mund und schlug mir links und rechts ins Gesicht. Immer wieder. Meine Lunge zuckte in einem heftigen Krampf. Ein starker Schlag auf den Rücken. Ein heftiger Hustenreiz, der Wasser und Schleim aus meinem Mund schleuderte.

Dann endlich Luft. Ich atmete. Allerdings so mühsam wie durch einen zusammengedrückten Strohhalm. Atmen. Ein, aus, ein, aus. Dann wusste ich wieder, wo ich war. Ich legte meine Wange auf den Boden und weinte. Warum sollte ich mich über diesen Atem freuen?

Ingolf schlug dem Rotschopf mit Wucht auf das Ohr.

»Du Hund solltest Wache halten.«

Dann ein schriller Aufschrei. Ingolf fuhr herum.

»Was ist?«

Der Tunika-Junge stand neben den Felsen. Mit ausgestrecktem Arm zeigte er auf den Boden.

»Die Alte ist weg.«

Ingolf drehte sich um und rannte zu der Stelle, an der Jella gelegen hatte.

Zweimal rannte er um den Felsen herum. »Was zur Hölle?«, schrie er immer wieder.

Mein Herz machte einen kleinen Hüpfer.

»Wie hast du das gemacht?«, fuhr Ingolf mich an.

Mein Versuch, ihn hämisch anzugrinsen, scheiterte. Meine zitternden Lippen gehorchten mir nicht.

»Jetzt verstehe ich, warum ich dir den Garaus machen soll. Du bist eine Gefahr.«

Bei diesen Worten zog er etwas Glänzendes aus der Brusttasche seiner Tunika. »Schau sie dir genau an, du siehst sie das letzte Mal.«

Meine Brosche.

»Kommt Männer, jetzt werden wir ihr zeigen, was wir mit solchen Huren machen!«, grölte er und steckte das Schmuckstück wieder ein. Dann machte er einen großen Schritt auf mich zu, grabschte an den Kragen meines Unterkleides und riss es mit einer Bewegung herunter. Kreischend gab der Stoff nach. Die Männer begafften mich, aber sie kamen nicht näher.

»Was ist? Kommt her, ihr Schlappschwänze.« Ingolf wischte sich Speichel vom Kinn. Jellas Retter rannte weg. Er versuchte, den Tunikajungen mit sich zu ziehen, aber Ingolf hielt ihn fest. »Feiger Hund«, schrie er dem Flüchtenden hinterher.

»Ich werde sie für euch einreiten.«

Er riss an meinen gefesselten Handgelenken und warf mich auf den Bauch. Dann schob er mein Kleid nach oben. Mit einem Schnitt durchtrennte er die Fußfesseln und spreizte mir die Beine. Ich erwachte aus meiner Schockstarre und presste meine Knie mit aller Kraft zusammen.

»Dir werde ich es zeigen, du Miststück«, keuchte er über mir. Im nächsten Moment explodierte meine linke Schläfe. Ingolf drückte erneut meine Beine auseinander. Ich wehrte mich nicht mehr.

Er schüttelte mich: »Ich will, dass du wach bist, verfluchte Hexe.« Sein stinkender Atem war ganz nah. »Holt Wasser.«

Kurz darauf traf mich ein kalter Wasserguss. Er riss meinen Kopf an den Haaren nach hinten. »Beweg dich«, schrie er und schlug mir auf den Hintern, als ob er ein Pferd antreiben wolle. Plötzlich hielt er inne. Ein Finger bohrte sich schmerzvoll in die Verbrennung auf meinem Rücken. »Was ist das?« Seine Stimme bebte. »Das sieht aus wie ...«

»Fahr zur Hölle, du Wichser«, röchelte ich.

Ein gequälter Schrei, im nächsten Moment bebte die Erde, als ob ein Schiff auf Grund gelaufen war. Mir wurde schwarz vor Augen.

31

MAGNUS

Magnus trieb seinen Hengst an. Die junge Gehilfin der alten Kräuterfrau hatte plötzlich vor ihm gestanden. »Sie haben beide mitgenommen«, schrie sie immer wieder und es brauchte einige Zeit, bis er sie soweit beruhigt hatte, dass sie erzählen konnte, was sie gesehen hatte. Vier Männer hatten Elín und Jella entführt und waren dann in Richtung Norden geritten. Sie hatten einen großen Vorsprung. Aber zu sechst auf vier Pferden würden sie nicht so schnell vorankommen wie er.

Ohne eine Weisung Einars hatte sich ihm niemand anschließen wollen. Diese Feiglinge!

Hufgetrappel. Hinter ihm. Verdammt. Er sah sich um.

»Was zum Teufel ...?« Gunnars Stimme. Dann war er auch schon auf selber Höhe mit ihm.

»Bin hinter Männern her, die zwei Weiber entführt haben«, schrie Magnus, ohne langsamer zu werden.

»Hab sie gesehen.«

»Wann?«

»Müssten sie bald eingeholt haben.«

Gunnar behielt recht. Schon bald sahen sie in der Ferne aufgewirbelten Staub.

»Da sind sie.« Gunnar kniff die Augenlider zu Schlitzen zusammen, um besser sehen zu können. »Sie sind stehen geblieben.«

Magnus und Gunnar hielten ebenfalls, stiegen ab und führten ihre Pferde am Halfter bis zum nächstgelegenen größeren Felsen, der aussah wie ein riesiger kniender Troll. Hinter dem Troll verbargen sie sich und banden die Tiere fest.

»Kannst du etwas erkennen?«, fragte Magnus.

»Die rote Tunika von Ingolfs folgsamen Jüngling leuchtet bis hierher.«

»Und die Frauen?«

»Hinter dem riesigen Felsen wahrscheinlich.«

»Wir müssen näher ran.«

Gunnar nickte, steckte Schwert und Axt in den Gürtel der Tunika.

Dann krochen sie bäuchlings Richtung Lager, bis die Entführer so groß wie die Figuren eines Brettspiels wirkten.

»Runter mit dem Kopf, Magnus. Der Tunikajunge rennt herum und Ingolf hinterher. Verdammt, was machen die mit ihnen? Jetzt gehen sie zurück.«

Magnus seufzte.

»Wir bleiben hier, bis sie schlafen. So wie die saufen, wird's nicht lange dauern«, sagte Gunnar.

Sie starrten zum Lager der Entführer.

»Warum bist du noch in Island?«, wisperte Magnus.

»Ich muss meine Unschuld beweisen.«

»Wie?«

»Es gibt diese Frau, die ich vor Helgi gerettet habe. Sie ist Magd auf seinem Hof.«

»Seine Sippe wird dich töten.«

»Ich lege mich auf die Lauer, bis ich sie allein antreffe.«

Magnus zog die Augenbrauen hoch und starrte wieder Richtung Lager.

»Und du? Warum bringst du dein Leben in Gefahr?«, flüsterte Gunnar.

»Ich habe Elín mein Wort gegeben.«

»Wer ist die andere?«

»Jella.«

»Verdammt.«

Nach und nach verstummten das Gegröle und das Gelächter der Entführer. Hinter dem riesigen Felsen tauchte eine Gestalt auf. Es war Elín. Sie tippelte langsam Richtung See, ihre Beine waren gefesselt.

Magnus hielt die Luft an, er blickte zu Gunnar und nickte. Geduckt liefen sie mit großen Schritten los. Kurz darauf erreichten sie das Lager. Elín war schon zu weit fort, aber hinter dem Felsen fanden sie Jella. Ihre bleichen Augen starrten in den Himmel, Wangen und Kinn waren blutverkrustet. Behutsam nahm Gunnar die alte Kräuterfrau auf seine Arme, nickte seinem Freund zu und rannte zurück zu ihrem Versteck. Magnus beobachtete Elín einige Augenblicke, sie schien gesund zu sein. Dann folgte er Gunnar. Jella würde den Beistand eines Priesters benötigen und allein konnte er hier ohnehin nichts ausrichten.

Außer Atem erreichte er den Trollfelsen, Gunnar hatte Jella auf eine große Moosinsel gebettet.

Magnus legte seinen Kopf auf ihre Brust, horchte und schüttelte den

Kopf. Dann schloss er ihre Augen und den Mund, murmelte ein Gebet und segnete sie. Sein Herz schlug schmerzhaft gegen die Rippen. Sie mussten Elín sofort befreien!

»Verdammt, sie sind aufgewacht«, sagte Gunnar in dem Moment.

Die Entführer liefen im Lager hin und her wie aufgeregte Hühner. Hatten sie Jellas Fehlen bemerkt?

»Ich reite da jetzt hin«, schrie Magnus, rannte zu seinem Hengst Steinnar und sprang auf.

»Sie werden dich töten«, brüllte ihm Gunnar hinterher. Dann sprang auch er aufs Pferd und folgte ihm.

Einer der Entführer galoppierte ihnen entgegen und passierte sie nur wenige Schritte entfernt. Kurz danach erreichten sie das Lager. Elín lag halbnackt auf dem Boden, Ingolf über ihr. Dieses verdammte Schwein! Dann bebte die Erde. Steinnar strauchelte, Magnus bemühte sich, nicht herunterzufallen. Ingolf und seine Kumpane rannten an ihm vorbei, sprangen auf ihre Pferde und preschten davon.

Magnus stieg aus dem Sattel und starrte ihnen hinterher.

Dann kniete er sich neben Elín. Gunnar hatte sie bereits auf den Rücken gedreht und mit einer Decke bedeckt. Ihr Gesicht war verquollen und blutleer, aber sie atmete.

»Was war das denn?«, fragte Gunnar und schaute Ingolf und seinen Kumpanen nach, die schon fast nicht mehr zu sehen waren.

Magnus zuckte mit den Schultern. »Hol die Pferde.«

»Und Jella?«

»Begraben wir später.«

32

ELÍN

E lín.« Jemand rüttelte an meiner Schulter.
Ingolf! Meine Schläfe pochte. Gleich würde sie platzen. Ich lag auf
dem Rücken. Auf mir eine Decke.

»Elín.«

Das war nicht Ingolf. Ich öffnete vorsichtig die Augen. »Magnus.«

»Elín.«

Ich versuchte ein Lächeln.

»Dieser verdammte Hundsfott.«

»Hat er ... bin ich ...?«

»Das Beben hat ihn aufgehalten. Er und seine Kumpane sind davon-
galoppiert, als ob der Leibhaftige hinter ihnen her wäre.«

Es war ihm nicht gelungen, mich zu missbrauchen. Es war ihm nicht
gelungen. Ich lebte noch. Meine Zähne klapperten laut aufeinander, als
ob sie ein Eigenleben führten.

Magnus wollte mir über das Haar streicheln. Ich schüttelte den Kopf.
Bitte nicht anfassen. Er zog seine Hand zurück und blieb neben mir hocken. Nach einer Weile wurde das Zittern weniger, alle meine Muskeln
schmerzten allerdings wie nach einem ungewohnten Krafttraining.

»Wer ist bei dir?«

Magnus schien seine Antwort genau abzuwägen. Konnte er nicht wenigstens jetzt den Mund aufmachen? Er druckste immer noch herum.

»Niemand darf wissen, dass er hier ist.«

»Sigrúns Bruder?«

»Du kennst Gunnar?«

»Wo ist er?«

Sigrúns Bruder war anderthalb Köpfe größer als Magnus. Er hatte
dunkelblonde, schulterlange Haare, deren Pony er nach hinten gebunden hatte. Unter seiner Haut zeichneten sich Muskeln ab, wie bei einem
Zehnkämpfer.

Eigentlich stand ich nicht auf solche Muskelpakete, aber dieser Mann
strahlte eine beruhigende Sicherheit aus.

Ich setzte mich auf und hielt die Decke vor meinen Oberkörper.

»Hej Gunnar. Danke dir.«

Er hatte die gleichen grünen Augen und die hohe Stirn wie seine Schwester.

»Durst?«, fragte er, setzte sich neben mich und hielt mir einen gefüllten Wasserschlauch an die Lippen. Im nächsten Moment strömte das beste Wasser, das ich je getrunken hatte, durch meine Kehle. Der Knebel hatte wunde Stellen in meinem Mund hinterlassen. Doch die würden heilen. Gut, dass nicht mehr passiert war.

Gunnar schürte mit ein paar Reisigästen ein kleines Feuer. Aus seiner Satteltasche zog er ein großes Holzscheit, den er auf die Flamme legte. Als dieser Feuer fing, setzte er sich zu uns auf den Boden.

Er tat mir leid. Die Heimat verlassen zu müssen, obwohl man unschuldig ist, das war wirklich übel.

»Ich bin kein hinterlistiger Mörder. Ich werde Island nicht freiwillig verlassen.«

Ich nickte. »Aber warum bist du hier?«

»Ich hielt mich in einer Höhle verborgen. Dann kamen Ingolf und seine Männer und dann Magnus, der sie verfolgte. Ich dachte, es wäre besser, ihm beizustehen.«

»Du bist ihnen allein nachgeritten. Bist du verrückt?« Ich schüttelte den Kopf.

»Ich wartete am vereinbarten Platz auf dich, wurde aber niedergeschlagen und verlor das Bewusstsein. Ich musste schnell handeln.«

»Wo ist Jella?«, fragte ich.

Die Männer sahen sich schweigend an. Mit belegter Stimme sagte Gunnar: »Wir konnten nichts mehr für sie tun.«

Ich hatte geahnt, dass die alte Frau nicht überleben würde, hatte die Hoffnung aber nicht aufgegeben.

Plötzlich drängte Wasser aus meiner Lunge nach draußen. Husten, Japsen und nach Luft schnappen wechselten sich ab. Magnus und Gunnar starrten mich erschrocken an.

»Elín, was ist mit dir?«

»Ingolf hat mich beinahe ertränkt.« Ich piepste immer noch.

»Da brachten wir vermutlich gerade Jella weg«, sagte Magnus mit tonloser Stimme und legte vorsichtig seinen Arm um meine Schulter. Ich ließ es zu, hielt ihn aber ein wenig auf Abstand. Eine ganze Zeitlang blieben wir sitzen, bis er seine Hand wieder herunternahm.

»Irgendjemand will, dass Ingolf …, dass er mich tötet.« Meine Augen füllten sich mit Tränen.

»Dieses Schwein hat meine Brosche, Magnus. Ich verstehe das alles nicht … ich …«

»Was?« Magnus wurde schneeweiß und heulte auf, als ob ihm jemand ein Messer in den Rücken gerammt hätte. Ich starrte ihn an. Was war daran denn bitte schlimmer als die anderen Dinge, die dieses Arschloch sich geleistet hatte?

»Was ist?«, fragte Gunnar, aber Magnus antwortete nicht. Sein Gesicht war starr wie das einer Wachsfigur. Stumm hielt er den Blick in die Ferne gerichtet. Unvermittelt sprang er auf und setzte sich ans Feuer. Dort stocherte er mit einem Stock heftig in der Glut herum. Winzige Glutstückchen stoben wie Glühwürmchen in den fahlen Nachthimmel.

Gunnar holte Trockenfleisch aus seiner Satteltasche und hielt mir ein Stück davon vor die Nase. Ich schüttelte den Kopf.

»Du musst.« Seine Stimmlage erlaubte keinen Widerspruch.

Gehorsam nahm ich das Fleisch, biss ein winziges Stück davon ab und kaute. Mein Blick schweifte über den See und die Geröllfläche, die uns umgab. In der Ferne konnte ich unter dem grauen Himmel die bläulich schimmernde Kuppe eines Gletschers erkennen.

»Du musst zwischendurch schlucken.« Gunnars Stimme klang väterlich besorgt. Ich bemerkte erst jetzt, dass ich das Trockenfleisch zu einem geschmacklosen Brei zerkaut hatte. Widerwillig schluckte ich ihn hinunter und riss dann mit den Zähnen den nächsten mickrigen Bissen ab.

»Aber warum Jella?«, fragte er.

»Ich fürchte, sie war einfach zur falschen Zeit am falschen Ort.«

»Zuzutrauen wäre es Ingolf.« Er schaute grimmig.

Magnus saß immer noch stumm am Feuer, blickte in die Flammen und schob einen Holzscheit hin und her. Ich setzte mich zu ihm.

»Die beiden, die sich gestern mit Ingolf getroffen haben …«

»Hallveigs Brüder?«, unterbrach er mich. »Du hast recht, sie könnten ihm die Brosche gegeben haben.« Meine Worte waren also doch zu ihm durchgedrungen.

Magnus sah zuerst auf meine Hand an seinem Arm und dann in meine Augen. »Sie haben Freydis also gefunden.«

Ich nickte.

»Von welcher Brosche sprecht ihr eigentlich?«, fragte Gunnar.

33

ELÍN

Magnus und ich wechselten einen schnellen Blick. Er nickte und ich begann zu erzählen.

»Ich bin vor einigen Tagen in der Nähe des Hofes Stöng in Ohnmacht gefallen und ...«

Gunnar unterbrach mich.

»Das hat Sigrún mir erzählt. Auch, dass du deine Erinnerung verloren hast und deshalb nach deiner Sippe suchst.«

»Jetzt fallen mir nach und nach einige Dinge aus der Vergangenheit wieder ein. Vor einigen Tagen wusste ich wieder, dass ich vor der Ohnmacht eine Brosche bei mir hatte, aber sie war nicht mehr da. Eine Magd hat sie mir gestohlen, aber jetzt hat Ingolf sie. Es ist das Einzige, was meine Mutter mir hinterließ.«

Gunnar schien zufrieden mit meiner Erklärung, jedenfalls stellte er keine weiteren Fragen.

Mir tat alles weh. Am meisten schmerzte die geschwollene Schläfe, aber auch der Fuß, den ich mir am Felsen gestoßen hatte, pochte ununterbrochen. Die Striemen, die Jella auf meiner Schulter hinterlassen hatte, waren nicht mehr rot, sondern braun. Ein dicker Kloß saß mir im Hals.

»Ich möchte mich von Jella verabschieden.«

Wieder sahen die beiden sich stumm in die Augen. Gunnar malte wie ein ertappter Schüler mit seinen Stiefeln Kreise auf den Boden.

Ich wandte mich an Magnus. »Wo ist sie?«

Er zuckte kaum sichtbar mit den Schultern. Mit schleppender Stimme antwortete er: »Wir mussten sie zurücklassen, als wir zu dir eilten.«

Er sprach nicht weiter, sondern holte mehrmals tief Luft. Dann fuhr er fort.

»Ich habe mich um dich gekümmert und Gunnar ist zu ihr zurück.«

Er stockte.

»Und?«

»Sie war weg«, sagte Gunnar.

»Was?« Vor meinen Augen liefen Horrorvorstellungen ab, was diese Schweine mit der Toten gemacht haben könnten. Die arme Jella.

»Seit wann kennt ihr euch?«, fragte ich, um die Bilder aus meinem Kopf zu verjagen. Gunnar blickte mich kurz irritiert an, erzählte dann aber: »Magnus ist einige Jahre mit meinem Vater auf Handelsreisen gewesen.« Magnus nickte nachdrücklich. »Tja, und als Gunnar das Licht der Welt erblickte, haben sein Vater und ich das gemeinsam begossen«, sagte er dann. »Jedes Mal, wenn wir von einer Reise zurückkamen, habe ich ihn auf seinen Hof begleitet. So konnte ich zusehen, wie aus dem Winzling ein prachtvoller Bursche wurde.« Er klopfte seinem deutlich größeren Freund auf die Schulter.

»Dann wolltest du Priester werden und bist nicht mehr mit Vater zur See gefahren«, sagte Gunnar.

Magnus nickte, schwieg aber.

»Von seiner ersten Fahrt ohne ihn kehrte er nicht zurück.«

»Oh ... Das tut mir leid.«

Gunnar fuhr sich mit der Hand durch die Haare. »Ist lange her. Wir mussten unseren Hof verlassen. Nur mein jüngster Bruder blieb bei Mutter. Die anderen Geschwister und ich wurden auf verschiedene Höfe verteilt. Vor sechs Wintern erbte ich den Hof des Mutterbruders, der mich damals aufnahm. Er hatte weder Frau noch Kinder.« Gunnar seufzte.

»Sigrún hat es auf Stöng gut getroffen. Eine Zeitlang hatte ich gehofft, dass Magnus und sie heiraten würde, aber leider ...«

»Sie ist doch noch fast ein Kind«, warf ich ein.

»Stimmt, du würdest viel besser zu ihm passen.«

Gunnar entblößte beim Grinsen erstaunlich weiße und gerade Zähne. »Aber vielleicht hast du irgendwo einen Mann und einen Stall voller Kinder?«

Ich zuckte mit den Schultern. »Wer weiß?«

»Und jetzt?« Ich blickte Magnus und Gunnar abwechselnd an.

»Bis ich meine Unschuld bewiesen habe, muss ich mich verbergen. Zum Althing kann ich nicht zurück.«

»Ohne dich kommen wir nicht weit. Ingolf wird uns auflauern und er wird nicht allein kommen«, sagte Magnus.

So sah ich das auch. »Wie können wir dir helfen, Gunnar?«

Er räusperte sich geräuschvoll. »Nicht weit von hier liegt der Hof von Helgis Sippe. Dort lebt die Frau, die er schänden wollte und die ich gerettet habe. Wir müssen sie überreden, vor dem Althing die Wahrheit zu sagen.«

Magnus schüttelte bedauernd den Kopf. »Frauen dürfen nicht als Zeugen auftreten. Lebt ein männlicher Verwandter von ihr auf dem Hof?«

Gunnar zuckte mit den Schultern. »Woher soll ich das wissen?«, sagte er. Es klang genervt.

»Früher warst du oft dort.«

Gunnar winkte ab. »Schon lange nicht mehr.«

»Obwohl die Sippenmitglieder dich ungestraft töten dürfen, willst du auf den Hof gehen, die Frau zur Aussage überreden und zudem einen ihrer männlichen Verwandten mitnehmen?« Ich konnte mir einen ironischen Unterton nicht verkneifen.

Gunnar schaute zerknirscht.

»Magnus, wir beide müssen diese Magd finden«, sagte ich.

»Wie stellst du dir das vor?«

»Wir gehen zu Fuß, geben uns als Mann und Frau aus und erzählen, dass wir überfallen und ausgeraubt wurden.«

Er nickte langsam und blickte auf meine verletzte Schläfe und mein Outfit.

»So wie du aussiehst, geht das allemal.«

Ich schaute an mir herunter. »Gib mir mal dein Schwert«, sagte ich zu Gunnar. Ich bat die beiden, sich umzudrehen, dann nahm ich die Decke von meinen Schultern, schnitt in die Mitte ein Loch und steckte meinen Kopf hindurch.

»So wird es gehen«, sagte ich und die beiden drehten sich wieder um. Magnus reichte mir seine Kordel. Ich wickelte sie um meine Taille. Magnus sah mich fragend an und ich nickte.

»Nicht so schnell«, sagte in dem Moment Gunnar. »Hast du etwas zu essen dabei?«

Magnus schüttelte den Kopf. »Haben die Halunken was zurückgelassen?«

Gunnar stand auf und ging zur erloschenen Feuerstelle der Entführer und ich nutzte die Gelegenheit, Magnus zu erzählen, dass Jella auch eine Frau war, die aus einer anderen Welt hierhergekommen war. Er hob die Augenbrauen, schwieg aber.

In dem Moment kehrte Gunnar zurück und schüttelte den Inhalt der Satteltasche auf den Boden. Ein mit Bier gefüllter Beutel fiel heraus. Außerdem ein großes Stück Käse und zwei Trockenfische.

»Wie sieht die Magd aus?«, fragte ich, bevor wir uns auf den Weg machten.

»Langes blondes, gewelltes Haar, blaue Augen, eine schmale Nase.«

Mein verletzter Fuß schwoll unterwegs immer mehr an. Wir kamen nur langsam voran. Einen halben Tag später standen Magnus und ich vor dem Hof Thordilstadir.

Hier gab es keine Umzäunung, der Platz vor dem Langhaus war leer, bis auf ein paar Hühner, die hektisch Körner vom Boden pickten. Vermutlich war gerade Essenszeit und die Hofbewohner saßen im Inneren des Langhauses. Der Hof war kleiner als Stöng, aber auch hier gab es eine kleine Schmiede und einen Stall für das Vieh. Davor zwei Gestelle, auf denen ausgebreitete Schaffelle zum Gerben befestigt waren. Die Eingangstür des Hauses befand sich mittig an der Längsseite in einem kleinen Giebel. Hoch über dem Eingang thronte ein geschnitzter Tierkopf. Ich legte meinen Finger auf die Lippen. Magnus verstand und klopfte noch nicht. Leises Stimmengemurmel drang aus dem Haus.

Plötzlich wurde die Tür von innen aufgerissen. Ein Mann, kaum größer als ich, mit schütteren, schulterlangen Haaren und einem filzigen grauen Bart starrte uns mit grimmigem Gesichtsausdruck an. In einer Hand hielt er eine Axt.

Unwillkürlich sprang ich einen Schritt zurück und blickte zu Magnus.

Der Mann erkannte, dass er einen Priester vor sich hatte, und nahm die Axt herunter.

»Was führt euch zu uns?«

34

Elín

M agnus deutete eine Verbeugung an. »Meine Frau und ich«, er schob mich ein Stück nach vorn, »sind überfallen worden. Sie haben uns alles genommen. Wir bitten um eine Unterkunft für eine Nacht.«

Der kleine Mann betrachtete uns aus zusammengekniffenen Augen, musterte die Verletzungen in meinem Gesicht und meine Kleidung. Dann machte er eine einladende Handbewegung. »Seid meine Gäste«, sagte er. Wir folgten ihm ins Haus und traten direkt in die Skáli. Hinter uns fiel die Tür zu und mit einem Mal war es so dunkel, dass ich nur die Gesichter derjenigen Hofbewohner sah, die nah am Feuer saßen.

»Macht Platz an der Feuerstelle. Der Priester und seine Frau brauchen Hilfe.«

Zwei Frauen sprangen auf. Kaum dass ich saß, hielt mir eine der beiden eine Schüssel zum Händewaschen vor die Nase. Meine Augen gewöhnten sich an die Dunkelheit und ich blickte mich verstohlen um. Die Skáli war der einzige Raum des Hauses. Außer dem kleinen Feuer gab es ein paar kleine Öllampen, die ihn spärlich beleuchteten. Über dem Feuer stand ein Dreibein, ein eiserner Topf mit Brei baumelte daran. In einem kleinen Wandregal in der Ecke standen Schüsseln und Becher. Bunte Teppiche an den Wänden wie in Stöng gab es hier nicht. Der Hochstuhl für den Haushaltsvorstand hatte gedrechselte Pfosten, war aber ansonsten sehr schlicht gehalten. Der Stuhl war leer, der kleine Mann saß direkt daneben.

»Langt ordentlich zu«, sagte er und aß aus seiner Holzschüssel, die er auf einem Brett auf seinem Schoß abgestellt hatte.

Ich löffelte mit der Kelle Brei in meine Holzschale. Ein fischiger Geruch stieg mir in die Nase. Mischten die etwa Seetang in die Pampe? Es schmeckte grässlich, aber ich aß trotzdem alles auf.

Während des Essens wurde kaum gesprochen. Der kleine Mann rührte selbst keinen Finger, gab aber zur rechten Zeit die richtigen Anweisungen an die Frauen, die uns bedienten. Nach dem Essen erhob er seinen Becher. »Auf unsere Gäste«, rief er, Magnus und die beiden anderen Männer taten es ihm gleich.

»Was führte euch in diese Gegend?«, fragte der kleine Mann.

»Meine Frau und ich waren in Thingvellir. Ein Bote richtete mir aus, dass ich dringend in Stapholt gebraucht werde, und so reisten wir ab. Schon in der ersten Nacht lauerten der angebliche Bote und drei weitere Halunken uns auf und stahlen alles, was wir dabeihatten. Sie haben nicht einmal Halt davor gemacht, meine Frau zu schlagen.«

Unsere Zuhörer blickten auf das dicke Hämatom über meinem linken Auge und nickten.

»Unsere Sippe hat beim Althing eine Anklage erhoben. Wisst ihr etwas darüber?«

»Von welchem Verfahren sprecht Ihr, guter Mann?«

»Es geht um den hinterhältigen Mord am Sohn meines Bruders Thordil.«

»Hm ... wie war sein Name?

»Helgi Thordilsson hieß er.«

»Ach das«, sagte Magnus mit lapidarem Tonfall. »Der Mörder wurde mit der harten Acht bestraft.«

Ich beobachtete die Gesichter der Frauen.

»Habt ihr gesehen, dass dieser Gunnar ihn erschlug?«, fragte Magnus.

»Das war nicht nötig. Die beiden hatten schon seit Jahren einen Streit bis aufs Blut und er hat auch zugegeben, dass er Helgi schlug.« Der kleine Mann machte eine wegwerfende Handbewegung.

»Wir hätten ihn sofort töten sollen. Auge um Auge, Zahn um Zahn, so steht es doch schon in der Bibel, oder?«

»Ganze Sippen sind deshalb ausgelöscht worden. Gott wird ihn strafen, wenn er des Mordes schuldig ist.«

Ein leises Schluchzen, eindeutig von einer weiblichen Person, drang aus der Ecke des Raumes. Eine junge Frau hielt sich den Mund mit beiden Händen zu. Gunnars Beschreibung nach konnte es die Richtige sein.

»Wer immer es war, er hat recht getan«, war mit einem Mal die brüchige Stimme einer alten Frau zu vernehmen. Ich blickte in die Richtung, aus der sie gekommen war. Den Alkoven hatte ich vorher übersehen. Während des Essens hatten ein paar Kinder davorgesessen. Eine der beiden Türen war nur leicht angelehnt.

»Mutter!« Der kleine Mann blickte streng zum Alkoven.

»Viele Mäuler auf dem Hof müssen wir seinetwegen stopfen.«

»Sei still.«

»Ich rede, wann ich will. Von keinem Weiberrock ließ er die Finger. Von keinem. Sag das dem Priester. Sag ihm, er soll dafür sorgen, dass Helgi für immer in der Hölle schmort.«

Magnus sah aus, als ob er in eine Zitrone gebissen hätte. »Nur Gott kennt die Wahrheit«, sagte er. »Wenn das stimmt, wird er ewig im Fegefeuer brennen.«

Er bekreuzigte sich und alle taten es ihm nach.

Der kleine Mann stand auf, ging zum Alkoven und drückte die Tür zu.

Die junge Frau, auf die Gunnars Beschreibung passte, lief mit großen Schritten an mir vorbei aus dem Haus und streifte dabei eine der Geschirrträgerinnen. Holzbecher und Löffel fielen mit dumpfem Klang auf den Boden.

»Pass auf, du dumme Kuh«, schrie der kleine Mann sie an. Ich bückte mich, um der Magd beim Aufheben zu helfen, aber sie wehrte mich freundlich ab. Mir war's recht. Schließlich hatte ich was vor.

Magnus war auf den Hof gegangen. Ich ging ihm nach. Er sah zu mir herüber und gab mir ein Zeichen, in welche Richtung die junge Frau gelaufen war.

Ich verließ das Hofgelände. Kurz darauf wurde mein Weg abschüssig und steinig. Nach wenigen Minuten ging das Geröllfeld in eine saftige Grasfläche über. Höchstens 200 Meter entfernt war das Ufer eines Fjordes. Der leichte Wind kräuselte die Wasseroberfläche und trug den Duft des Meeres zu mir. Die See war schon lange mein Seelentröster. Wenn es mir schlecht ging, fuhr ich oftmals an die Nordsee und blickte stundenlang aufs Wasser. Auch jetzt sorgte der Anblick des Meeres dafür, dass meine Zuversicht zurückkehrte.

Wo war die Frau bloß? Ich ließ mich ins Gras plumpsen und wartete. Hier konnte sie nicht unbemerkt an mir vorübergehen. Hoffentlich hielt Magnus auf dem Hof die Augen offen. Möglicherweise verfolgte ich das falsche Mädchen.

Ich massierte meinen schmerzenden Fuß, befühlte meine Schwellung am Auge und ließ den Blick über die Landschaft schweifen. Auf beiden Seiten des Fjordes wuchs grünes Gras, gespickt mit weißen Blümchen so weit das Auge reichte. Am Horizont war der Weg ins offene Meer zu erahnen. Ich rupfte einen fleischigen Grashalm ab, legte ihn zwischen meine Daumen und blies hinein. Häufig hatte ich damit meinen Bruder geweckt. In Sekunden war er auf den Beinen gewesen und hatte mich gejagt, bis wir irgendwann in einem Knäuel verschlungen uns gegenseitig abgekitzelt hatten.

Ich legte mich auf das Gras und blinzelte in die Sonne.

Ein Schluchzen, aber nicht aus meinem Mund.

Ich hielt die Luft an und horchte. Da war es wieder.

Es klang irgendwie dumpf, als ob das Mädchen in einer Höhle sitzen würde.

Ich stand auf und schlich weiter hinab zum Fjord, bis mich nur noch wenige Meter vom Ufer trennten. Das Schniefen wurde lauter. Mit kleinen Schritten näherte ich mich drei mannshohen Felsen, die am Ufer lagen. Das Schluchzen war zu einem herzzerreißenden Wimmern geworden.

Die junge Frau lag zusammengerollt hinter dem größten Stein. Ihr hochrotes Gesicht war völlig nass von Tränen.

»Hej«, sagte ich leise.

Mit einem Satz stand sie auf ihren Füßen und wischte unwirsch mit den Handballen über ihre Wange. Alles an ihrer Körperhaltung sah nach Flucht aus. Sie wollte sich abwenden, aber ich griff nach ihrem Handgelenk und hielt sie fest.

Hektisch versuchte sie, sich aus der Umklammerung zu drehen.

»Kennst du Gunnar?«, fragte ich.

»Warum?«, wimmerte das Mädchen und trat erfolglos nach meinem Schienbein.

»Hat er dich vor Helgi gerettet?«

Sie wehrte sich nicht mehr und zuckte mit den Schultern.

Ich war auf dem richtigen Weg.

»Versprich mir, nicht wegzulaufen!«

Sie nickte und ich lockerte meinen Griff.

»Ich bin Elín.«

»Hildigunn.«

»Warum weinst du dir die Augen aus dem Kopf?«

Das Mädchen stand mit gesenkten Schultern da, blickte starr auf das Gras vor ihren Füßen und schwieg. Ihre Mundwinkel und das Kinn zuckten unkontrolliert.

Nach einigen schweigsamen Augenblicken änderte sich die Körperhaltung der jungen Frau. Sie zog die Schultern zurück, straffte ihren Oberkörper und blickte mich mit einem trotzigen Gesichtsausdruck an.

»Helgi war mein Bruder.«

Ich hielt die Luft an. Warum dann vorhin diese Reaktion auf Gunnars Verurteilung und was hatte die Greisin im Alkoven andeuten wollen? Ich nahm allen Mut zusammen und fragte: »Hat dein Bruder dich anders angefasst, als es einem Bruder zukommt?«

Die Ärmste sackte in sich zusammen, als ob man ihr den Stecker gezogen hätte. Das Kinn hatte sie auf ihre Brust gepresst, den Blick starr auf den Boden gerichtet. Trotzdem erkannte ich ein leichtes Nicken. Ich hockte mich neben sie.

»Gunnar hat dich also davor bewahrt, dass dein eigener Bruder sich an dir vergeht?« Es dauerte eine Weile, aber dann nickte sie erneut.

»Warum hat dein Vater ihn vor das Althing gebracht? Er sollte ihm dankbar sein.«

Das Mädchen schwieg und blickte auf einen Punkt am Horizont.

»Mach endlich den Mund auf!«, forderte ich.

»Mein Vater weiß nichts davon.« Sie schniefte. »Gunnar hat Helgi auf den Kopf geschlagen und dann ...«, sie zog geräuschvoll die Nase hoch, » ...und dann von mir heruntergezogen. Ich bin schnell weggelaufen.«

»Mit Gunnar?«

Hildigunn schüttelte den Kopf. »Meine Schwester Maria und ich wollten an dem Tag Beeren sammeln. Ich wusste, sie würde jeden Moment nachkommen. Sie sollte Gunnar nicht sehen.«

Ich hätte Hildigunn gern in den Arm genommen, wie sie da so zart und verletzlich vor mir saß, aber ich lächelte sie nur an.

»Konntest du dich deiner Schwester nicht anvertrauen?«

Hildigunn schüttelte den Kopf. »Diese Schande für meine Sippe ...«

»Und dann?«

»Helgi kam abends nicht nach Hause. Einige Männer sind losgeritten und haben seine Leiche auch alsbald gefunden. Sie lag dort, wo ich ihn zurückließ. Mein Vaterbruder hatte Gunnar in der Nähe des Hofes gesehen und der gab zu, Helgi geschlagen zu haben.« Sie wischte sich eine Träne von der Wange und blinzelte mich an.

»Ich habe ihn seither nicht mehr gesprochen.«

»Weiß Gunnar nicht, dass du die Tochter des Hausherrn bist?«

Das Mädchen antwortete nicht, sondern blickte mich nur an. Ihre Augen schwammen in Tränen. »Er und ich waren verlobt. Mundschatz und Mitgift schon besprochen.« Sie schluchzte und putzte sich die Nase geräuschvoll am Saum ihres Unterkleides.

Nach ein paar Seufzern fuhr sie fort. »Nicht mal zum Althing durfte ich mit, um Gunnar nicht zu begegnen.« Sie schluchzte wieder.

»Und jetzt ... jetzt wird er Island verlassen und in der Fremde eine andere Frau lieben lernen. Ich bin schuld, ich hätte die Wahrheit sagen müssen, jetzt ist es zu spät!« Sie schlug die Hände vor das Gesicht, sprang auf und lief hin und her. Zwischendurch seufzte sie immer wieder.

Ich stand ebenfalls auf und legte Hildigunn eine Hand auf den Rücken. »Gunnar ist ganz in deiner Nähe.«

Sie riss die Augen auf und zog geräuschvoll die Nase hoch. »Woher weißt du das?«

»Er hat den Priester und mich geschickt. Wir sollen die Frau suchen, die er vor der Schändung bewahren wollte. Sie soll ihm helfen, damit das Urteil gegen ihn aufgehoben wird.«

»Das soll er gesagt haben?« Sie schüttelte den Kopf und ich hielt die Luft an.

»Ich habe es mit eigenen Ohren gehört«, antwortete ich.

Hildigunn sagte eine Weile nichts. Dann nickte sie und flüsterte: »Er soll mir selbst sagen, dass das sein Wunsch ist, dann werde ich ihm folgen und meinem Vater die Wahrheit erzählen. Ich packe gleich.«

»Brauchst du Hilfe?«, fragte ich, aber Hildigunn schüttelte vehement den Kopf.

»Besser nicht. Wenn mein Vaterbruder etwas mitbekommt, wird er euch vom Hof jagen und mich einsperren, bis Vater wieder zurück ist.«

35

ELÍN

I ch schaute Hildigunn hinterher, nach einer Weile folgte ich ihr. Magnus saß, umgeben von Kindern, auf der Bank vor dem Haus. Er bemerkte mich und blickte mir mit erwartungsvollem Gesichtsausdruck entgegen. Ich nickte und setzte mich neben ihn. Mit geschlossenen Augen lauschte ich seiner tiefen Stimme.

»Hej Elín, haben dich meine Geschichten so sehr gelangweilt?«

Ich brauchte ein paar Augenblicke, zur Orientierung. Mein Kopf lehnte an Magnus' Schulter, und als ich die Augen öffnete, schaute ich in eine Reihe grinsender Kindergesichter.

»Ab mit euch ins Nachtlager!«, schimpfte Hildigunns Onkel über den Hof. Die Kinder sprangen auf und stoben kreischend davon.

»Schimpfe nicht mit ihnen. Ich habe ihnen von Gottes Sohn erzählt und sie damit vom Zubettgehen abgehalten.« Magnus war aufgestanden und sah dem Mann freundlich entgegen.

Der machte eine wegwerfende Handbewegung. »Wenn dein Jesus mir morgen früh hilft, die Felle zu gerben und den Stall zu säubern, dann haben sie Zeit für seine Geschichten.«

Damit drehte er sich um und ging ins Haus.

Ich war froh, endlich mit Magnus allein zu sein und ihm meine Neuigkeiten erzählen zu können. Er schwieg ein paar Minuten und reckte sich dann ausgiebig. »Gunnar wird seine Gründe haben, uns nicht die Wahrheit zu sagen. Lass uns ins Haus gehen. Jemand mag uns zeigen, wo wir uns waschen können, und uns unsere Schlafstatt zuweisen.«

Hildigunn hatte bereits eine Magd angewiesen, das Badehaus für uns vorzubereiten. Der griesgrämige Onkel konnte sich zwar eine abfällige Bemerkung über diese Sonderbehandlung nicht verkneifen, aber er hatte es auch nicht verboten. Vielleicht stanken wir doch mehr, als wir selbst wahrnahmen. Ich freute mich darauf, endlich wieder im warmen Wasser zu sitzen und die Haare zu waschen. Magnus ließ mir den Vortritt.

Das Badehaus des Hofes erinnerte mich an einen Schuppen für Gartengeräte. Die knarrende Holztür verstärkte diesen Eindruck. Dunst strömte mir entgegen, so dass ich das Licht der kleinen Öllampe nur sehr verschwommen erkennen konnte. Vorsichtig setzte ich mich in den Waschbottich und blieb mit angezogenen Beinen eine Weile ruhig sitzen, bevor ich begann, mich zu waschen. Neben mir lag ein Seifenstück. Mit den eingeschäumten Haaren tauchte ich in der Lauge unter. Die Bilder der letzten Tage fielen über mich her. Ich schoss aus dem Wasser und schnappte nach Luft. Als ich sogar den Gestank von Ingolfs alkoholgeschwängertem Atem wieder in der Nase hatte, stieg ich aus dem Bottich, trocknete mich mit einem großen Tuch ab, zog mein zerrissenes Unterkleid an und die muffige Decke drüber. Ich öffnete die Holztür. Magnus stand davor.

»Das Wasser ist schon fast kalt«, sagte ich entschuldigend.

Er zuckte nur die Schultern, lächelte mich an und hielt mir ein sauberes Unterkleid vor die Nase. »Soll ich dir von Hildigunn geben.«

Ich grinste breit, nahm ihm das Kleid aus der Hand, ging zurück ins Badehaus, zog mich schnell um und trat wieder hinaus.

Im Langhaus war es kuschelig warm. Die kleineren Kinder lagen bereits zusammengerollt auf den Bänken und schliefen, die anderen saßen um das Feuer und schwatzten lachend.

Hildigunn kam auf mich zu, zupfte an meinem Ärmel und lächelte.

»Danke«, hauchte ich.

Dann wies sie mir eine Bank zum Schlafen zu. Auf diesen zwei Quadratmetern sollte ich mit Magnus die Nacht verbringen? Ich setzte mich darauf und lehnte meinen Kopf an den Alkoven. Es war ganz still darin.

Warum nahm die Alte die Mahlzeiten wohl da drin ein?

»Die Kinder träumen schlecht, wenn sie mich gesehen haben«, klang es mit einem Mal. Die Stimme flüsterte krächzend. Ich riss den Kopf zurück. Konnte die etwa Gedanken lesen?

»So ist es.«

Verdammt, konnte man auch nichts denken? Wusste die Alte etwa auch, warum Magnus und ich in Wirklichkeit hier waren?

»Ich weiß, dass ihr nicht die Wahrheit sprecht, aber auch, dass ihr nichts Böses im Schilde führt.«

Also gut, wenn die Alte meine Gedanken lesen konnte, dann sollte sie das machen.

Du hast recht, wir wollen euch nichts Böses.

»Warum soll Hildigunn euch begleiten?«

Natürlich wusste sie es. Sie würde hoffentlich unsere Pläne nicht durchkreuzen?

Wir brauchen sie, um den Mord an Helgi aufzuklären.

Nach einer langen Pause sagte die Alte: »Die Wahrheit gehört ans Licht.« Ihre Stimme klang erschöpft. Ich wartete noch einige Augenblicke, aber sie sagte nichts mehr.

Ich stand auf und lief nach draußen. Der Hof war leer bis auf ein paar kleine balgende Katzen so konnte ich die Gelegenheit nutzen, um unbeobachtet umherzuschlendern. Aus dem Holzschuppen neben mir drang gedämpft das Meckern von Ziegen. Es roch nach Heu und Urin. Hinter dem Stall waren zwei mit niedrigen Steinmauern eingefasste Beete. Ich rechnete damit, Kohl oder Zwiebeln vorzufinden, aber nein, dort wuchs Engelwurz. Im Garten meiner Großmutter stand auch massenhaft davon. Sie glaubte, dass es böse Geister vertrieb. Ach, Oma ...

Ich schluckte die Tränen herunter und ging zurück ins Haus.

Magnus saß auf unserer Schlafbank. Ein Junge, ungefähr so alt wie Flosi, hockte vor ihm und lauschte andächtig seinen Worten. Hildigunn kam im selben Moment herein, lief schnurstracks an mir vorbei auf den Alkoven zu und klopfte. Eine der Türen öffnete sich und sie sprach ein paar Worte zu ihrer Uroma. Eine graue, knochige Klaue griff nach der jungen, rosigen Hand und wirkte dadurch noch skelettartiger.

Ich war nicht die Einzige, die die Begegnung der beiden Frauen beobachtete, Hildigunns Onkel blickte ebenso unverwandt zum Alkoven. Nachdem dessen Türen wieder geschlossen waren, winkte er seine Nichte mit einer gebieterischen Geste zu sich heran. Sie wechselten ein paar Worte und seine Gesichtszüge entspannten sich.

»Ich hoffe, ihr seid gut versorgt?«, hörte ich Hildigunns Stimme neben mir.

»Ja, vielen Dank für eure Gastfreundschaft.«

Sie nickte und sagte leise: »Meine Urgroßmutter bittet dich, sich noch einmal zu ihr zu setzen, sobald dein Mann nicht in der Nähe ist.«

Magnus hatte es sich unterdessen auf unserer Bank bequem gemacht. Mit geschlossenen Augen lag er da, die Arme hinter dem Kopf verschränkt. Fast alle Hofbewohner hatten sich hingelegt. Nur noch ihr leises Murmeln war zu vernehmen. Es würde auffallen, wenn ich noch lange hier herumstand, aber bevor ich mich zu Magnus legte, musste ich mit der alten Frau reden.

Auf den wenigen Metern bis zu unserer Schlafstatt tat ich so, als ob ich gestolpert wäre. Mein kurzer Schmerzensschrei unterbrach kurz das Wispern um mich herum. Ich hockte mich neben den Alkoven, legte meine Stirn an dessen Tür und rieb mir demonstrativ den Knöchel.

Was willst du mir sagen?

Stille.

Hej, was willst du mir sagen?

Nur ein leises, schabendes Geräusch drang aus dem Kasten. Schnarchte die Alte? Ich beschloss, es in aller Frühe noch einmal zu versuchen.

Vorsichtig setzte ich mich vor Magnus auf die Bank und öffnete eine der beiden Kupferbroschen, die mein zerrissenes Überkleid hielten. Im nächsten Moment überlegte ich es mir anders und schloss die Brosche wieder. Dann schlüpfte ich unter die Decke, die Magnus einladend angehoben hatte. Abstand zu halten war auf der schmalen Liegefläche unmöglich.

»Gute Nacht«, flüsterte ich ihm über die Schulter zu.

Er grunzte freundlich und drehte sich mit einem kleinen Seufzer um. Dabei nahm er einen Großteil der Decke mit sich, so dass ich nur noch hinten von ihr bedeckt war.

Ganz sicher würde ich nicht an der Decke ziehen. So war mir aber zu kalt zum Schlafen. Ich hatte wohl leise geseufzt, denn er drehte sich um, seine Hand berührte meine Schulter. Ich drehte meinen Kopf, so dass ich ihn sehen konnte, und spürte seinen Atem an meinem rechten Ohrläppchen Mit einem Mal wünschte ich mir, dass er mich an sich ziehen und in den Arm nehmen würde. Aber was dann? Hatte ich nicht schon genug Probleme? Schnell rückte ich wieder ein Stück von ihm ab. Magnus kicherte und zog die Decke so zurecht, dass ich wieder ganz bedeckt war. Kurz darauf schnarchte er leise.

Ich starrte in den Raum und hielt mich an der Kante der Bank fest, um nicht herunterzufallen. Ein knarrendes Geräusch durchdrang die Stille.

Die Tür zum Alkoven öffnete sich in Zeitlupe.

Stocksteif lag ich da und beobachtete aus zusammengekniffenen Augen den bleichen Fuß, der sich in die flackernde Dunkelheit streckte. Einige Sekunden schwebte er regungslos in der Luft, dann suchten seine Zehen tastend nach dem strohbedeckten Lehmboden. An dem dürren Beinchen, an dem er hing, wirkte er riesig. Erstaunlich schnell stand der zweite Fuß daneben. Im nächsten Moment schob sich die alte Frau mit einem Stöhnen aus dem Alkoven und schlurfte – nein, nicht nach draußen, sondern in meine Richtung.

Ich hielt die Luft an. Als die Alte in höchstens einem halben Meter Entfernung stehen blieb, wurde mir flau im Magen. Ihr Rücken war gekrümmt, die dürren Arme schleiften beinahe auf dem Boden. Der Schädel war fast kahl, nur hier und da staken weiße Haarbüschel aus der Kopfhaut. Ich wollte sie nicht beschämen und schloss die Augen.

Im nächsten Moment jedoch ließ mich leises Kichern sie aufreißen. Aus höchstens 20 Zentimetern Entfernung starrte mich eine riesige Schildkröte an. Tiefe Runzeln hatten sich im Laufe ihres langen Lebens in das Gesicht der Frau eingegraben, ihre Augen waren trotzdem jung geblieben.

Nicht so wie die von Jella. Der Gedanke an ihren Tod versetzte mir einen Stich.

Fast im selben Moment zuckten die Runzeln und die Augen der alten Frau füllten sich mit Tränen. Hatte sie Jella etwa gekannt? Die Alte nickte. Plötzlich die Gewissheit.

Du bist die Freundin, die ihr Geheimnis kennt!

Sie nickte erneut. Mit Mühe schaffte ich es, ein lautes Jubeln zu unterdrücken.

Wie komme ich zurück in meine eigene Welt?

Ihr Gesicht befand sich immer noch direkt vor meinem. Die zerklüfteten Lippen teilten sich und legten einen zahnlosen Kiefer frei. Ich fühlte mich erbärmlich, weil die Alte meine Gedanken lesen konnte.

»Du wirst es zur rechten Zeit erfahren«, sagte sie und holte mehrmals rasselnd Luft. » Der Priester ist nicht der, für den er sich ausgibt.«

Bevor ich irgendetwas entgegnen konnte, drehte sie sich in Zeitlupe um und kletterte zurück in den Alkoven.

36

ELÍN

Mehrmals in der Nacht versuchte ich, nochmals Kontakt zu Hildigunns Urgroßmutter aufzunehmen, aber sie reagierte weder auf meine Gedanken noch auf Klopfen. Irgendwann fiel ich in einen unruhigen Schlaf, aus dem ich am frühen Morgen erwachte.

Kurz darauf gelang es uns, den Hof Thordilstadir unbemerkt zu verlassen.

Hildigunn brachte außer Lebensmitteln zwei Pferde mit. Ich setzte mich mit ihr auf ein dunkelbraunes Islandpferd, dessen weiße mandelförmige Nasenblesse mich an das Pony Rosinante erinnerte, auf dem ich reiten gelernt hatte. Magnus nahm das andere und innerhalb weniger Stunden waren wir an der Stelle, an der wir Gunnar zurückgelassen hatten.

Von ihm und den Pferden war nichts zu sehen. Mein Magen zog sich schmerzhaft zusammen. Hildigunn rutschte vor mir hin und her. Sie zitterte. »Gunnar?«, rief sie mit dünner Stimme.

Im selben Augenblick kam er aus seinem Versteck hinter einem Felsen hervorgesprungen, rannte uns mit riesigen Schritten entgegen und fing seine Braut auf, die direkt vom Sattel in seine Arme rutschte. Mit breitem Grinsen trug er sie bis zur Feuerstelle und setzte sie dort ab. Beide hatten gerötete Wangen und konnten den Blick nicht voneinander lassen. Er nahm sie in den Arm und sie verbarg ihren Kopf in seiner Achselhöhle.

»Die Pferde stehen da hinten«, sagte Gunnar noch und wies mit dem Kinn die Richtung. Dann verlor er sich mit Hildigunn in einem langen Kuss.

Magnus und ich verteilten das Essen gleichmäßig auf die Packtaschen der Pferde.

Hildigunn und Gunnar kamen Hand in Hand auf uns zu.

»Ich muss mit euch reden«, sagte Gunnar und blickte Magnus in die Augen. »Nicht einmal dir konnte ich die Wahrheit sagen.«

Magnus klopfte ihm auf die Schulter. »Und jetzt? Du willst sie mitnehmen in die Verbannung?«

Gunnar nickte kaum merklich. Meine Knie zitterten. Wenn er uns nicht nach Thingvellir begleitete, hatten wir keine Chance, unversehrt dort anzukommen.

Hildigunn stemmte ihre Hände in die Hüften. »Was? Ich dachte, du willst, dass ich meinem Vater die Wahrheit sage!«

»Und Hildigunn ist bereit, es zu tun«, warf ich schnell ein.

Er blickte sie ernst an. »Du willst ihm sagen, dass du deinen eigenen Bruder erschlagen hast?«

»Ich? Du ...«, sie betonte das Wort nachdrücklich und zeigte mit dem Zeigefinger auf Gunnar, »... du hast ihn geschlagen«, sie stockte und schloss kurz die Augen.

»Aber ich habe ihn nicht getötet.«

»Er könnte später an dem Schlag gestorben sein.«

»Das ist unmöglich.«

»Ich war es aber auch nicht«, entgegnete Hildigunn.

»Wer war es dann?« Magnus blickte seinen Freund an, wie ein Vater seinen zu groß geratenen Sohn. Gunnars Miene verzog sich zu einer wütenden Grimasse.

»Für Hildigunn hätte ich die Acht auf mich genommen, aber für etwas, das keiner von uns beiden getan hat, werde ich meine Heimat ganz sicher nicht verlassen«, sagte er. Als er Hildigunn ansah, wurden seine Gesichtszüge wieder weich. »Wir finden den richtigen Mörder, dann wird geheiratet.« Sie legte ihre schmale Hand in seine große Pranke und nickte ihm lächelnd zu.

»Da ist immer noch Ingolf. Er wird versuchen zu verhindern, dass wir in Thingvellir ankommen, damit niemand erfährt, was er Jella und Elín angetan hat«, sagte Magnus.

Hildigunn blickte sich um. »Jella ist auch hier?« Das betroffene Schweigen war ihr Antwort genug. »Ingolf?«

Ich nickte.

Hildigunn schluchzte. »Jella hat mir und meinen Geschwistern auf die Welt geholfen und sie war die beste Freundin meiner Urgroßmutter.« Ihre Stimme wurde immer tonloser. Im nächsten Moment schlug sie sich gegen die Stirn. »Ich habe vergessen, dir etwas von ihr zu geben.«

Hildigunn lief zu ihrem Pferd und griff tief in die Satteltasche, wozu sie sich auf die Zehenspitzen stellen musste. Als sie zurückkam, hielt sie einen Holzstab in der Hand und übergab ihn mir.

»Es soll dir helfen, deinen Weg zu finden«, sagte sie.

Ich drehte den ungefähr 15 cm langen Stab. Auf einer Seite hatte die Alte ein Zeichen hineingeritzt.

Sie hatte ihr Versprechen gehalten. Mir rutschte vor Aufregung der Magen in die Kniekehle. Endlich ein Hinweis.

»Das ist ein altes magisches Zeichen, es steht für eine besondere Gabe oder auch für eine mystische Vereinigung«, sagte Magnus nach einem kurzen Blick auf den Runenstab.

Gunnar räusperte sich. »Jella hat noch etwas gesagt, bevor sie starb, aber ich wusste nicht, dass es dich betrifft.«

»Und?«

»Finde das Zeichen.«

Ich schluckte hart und drehte den Runenstab in meinen Händen. »Was soll ich damit machen?«

»Nicht weit von hier entfernt ist diese Rune eingekerbt«, sagte Gunnar.

»Wir haben keine Zeit für einen Umweg«, erwiderte Hildigunn.

»Eigentlich ist es sogar eine Abkürzung.«

»Durch die Schlammtöpfe? Bist du verrückt?«

Gunnar sah sie beschwörend an. »Es ist viel kürzer und wir kämen an dem Zeichen vorbei.«

»Es ist sehr wichtig für Elín«, sagte Magnus.

Ich spürte den bösen Blick Hildigunns fast körperlich.

»Viele, die diesen Weg nahmen, kamen nie an ihrem Ziel an«, flüsterte sie.

Verdammt. Ich musste unbedingt da hin, aber ich wollte nicht, dass die anderen sich meinetwegen einer zusätzlichen Gefahr aussetzen.

»Wenn es nur die Schlammtöpfe wären ...«, fügte Hildigunn hinzu, und ich hatte das Gefühl, jemand drücke mir den Hals zu.

Gunnar nahm sie so sanft in den Arm, als ob sie aus Glas wäre. »Wir sind zu viert und passen aufeinander auf. Ich bin schon mehrmals hindurchgeritten.«

Magnus war dem Gespräch bis hierhin stumm gefolgt. »Uns bleibt ohnehin keine Wahl. Nur so können wir rechtzeitig Thingvellir erreichen«, sagte er.

37

ELÍN

Stundenlang ritten wir durch ein unendliches Lavafeld. Welcher der vielen kleinen Vulkanhügel um uns herum mochte diese gigantischen Mengen Eruptionsgestein ausgespuckt haben? Auf jeden Fall musste der Ausbruch schon sehr lange zurückliegen, denn der pechschwarze Boden war übersät mit Moos in allen erdenklichen Grünschattierungen.

Ich roch die Schlammtöpfe, bevor sie zu sehen waren.

Dann stieg fünfzig Meter vor uns an unzähligen Stellen gelblicher Qualm aus dem Boden. Bis zum Horizont reichte das blubbernde und qualmende Areal. Lediglich auf der rechten Seite begrenzte ein Lavarücken, der mich an den Schweif eines riesigen Krokodils erinnerte, das Gebiet. Eine graue Basaltsäule neben der anderen reihte sich hier aneinander wie die Pfeifen einer Orgel. Es stank, als ob wir in einem winzigen fensterlosen Raum stünden, in dem Tausende verfaulte Eier lagerten. So ein riesiges Solfatarengebiet hatte ich noch nie gesehen.

Wir saßen ab, um zu rasten. Appetit hatte ich keinen, ich schmeckte sowieso nur Schwefel, außerdem hatte ich Angst vor dem, was vor uns lag. Nur aus Vernunftgründen knabberte ich an dem Trockenfisch herum, den Hildigunn für uns hatte mitgehen lassen.

Sie setzte sich zu mir auf den Boden. Neben ihr fühlte ich mich wie ein Walfisch. »Kannst du dich wirklich nicht mehr daran erinnern, zu welcher Sippe du gehörst?«, fragte sie.

»Nein«, antwortete ich. »Und auf dem Althing hat mich auch niemand erkannt.«

»Vielleicht kommst du gar nicht aus Island?« Hildigunn musterte mich aufmerksam. »Aber du sprichst unsere Sprache, wenn auch anders als wir.«

»Vielleicht kommt sie aus Norwegen«, überlegte Gunnar laut.

Magnus stand auf. »Wir müssen weiter«, sagte er.

Gunnar überblickte das vor uns liegende Gebiet und kratzte sich am Kinn.

»Wir werden hintereinander durch die Schlammtöpfe reiten. Am frühen Morgen können wir am Thingplatz sein.«

»Der vorletzte Tag des Althings«, sagte Hildigunn.

Eine kräftige Böe trieb uns Qualm aus den Schlammtöpfen ins Gesicht. Es stank dermaßen, dass ich würgen musste. Hildigunn hielt sich die Ellenbogenbeuge vor Nase und Mund, Rosinante tänzelte unruhig und stellte ihre Ohren wie ein Ortungsgerät in alle Richtungen.

»Auf geht's«, rief Gunnar und ritt mit seinem Pferd voraus. Der stinkende Qualm umschloss ihn augenblicklich. Hildigunn folgte ihm, ganz hinten ritt Magnus auf Steinnar. Ich war froh, ihn hinter mir zu wissen.

Unser Anführer hielt unablässig den Kopf gesenkt, um den Boden zu prüfen. Die Pferde beruhigten sich nach anfänglicher Nervosität schnell. Stoisch bewegten sie sich durch das Gelände.

Aus eigener schmerzhafter Erfahrung wusste ich, dass man auf gar keinen Fall auf die schwefelgelben Flächen treten durfte, die sich um viele Schlammpötte herumwanden. Dort konnte der Boden so heiß sein, dass die Schuhsohlen in Sekunden schmolzen. Rosinante trat hin und wieder drauf, zeigte aber keine Reaktion.

Die Stege zwischen den Pötten wurden immer schmaler, die Hitze war kaum noch auszuhalten. Ich atmete so flach wie möglich, aber die Luft brannte trotzdem am Nasenloch. Um uns herum zischte und pfiff es. Der Qualm kroch in Kniehöhe über den Boden und verbarg den Untergrund. Es war, als ob wir in einer hellgelben Wolke gefangen wären. Der Schwefelgestank krallte sich an meiner Nasenschleimhaut fest.

Ein lautes Zischen direkt vor mir.

Unmittelbar vor Gunnar schoss eine kochend heiße Schlammfontäne in die Höhe. Im nächsten Moment stürzte sie blubbernd zurück in das Loch, aus dem sie hervorgewachsen war.

Gunnars Pferd sprang zurück und prallte gegen Hildigunns. Die konnte sich gerade noch im Sattel halten. Nur mit Mühe gelang es Gunnar, seine schnaubende Stute auf dem Boden zu halten. Sie warf ihren Kopf hin und her, riss die Augen auf und blähte die Nüstern.

Rosinante legte die Ohren an. Ich beugte mich über ihren Hals, klopfte sie und flüsterte ihr beruhigende Worte ins Ohr, bis sie sich beruhigt hatte.

Auch Gunnar konnte seine Stute besänftigen. Er wandte sich Hildigunn zu, sprach ein paar Worte und blickte dann in meine Richtung.

Er schrie mir etwas zu, aber seine Stimme ging in dem Getöse der fauchenden Landschaft unter. Ich zuckte mit den Schultern, er winkte ab und wir ritten weiter.

Bald lagen die blubbernden Löcher so nah beieinander, dass ich mich nur noch auf den nächsten halben Meter vor mir konzentrieren konnte. Meine Knie zitterten ununterbrochen.

Die Schlammpötte hatten teilweise gigantische Ausmaße. Einige zischten pfeifend, in anderen bildeten sich suppenschüsselgroße Lehmblasen, die mit einem schmatzenden Geräusch zerplatzten. In manche hätte problemlos ein Elefant hineingepasst und wäre in Sekunden gargekocht worden.

Ich hatte Angst, in jedem Moment vom Pferd zu fallen.

Plötzlich blieb Gunnar stehen. Seine Tunika klebte wie eine zweite Haut an ihm, die tropfnassen Haare hingen in Strähnen auf seinen Schultern. Der Wind wurde immer stärker und peitschte den Qualm hin und her. Am Himmel rasten dunkelgraue Wolken vorbei. Gunnar zeigte mit dem Arm zu einem schwarzen Lavarücken, der sich aus der Ebene erhob.

»In diesem Berg befindet sich das Zeichen«, schrie er. »Da ist eine kleine Höhle. Wir werden das Ende des Sturms dort abwarten.«

Das Zeichen. Meine Erschöpfung löste sich in Luft auf, den schmerzenden Hintern spürte ich nicht mehr. Auf den nächsten hundert Metern wurden die Schlammpötte immer weniger, bald säumten nur noch kleine dampfende Löcher unseren Weg. Wir steuerten die Pferde durch einen Felsenbogen, der auf beiden Seiten von hohem Lavagestein begrenzt wurde. Ich presste meine Beine so eng wie möglich an Rosinantes Körper, trotzdem berührten meine Füße den Felsen.

38

LARUS

Larus und seine Großmutter waren auf dem Weg nach Akureyi. Oma fuhr, er döste.

Er hatte die letzten Tage im Homeoffice gearbeitet, war jeden Abend gejoggt, bis er seine Beine kaum noch spürte, und hatte trotzdem kaum geschlafen. Die Zeit bis zum Treffen mit Erla zog sich wie Kaugummi. Jemand rüttelte an seiner Schulter. Larus stieß ein unwirsches Grunzen aus, öffnete ein Auge und linste nach draußen. Sie standen vor einem kleinen Haus mit roter Blechfassade, weißen Fenstern und der richtigen Hausnummer.

Vier Stunden Fahrt von Reykjavik bis hierher hatte er tatsächlich geschlafen. Er brachte die Lehne wieder in die aufrechte Position, massierte seinen schmerzenden Nacken, zog seine Ohrstöpsel raus und reckte sich. Dann stieg er aus.

»Wie kannst du bei der lauten Musik bloß schlafen?«, fragte seine Oma. Er zuckte mit den Schultern. »Mich beruhigt's.«

Nebeneinander gingen sie die wenigen Schritte bis zur Haustür.

Gudrun drückte den Klingelknopf und erstmal geschah nichts. Larus legte sein Ohr an die Tür. Da klapperten Töpfe. Nach dem zweiten Klingeln verstummte es und er zog schnell den Kopf zurück. Im selben Moment wurde die Tür von innen aufgerissen. Eine kleine, rundliche Frau mit hochroten Wangen lächelte sie freundlich an.

»Kommt rein, ich muss schnell zurück in die Küche«, rief sie und verschwand durch die Tür links vom Hausflur.

Larus und Gudrun sahen sich an und grinsten. Langsam folgten sie Erla. Es roch verführerisch nach Knoblauch und Basilikum.

»Mist«, schimpfte die Dame des Hauses. »Das ist so typisch. Wenn ich für Gäste koche, schmeckt es einfach nicht so wie sonst. Magst du mal probieren?«, fragte sie Larus und hielt ihm einen Löffel entgegen.

Er tunkte ihn in die Bolognesesauce und probierte. »Da fehlt höchstens ein bisschen Pfeffer.«

Erla drückte ihm die Pfeffermühle in die Hand, um im nächsten Moment durch die zweite Tür zu verschwinden. Larus drehte die Mühle ein paar Mal und rührte dann den Pfeffer unter die Soße. In dem Moment kam Erla zurück, rief: »Wir können gleich essen«, goss die Spaghetti in ein Sieb und füllte sie in eine Schüssel.

»Gieß doch bitte die Bolognese in die Schüssel, die neben dem Herd steht und dann komm mit.« Sie verließ die Küche mit den dampfenden Spaghetti.

Oma zuckte nur mit der Schulter, lächelte und folgte Erla.

Kurz darauf betrat auch Larus das kleine Esszimmer mit den gradlinigen, hellen Holzmöbeln und stellte die heiße Schüssel auf den Tisch. Er streifte seine erhitzten Hände an der Hose ab und blickte sich um. Der runde Esstisch, an dem seine Großmutter schon Platz genommen hatte, stand in einem achteckigen Erker, der von bodentiefen Fenstern umrahmt war. Die Träger zwischen den Fensterflächen waren in einem hellen Moosgrün gestrichen. Der Garten glich einer Blumenwiese, bunte Blumen und Sträucher reichten bis an den Erker heran.

Seine Großmutter lächelte zufrieden. »Schön hast du es hier«, sagte sie zu Erla.

Die winkte ab. »Das ist nicht mein Verdienst. Meine Eltern haben den Garten angelegt. Sie wollen die Welt erkunden, bevor sie richtig alt werden. Mein Mann und ich wohnen hier so lange.«

Larus' mächtiger Hunger besiegte seine Neugier. Er schaffte es, das Gespräch nicht sofort auf den eigentlichen Zweck ihres Besuches zu bringen.

Nach dem Essen schob die Gastgeberin das Geschirr beiseite, stützte die Ellbogen auf den Tisch, legte das Kinn in ihre Handflächen und blickte die beiden Gäste an.

»Was ist mit dem Karton?« Larus konnte nicht länger warten.

»Darf ich bitte zuerst erzählen?«, fragte Erla und fuhr fort, ohne seine Antwort abzuwarten. »Elisabeth und ich haben uns beim Studium in Reykjavik kennengelernt. Das war 1986.«

»Elisabeth? Elisabeth Taylor war die Lieblingsschauspielerin von meiner Schwester und mir«, sagte Gudrun mit heiserer Stimme.

»Jedenfalls stieß sie im dritten oder vierten Semester zu uns. Ihr Vater war einige Wochen zuvor an Krebs verstorben. Sein Wunsch war, dass seine Urne in seiner Heimat Island beigesetzt wird. Sie und ihre Mutter Halla blieben dann hier.«

»Oh«, flüsterte Oma. Larus legte ihr seine Hand auf den Unterarm.

Erla nahm ein kleines Stück Spaghetti, das auf dem Tisch gelandet war, und legte es auf den Rand ihres Tellers. Dann sprach sie weiter.

»Wir wurden beste Freundinnen. Sie war mir näher als meine eigene Schwester und ich glaube, ihr ging es ähnlich.« Erla lächelte, aber ihre Augen blickten traurig.

»Wir haben fast unsere ganze freie Zeit miteinander verbracht, aber zu mir in die WG wollte sie nicht ziehen, weil sie ihre Mutter nicht allein lassen mochte.«

Erla suchte Omas Blick, bevor sie mit zurückhaltender Stimme sagte: »Deine Schwester ist ein knappes Jahr nach ihrem Mann gestorben.«

Larus' Großmutter fiel in sich zusammen wie ein Ballon, dem die Luft entwich. Er sprang auf und hielt sie an den Schultern fest, weil er befürchtete, sie könnte vom Stuhl rutschen, dann nickte er Erla zu. Mit einem Blick auf Gudrun fuhr sie mit leiser Stimme fort.

»Halla wurde immer weniger und ist dann verlöscht wie eine heruntergebrannte Kerze. Dabei war sie erst Anfang 50.«

Larus schaute zu seiner Oma. Warum hatte sie davon nichts erfahren?

Als ob Erla seine Gedanken lesen könne, sagte sie: »Elisabeth und ich waren die Einzigen auf der Urnenbeisetzung. Halla hatte zu niemandem aus ihrem alten Bekanntenkreis Kontakt aufgenommen und kaum das Haus verlassen. Keiner sollte wissen, dass sie wieder in Island ist, und auch nicht, wo ihr Mann begraben liegt.«

Erla rieb sich die Oberarme.

Alle drei schwiegen.

Gudrun setzte sich wieder aufrecht an den Tisch. Larus blieb neben ihr hocken und stand erst auf, nachdem sie ihm zugezwinkert hatte.

»Das gibt es, dass Menschen an gebrochenem Herzen sterben«, sagte sie in die Stille hinein.

»Nach dem Tod ihrer Mutter ist Elisabeth doch in unsere WG gezogen. Es ging ihr schlecht. Auf meine Frage, ob sie denn gar keine Familie mehr habe, erzählte sie mir von der Zwillingsschwester ihrer Mutter ...«

Erla warf Gudrun einen prüfenden Blick zu.

»... aber sie hat dich offenbar nie persönlich kennengelernt.«

Gudrun schüttelte den Kopf. Ihren Blick hielt sie stur auf eine große Pflanze im Garten gerichtet, die sich so eng an die Fensterscheibe schmiegte, dass sie vermutlich hereinfallen würde, wenn das Glas sie nicht davon abhielte.

»Hatte sie einen Freund?«, fragte Larus.

»Es gab einen jungen Mann, den sie in den letzten Monaten häufiger traf. Keine Ahnung, was die beiden miteinander hatten. Bei dem Thema hat sie dichtgemacht. Verliebt war sie sicher nicht.«

»Warst du dabei, als sie verschwand?«

Erla nickte. »Einige Monate nach Hallas Tod haben wir mit einem Kurs einen Ausflug nach Thingvellir unternommen. Dort habe ich Elisabeth gesagt, dass ich für ein Jahr nach Neuseeland gehe. Ich bat sie, mitzukommen, aber sie schrie, dass ich sie auch noch im Stich lasse, und rannte weg.« Erla holte seufzend Luft.

»Kurz darauf fanden wir ihre Kleidungstücke und alles andere am Ufer des Sees.«

Erla stand auf und räumte den Tisch ab. Sie stellte die drei Pastateller ineinander, legte das Besteck darauf und ging damit Richtung Küche. Larus legte seiner Großmutter die Hand auf die Schulter, aber sie drehte sich weg. Alter Sturkopf! Er folgte der Gastgeberin in die Küche.

Erla warf ihm einen kurzen Blick zu und widmete sich dann wieder ihrer Arbeit.

»Wie heißt deine Adoptivschwester?«

»Elín.«

»Dass Elín auf ähnliche Weise verschwand wie Elisabeth, ist das eine, aber warum habt ihr geahnt, dass deine Oma ihre Tante sein könnte? Sie wusste doch nichts von ihrer Nichte.«

»Wir erfuhren, dass die junge Frau, die 1987 verschwand, mit Nachnamen Benediktsdóttir heißt. Da mussten wir nur noch eins und eins zusammenzählen.«

Larus' Oma war unbemerkt in die Küche gekommen und hatte Erlas Frage beantwortet.

Die blickte Gudrun ruhig, mit hochgezogenen Augenbrauen an.

»Ach komm, denselben Nachnamen zu haben ist in Island kein Anzeichen für eine Verwandtschaft, außerdem ist spurloses Verschwinden nicht vererbbar. Oder gibt es da ein entsprechendes Gen in eurer Familie?«

Es klang spöttisch, aber nicht unfreundlich.

Gudrun zuckte zusammen, hatte sich aber schnell wieder im Griff.

»So würde ich es vielleicht nicht ausdrücken. Es gibt schon einen Zusammenhang, aber da muss ich weiter ausholen.«

»Ich koche uns Kaffee.«

Wenig später saßen sie wieder im Esszimmer.

»Weißt du, ob Halla Elisabeth etwas vererbt hat?«, fragte Oma.

»Die Behandlung ihres Mannes hatte viel Geld gekostet. Das einzig Wertvolle, das sie hinterließ, war eine goldene Brosche mit zwei Edelsteinen. Die trug Elisabeth ständig bei sich.«

Larus warf seiner Großmutter einen kurzen Blick zu. Sie rutschte hin und her und setzte sich dann kerzengerade ganz vorne auf die Sitzfläche des Stuhls.

»Die hat sie mitgenommen«, sagte Erla so leise, als ob ihr das zum ersten Mal bewusst würde.

39

ELÍN

Hinter dem engen Durchgang lag ein weiter Platz. Endlich war es still. Ich atmete mehrmals tief ein und sah mich um. Der Lavastrom hatte sich hier geteilt und einen kreisrunden Platz geschaffen, den er von allen Seiten wie eine Arena begrenzte. Der Boden war durchgängig von Moos bedeckt, das wie dunkler Samt schimmerte. Hier und da stand ein Grasbüschel.

»Wo ist sie?«, fragte ich.

»Geduld«, sagte Gunnar. Wir stiegen ab und tranken ein paar Schlucke Wasser. Die drei streckten sich nebeneinander auf dem Moosteppich aus. Wo war die Rune bloß? Mein Blick blieb an einem Loch im Gestein hängen. Gerade mal groß genug, um auf allen vieren hindurchzukriechen.

War das etwa die Höhle, von der Gunnar gesprochen hatte? Ein Eisenring legte sich um meinen Brustkorb.

Im nächsten Moment klatschte ein dicker Regentropfen auf mein Augenlid. Ihm folgten schnell weitere. Gunnar und Magnus sprangen auf die Beine, zogen die Taschen von den Pferden und trugen sie zum dunklen Schlund. Hildigunn war die Erste, die darin verschwand.

»Ich bleibe bei den Pferden«, rief ich. Nie im Leben würde ich in dieses Mauseloch schlüpfen.

Gunnar blickte noch einmal in den Himmel und kroch dann hinein. Sein Hinterteil füllte den gesamten Eingang aus.

Magnus legte seine Hand auf meine Schulter. »Wir werden da drin ein Feuer machen. Du könntest dich aufwärmen.«

»Ich bleibe draußen.«

Magnus hockte noch eine Weile am Höhleneingang und sah zu mir herüber, dann zog auch er sich zurück. Ich lief im strömenden Regen an den Felsen entlang und suchte nach der Rune. Nichts. Nach drei Runden ließ ich mich auf das Moos plumpsen und beobachtete die Regentropfen, die auf dem Moosteppich wie auf einer Teflondecke hin und her schaukelten. Die Pferde schüttelten sich hin und wieder das Wasser aus dem Fell und der zotteligen Mähne und zupften weiter gemächlich an den Grasbüscheln.

Die Kälte fraß sich bald schmerzhaft bis an meine Knochen. Das Eingangsloch der Höhle schimmerte in einem einladenden Orange. Vielleicht sollte ich den anderen doch folgen? Allein der Gedanke ließ einen Felsbrocken auf meine Brust rollen. Ich schnappte nach Luft, kauerte mich noch ein wenig mehr zusammen und schloss die Augen.

Irgendwann hörte der Regen auf, Magnus legte mir eine trockene Decke um. Am liebsten hätte ich mir die nassen Klamotten vom Leib gerissen und mich darin eingewickelt.

»Ich habe die Rune gesehen«, sagte er.

Ich sprang auf. »Wo?«

Gunnar bleckte grinsend seine Zähne und zeigte nur stumm auf das Mauseloch.

»Ich ... ich ... ich kann da nicht rein.«

Hildigunn starrte mich an. Ihre Augen funkelten wütend. »Was ist los mit dir?«

»Gibt es nur diese eine?«, fragte ich leise.

Hildigunn stöhnte laut und schüttelte den Kopf.

»Als Kind habe ich eine am See Thingvallavatn gesehen. Da liegt aber seit vielen Wintern ein mächtiger Felsen drauf«, sagte Gunnar.

»In Gjáin ist auch eine.«

»Da wo ich ...?«

Magnus nickte.

»Könnten wir nicht ...?«

»Soll ich dich in die Höhle hineinschieben?« Gunnars Stimme klang genervt.

»Ich zeig sie dir«, sagte Magnus.

Auf so engem Raum mit noch einem Menschen. Undenkbar.

»Ich mach's. Allein.« Meine Stimme bebte.

Am Höhleneingang holte ich noch einmal tief Luft, ließ mich auf die Knie fallen und krabbelte hinein. Die Höhle war hoch genug, um darin zu stehen, aber ich traute mich nicht, mich aufzurichten. Dann wäre der Ausgang so weit weg.

»Auf welcher Höhe?«, rief ich.

»Boden.« Gunnars Stimme klang dumpf.

Puh, Glück gehabt!

»Mir kann nichts passieren, mir kann nichts passieren«, flüsterte ich mantramäßig und strich mit den Fingern über den Felsboden. Die winzige Flamme in der Glut warf zitternd meinen Schatten an die Wände. Die Felsen waren viel zu nah. Unaufhaltsam schoben sie sich weiter auf mich zu. Ich bekam keine Luft mehr, mein Herz raste und meine Zähne schlugen geräuschvoll aufeinander. Bloß raus hier!

Die kühle Außenluft traf meine Nasenspitze, im selben Moment fühlte ich die Rillen der Rune unter der Handfläche. Mein Puls beruhigte sich augenblicklich. Eine orangefarbene Wolke umhüllte, wärmte und behütete mich. Meine Augenlider wurden schwer. Ich legte mich auf den Boden. Die Rune befand sich direkt unter meinem Herzen.

40

LARUS

D ie Brosche!«, sagte Erla und schlug sich mit der Hand gegen die Stirn.
»Was meinst du?«, fragte Larus.
»Gestern Abend habe ich zum ersten Mal wieder in den Karton ge-
schaut, der seit 1987 hier auf dem Dachboden steht. Da ist ein Brief von
Halla drin.«
»Du weißt, was drinsteht?«
Erla nickte langsam. Ihr Gesicht überzog eine feine Röte. »Ich dachte,
dass es nach all den Jahren in Ordnung ist, wenn ich ihn lese.«
»Und?«
»Leider ist nicht mehr viel zu erkennen.« Erla stand auf. »Ich hole
ihn.«
Kurz darauf kam sie mit einer Pappkiste, doppelt so groß wie ein
Schuhkarton, zurück in das Esszimmer, nahm den Deckel ab, zog einen
hellblauen Umschlag heraus und reichte ihn Larus.
Der Briefbogen darin war wellig. Larus entfaltete ihn und las vor.

**»Mein geliebtes Mädchen,
man sagt, die Zeit heile alle Wunden, aber das ist nicht wahr. Papas
Brosche bla, bla, bla, in eine andere Welt reisen. Eine junge Frau, die
bla, bla, bla, aber ihre bla, bla, bla, flüchteten bla, bla, bla. Sie hat
bla, bla, bla, besprochen: Geliebte Tochter mit Au... Mit der Brosche
bla, bla, bla, wird dir das am Zeichen bla, bla, bla, gelingen.
Verzeih mir. Deine M...«**

Larus sprang auf und lief im Zimmer hin und her.
Er hielt den Brief gegen das Licht. »Fuck, fuck, fuck!«, schrie er und
warf den Brief auf den Tisch.
»Elisabeth ist mithilfe der Brosche in eine andere Welt gelangt? Woll-
test du mir das erzählen?«, fragte Erla.
Gudrun nickte. »Die junge Frau, von der in dem Brief die Rede ist, ist
eine Urahnin ihres Vaters Benedikt.«
»Weißt du eigentlich, wo diese Urahnin lebte?«, fragte Larus.

Seine Oma blickte ihn einige Augenblicke stumm an, als ob sie in seinem Gesicht die Antwort lesen könne.

»Hab's vergessen«, sagte sie dann.

Er stöhnte und zog den Karton näher zu sich heran. Im nächsten Moment hielt er eine gestrickte Puppe in der Hand. Ein lauter Seufzer seiner Oma brachte ihn dazu, sich zu erinnern, wo er so eine schon mal gesehen hatte. Auf ihrem Nachttisch saß die gleiche.

»Hat unsere Mutter für uns gemacht«, flüsterte sie und wischte sich mit der Hand über die Augen. Dann entnahm sie der Kiste ein Fotoalbum und schlug es auf. Schon auf der ersten Seite entfuhr ihr ein »Oh«, das nicht sehr glücklich klang.

Larus schob seinen Stuhl neben den seiner Großmutter, damit er auch in das Album schauen konnte. Nach wie vor lag die erste Seite aufgeschlagen vor ihr. Sie war nahezu vollständig von einem großen Foto bedeckt. Ein Hochzeitspaar, die Braut sah so aus wie seine Omi als junge Frau.

Die tippte mit ihrem Zeigefinger auf das Hochzeitsdatum. »Schon zwei Monate später. Warum hat sie nicht gleich mein Brautkleid angezogen?« Sie schlug mit der Hand auf den Tisch und stand dann abrupt auf. Larus fing ihren Stuhl auf.

Er blätterte das Album weiter durch, Gudrun stand am Fenster und starrte in den Garten.

Die weiteren Fotos zeigten das Paar auf seiner Hochzeitsreise nach New York, in der ersten eigenen Wohnung, auf Wanderausflügen und beim Segeln auf dem Michigansee. Das musste sich Omi nicht antun. Er klappte das Album zu.

Auf der ersten Seite des zweiten Albums klebte ein Foto der hochschwangeren Halla. Benedikt stand hinter ihr und umfasste ihren Bauch, während er ihr einen Kuss in den Nacken gab.

Larus blätterte um. Das erste Foto von Elisabeth. Sie war im selben Jahr geboren wie sein Vater. Unnatürlich blaue Augen und nahezu schwarze Haare, die ihr wie Stacheln vom Kopf abstanden. Sie lag in einem hellgelben Strampelanzug in der Wiege. An deren Fußende lag die Strickpuppe.

Es folgten Babyfotos, Kinderfotos, Bilder von der Einschulung, Bilder eines etwas pummeligen Teenagers mit Baseballcap und einer dünnen jungen Frau, Anfang 20. Die weiteren Seiten des Albums waren leer. Mit dem jetzigen Aussehen Elíns hatte sie keine Ähnlichkeit, aber auf den Kinderfotos war sie ihm bekannt vorgekommen.

»Hast du das Foto von Elín und mir noch in deinem Portemonnaie, Omi?«

Sie schaute ihn an, als ob er sie mitten in der Nacht geweckt hätte, kam mit langsamen Schritten zurück zum Tisch, nahm ihre Handtasche vom Boden, wühlte darin herum und reichte Larus das Foto.

Auf der Rückseite war ein Datum notiert, 18 Jahre war das her. Hand in Hand standen sie im tief verschneiten Garten. Seine Schwester war noch einen Kopf größer als er. Er suchte das Bild von Elisabeths Einschulung, legte Omas Foto daneben und schob es zu ihr.

»Sieh dir das an.«

»Bis auf den hohen Haaransatz sieht sie aus wie Elín in dem Alter.« Sie setzte sich wieder an Larus' Seite. »Ich möchte die anderen Fotos auch sehen.«

Er schlug erneut das Bild mit der schwangeren Halla auf. Omas Kieferknochen bewegten sich unablässig, aber sie schwieg.

»Denkt ihr, dass Elín Elisabeths Tochter ist?«, fragte Erla.

»Ihre Ähnlichkeit im Kindesalter ist jedenfalls frappierend«, antwortete Larus.

»Nie im Leben würde Elisabeth freiwillig ihr Baby aussetzen!« Erla stand auf und ging in die Küche. Sie kam zurück und legte ein weiteres Foto auf den Tisch. Elisabeth und ihre Mutter. Von der fröhlich blickenden Halla war nichts mehr übrig, sie war dürr und durchscheinend blass.

»Das ist auf dem Geburtstag meiner Mutter. Sie hatte die beiden eingeladen, damit Halla auf andere Gedanken kommt«, sagte Erla.

Gudrun betrachtete das Foto lange, ihr Kinn zuckte.

»Ich möchte nach Hause«, flüsterte sie.

Larus blickte auf seine Armbanduhr. »Wir sind auch schon fast drei Stunden hier.«

»Das ist völlig in Ordnung. Ich habe mir den ganzen Nachmittag für euch frei gehalten. Die Kiste könnt ihr mitnehmen.«

»Haben wir schon alles gesehen?«, fragte Larus.

»Alles, bis auf Elisabeths Ausweis und das leere Kästchen, in dem vermutlich die Brosche lag.« Erla nahm das Kästchen aus dem Karton und gab es Gudrun.

»Das ist es«, flüsterte sie und hielt es so vorsichtig wie ein kleines Vögelchen.

Erla warf Larus einen vielsagenden Blick zu.

Seine Großmutter legte das Kästchen wieder zurück. Wie ferngesteuert ging sie Richtung Haustür.

»Wir hören voneinander«, rief Larus Erla zu, klemmte sich den Karton unter den Arm und folgte ihr zum Auto.

41

LARUS

Zurück fuhr Larus.
»Stopp«, schrie seine Großmutter plötzlich.
Larus trat unwirsch auf die Bremse, sie flogen mit dem Oberkörper in den Sicherheitsgurt.
»Ich weiß es wieder«, sagte Omi, als der Wagen stand. »Am Hvalfjord lebten sie. Benedikts Urahnin floh von dort mit ihrem Geliebten. Am Lagafell hat sich ihre Spur verloren.«
»Da fahren wir jetzt hin«, sagte Larus.
»Das Gebiet ist riesig!«
»Ich bin dort oft mit einem Kumpel gewandert. Vor tausend Jahren soll dort ein Solfatarengebiet gewesen sein, mittlerweile ist es ein Lavafeld. Wir haben dort vor einigen Jahren eine eingestürzte Höhle entdeckt. Die schauen wir uns heute mal genauer an.«
Drei Stunden später fuhren sie auf der Straße 52 Richtung Thingvellir. 25 Kilometer davor bog Larus links in eine Schotterstraße und parkte kurz darauf den Wagen. Dann stieg er aus und ging hundert Meter über den unebenen, harten Untergrund, ohne sich ein einziges Mal nach seiner Großmutter umzusehen. Vor einem drei Meter tiefen, nahezu kreisrunden Loch mit einem Durchmesser von ungefähr fünf Metern blieb er stehen. Kurz darauf stand sie neben ihm.
»Guter Orientierungssinn«, sagte sie.
»Ich steig da runter.«
Auf einer Seite des Loches war die Wand weniger steil abfallend. Larus stieg über dicke Lavabrocken hinab, kniete sich auf den ehemaligen Höhlenboden und sah sich um.
»Und?«, rief Oma laut.
»Der hintere Teil der Höhle scheint noch erhalten zu sein, aber mein Handylicht ist nicht so toll.«
»Warte, ich habe eine Taschenlampe im Auto.«
Sie verschwand aus seinem Blickfeld, kam fünf Minuten später mit der Lampe zurück und warf sie ihm zu.
Larus zog den Kopf ein und ging tiefer in das Höhlengewölbe, schob

Geröll mit dem Fuß beiseite, stemmte eine große Gesteinsplatte hoch und tastete die Wände ab. In der hintersten Ecke lagen mehrere kopfgroße Lavabrocken, die er wegräumte. Dahinter klaffte eine DIN-A4-große Öffnung. Er leuchtete hinein.

Wow, das sah aus wie eine weitere Höhle. Er schob ein paar weitere Steine an die Seite, dann war das Loch groß genug für ihn. Nach einem Meter auf allen vieren wurde die Decke über ihm höher, er konnte geduckt stehen. Modrige Kälte kroch in sein schweißnasses Sweatshirt. Er zitterte, seine Zähne schlugen aufeinander. Der Schein der Lampe zuckte über die Höhlenwände. Graffiti?

Nein, Runen! Oma konnte das wahrscheinlich entziffern. Er ging näher zur Inschrift, um sie zu fotografieren.

Beim ersten Schritt nach vorne knirschte es unter seinen Füßen. Er blieb stehen und richtete den Lichtstrahl auf den Boden. Unter seinen Schuhen lugte ein altes Stück Leder und Schnüre hervor. Er bückte sich und stopfte die Fundstücke in die Hosentasche.

Dann fotografierte er die Runen, den Boden und alle anderen Wände, leuchtete alle Ecken der Höhle akribisch aus und krabbelte zurück in das Rund der ehemaligen Eingangshöhle. Bloß schnell zurück ins beheizte Auto.

Plötzlich wurde ihm warm. Sein Herz raste.

Elín war hier.

»Geh in die hintere Höhle«, sagte er.

»Okay«, sagte sie langgezogen.

»Bitte komm zurück ...«

»Die Brosche ist weg!«

Heilige Scheiße!

»Du fehlst mir so sehr.« Er horchte, aber bekam keine Antwort.

Nicht schon wieder! Warum nur hatten sie immer nur so wenig Zeit? Er biss sich auf die Lippen und schlug mit der Hand auf den Boden. Der schwarze Lavasand stob auf und der Felsboden darunter wurde sichtbar.

Was war das für eine Rinne? Er wischte den Sand beiseite. Dieselbe Rune wie in Gjáin.

42

ELÍN

E lín, Elín!«
Irgendjemand rüttelte unsanft an meiner Schulter. Mir war arsch-
kalt und mein wunderbares Glücksgefühl schrumpelte zu einem Häuf-
chen Verzweiflung zusammen.

Warum lag ich hier draußen auf dem Moos?

»Ich muss da noch mal rein.«

Magnus schüttelte den Kopf. »Vorhin, als ich dich in der Höhle auf dem
Boden liegen sah – ich dachte, du wärst tot.«

»Es ging mir gut, sehr gut sogar. Bitte, Magnus, du wolltest mir bei
der Suche helfen.«

»Die Brosche ist da sicher nicht drin.«

»Aber meinen Weg habe ich auch noch nicht gefunden.«

»Diesmal komme ich aber mit.«

Noch mal würde er sich nicht abschütteln lassen. »Wir brauchen mehr
Licht«, sagte ich.

»Wir haben kein Holz mehr, Elín.«

Doch, hatten wir. Ich zog den Runenstab aus der Satteltasche. »Den
legen wir auf die Glut des Feuers.«

»Wartet.« Hildigunn riss ein Stück von ihrer Decke, nahm den Stab
und wickelte den Stoff um dessen Spitze. Dann fischte sie ein kleines
Päckchen aus Leder aus ihrer Satteltasche. Darin befand sich eine
schwarze schmierige Paste, die sie um den Stoff strich. »Das ist Birken-
pech, für eine Weile wird es reichen«, sagte sie.

Magnus verschwand mit der Fackel im Mauseloch und im nächsten
Moment wurde es in der Höhle hell. Ich folgte ihm und strich mit den
Fingern über die Rillen im Boden. Wieder und wieder. Nichts. So ein
Mist, der Hinweis der alten Frau war völlig unnütz gewesen!

»Wir reiten weiter«, sagte ich frustriert.

Als ich aufstand, nahm ich seinen Duft wahr, gleichzeitig durch-
strömte mich eine Wärmewelle. Larus war hier.

»Geh in die hintere Höhle«, hörte ich ihn sagen.

Ich starrte in das Dunkel. »Okay.«

»Bitte komm zurück …«

»Die Brosche ist weg!«

Im selben Moment zog Magnus mich am Ärmel hoch.

»Bist du verrückt?« Ich entzog ihm unwirsch meinen Arm und ließ mich zurück auf den Boden fallen.

Doch die Verbindung war abgebrochen, Larus nicht mehr wahrnehmbar. »Lass mich nicht allein, Larus«, wimmerte ich.

Dann sprang ich auf und trommelte auf Magnus Brust, bis es ihm gelang, meine Hände einzufangen und festzuhalten. Irgendwann hörte ich auf, mich zu wehren. Er ließ mich los und nahm mein Gesicht in seine Hände. »Ich bin doch bei dir«, sagte er.

»Dahinten ist noch eine Höhle«, flüsterte ich heiser und wies mit der Hand in die hinterste Ecke der Grotte.

»Da ist nichts«, sagte er und ließ mich los.

Ich ignorierte seine Worte und lief tiefer ins Dunkel. Nach wenigen Schritten musste ich mich beim Gehen bücken. Magnus blieb direkt hinter mir. Rechts von mir erschien eine Stelle deutlich dunkler als ihre Umgebung. Auf allen vieren kroch ich darauf zu und tatsächlich, da war eine Öffnung. Ich krabbelte hindurch, drehte mich um, nahm die Fackel entgegen und wartete auf Magnus. Der Raum war so niedrig, dass wir beide unseren Kopf einziehen mussten. Ich hielt die Fackel hoch und sah mich um.

Da war doch was. Ich ging näher an die Stirnwand, richtete den Feuerschein darauf und zuckte zusammen. Vor mir lagen zwei mumifizierte Leichen.

Ein Mann und eine Frau. Sein Kopf ruhte leicht abgeknickt auf einem Stoffballen, während sie ihr Haupt auf seine Brust gelegt und die Arme um seinen Oberkörper geschlungen hatte. Ihre hellblonden Haare waren zu einem Zopf geflochten. Ich lief gebückt um das Paar herum, leuchtete der Frau in das schrumpelige Gesicht und fühlte mich ihr sonderbar verbunden. Sie hatte keine Augenlider mehr, ihr Gebiss war freigelegt. Eine Gänsehaut überzog meinen Körper. Wie lange mochten die beiden schon hier liegen?

»Da steht etwas geschrieben«, sagte Magnus.

Ich hielt die Fackel höher. An der Wand hinter den Toten waren Runen eingeritzt. Ich erkannte nur die eine.

»Was steht da?«

Magnus las vor.

»**Geliebte Tochter mit Augen grün wie Moos und blau wie Glet-
schereis. Am Zeichen :X: und der Brosche am Herzen sprich aus,
was du dir reinen Herzens wünschst, und du wirst es in allen Zeiten
finden. Hast du es gefunden und willst zurück, wird es dir mit ihrer
Hilfe am Zeichen gelingen.**«

Das war der Hinweis! Das war mein Weg! Ich prägte mir die Worte ein.
Magnus las sie ein zweites Mal vor.

Wunsch? Endlich meine richtigen Eltern kennenzulernen. Aber diese
beknackte Zeitreise hatte mich davon abgehalten, der ersten kleinen
Spur zu folgen.

»Wo bleibt ihr?« Gunnars Stimme klang wie aus weiter Entfernung.

43

LARUS

Larus' Großmutter besah sich die Fotos der Runen und nahm die Lederfetzen in die Hand.

Ihre Wangen glühten.

»Sieht aus wie die Reste einer Lederstiefelette«, flüsterte sie.

»Siehst du die Rune in der Inschrift? Dieselbe ist auf dem Höhlenboden eingekerbt und es ist die gleiche wie die, die ich letzte Woche in Gjáin fotografiert habe.« Er holte sein Handy heraus und zeigte seiner Großmutter das Foto.

Sie verzog das Gesicht. »Warum zeigst du mir das erst jetzt?«

»Du warst völlig fertig, als ich an dem Tag zurückkam, und ich wusste doch nicht, dass es wichtig ist. Dann habe ich es vergessen. Ob die Stiefelette von dem besagten Paar stammt?«

»Das Alter des Stiefels müsste ein Archäologe prüfen. Im 18. Jahrhundert wohnten ein Geächteter und seine Frau viele Jahre in einer Höhle ganz in der Nähe. In dieser vielleicht auch. Die Inschrift aber gehört wohl tatsächlich zu dem besagten Paar. Diese Rune, die du nun schon dreimal gefunden hast, wurde sonst selten verwendet.«

»Das Zeichen, von dem in Hallas Brief die Rede war?«

Sie nickte und sah sich erneut das Foto von der Inschrift an. »Das ist Futhark, die jüngere germanische Runenreihe. Auf dem kleinen Bildschirm kann ich aber fast nichts erkennen.«

»Das gucken wir uns zuhause auf dem Laptop an.«

»Was war da unten eigentlich los? Hab dich reden gehört.«

Larus sah sie sekundenlang schweigend an, bevor er sagte: »Ich hatte vorhin eine Verbindung zu Elín. Und es war nicht das erste Mal.«

Sie legte ihre Hand auf seinen Rücken und sah ihm in die Augen. »Ich habe seit Jahren das Gefühl, dass Elín viel mehr für dich ist.«

Er seufzte und nickte langsam.

»Und Christina?«

»Hab mich ein paar Tage vor Elíns Geburtstag von ihr getrennt. Sie hat mich immer wieder gefragt, was los ist, aber was sollte ich sagen?« Er tippte sich an die Stirn. »Die eigene Schwester ... Hallo?!«

»Das stimmt ja nicht. Auch falls ihr biologisch verwandt seid, dann doch nur sehr entfernt.«

»Zum Glück, sonst hätte ich ein viel größeres Problem.«

Er fuhr sich mehrmals mit der Hand durch die Haare und seufzte.

»Übrigens, ich habe mir, während du da unten warst, Elisabeths Ausweis angesehen. Ihr zweiter Vorname war Gudrun.« Oma verzog das Gesicht zu einem traurigen Grinsen.

»Zeig mal.«

Sie holte den Ausweis aus dem Auto, Larus klappte ihn auf, im selben Moment fiel ein Passbildfoto heraus. Er hob es auf und erstarrte.

Dann reichte er seiner Oma die Aufnahme.

Sie wurde schneeweiß. Neben ihrer Nichte hielt ein junger Mann sein Gesicht in die Kamera, den sie gut kannte.

44

LARUS

Wie lange mag das her sein?«, fragte Larus.

»Das kann ich dir ziemlich genau sagen. Dein Vater hat sich Silvester 1986/87 die Nase gebrochen und auf dem Bild sieht er noch ziemlich ramponiert aus.«

»Er wusste also, dass du eine Nichte hast.«

»Warum hat er mir nichts erzählt?« Sie schüttelte den Kopf.

»Vielleicht wollte sie das nicht.«

»Und wenn schon. Er kann auch seit 1987 nichts mehr von ihr gehört haben.«

»Jedenfalls wissen wir jetzt, mit wem er über die Brosche gesprochen hat.«

Larus fuhr sich mit der Hand durchs Haar. »Er geht seit meinem Besuch in Köln nicht mehr ans Telefon.«

»Ich werde ihm morgen früh eine Nachricht auf die Mailbox sprechen. Wenn er erfährt, was wir gefunden haben, meldet er sich vielleicht.« Sie steckte das Foto in ihre Handtasche.

Mitten in der Nacht erreichten sie Reykjavik.

Larus blickte Oma über die Schulter, als sie die Übersetzung der Runen notierte.

»Das ist der Spruch, den deine Schwester für Elisabeth aufschrieb.«

Oma nickte. »Benedikt hatte mir davon erzählt, aber ich wusste es nicht mehr wortwörtlich.«

»Immerhin wusstest du noch, dass die Frauen nur dorthin zurückkehren können, wo sie herkamen. Das hat uns echt weitergeholfen.«

Er setzte sich auf den Stuhl neben seine Oma und umschloss ihre zittrigen Hände mit seinen.

»Was mag mit ›in allen Zeiten‹ gemeint sein?«

Sie zuckte mit den Schultern. »Das sagt man doch so.«

»Nein, die Aussagen sind sehr konkret formuliert. Versuche dich zu erinnern. Was hat Benedikt dir damals erzählt?«

»Das ist über 50 Jahre her, Larus.«

Sie schaute an die Küchendecke, als ob dort die Antwort stünde. »Manche Besitzerinnen der Brosche, also die mit den außergewöhnlichen Augen, verschwanden für einige Zeit, tauchten aber irgendwann wieder auf. Er sprach von einer anderen Welt.«

»Und wenn ihr mit eurer Interpretation falsch gelegen habt? Vielleicht bedeutet ›in allen Zeiten‹, dass Elín gar nicht beim verborgenen Volk, sondern in einer anderen Zeit ist.«

»Zeitreise? So ein Unsinn.«

Larus blickte seine Oma mit hochgezogenen Augenbrauen an.

»Aber Elfen? Wie auch immer – Elín muss ein wichtiger Wunsch erfüllt werden, bevor sie zu uns zurückkommen kann.«

»Ihre Mutter zu finden?«

»Und wenn sie die tatsächlich dort aufspürt?«

»Dann könnten die beiden vielleicht gemeinsam zurückkommen.«

Gudrun lächelte schief.

»Wir sollten trotz der Ähnlichkeit auf den Kinderfotos einen DNA-Vergleich machen lassen. Halla und du seid eineiige Zwillinge, eure DNA ist identisch. Wir können also herausfinden, ob Halla Elíns Großmutter ist. Wenn ich den Test gleich bestelle, bekämen wir in ungefähr einer Woche Bescheid.«

»Sie ist meine Enkelin, egal was dabei herauskommt.«

»Darum geht's nicht, Omi. Wenn wir das nächste Mal Kontakt haben, will ich absolut korrekte Infos für Elín haben.«

»Da hast du recht. Aber im Universitätsklinikum geht das viel schneller. Je eher Elín erfährt, dass Elisabeth ihre Mutter ist, desto schneller kann sie zurückkommen.«

Larus schüttelte den Kopf. »Leider nicht. Sie hat die Brosche nicht mehr.«

Seine Großmutter riss ihre Hände aus seinem Griff und starrte ihn an. »Das hat sie gesagt?«

Larus nickte.

»Ich bin fest davon überzeugt, dass die Brosche den Weg zu ihr findet. Irgendwann«, flüsterte Oma.

Irgendwann. Der Kloß in seinem Hals wuchs. Er biss die Zähne zusammen und schluckte. »Ich gehe ins Bett«, presste er hervor und lief nach oben in sein Zimmer.

Beim Frühstück am nächsten Morgen wirkte Gudrun geistesabwesend. Sie sprach kaum, überhörte mehrmals Larus' Bitte nach der Butter und blickte immer wieder aus dem Fenster.

»Ich habe deinem Vater eine Nachricht hinterlassen. Bin gespannt«, sagte sie plötzlich und seufzte laut. »Ach ja, im Universitätsklinikum habe ich für morgen um neun einen Termin bekommen. Ich soll Elíns Zahnbürste mitbringen. Sie brauchen auch DNA von Benedikt. Sonst können sie keine aussagekräftige Untersuchung durchführen.«

»Mist, das wusste ich nicht. Was jetzt?«

»Ich habe noch eine Haarsträhne von ihm.«

»Omi!«

»Freu dich einfach und halt die Klappe.«

Im nächsten Augenblick erhellte sich ihr Gesichtsausdruck. »Apropos Benedikt. Wir könnten ihn fragen, wo genau die Frauen jeweils verschwanden, und dort nach dem Zeichen suchen. Deine Verbindung zu Elín scheint nur in der Nähe einer Rune möglich zu sein. Ich rufe ihn an.«

Sie stand auf und ging in den Flur. Larus räumte den Tisch ab und klappte den Laptop auf, um seine Mails zu lesen. Seine Oma redete und redete, hin und wieder unterbrochen von einem mädchenhaften Kichern. Mit hochroten Wangen und glänzenden Augen kehrte sie zurück in die Küche und nahm einen Schluck aus ihrer fast vollen Tasse. Sie verzog das Gesicht und goss den kalten Kaffeerest in den Ausguss.

»Ich fahre nach Hafnarfjördur. Benedikt hat eine Karte, auf der er die Fundstellen eingezeichnet hat.«

»Bin dabei«, rief Larus und klappte seinen Laptop zu.

»Nicht nötig, du musst ja arbeiten, wie ich sehe«, sagte Gudrun, nahm den Schlüssel vom Brett und war auch schon aus dem Haus.

Was war denn bitte in sie gefahren? Aber eigentlich hatte sie recht. Arbeit hatte er mehr als genug.

Drei Stunden später lag eine Karte des Südwestens Islands vor ihnen auf dem Küchentisch. An drei Stellen waren rote Kreuze eingezeichnet. Daneben die Daten der als vermisst gemeldeten Frauen.

»Sehr gut. Die Stelle, an der Elisabeth verschwand, ist sogar mit den geographischen Koordinaten eingezeichnet. Hast du Benedikt eigentlich von deiner familiären Verstrickung erzählt?«

Oma schüttelte den Kopf. »So gut kenne ich ihn noch nicht.«

Larus schaute sie genauer an. Sie sah jünger aus, wirkte fröhlicher. Ob sie sich in den Benedikt mit dem ungewöhnlichen Hobby verguckt hatte?

»Eine verschwand in Akranes, die andere in der Nähe des alten Bischofssitzes Skálholt.«

»Elisabeth in Thingvellir und Elín in Gjáin. Das liegt alles nicht weit auseinander, aber heute schaffen wir das nicht mehr. Wir machen uns morgen auf die Suche. Willst du mir eigentlich noch etwas sagen, Omi?«

45

ELÍN

Wir krabbelten aus der Höhle. Gunnar saß auf seinem unruhig tänzelnden Pferd und schaute uns grimmig entgegen.

Rosinante begrüßte mich mit einem Stupser. Ich stieg auf und wuschelte ihr durch ihre störrische Mähne. »Es geht weiter, mein Mädchen«, flüsterte ich ihr ins Ohr.

»Der letzte Wegabschnitt ist kurz, aber wir müssen eine Schlucht durchqueren, in der sich manchmal tödlicher Nebel befindet«, rief Gunnar.

Hildigunn saß mit hängenden Schultern auf ihrem Pferd. Gunnar klopfte ihr liebevoll auf den Oberschenkel und sagte: »Mach dir keine Sorgen, Liebes, der Wind steht günstig für uns.«

Aber ihr angespannter Gesichtsausdruck blieb.

Hinter dem Lavarücken, der die Oase mit der Höhle umschloss, bogen wir scharf nach rechts. Kurz darauf schlugen uns heiße, schwefelige Schwaden entgegen. Ich zitterte unter der Decke, die ich mir um den Oberkörper geschlungen hatte.

Die Schlammtöpfe wurden weniger, der Qualm, der uns wie eine Wolke einhüllte, mit jedem Meter durchsichtiger und kühler. Vor uns wuchsen auf beiden Seiten zwei schwarze Lavafinger aus dem Geröll. Zunächst einen halben Meter hoch, stiegen sie nach hinten weiter an. Durch den gezackten Grat sahen sie aus wie die Schwänze zweier nebeneinander ruhender Drachen.

»Wer ist eigentlich dieser Larus?«

Magnus war zu mir aufgeschlossen.

»Er ist der richtige Sohn, ich das Ziehkind in unserer Sippe.«

»Dein Bruder scheint dir viel zu bedeuten.«

»Hast du Geschwister?«

»Eine Schwester.«

Sein abweisender Tonfall sagte mir, dass ich nicht näher nachfragen sollte. Ich hatte auch keine Lust, mit ihm über Larus zu sprechen. Also trieb ich Rosinante ein wenig an, um wieder vor ihm zu reiten.

Gunnar schaute mehrfach prüfend in den Himmel. Ich folgte seinem

Blick. Warum wirkte er immer ernster, das Wetter wurde doch besser? Die Sonne stahl sich hier und dort durch die Wolken, in der Schlucht wurde es spürbar wärmer. Ich nahm die Decke von meinen Schultern. Kurz darauf türmten sich die Felswände so hoch, dass kein Sonnenstrahl mehr in den Canyon fiel. Wie in einer New Yorker Häuserschlucht. Seufzend legte ich mir die Decke wieder um.

Der Nebel wurde stärker, er reichte den Pferden schon bis zum Sprunggelenk. Gunnar blieb stehen und streckte einen Finger in die Höhe.

»Wir müssen die Pferde antreiben. Sofort!«

Gunnar gab seiner Stute die Sporen, trieb sie zu einem schnellen Trab an und wir folgten ihm. Der Nebel, den der Rückenwind vor sich hertrieb, reichte den Pferden jetzt schon bis zur Schulter.

Hildigunns Pferd stolperte bei jedem Schritt. Plötzlich stürzte es zu Boden. Schmerzerfülltes Wiehern, lautes Kreischen. Im nächsten Augenblick stand Gunnar neben Hildigunn, zog sie mit einem Ruck unter ihrem Pferd hervor und stieg mit ihr auf sein eigenes. Sie schlug die Arme um seinen Hals und drückte ihr Gesicht an seine Schulter.

Ich sprang ab und kniete mich zu ihrem Pferd. Es atmete stoßartig, seine Augen verdrehten sich, bis nur noch das Weiße im Augapfel zu sehen war. »Steig wieder auf, verdammt«, schimpfte Magnus über mir.

Ich schüttelte den Kopf. Wir konnten es doch nicht hier seinem Schicksal überlassen. Magnus konnte mich mal.

Die Schlammtöpfe, die hinter uns lagen, waren vermutlich Mofetten gewesen. Die waren nicht heiß genug, um zu blubbern, aber sie produzierten Kohlenstoffdioxid und das verdrängte den Sauerstoff. Die Sonnenwärme hatte das Gas höher steigen lassen und der Wind hatte es zu uns in den Talkessel gedrückt. Wir mussten unbedingt oberhalb des Nebels atmen. Tränenüberströmt stieg ich auf Rosinante und trieb sie an. Sie stupste das röchelnde Pferd mit der Schnauze an. Ich riss ihren Kopf an der struppeligen Mähne nach oben. »Du darfst nicht sterben, hast du gehört?«

Gunnar schrie etwas.

»Er sagt, die Pferde sollen allein weiter.« Magnus keuchte.

Gunnar kletterte mit Hildigunn auf einen Felsvorsprung oberhalb des Nebels. Dann hievte er mich so mühelos nach oben, als ob ich ein kleines Mädchen wäre. Wir verscheuchten unsere Pferde. Ich sah Rosinante hinterher, bis sie in der grauen Nebelwand verschwunden war. Magnus rettete sich als Letzter auf den Vorsprung. Sein Hengst Steinnar trottete nur langsam weiter, dabei geriet er immer wieder ins Straucheln. Bald war auch er nicht mehr zu sehen.

»Wir müssen hier warten, bis der Wind sich dreht«, sagte Gunnar. »Verdammt, bis auf eine Axt und mein Messer habe ich keine Waffen bei mir.«

Der Nebel waberte unter uns gemächlich hin und her. Hildigunn schmiegte sich in Gunnars Armbeuge und schloss die Augen. Wir konnten bequem die Beine ausstrecken, wenn wir uns an die Felswand lehnten, die zig Meter hoch hinter uns aufragte.

Ich war erschöpft und legte meinen Kopf auf Magnus' Schulter. Als die Kälte mich schaudern ließ, zog er die Decke zurecht und legte den Arm und mich.

»Habt ihr in der Höhle etwas gefunden, das dir weiterhilft?«, weckte mich kurz darauf Hildigunns Stimme aus einem Schlummern.

Ich erzählte ihr von unserer Entdeckung, ließ aber beim Zitat der Inschrift den Zusatz in ›allen Zeiten‹ und das mit der Rückreise aus.

»Und das ist die Brosche, die Ingolf jetzt hat?«, fragte sie.

Ich nickte und nutzte die darauffolgende Stille, um wieder zu dösen.

»Wir können weiter«, rief Magnus plötzlich und ich riss die Augen auf. Der Nebel hatte sich verzogen. Ich zwang mich, nicht zu Hildigunns Pferd zu blicken.

Gunnar sprang mit einem Satz von dem Felsvorsprung, dann half er uns nacheinander herunter.

»Soll ich etwas aus deinen Packtaschen holen?«, bot Magnus sich an, aber Hildigunn schüttelte den Kopf. »Es wird alles vergiftet sein«, sagte sie und ich hielt den Mund.

Schweigend liefen wir über den Lavaboden. Es gab keine Schlammtöpfe, die Luft war klar. Nach einer gefühlten Ewigkeit dann endlich Gunnars erlösende Worte: »Da vorne ist das Ende der Schlucht.«

Die hohen Felswände, die sich seit Stunden links und rechts von uns erhoben hatten, endeten abrupt. Der Durchgang auf dieser Seite war so schmal, dass wir nur zu zweit nebeneinander gehen konnten.

Vor uns breitete sich eine weite Ebene aus. Unten war der Fluss, den Gunnar angekündigt hatte, sein murmelndes Plätschern war deutlich zu hören. Dahinter ein Wald mit niedrigen Birken. Deren dünne, knorrige Baumstämme leuchteten weiß unter den grünen Blätterkronen. Endlich etwas trinken und den schmerzenden Fuß im Wasser kühlen. Ich konnte es kaum erwarten.

Dann sah ich es. Nur wenige Meter vom Ufer entfernt lag ein massiger Pferdekörper. Ich rannte los, geriet auf dem steilen Weg ins Stolpern, konnte mich aber auffangen. Mit ausgebreiteten Armen legte ich mich auf den noch warmen Körper Rosinantes, ein Ohr auf ihrem Fell. Ihre Augen und Nüstern waren weit aufgerissen, aber kein Herzschlag, kein Atemgeräusch, nichts.

Langsam rutschte ich herunter, kniete mich vor ihren Kopf und strich über ihre weiße Blesse. Ich fühlte mich unbeschreiblich allein.

Magnus fasste mich an der Schulter, aber ich konnte seine Berührung nicht ertragen. »Lass mich in Ruhe! Ich will nach Hause!«, kreischte ich.

Im nächsten Moment spürte ich einen heftigen Schmerz im Gesicht. Als ich kurz darauf die Augen öffnete, sah ich Hildigunn, die erneut ihre Hand gegen mich erhob.

»Was ...?«

»Du bringst uns in Gefahr mit deinem Geschrei.«

Ich rieb meine heiße Wange und atmete tief durch. Mein Zwerchfell zuckte, die hicksenden Geräusche ließen sich nicht unterdrücken.

Sie hatte recht. Ich benahm mich wie ein kleines Kind. Rosinante war nur zwei Tage lang mein Pferd gewesen, aber es fühlte sich so anders an. Ich schniefte, klopfte noch einmal ihren Leib, wuschelte ihr ein bisschen durch die Mähne und humpelte dann hinunter zum Fluss.

Nachdem ich getrunken hatte, zog ich meine Stiefel aus und hielt den verletzten Fuß in das eiskalte Wasser. Er schmerzte noch, aber die Schwellung war verschwunden. Die anderen schaufelten sich mit den Händen Wasser in den Mund. Magnus und mein Blick trafen sich. Es gelang mir nicht, sein Lächeln zu erwidern.

Gunnar zog die Satteltasche unter Rosinantes Leib hervor und Hildigunn kippte den Inhalt auf den Boden. Der Wasserschlauch war leer, aber es fanden sich noch ein paar Stückchen Trockenfleisch darin.

»Wenn ich doch wenigstens mein Schwert hätte«, ließ sich Gunnar neben mir vernehmen. Er suchte mit seinen Augen die nähere Umgebung ab und zuckte dann mit den Schultern. »Nach der Rast nehmen wir den Weg durch den Wald, da können wir uns besser verstecken.«

Hildigunn hob ihr Kleid an und hockte sich hinter Rosinante.

»Wen haben wir denn da?« Ingolfs Stimme!

46

ELÍN

Fünf Gestalten erhoben sich aus dem niedrigen Wald. Ingolf, der Tunikajunge und der Rothaarige. Ein etwas älterer Mann und ein Junge begleiteten sie.

Jeder von ihnen trug einen Speer in der Hand.

»Verdammt«, zischten Gunnar und Magnus gleichzeitig.

»Du hattest recht, Ingolf. Der Mörder meines Sohnes ist noch im Land.«

Offenbar Hildigunns Vater Thordil.

Ich stand zwischen Magnus und Gunnar. Gunnar legte die Hand an das Messer. Er biss die Zähne zusammen, so dass seine Kieferknochen sich deutlich abzeichneten. »Bleib hocken, Hildigunn«, flüsterte er aus dem Mundwinkel.

Die Männer wateten durch das knietiefe Wasser des Flusses auf uns zu. Kurz darauf standen sie auf unserer Uferseite. Höchstens zehn Meter trennten uns voneinander. Mit wackeligen Knien machte ich einen Schritt nach hinten.

Hildigunn hatte mir Thordil als liebevollen Vater beschrieben. Im Moment machte er keinen liebevollen Eindruck, sondern eher, dass er zu allem fähig wäre.

Plötzlich entgleiste sein Gesichtsausdruck. Er glotzte auf etwas, das sich hinter mir befand, und ich drehte mich um. Hildigunn hatte sich erhoben und stand hinter Rosinante.

Bevor sie auch nur ein Wort sagen konnte, riss ihr Vater plötzlich seinen Speer hoch und holte zum Wurf gegen Gunnar aus. »Sie nimmst du mir nicht!«

»Nein Vater!« Hildigunns Stimme überschlug sich.

Thordil fror in seiner Bewegung ein. Seine Tochter stürmte zu Gunnar und stellte sich mit ausgebreiteten Armen vor ihn. Er war rund zwei Köpfe größer und doppelt so breit wie sie.

Thordil senkte den Speer jedoch nicht. »Geh!«, schrie er.

Gunnar schob Hildigunn zur Seite. »Bitte, Liebes.«

»Wie nennst du sie?«, ertönte mit einem Mal eine wütende Kinderstimme, der Junge stürmte auf Gunnar zu und Hildigunn warf sich erneut vor ihren Geliebten. Im nächsten Moment sank sie mit einem Schmerzenslaut zu Boden. Nur mit einem schnellen Griff konnte Gunnar verhindern, dass sie mit dem Kopf auf dem Boden aufschlug. Vorsichtig legte er sie auf das Gras.

Ich rannte zu ihr und kniete mich neben sie.

Unterhalb ihres Schlüsselbeins steckte das Messer, das Gunnar gegolten hatte. Blut tränkte ihr Kleid dunkelrot und der Fleck wurde zusehends größer.

»Das ..., das wollte ich nicht«, stammelte ihr Bruder.

Ich riss mein Messer vom Gürtel, um Hildigunns Kleid aufzuschneiden und mir die Wunde anzusehen. Aber der Junge packte mein Handgelenk. »Nein!«, schrie er.

Ich wollte mich befreien, aber seine Finger krallten sich noch fester in meine Haut.

»Lass sie«, knurrte Thordil, aber der Junge ließ mich nicht los. Blitzschnell riss er mich von Hildigunn weg und stieß mich auf den Boden. »Sie ist eine Hexe, Vater!«

Ich stand auf, bewegte mich aber nicht vom Fleck.

»Lass nicht zu, dass sie sie anfasst«, sagte Ingolf mit eisiger Stimme und stellte sich zwischen Hildigunn und mich.

»Was, wenn er recht hat, Vater?«

»Haben wir eine Wahl? Könnt ihr Hildigunn helfen?«

Thordil sah mich an: »Wenn du ihr nur ein Haar krümmst, bist du tot«, sagte er.

Ich nickte, ging mit staksigen Schritten an Ingolf vorbei, kniete mich neben Hildigunn und zerschnitt mit zitternden Händen ihr Kleid. Das Messer war nur wenige Zentimeter tief eingedrungen, aber die Wunde blutete stark.

»Bringt mir ein Stück Stoff.«

Jemand drückte mir eine Pferdedecke in die Hand. Ich ließ sie fallen, riss einen Streifen von meinem Unterkleid, faltete den Stoff zu einem Päckchen zusammen und gab es Gunnar. »Wenn das Messer raus ist, musst du das so fest wie möglich auf die Wunde drücken.«

Mit zusammengebissenen Zähnen umfasste ich den Messergriff und zog es langsam heraus. Es gab ein leises, schmatzendes Geräusch, als die Klinge aus der Wunde glitt. Gunnar drückte das Stoffpäckchen auf den klaffenden Schnitt.

»Du bringst nur Unglück über meine Sippe, Gunnar.« Thordils Stimme zitterte.

»Nein, Vater«, hauchte Hildigunn, dann fiel ihr Gesicht zur Seite. Schweißperlen glitzerten auf ihrer Stirn.

Ein Schock? Bei Schock mussten die Füße hochgelagert werden. Aber dann würde die Wunde noch mehr bluten, oder? Was war jetzt richtig, verdammt?

Hildigunns Vater hockte sich neben seine Tochter und streichelte ihre Wange. Ihre Augenlider zitterten.

Der Druckverband funktionierte. Um das Päckchen zu fixieren, brauchte ich einen weiteren Stoffstreifen. Diesmal riss ich den Saum von Hildigunns Unterkleid ab und wickelte ihn um den Druckverband, damit der an seinem Platz blieb.

»Wo sind eure Pferde?«, fragte ich ihren Bruder, der neben mir stand und die Szene aus zusammengekniffenen Augen und mit verschränkten Armen beobachtete. Er blickte in die Richtung des Waldes.

»Da hinten.«

»Du musst eines hierherbringen, deine Schwester kann nicht laufen.«

Er nickte, sprach kurz mit seinem Vater und entfernte sich.

Hildigunn schlug die Augen auf. Sie blickte Gunnar voller Liebe an und versuchte ein Lächeln. Thordil sah es. Ich konnte beinahe sehen, wie es hinter seiner Stirn arbeitete.

»Durst«, flüsterte Hildigunn. Gunnar sprang auf, nahm einen leeren Wasserschlauch in die Hand und ging damit zum Fluss.

Ich prüfte den Sitz des Druckverbandes. Der schien zu halten. Wo blieb Gunnar bloß?

Plötzlich ertönte hinter mir lautes Geschrei, ich fuhr herum.

Magnus hatte Ingolf in den Schwitzkasten genommen. Der versuchte, sich aus der Umklammerung zu befreien, und trat wild um sich. Magnus wich den Tritten geschickt aus, aber dann rammte Ingolf ihm seinen Ellenbogen in die Magengrube.

Magnus stöhnte und ließ locker. Ingolf griff nach hinten und riss ihn mit einem raschen Griff zu Boden. Im nächsten Moment kniete er über ihm und drückte ihm den Hals zu.

»Nein!«, schrie ich.

Thordil sprang zu den beiden Kämpfenden. »Lass ihn los! Er ist ein

Mann der Kirche.« Seine Stimmlage bot keinen Platz für Diskussionen. Ingolf starrte ihn an, ließ aber nicht los.

»Hast du nicht verstanden?«

Ingolf fluchte, versetzte Magnus noch einen kräftigen Hieb gegen die Schulter und stand auf. Er bleckte die Zähne, während er seine rechte Faust ballte.

Magnus japste und hielt sich die Hand an die Kehle.

»Vater«, klang Hildigunns dünne Stimme zu uns herüber und Thordil ging wieder zu ihr.

In dem Moment kam Gunnar mit dem gefüllten Wasserschlauch zurück, aber nicht nur das – seine Stute trabte neben ihm her. »Was ist geschehen?«, fragte er und schaute seinen ramponierten Freund an.

Magnus winkte ab. »Halb so schlimm.« Er zeigte auf das Pferd. »Wo war sie?«

»Am Ufer entdeckte ich Hufspuren. Denen bin ich gefolgt und da kam sie mir auch schon entgegen. Sie hat es gut überstanden.«

Thordil nahm ihm den Wasserschlauch ab, gab seiner Tochter zu trinken und tupfte ihr mit einem Lappen die Stirn. Sie redete währenddessen auf ihn ein. Wenige Minuten später stand er auf, sein Gesicht wirkte versteinert.

Er räusperte sich. »Gunnar hat Helgi nicht erschlagen. Das Urteil muss von allen Goden des Landes aufgehoben werden.«

Dann schaute er Ingolf an. »Ihr habt zwei Frauen entführt und eine von ihnen ist jetzt tot. Dafür werdet ihr bestraft werden.«

Ingolf stellte sich breitbeinig vor Thordil auf. »Du beschuldigst mich solcher Verbrechen? Ich hab dir verraten, dass der Mörder deines Sohnes noch im Land ist, und das ist dein Dank?«

»Nicht Gunnar, sondern ihr seid Mörder!«, sagte ich.

Ingolf machte einen Schritt auf mich zu. »Pass auf, was du sagst«, zischte er und unterstrich den Satz mit einer Bewegung seines Daumens, den er mit dem Nagel an seiner Kehle vorbeiführte. Dann erschien wieder dieses eisige, gefährliche Glitzern in seinen Augen.

Ich wich zurück. Am liebsten hätte ich ihm sein dummes Grinsen aus dem Gesicht gebissen.

»Jella wird ein Grab auf unserem Kirchhof bekommen. Wo habt ihr sie begraben?«, sagte Thordil.

Mir wurde schlagartig heiß.

»Jemand hat ihren Leichnam weggeschafft, bevor wir das tun konnten«, sagte Magnus.

Ingolf starrte ihn sekundenlang an, dann lachte er schallend.

»Freu dich nicht zu früh. Es gibt eine Zeugin der Entführung.« Magnus zeigte auf den Jungen mit der roten Tunika. »Dein Hündchen war jedenfalls dabei und das macht keinen Schritt ohne dich.«

Seine Auskunft zeigte Wirkung. Der Knabe schaute zu Boden, Ingolf verzog das Gesicht und hörte auf zu lachen.

Hinter mir stöhnte Hildigunn laut auf. Gab es irgendwas, womit ich ihre Schmerzen lindern konnte?

Ich schaute mich um. Am Flussufer standen verschiedene Sträucher. Vielleicht war ja Wegerich dabei, damit hatte Jella Flosis Wunde behandelt. Es war damals schon zu einer Paste verarbeitet gewesen, aber ich hatte vereinzelte schmale grüne Blätter erkannt. Ich ging zum Ufer und schaute mich um. Das da vorne könnte passen, ob es wohl das richtige Kraut war? Falls nicht, könnte es Schaden anrichten? Thordils Drohung klang mir in den Ohren.

In meiner Nähe wieherte ein Pferd. An der anderen Seite des Flussufers stand Hildigunns Bruder mit einem braunweiß gescheckten Tier. Jetzt kam er durchs Wasser auf mich zu.

Ich hockte mich neben das Kraut, riss geschäftig ein paar Blätter ab und zerrieb sie zwischen den Fingern, bevor ich sie unter meine Nase hielt.

Hatte die Paste auf Flosis Kopf so gerochen? Fragen konnte ich niemanden, sonst wüssten alle, dass es mit meiner Heilkraft nicht weit her war.

»Wegerich, das nimmt unsere Urgroßmutter auch bei Wunden«, nuschelte der Junge und ich jubelte innerlich.

»Es gibt noch andere Kräuter dafür, aber wir müssen mit diesem vorliebnehmen«, antwortete ich und zupfte weitere Blätter ab.

Ich wusch und zerrieb die Blätter, packte die Paste auf die Stichwunde und legte einen neuen Verband an.

»Danke«, flüsterte Hildigunn und lächelte.

Thordil hatte mich während der Behandlung keine Sekunde aus den Augen gelassen. Er nickte mir zu und wandte sich an die anderen.

»Wir reiten zurück nach Thingvellir.«

Ingolf saß wenige Meter von ihm entfernt auf einem dicken Stein. Neben ihm der Tunikajunge. Nach der Aufforderung sprang Ingolf auf, ging mit großen Schritten auf Thordil zu und baute sich vor ihm auf. Dann schwang er herum und versetzte Rosinante einen Tritt gegen das Hinterteil.

Ich riss die Augen auf und stöhnte laut.

Er blickte mich an und grinste boshaft. Dann trat er ein weiteres Mal nach dem toten Pferd. Der schwere Körper bewegte sich unter der Wucht des Trittes. Ein klagendes Stöhnen drang aus Rosinantes Maul. In meinem Kopf explodierte etwas.

Ich stürmte zu Ingolf und sprang auf seinen Rücken. Er schwankte und brüllte. Gackerndes Männerlachen hinter mir. Herumwirbelnd und buckelnd wie ein Stier versuchte er mich abzuschütteln. Ich krallte mich in seine Tunika, er schrie. Gestank von gammeligen Zähnen und Alkohol. Ich sah ihn vor mir. Wie er mir das Kleid vom Körper riss.

»Du verdammtes Schwein! Du mieses verdammtes Schwein!«, schrie ich. »Fahr zur Hölle.«

Ingolf verharrte kurz.

Im nächsten Moment lief er rückwärts. Aus dem Augenwinkel sah ich Gunnar, wild gestikulierend. Ein heftiger Stoß im Rücken, dann wurde es schwarz um mich.

Pferde schnaubten. Mein Rücken brannte wie eine offene Wunde. Wo war dieses Arschloch?

Ich öffnete meine Augen. Direkt über mir das Gesicht von Magnus. Er hielt Zügel in den Händen und blickte konzentriert nach vorne. Ich lag auf seinem Schoß.

»Hej«, flüsterte ich.

»Hej«, sagte er genauso leise und schaute mir in die Augen. »Da bist du ja wieder.« Mir wurde warm ums Herz.

»Was ist geschehen?«

»Ingolf hat dich gegen einen Felsen gerammt. Er war völlig von Sinnen, ganz so, als ob er einen Geist gesehen hätte. Gunnar konnte verhindern, dass er dich ein zweites Mal dagegen schmettert. Ingolfs Kumpane haben ihn verteidigt, die drei konnten fliehen.«

»Oh nein!«

»Wir wissen, wo wir sie finden. Zuerst müssen du und Hildigunn versorgt werden und Gunnar freigesprochen.«

»Was ist, wenn Ingolf Island mit der Brosche verlässt?«

»Das wird er nicht.«

»Du hast recht. Er wird das Land nicht verlassen, solange ich lebe.«
Meine Unterlippe bebte.

»Wir werden dich beschützen, Elín.«

Er strich mir mit den Fingern über die Wange. Sein Blick war so eindringlich und bestimmt, ich hätte ihm gerne geglaubt.

Neben uns ritten Hildigunn und Gunnar. Sie saß vor ihm im Sattel.
Ihr Vater und ihr Bruder bildeten den Abschluss.

»Weißt du, welches Pferd wir reiten?« Magnus lächelte von einem Ohr zum anderen.

»Steinnar?«

Er nickte und grinste noch breiter.

Thordil ritt in die Lücke zwischen uns und Gunnar. »Bald sind wir in Thingvellir. Wir bringen die verletzten Frauen zu Einar und lassen den Thingsprecher holen. Morgen bist du wieder ein freier Mann, Gunnar.«

»Dann würde ich gern deine Tochter schon recht bald zu meiner Frau nehmen.«

In Hildigunns leisen Gluckser mischte sich der tiefe Brummton ihres Vaters. »So sei es«, sagte er und ließ sein Pferd wieder zurückfallen.

Magnus trieb Steinnar an, bis er direkt neben seinem Freund ritt. So konnte ich sehen, dass Gunnar seine Verlobte in die Arme nahm. Ich schloss die Augen und dachte an Larus. Wie er vor wenigen Wochen vollbepackt mit Lebensmitteln und zwei Flaschen Rotwein vor meiner Tür gestanden hatte. Ich durfte nur schnippeln, kochen wollte er, wie immer, unbedingt allein. Was hatte es an dem Abend gegeben? Ach ja, Boeuff Stroganoff. Der Gedanke an gebratene Rinderfiletspitzen mit Zwiebeln und frischen Champignons ließ mir das Wasser im Munde zusammenlaufen.

Als ich das gebratene Fleisch sogar riechen konnte, öffnete ich die Augen. Der Duft blieb. Wir standen an der Abbruchkante oberhalb des Thingplatzes.

47

ELÍN

Gemächlich ritten wir durch den Einschnitt im Lavarücken hinunter zum Thinggelände. Schnell bildete sich eine Menschentraube um uns. Das Geplapper dröhnte in meinen Ohren.

Tjara lief freudestrahlend auf uns zu. Es tat gut, sie zu sehen. Im nächsten Moment streckten zwei Männer mir ihre Arme entgegen. »Vorsichtig, sie ist verletzt«, rief Magnus.

»Können wir die beiden in eure Bude bringen?«, fragte Thordil, Tjara nickte.

Gunnar nahm Hildigunn auf den Arm. Ich wurde links und rechts in Achsel und Kniekehle gehalten. Meine Träger rannten zu Einars Bude und setzten mich auf dem Fell ab, auf dem Flosi gelegen hatte. Sigrún hockte sich neben mich. Ich nahm ihre Hand und drückte sie. Mit der anderen Hand hielt sie mir einen Becher mit Wasser an den Mund.

Hastig trank ich ein paar Schlucke. Tjara trat zu uns und drückte mir ein Stück Brot in die Hand. Es war noch warm. Ich biss ein großes Stück heraus und schmatzte genüsslich.

»Was ist mit Hildigunn?«, nuschelte ich mit vollem Mund.

»Sie liegt da hinten«, Tjara wies mit der Hand in Richtung der Feuerstelle, »Jellas Gehilfin versorgt ihre Wunde.«

»Wo ist Jella?«, fragte Tjara.

Ich begegnete ihrem fragenden Blick und schüttelte den Kopf. Dann legte ich mich ausgestreckt auf das Fell und schloss die Augen.

»Hast du starke Schmerzen?« Eine Mädchenstimme. Jellas junge Gehilfin kniete neben mir.

»Geht so«, brachte ich heraus.

»Kannst du dich umdrehen?«

Ich nickte und drehte mich langsam auf den Bauch. Das Mädchen schob mein immer noch klammes Unterkleid bis unter die Achselhöhlen hoch.

Vorsichtig tastete sie jede einzelne Rippe und jeden Wirbel ab. Ich musste die Zähne zusammenbeißen, um nicht ständig ›Aua‹ zu schreien.

»Gebrochen ist nichts, aber dein Rücken ist übersät mit blauen Flecken.«

»So fühlt es sich auch an.«

»Und das? Eine Verbrennung?«

»Ja.«

»Ich reibe dir den Rücken mit einer Kräutersalbe ein. Das lindert die Schmerzen.«

Im nächsten Augenblick fühlte ich eine kühle Paste auf meinen Rücken. Zum Schluss legte sie noch einen dünnen Stoff über die Salbe und zog das Unterkleid darüber.

Ich drehte mich wieder um. »Kannst du mir etwas von der Salbe auf die Hand geben und einen Streifen Stoff?«, fragte ich und das junge Mädchen nickte.

»Wie geht's Hildigunn?«, fragte ich.

»Sehr gut.« Hildigunn stand hinter dem Mädchen und lächelte. Sie trug ihren Arm in einer Schlinge, mit der gesunden Schulter lehnte sie an einem Stützpfosten.

»Du hast sie gut versorgt. Wo hast du das erlernt?«, fragte Jellas Gehilfin und gab mir von der Salbe. Ich tupfte etwas davon auf meine Schläfe, rieb meinen Fuß damit ein und umwickelte ihn dann straff mit dem Stoffstreifen. Was sollte ich antworten?

»Sie kann sich doch an nichts erinnern«, rief da Tjara aus dem Hintergrund.

»Ich danke euch beiden von ganzem Herzen«, sagte Hildigunn und löste sich von dem Pfosten. »Jetzt will ich zu meinem Vater.«

»Nicht allein«, sagte das Mädchen. »Du hast sehr viel Blut verloren.«

»Warte, ich hole einen Knecht.« Tjara lief hinaus.

Hildigunn beugte sich zu mir herunter. »Weiß schon jemand von Einars Sippe, wer dir das angetan hat?« Sie legte ihren Finger auf die Lippen, als sie dem fragenden Blick der jungen Gehilfin begegnete.

Ich wollte gerade zu einer Antwort ansetzen, da kam Tjara mit einem jungen Mann im Schlepptau zurück in die Bude. Er hakte Hildigunn unter und führte sie hinaus.

»Kommt Jella zurück?«, fragte das Mädchen.

Ich blickte sie an und schüttelte den Kopf.

Ihre Unterlippe zitterte und im nächsten Moment liefen Tränen über ihre Wangen. Es dauerte einige Minuten, bis sie mit brüchiger Stimme zu sprechen begann: »Sie hat mich vieles über das Heilen gelehrt, aber noch nicht genug.«

»Du machst das sehr gut.«

Eine Weile war nur das Schniefen des Mädchens zu hören, dann sagte sie: »Als ich Jella das letzte Mal sah, wollte sie bei Mondschein ein paar Kräuter am Fluss sammeln. Ich war sehr müde und sie sagte, ich könne schlafen gehen. Aber dann dachte ich an den Überfall auf den Jungen und folgte ihr. Ich hörte sie schreien, dann sah ich, dass vier Reiter mit euch davonritten.«

»Und du hast nur den Jungen mit der roten Tunika erkannt?«

Sie schüttelte den Kopf. »Nein, ich konnte niemanden erkennen.«

Ich musste mir ein Lächeln verkneifen. Magnus war gewiefter als ich gedacht hatte.

Das Mädchen schluchzte laut auf. »Wenn ich Jella nicht allein gelassen hätte, würde sie noch leben.«

»Oder sie hätten dich auch mitgenommen«, sagte ich und dachte daran, was ihr glücklicherweise erspart geblieben war.

Der Vorhang am Eingang wurde zur Seite gerissen. Der Gode.

Mit drei Schritten stand er vor mir. Sein Gesichtsausdruck verhieß nichts Gutes.

»Lasst uns allein.«

48

ELÍN

Tjara, Sigrún und die Gehilfin Jellas verließen die Bude. Es dauerte eine Weile, bis ich aufrecht stand und dann musste ich mich an Einar festhalten, um nicht zu stürzen. Er führte mich vorsichtig zu einer Bank. Währenddessen rutschte die Salbenpackung auf meinem Rücken langsam, aber sicher Richtung Fußboden.

»Stimmt es, dass Ingolf dich verletzt hat und dann geflohen ist?«

Ich nickte.

Der Gode verzog das Gesicht, als ob er saure Milch getrunken hätte. »Warum hat er das getan? Während des Thingfriedens begangene Verbrechen werden doppelt so hart bestraft. Zudem hätte er das Althing nicht vor dem Abschluss verlassen dürfen. Darauf steht die Verbannung! Der einzige Grund, warum der Thingsprecher ihn nicht angeklagt hat, war, dass Thordil auch dabei war.«

Er schüttelte den Kopf.

Mein Blick fiel auf das Fell auf dem Boden. »Wie geht es Flosi?«

Einar blickte mich irritiert an, bevor er antwortete: »Zwei Priester brachten ihn nach Skálholt.«

Er setzte sich rittlings neben mich auf die Bank.

»Hat er dir etwas von dem Angriff auf ihn erzählt? Weiß er, wer es war?«, fragte ich.

»Er hat sie nicht erkannt. Die beiden feigen Hurensöhne wollten ihn nicht nur töten, sie haben ihm auch etwas gestohlen. Er gestand mir jedoch, dass er es vorher selbst jemandem wegnahm. Eine goldene Brosche.«

Mir war sofort klar, wer ihn angegriffen hatte. Dass meine Brosche am Abend des Angriffs auf den Jungen so nah gewesen war, machte mich sekundenlang sprachlos. Warum hatte Flosi sie überhaupt bei sich gehabt?

»Die Brosche gehört mir«, sagte ich.

»Dich hat er bestohlen?« Einar zog ungläubig die Augenbrauen hoch.

»Ja ... Nein ... jedenfalls kann ich beweisen, dass es meine ist. Sie hat ein Mal auf meinem Körper hinterlassen.«

Hoffentlich bestand er nicht darauf, dass ich mich vor ihm entblößte. Aber ich war bereit, das durchzuziehen.

»Wovon sprichst du, zum Teufel?«

»Während ich in Gjáin bewusstlos war, habe ich auf meiner Brosche gelegen und sie verbrannte mir den Rücken. Die Verbrennung ist noch zu sehen.«

Plötzlich wirkte er wie geschrumpft. In seinem leichenblassen Gesicht wirkten die kleinen Fältchen wie tiefe Furchen. Er starrte auf den mit Stroh bestreuten Boden.

»Wie sah diese Brosche aus?«, fragte er, ohne den Kopf anzuheben.

»Ein dreiblättriges Kleeblatt mit zwei Edelsteinen in der Mitte.«

»Grün und Blau.« Er flüsterte.

»Ja, und mit einem sternförmigen Fleck im blauen Stein.«

Im nächsten Moment sprang er auf und schüttelte mich. Ich war mir sicher, mein Rücken würde gleich aufplatzen.

»Wem hast du sie weggenommen?« Er schrie so laut, dass mir die Ohren klingelten.

»Aua! Lass das!« Ich versuchte, mich aus seinem Griff zu befreien.

Abrupt ließ er mich los. »Deine Augen zeigen, dass sie dir zusteht.« Er setzte sich wieder.

Ich massierte meinen schmerzenden Nacken und dachte über seine Worte nach. Mein Herz begann zu hämmern.

»Du stammst aus einer Welt, die nach uns kommt, nicht wahr?«

Ich hielt die Luft an. Da hatte Magnus ja ordentlich mit seinem ach so geheimen Wissen angegeben.

»Dann weißt du auch von der Frau, die vor fast 30 Wintern hier erschien und nur ein Jahr blieb?«, fragte ich.

Er sprang wieder auf. »Wer hat dir davon erzählt?«

Ich musste mich räuspern, bevor ich ein Wort herausbrachte.

»Magnus. Der Priester.«

»Was genau sagte er?«

»Er … er sprach von einer Frau, die auf dem Althing erschien, heiratete und ein Jahr später wieder verschwand, obwohl sie ein Kind erwartete. Ihr Ehemann hat ihm danach offenbart, dass sie aus einer anderen Welt kam.«

Einar glotzte mich an, als ob er ein Gespenst gesehen hätte. Dann fuhr er sich mit beiden Händen mehrmals durch die grauen Haare, während er auf den Boden starrte.

»Ich habe mit niemandem über Lilja gesprochen.«

Eine heiße Welle überrollte mich vom Scheitel bis zu den Füßen.

»Du? Du bist dieser Mann?« Ich krallte meine Hand in seinen Unterarm.

Sein Gesicht wirkte so finster, dass ich schnell meine Hand zurückzog.

»Wo ist er?« Einar rannte aus der Bude. Lautstark wies er seine Leute an, diesen gottverdammten Pfaffen zu suchen und zu ihm zu bringen.

49

ELÍN

Ich blieb wie schockgefrostet zurück und gab mir Mühe, meine Gedanken zu ordnen. Mir schwirrte der Kopf. Ich brauchte frische Luft. Am Ausgang stürmte mir Einar entgegen.

»Er ist weg«, schrie er und drehte sich noch mal zu seinen Leuten um. »Lasst den Kerl am Leben.«

Magnus war weg? Der Boden unter mir war plötzlich weich wie Pudding, ich hielt mich am Rahmen der Eingangsöffnung fest. Magnus hatte mich im Stich gelassen? Wie konnte er mir das antun?

Der Gode lief wie ein gehetztes Tier im Vorraum auf und ab und stieß wilde Verfluchungen gegen Magnus aus. Auch wenn ich enttäuscht war, diese Beschimpfungen hatte er nicht verdient. Er hatte mir das Leben gerettet und mir versprochen … Ja natürlich! Ich humpelte zu Einar.

»Wahrscheinlich ist er Ingolf auf den Fersen. Er hat mir nämlich versprochen, die Brosche zurückzuholen.«

Einar verzog das Gesicht zu einer verächtlichen Grimasse. »Ingolf? Flosis Angreifer haben die Brosche!«

Ich zuckte mit den Schultern. Auch das schmerzte.

»Er hat sie. Habe es mit eigenen Augen gesehen.« Vorsichtshalber zog ich schon mal den Kopf ein.

Er setzte sich wieder auf die Bank und forderte mich mit einer Handbewegung auf, es ihm gleichzutun. Unsere Schultern berührten sich und ich rutschte ein Stückchen von ihm ab. Nach vorne gebückt saß er neben mir, hatte seine Ellenbogen auf seine Knie gestützt und blickte auf den Boden. Sein breiter, muskulöser Rücken hob und senkte sich schnell. Ohne mich anzusehen, fragte er: »Woher hast das Schmuckstück?«

»Von meiner Mutter.«

»Kam sie auch aus einer anderen Welt?«

Er sah mich immer noch nicht an.

»Weiß ich nicht. Sie hat mich nach der Geburt zusammen mit der Brosche ausgesetzt.«

Einar richtete sich auf, schüttelte mit dem Kopf und sah mich an.

»Warum hinterlässt jemand einem todgeweihten Kind etwas so Wertvolles?«

»Meine Mutter hat schon dafür gesorgt, dass ich gefunden werde.«
Einar hob beschwichtigend die Hand.

»Erzähle mir von Lilja«, bat ich.

Seine Gesichtszüge wurden augenblicklich weich. »Als ich sie das erste Mal sah ... Wir wurden schon am nächsten Tag Mann und Frau. Als sie unser Kind unter dem Herzen trug, erzählte sie mir von der Reise aus ihrer Welt in die unsrige. Anfangs hatte sie sich die gleiche Geschichte wie du erdacht. Dass sie sich an nichts mehr erinnern könne. So ungeschickt wie sie sich anfangs im Haus und auf dem Feld anstellte, habe ich daran auch nicht gezweifelt.« Er lächelte und blickte gedankenverloren auf den Boden. »Kurz vor der Niederkunft verschwand sie aus meinem Leben.«

Er stöhnte.

»Hallveig war mir danach eine große Stütze. Ich war ihr dankbar und fragte sie, ob sie noch meine Frau werden will.«

Er stöhnte erneut.

»Ich habe im Schlammtopfgebiet etwas gesehen, das mit der Brosche zu tun hat«, sagte ich.

Einar betrachtete mich schweigend und so ausgiebig, dass ich das Gefühl hatte, er könne durch meine Augen hindurch bis in meinen Kopf schauen.

»Sprich.«

Ich berichtete ihm von dem Runenstab, dem Zeichen auf dem Boden der Höhle und von den beiden Toten. Dann rezitierte ich den Spruch, der dort an der Wand geschrieben stand.

Einar unterbrach mich kein einziges Mal, aber dann schüttelte er den Kopf. Seine Augen sahen glasig aus.

Ich fühlte mich unbehaglich und erhob mich. Der Salbenverband rutschte an meiner Rückseite herunter und landete mit einem leisen Platschen auf dem Boden. Einar sah nicht mal auf. Ich schob das klebrige Stoffbündel mit dem Fuß in die Ecke, füllte mir Wasser in einen Holzbecher und nahm einen großen Schluck.

»Ich ahne, wen du in der Höhle gefunden hast«, sagte er.

Mit dem halb vollen Becher in der Hand setzte ich mich wieder neben ihn.

»Meine Muttermutter erzählte mir oft davon, als ich noch ein kleiner Junge war. Es geschah schon im Jahr des ersten Althing. Ein Mädchen war noch sehr jung, als ihr Vater bestimmte, dass sie einen reichen Mann heiraten solle, um den väterlichen Hof zu retten. Ihre Sippe lebte am Hvalfjord. Man sagt, sie sei zart und schön wie eine Fee gewesen und habe außergewöhnliche Augen gehabt. Ihr Bräutigam soll ein gutmütiger Mensch gewesen sein, aber sehr viel älter und missgebildet. Er beschenkte seine junge Braut mit wertvollem Schmuck. Sie aber flüchtete am Tag vor der Hochzeit gemeinsam mit einem jungen Mann, der im Pjórsádalurtal lebte. Ihr Vater folgte den beiden, holte sie am Eingang zum Schlammtopfgebiet ein und es kam zum Kampf. Der junge Mann wurde schwer verletzt, trotzdem konnten sie entkommen. Einige Monate später kam das Mädchen zum Hof ihres ehemaligen Bräutigams, übergab ihm ihre neugeborene Tochter und flehte ihn an, sie wie sein eigenes Kind aufzuziehen, was er auch tat. Danach wurde sie nie wieder gesehen.«

»Sie übergab ihm wohl nicht nur das Kind, sondern auch die Brosche.« Einar nickte bedächtig. »Und hat vorher das Schmuckstück mit dem Wunsch besprochen, den du in der Höhle gelesen hast.«

»Und sich dann ihrem toten Geliebten zum Sterben in den Arm gelegt.« Ich schluckte. Das war traurig und schön zugleich.

»Gunnar sagte, dass die Rune noch an anderen Orten Islands zu finden ist.«

»Wie sieht sie aus?«

Ich malte sie mit der Fußspitze auf den Boden.

»In Gjáin sah ich sie, aber ich hatte ihr bisher keine Bedeutung zugemessen.«

Einar blickte mich nachdenklich an.

»Meine Töchter fanden dich dort.«

Ich nickte. »Der Spruch besagt, dass die Frauen von einem Ort zurückreisen können, an dem das Zeichen zu finden ist. Ich glaube, sie kommen dort auch an.«

»Lilja hier in Thingvellir.«

»Gunnar erzählte von einer Rune am Ufer des Thingvallavatn. Da liegt jetzt ein großer Felsen drauf.«

Er schien nachzudenken. »Wenn es auf meinem Hof eine solche Rune gäbe, dann wüsste ich davon. Falls Lilja in ihre Welt zurückgereist ist, dann wohl aus Gjáin.«

»Wusste sie von der Bedeutung der Rune?«

Einar hob die Schultern »Sie sprach nie davon, aber ...«

Ich sah ihn erwartungsvoll an.

»Lilja und ich waren oft in Gjáin baden. Ihre Brosche ließ sie immer auf dem Hof zurück.« Er sah bedrückt aus.

Völlig unvermittelt fragte er: »Was ist es, das du dir von ganzem Herzen wünschst?«

Es war wie ein Schlag in die Magengrube. Ich brauchte einige Sekunden, bevor ich antworten konnte.

»Meine Eltern finden.«

»Obwohl sie dich aussetzten?«

Sein Tonfall ärgerte mich.

»Meine Zieheltern waren nicht gut zu mir.«

»Und? Du bist kein Kind mehr.«

Ich winkte ab. Warum eigentlich hatte ich gerade noch Mitleid mit ihm gehabt?

»Dir gehört jetzt demnach dieselbe Brosche, die meine Lilja bei sich trug.«

»Und irgendwann Jella.«

»Jella? Wusste der Pfaffe davon etwa auch?«, fragte er.

Ich legte meine Hand auf Einars Unterarm. »Nein, das wusste er nicht.«

Eine Zeitlang hingen wir beide unseren Gedanken nach. Bis Einar aufsprang, als ob er einen Troll sähe.

»Ist auf der Rückseite deiner Brosche ein ›E‹ eingraviert?«

»Ja. Warum?«

»Weil ich dieses ›E‹ eingravieren ließ. ›E‹ wie Einar.«

Sekundenbruchteile später riefen wir gleichzeitig:

»Aber das heißt doch ...«

»... dass alle, die dieses ›E‹ auf der Brosche haben, nach Lilja geboren wurden«, führte Einar den Satz zu Ende und grinste breit.

»Sie und unser Kind haben überlebt!« Er wirkte plötzlich wie ein junger Mann. Seine Augen strahlten.

»Du bist demnach eine meiner Nachkommen.« Er musterte mich und drückte mich dann behutsam an sich. Es fühlte sich gut und fremd gleichzeitig an. Ich nahm den Geruch von Leder und Schweiß wahr und dachte über seine Worte nach. Die Möglichkeit, dass Lilja nach ihrer Rückreise Kinder von einem anderen Mann bekommen haben könnte, hatte in seinem Denken wohl keinen Platz.

»Habt ihr jemals darüber gesprochen, wann Lilja geboren wurde?«, fragte ich, nachdem wir uns voneinander gelöst hatten.

Einar schüttelte den Kopf.

»Sie beschwor mich, dass es nicht gut ist, wenn ich zu viel weiß. Auch du darfst mir nichts sagen, hörst du?«

»Wenn das dein Wunsch ist.«

Er umarmte mich nochmals ganz vorsichtig und schob mich dann ein Stück von sich, ohne mich loszulassen.

»Dass du zu unserer Sippe gehörst, sollte erst einmal unter uns bleiben. Vor allem muss ich den Priester finden. Er weiß zu viel.«

50

Elín

Einar ging hinaus. Sigrún schien direkt vor dem Eingang auf ihn gewartet zu haben. Ich hörte, wie sie ihm ausrichtete, dass die anderen Goden ihn in Thordils Bude erwarteten.

Ich atmete tief durch und legte mich wieder auf das Fell. Mir schwirrte der Kopf und ich war unglaublich erschöpft.

Als ich die Augen öffnete, war die Bude voller Menschen. Im nächsten Moment stand Gunnar neben mir und half mir auf die Beine.

»Du hast mir gestern das Leben gerettet«, sagte ich.

Er schüttelte den Kopf. »Magnus hätte auch nicht zugelassen, dass Ingolf dich umbringt. Wo ist er eigentlich?«

»Hat sich ohne ein Wort davongeschlichen. Ich fürchte, er verfolgt Ingolf wegen der Brosche.«

Gunnar raufte sich die Haare. »Dem ist nicht mehr zu helfen.«

Ich zog meinen Umhang enger um mich. Hoffentlich passierte Magnus nichts Schlimmes.

Einar gesellte sich zu uns. »Hej Elín, ich habe noch Fragen zu der Entführung.«

Gunnar klopfte mir auf die Schulter und verabschiedete sich. Ich schaute ihm hinterher. Das bevorstehende Gespräch drückte mir wie ein dicker Stein im Magen.

Mit dünner Stimme erzählte ich dem Goden, was sich zugetragen hatte. Die versuchte Vergewaltigung behielt ich für mich. Ich konnte das nicht aussprechen.

»Wer hat euch das angetan?«

Ich schwieg.

»Elín?«

»Ingolf ... Ingolf und seine drei Kumpane.«

So, jetzt war es raus und ich fühlte mich beschissen.

»Was hat er nur gegen dich?«, fragte er mit rauer Stimme und starrte mich an.

»Jemand verlangt, dass er mich tötet.«

Er setzte zum Reden an, ich hob abwehrend die Hand. »Hat er mir gesagt.«

Einar schlug mit der flachen Hand gegen den Holzpfosten, neben dem er stand. Es gab ein lautes, klatschendes Geräusch. Sogar im Halbdunkel konnte ich erkennen, dass sein Gesicht gerötet war.

Die Bewohner der Bude hatten mittlerweile Platz genommen. Nur wenige Meter von uns entfernt hingen große Fleischstücke aufgereiht auf einer langen Eisenstange. Safttropfen fielen zischend in die Glut und verbreiteten einen verführerischen Duft. Mir lief das Wasser im Munde zusammen, ich schluckte mehrmals.

»Du hast sicher großen Hunger«, sagte Einar und ging hinaus.

Während der Mahlzeit sprach ich niemanden an und die anderen ließen mich in Ruhe. Mein Bauch grummelte nach dem üppigen Essen, aber ich war endlich mal wieder satt.

Bald darauf war es ruhig in der Bude. Ich lag auf dem Boden auf einem Fell, starrte an das Stoffdach und dachte nach. ›Komm zurück‹ hatte Larus in der Höhle gesagt und seine Stimme hatte anders geklungen als sonst. Irgendwie zärtlich. Ich dachte an den Klang seiner Worte und mein Körper antwortete mit einem Kribbeln. »Er ist dein Bruder!«, sagte ich leise, aber meine Gefühle für ihn waren längst andere. Ich hatte versucht, ihn nicht zu lieben. Vergeblich.

»Pssst Elín«, Sigrún hockte plötzlich vor mir und hielt einen Zeigefinger vor ihre Lippen. »Mein Bruder will, dass du dabei bist. Folge mir.«

51

ELÍN

Ich ging mit Sigrún zum Ufer des Thingvallavatn. Gunnar und Hildigunn standen Arm in Arm und blickten uns entgegen. Kurz nach uns trafen Einar und Tjara ein.

»Morgen bin ich wieder ein freier Mann«, sagte Gunnar, als wir alle beisammen waren. »Das hat die Lögretta beschlossen.«

Einar klopfte ihm auf die Schulter. »Ich habe keinen Moment an deine Schuld geglaubt.«

»Ich kann nicht verstehen, warum du dich unschuldig der Verbannung unterworfen hättest!« Sigrún blickte ihren Bruder mit großen Augen an.

»Er wollte Thordils Sippe vor der Schande bewahren«, sagte Einar.

»Und mir wollte er die Strafe ersparen. Er dachte nämlich, dass ich meinen Bruder getötet hätte.« Hildigunn schmiegte sich an ihren Verlobten.

»Weiß man, wer es war?«, fragte Tjara.

Gunnar hob abwehrend die Hände, aber Hildigunn sagte: »Sie sollen es erfahren.« Sie seufzte. »Meine Schwester Maria hat mir vorhin anvertraut, dass Helgi auch sie des Öfteren bedrängt hatte. Sie fand ihn, als sie auf dem Weg zu mir war. Als er regungslos vor ihr auf dem Boden lag, nahm sie einen Stein und ...« Hildigunn schluchzte laut auf. »Dann kam sie zu mir. Ich erinnere mich, dass sie weinte. Sie sprach von starken Unterleibsschmerzen. Warum sollte ich ihr nicht glauben?«

»Deine Schwester war von Beginn an beim Althing! Trotzdem ließ sie zu, dass Gunnar unschuldig geächtet wurde?« Sigrúns Stimme überschlug sich. »Was ist mit der Ehre meiner Sippe?«

»Vater und Mutter sind tot und wir Geschwister sind über das ganze Land verteilt, das ist etwas anderes«, sagte Gunnar und sah seine Schwester an, bis sie den Kopf senkte.

»Thordil hat seinen Sohn verloren und auch Maria ist gestraft genug. Diese Geschichte bleibt unter uns, verstanden?« Einar blickte allen Anwesenden nacheinander in die Augen und wartete auf das bestätigende Nicken. Sigrún hielt seinem bohrenden Blick am längsten stand, bevor auch sie nickte.

»Hauptsache, alle erfahren, dass ich nicht der Mörder Helgis bin, und Hildigunn darf meine Frau werden.« Gunnars Augen strahlten. »Morgen wird ein langer Tag«, sagte Einar und wir verabschiedeten uns voneinander.

Am nächsten Morgen vibrierte die Luft von der Unruhe der Thingteilnehmer. Das Mobiliar, das Kochgeschirr, die Kleidung – alles wurde nach dem Frühstück verpackt. Die dicken Stoffe, die das Dach der Buden gewesen waren, wurden heruntergenommen und verschnürt. Der Versammlungsplatz wirkte wie ein emsiger Ameisenhaufen. Alle liefen hin und her, jeder hatte etwas auf dem Arm. Innerhalb weniger Stunden standen nur noch die Mauern der Buden.

Als die Glocke auf dem Lögberg das erste Mal erklang, waren wir fertig mit dem Verpacken. Nach dem dritten Glockenläuten versammelten sich die Thingteilnehmer unterhalb des Lögbergs. Die Stimmung war freudig erregt wie beim Open-Air-Festival in Wacken, das ich jedes Jahr mit Larus besuchte. Neben mir standen Sigrún und Hildigunn mit hochroten Wangen und glänzenden Augen.

Der Thingsprecher Markús Skeggjason stellte sich auf den Lögberg und hob die Hand. Trotz der guten Akustik war absolute Ruhe nötig, um ihn zu verstehen. Nur ein paar helle Kinderstimmen unterbrachen hin und wieder die Stille. Markús verkündete mit getragener Stimme jedes gefasste Urteil und die bei diesem Althing neu vereinbarten Gesetze.

Sigrún und Hildigunn hampelten neben mir herum. Sie reckten die Hälse und sprangen hin und wieder hoch, um bessere Sicht zu erhalten.

Dann endlich war es so weit. Markús drehte sich halb um, gab einen Wink und im nächsten Moment stand Gunnar neben ihm. Ein Raunen ging durch die Menschenmenge.

»Hiermit verkündige ich, dass Gunnar Gunnarsson unschuldig ist. Die Lögretta hat daher die Acht gegen ihn einstimmig zurückgenommen. Er ist ein freier Mann.«

Hildigunn liefen Tränen über das Gesicht. Sie hatte Sigrún in den Arm genommen, beide strahlten.

Gunnar stieg von der Plattform herunter. Vor ihm teilte sich die Menschenmenge, um ihm Platz zu machen. Viele klopften ihm anerkennend auf den Rücken, andere nickten ihm wohlwollend zu. Dann war er bei uns angekommen, entblößte seine Zähne zu einem breiten Grinsen, hob seine Verlobte bis auf Augenhöhe hoch und gab ihr einen schmatzenden Kuss auf die Wange. Sie verzog das Gesicht zu einem bemüht wirkenden Lächeln und er stellte sie vorsichtig auf den Boden zurück.

Die Ersten verabschiedeten sich voneinander. Die Atmosphäre erinnerte mich an einen Bahnsteig am Sonntagabend. Diese Menschen würden vielleicht erst in einem Jahr erfahren, was ihren Freunden und Bekannten im Verlauf der letzten zwölf Monate widerfahren war.

Plötzlich verstummte das Gemurmel abrupt. Eine Gänsehaut überzog meinen ganzen Körper. Ich wusste, was als Nächstes passieren würde, und stieg von einem Fuß auf den anderen. Diesen Augenblick wollte ich auskosten. Die Nachkommen des ersten isländischen Einwanderers Ingólfur Arnarson hatten das Vorrecht, das Althing zu eröffnen und zu beenden. Und jetzt stand er da, ein junger Mann mit schulterlangen blonden Locken, 230 Jahre nach der ersten Besiedelung durch seinen Urahnen. Mit tiefer Stimme verkündete er, dass die von der Lögretta gefassten Beschlüsse rechtmäßig seien und das Althing mit dem heutigen Tag beendet. Dann riss er seinen Speer in die Höhe, schüttelte ihn triumphierend und schrie: »Innan lögrettú ok útan.« Die Gesetze der Lögretta sind gültig. Im nächsten Moment erklang überall ohrenbetäubender Jubel.

Alle Männer taten es ihm gleich, schüttelten ebenfalls ihre Speere und die Frauen applaudierten. Ich ließ mich von ihrer Begeisterung mitreißen, jubelte und lachte mit den anderen, spürte meine Schmerzen nicht mehr.

Anschließend verluden wir die Hausstände auf die Pferde. Die vollbepackten Tiere taten mir leid. Pferdeanhänger machten in dem unwegsamen Gelände, das die Thingteilnehmer zu durchqueren hatten, keinen Sinn. Die ersten Sippen und Godorde entfernten sich schon bald vom Versammlungsgelände. Wie träge Schlangen zogen sie durchs Gelände. Bis die Letzten auf ihrem Hof einträfen, würde eine weitere Woche vergehen.

Mir war klar, bei diesem Tempo wären wir mindestens drei bis vier Tage unterwegs. Zu lange für Magnus.

»Ist er zurück?« Gunnar und Hildigunn standen vor mir.

Ich schüttelte den Kopf, biss die Zähne zusammen und holte tief Luft.

»Wenn Ingolf und seine Kumpane ihn bemerken, ist er tot«, sagte Gunnar und sprach damit aus, was ich seit dem Vortag zu verdrängen suchte.

»Das musst du verhindern«, sagte Hildigunn.

»Bist du sicher?« Gunnar fasste seine Verlobte an der Schulter.

»Er ist dein bester Freund und ich muss ohnehin mit meiner eigenen Sippe reisen. Noch sind wir nicht Mann und Frau.«

Sie blickte mich an. »Magnus und du, ihr müsst zu unserer Hochzeit kommen.«

Ich nickte und hoffte, dass Magnus dann noch lebte und ich bis dahin weg war.

52

Magnus

Ein kurzer Blick zum Bischofssitz, der seit einigen Jahren sein Zuhause war. Gott hatte ihm vielleicht schon vergeben. Aber er sich selbst nicht. Er durfte kein zweites Mal versagen.

Magnus trieb Steinnar an. Bald darauf erreichte er die Stelle, an der Ingolfs Pfad und der seinige zusammentrafen. Ab hier gab es nur diesen einen Weg ins Pjórsádalurtal, in dem Stöng lag. Da waren eindeutig Hufspuren mehrerer Pferde zu erkennen. Die Mistkerle hatten einen großen Vorsprung, aber irgendwann würden auch sie ausruhen müssen.

Während er ritt, glitt der Tag übergangslos in eine nebelige, graue Nacht hinüber.

Plötzlich wurde Steinnar unruhig, blähte die Nüstern und stellte die Ohren auf. Magnus parierte ihn durch und lauschte. Wortfetzen. Gelächter.

Er stieg ab und gab seinem Hengst ein Zeichen, stehen zu bleiben. Dann schlich er geduckt in Richtung der Stimmen. Bald roch er Qualm, Feuerschein färbte den Nebel orange. Ingolf und seine Begleiter schienen hier übernachten zu wollen. Magnus schlich rückwärts zurück. Auf seiner Rechten staken die Silhouetten von Felsnadeln in den bleichen Himmel. Als Junge war er oft hier gewesen, in der Nähe befand sich ein Felsvorsprung, unter dem er und sein Hengst sich ausruhen konnten.

Dort gab er Steinnar etwas zu saufen und zu fressen, dann nahm auch er einen Schluck Wasser, setzte sich auf einen großen Stein, lauschte und kaute ein paar Stücke Trockenfleisch. Irgendwann war es ruhig im Lager.

Magnus' Augen brannten. Das letzte Mal richtig geschlafen hatte er auf dem Hof Thordilstadir. Elín hatte vor ihm gelegen. Beinahe hätte er dem Drang nachgegeben, ihre feuchten Haarsträhnen sanft zur Seite zu streifen und ihren Nacken zu berühren. Aber sie wollte zurück in ihre Welt und er hatte sein Wort gegeben, ihr dabei zu helfen. Der Abschied von ihr würde schon so schwer genug für ihn werden.

Ein Geräusch schreckte ihn auf. Verflucht, er war eingeschlafen. Das Licht war immer noch sehr fahl, die blasse Sonne stand knapp über dem

Horizont. Es war Nacht. Hatte er nur geträumt? Magnus stand auf und reckte sich ausgiebig. Im nächsten Moment zuckte er zusammen. Hufgetrappel mehrerer Pferde. Ingolf und seine Leute brachen auf.

Magnus nahm einen großen Schluck aus dem Wasserschlauch und stieg aufs Pferd.

Kurz darauf erreichte er den verlassenen Lagerplatz. Aus der Feuerstelle zitterten noch ein paar kleine Rauchsäulen, der Geruch verbrannten Torfes stand in der Luft.

Leises Stöhnen. Er nahm sein Messer in die Hand und horchte.

»Hej«, rief er.

»Ahhhh«, krächzte jemand hinter einem der Felsen am Rande der Abbruchkante.

Magnus schlich mit erhobenem Messer langsam um die mannshohen Brocken und erstarrte.

Der Rothaarige! Wo sich vorher sein rechter Arm befunden hatte, zuckte jetzt ein Stumpf. Blut sickerte rhythmisch auf den sandigen Untergrund. Der Hieb musste mit gewaltiger Kraft durchgeführt worden sein, der Knochen war sauber durchtrennt, weiß stakte er aus der blutigen Masse. Magnus trat näher heran und beobachtete ungerührt den Todeskampf des Mannes. Mit jedem rasselnden Atemzug wich das Leben aus dem verstümmelten Körper, bis schließlich das Atmen ganz aufhörte. Wo war der abgetrennte Arm?

Magnus suchte sich einen sicheren Stand und blickte über die Abbruchkante in die Tiefe. Da unten lag der Arm. Daneben der Junge mit der roten Tunika. Über seine Kehle verlief ein dunkler Streifen.

Der Rothaarige trug ein Lederband mit einem Thorshammer um den Hals. Magnus schlug trotzdem ein Kreuz über ihm. Viele Isländer glaubten nicht nur an Christus, sondern auch an ihre alten Götter. Die Kirche hatte es verboten, aber wenn es half, die Unbilden des Lebens besser zu überstehen, warum sollte der Christengott etwas dagegen haben?

Ingolf war jetzt allein unterwegs. Gunnar würde ihm folgen und ihn zwingen, die Brosche herauszurücken. Aber Magnus konnte nichts tun, als dem Schmuckstück auf den Fersen zu bleiben. Er war es nicht mehr gewohnt zu kämpfen und er durfte nicht töten.

Magnus saß auf und ritt Ingolf hinterher.

Stunden später, die Sonne stand schon hoch am Himmel, brauchte Steinnar eine Rast. Nicht allzu weit entfernt war eine Quelle, bis dahin musste er noch durchhalten. Vermutlich würde auch Ingolf seine Pferde dort saufen lassen.

Magnus ließ seinen Hengst hinter einem Bergeinschnitt stehen und kletterte den Felsen hinauf, von wo aus er die Wasserstelle sehen konnte. Da war niemand, aber er konnte frische Spuren an der Quelle erkennen. Er holte Steinnar.

Bevor er sein Pferd saufen ließ, tunkte Magnus seine Finger ins Wasser. War das Wasser vor einigen Wintern noch kühl genug zum Trinken gewesen, musste das heute nicht mehr so sein. Es war recht warm, aber Steinnar würde sich nicht das Maul daran verbrennen.

Magnus lief um die Quelle herum und betrachtete aufmerksam den Boden. Hier hatte nur ein einzelner Mann seine Fußspuren hinterlassen. Ingolf vermutlich.

Aber was war das? Magnus beugte sich herunter. Ein Stein, auf dem ein kreisrunder dunkler Punkt gezeichnet war. Er hielt die Nase daran. Blut?

Er untersuchte den Bereich rund um die Fundstelle und entdeckte noch weitere Tropfen.

Steinnar legte seinen Kopf an Magnus' Schulter und der kraulte ihm ausgiebig den Hals, während er seinen Gedanken nachhing.

Was Elín wohl gerade machte? Bestimmt war sie enttäuscht, weil er ohne ein Wort verschwunden war. Er hatte sich von ihr verabschieden wollen, aber dann kam ihm zu Ohren, dass Einar nach ihm suchen ließ, und er hatte Thingvellir schnell verlassen.

Heute war der letzte Tag des Althing. Zu gerne wäre er dabei gewesen, wenn das Urteil gegen seinen Freund Gunnar zurückgenommen wurde.

Plötzlich Hufgetrappel, Wiehern und Schnauben. Kam Ingolf zurück? Mit einem Sprung saß Magnus auf und machte kehrt.

»Pssst«, bedeutete er Steinnar und erkletterte erneut den Aussichtsfelsen. Lang ausgestreckt lag er oben, kniff seine Augen zusammen und horchte.

Drei Männer standen an der Quelle. Ingolf und Hallveigs Brüder. Der Wind stand günstig, ein paar Satzfetzen wehten zu ihm herüber. Ingolf sprach so leise, dass Magnus ihn nicht verstand, aber die Brüder waren laut genug. Der größere der beiden schüttelte nach einiger Zeit den Kopf. »Wir ... Hexe nicht dir lassen ...«, blaffte er. Ingolf winkte nur ab.

»Wir ... die beiden töten ... sonst ... Hof.«

Magnus ballte die Fäuste, bis sie zitterten. Mit Sicherheit war hier die Rede von Elín. Wer sollte wohl das andere Opfer sein?

Thorkell und Thorgeir stiegen auf und machten sich auf den Weg Richtung Thingvellir, Ingolf blieb zurück. Die Brüder hatten es eilig. Bei einem Blick nach oben hätten sie Magnus in der Felsnische gesehen. Kurz darauf waren sie außer Hör- und Sichtweite, er traute sich heraus, legte sich wieder auf den Felsvorsprung und beobachtete den Godensohn.

Der schlug mehrmals mit der Faust gegen sein Ohr, hielt sich dann mit beiden Händen den Kopf und drehte sich im Kreis. Er stolperte zu einem Pferd, stieg langsam wie ein Greis auf und ritt aus der Senke.

Magnus ließ sich Zeit, Steinnar aus seinem Versteck zu holen. So angeschlagen wie Ingolf war, hielt er es für eine Herausforderung, ihn auf dem Weg nach Stöng nicht einzuholen.

Weit kam er nicht. Schon hinter der nächsten Biegung war Ingolfs lautes Schimpfen zu hören. Mit wem sprach er diesmal? Magnus hielt es für besser, sich erneut zu verbergen.

Ganz in der Nähe gab es eine riesige Höhle. Von dort aus könnte er Ingolf und den anderen beobachten. Aber der Aufstieg war viel zu steil und der Höhleneingang zu niedrig für ein Pferd. Weit und breit gab es keine Möglichkeit, Steinnar zu verstecken. Der Hengst blickte ihn aufmerksam an und wackelte mit den Ohren. Würde er verstehen, dass er zurücklaufen sollte, zu dem Platz, an dem er zuletzt gestanden hatte? Magnus musste sich entscheiden.

»Du musst weg!« Er schlug Steinnar mehrmals auf das Hinterteil. Zuerst machte das Pferd einen großen Sprung, dann trabte es davon. Magnus blickte ihm hinterher und erklomm den Felsen.

Hinter dem mannshohen Eingang der Höhle breitete sich das Gewölbe kuppelartig aus. Das spärlich einfallende Licht ließ keinen Blick auf das Ende des Raumes zu.

Hinter ihm nieste eine Frau.

Dann wurde es Nacht um ihn.

53

LARUS

Der Termin beim Universitätsklinikum dauerte länger als gedacht. Zwei Stunden musste Oma warten, bis endlich jemand kam, der mit einem Wattestäbchen DNA-Proben von ihrer Mundschleimhaut nahm. Dafür versprach man, ihr so schnell wie möglich das Ergebnis zukommen zu lassen.

Gegen Mittag dann bekam Larus einen Anruf. Der größte Kunde der Werbeagentur verlangte innerhalb von 24 Stunden einen neuen Vorschlag, weil er die bisherigen völlig unakzeptabel fand. Larus arbeitete den ganzen Tag bis zum späten Abend daran, hatte aber immer noch keine zündende Idee. Er konnte sich einfach nicht konzentrieren.

Sein Vater meldete sich nicht.

Am nächsten Morgen kamen Larus und seine Großmutter früh am Morgen in Thingvellir an. Noch standen keine Busse auf dem Parkplatz und nur eine Handvoll Autos.

Seit Jahren war er nicht hier gewesen. Der Anblick der weiten Ebene mit dem glitzernden Flüsschen Öxará ließ ihn tief durchatmen. Er hatte ganz vergessen, wie schön es hier war. Ein Blick auf Benedikts Karte zeigte ihm die Koordinaten des Ortes, an dem Elisabeths Kleidung gefunden wurde. Er tippte sie in sein Handy ein.

»Die Fundstelle liegt direkt am Seeufer.«

Kurz darauf standen sie vor einem ein Meter hohen Felsen, der genau an der angegebenen Position lag.

»Lag der auch schon hier, als Elisabeth verschwand?«

»Ich schreibe Benedikt eine WhatsApp. Vielleicht weiß er das.«

Keine zwei Minuten später kam die Antwort.

»Ihre Kleidung und alles andere lag damals auf und neben dem Felsen«, las Oma vor.

»Die Rune ist vermutlich unter dem dicken Brocken und Elisabeth hat darauf gesessen, als es passierte. Elín ist jedenfalls nicht hier. Lass uns zum nächsten Fundort fahren. Vielleicht haben wir dort mehr Glück.«

Eine knappe Stunde später fuhren sie am ehemaligen Bischofssitz Skálholt vorbei und überquerten kurz darauf einen Fluss.

»Jetzt muss es bald kommen, fahr etwas langsamer«, sagte Gudrun mit Blick auf die Karte. »Da vorne links in den Weg rein.«

Neben dem Felsen an der Schlucht hatte Benedikt an das Kreuz geschrieben.

Nach zwei Kilometern Schotterstraße gelangten sie an das Ende des Weges und stellten den Jeep ab. Von hier aus ging es nur noch zu Fuß weiter. Wenige hundert Meter vor ihnen sah es aus, als ob die Landschaft waagerecht zerrissen wäre. Vor der Kante zur Schlucht lagen mindestens 20 große Felsbrocken.

»Haha, neben dem Felsen«, sagte Larus mit spöttischem Unterton.

Seine Großmutter zog eine Augenbraue hoch. Im selben Moment zeigte ihr Handy mit einem Ton eine Nachricht an und sie nahm es aus der Jackentasche.

»Eine Mail vom Klinikum«, sagte sie mit heiserer Stimme. Ihre Hände zitterten.

Er war mit einem Schritt bei ihr. »Setzen wir uns.«

Arm in Arm saßen sie nebeneinander auf einem flachen Felsen und schwiegen ein paar Minuten.

»Jetzt«, sagte Oma, klickte die Mail an und sie lasen.

»Herzlichen Glückwunsch, du bist Tante und Großtante geworden.« Larus grinste.

»Puh«, Oma legte die Hand auf ihre Brust. »Es genau zu wissen, ist doch noch mal was ganz anderes. Hoffentlich kommen die beiden gemeinsam zurück.«

Sie standen auf, stellten sich an den Rand der steil abfallenden Schlucht und blickten auf das ausgedehnte, dickbemooste Lavafeld, das sich vor ihnen ausbreitete. In der Ferne fuhr ein Fahrzeug über die Schotterpiste und wirbelte Unmengen von Sand auf.

»Omi, du nimmst die Felsen links und ich die rechte Seite. Wir pfeifen, wenn wir was gefunden haben.«

Larus ging zum ersten Felsen, umrundete ihn langsam und fühlte mit seinen Fingerspitzen über die raue Oberfläche. So ging er bei jedem weiteren Gesteinsbrocken vor. Am vorletzten angekommen wurde ihm plötzlich heiß. Er zog seine Jacke aus und lehnte sich an den rauen Stein, der ihn um zwei Köpfe überragte. Sein Herz pochte unruhig gegen die Rippen.

Elín. Er war sicher, dass sie da war.

»Elín?«

Stille. Sein Kehlkopf schmerzte.

»Elín?«

»Larus!«

Jetzt hieß es schnell sein.

»Deine Mutter heißt Elisabeth. Komm zurück. Die Brosche wird dich finden.«

»Wie? ... Wann?«

Larus stöhnte gequält. Er wusste es doch nicht.

»Bist du noch da, Elín?«

Die Verbindung war wieder unterbrochen. Verdammter Mist.

Larus holte tief Luft und schaute sich um. Irgendwo hier musste die Rune sein. Er entdeckte sie in Höhe seiner Kniekehle und hockte sich davor, um sie zu fotografieren. Sie war nicht eingemeißelt, sondern nur mit vielen dünnen Strichen eingekratzt. Ohne den Kontakt zu Elín hätte er sie wohl übersehen.

»Hast du sie gefunden?«, fragte in dem Moment seine Oma. Sie hatte sich über ihn gebeugt.

»Nicht nur das, ich hatte sogar eine kurze Verbindung zu Elín. Habe ihr gesagt, wie ihre Mutter heißt. Hoffentlich hilft ihr das.«

»Wir sind hier an einem Allmännerweg, das sind die Wege vom Althing in jeden einzelnen Teil des Landes. Die waren fest vorgeschrieben. Elín ist vermutlich auf dem Weg zurück nach Gjáin. Die Fahrt zum Fjord können wir uns erst mal sparen.«

Larus nickte zustimmend, stand auf und blickte erneut über die Ebene unterhalb der Abbruchkante. »Es kotzt mich dermaßen an, dass ich nichts für sie tun kann.«

»Das stimmt doch nicht.«

Er machte eine wegwerfende Handbewegung. »Und du glaubst wirklich an die Geschichte vom verborgenen Volk?«

»Natürlich. Sie leben mitten unter uns.«

»Aber warum verstecken sie sich überhaupt?«

»Laut einer Legende wollte Gott die Kinder von Eva sehen ...«

»Die Eva aus der Bibel, die mit dem Apfel?«

Oma nickte. »Sie wollte sie vorher zurechtmachen. Leider hat sie aber die Hälfte ihrer Kinder vergessen zu baden, und die ungewaschenen

Kinder hat sie vor Gott versteckt. Der sagte dann: ›Was der Mensch vor mir verbirgt, werde ich vor den Menschen verbergen.‹«

Larus stöhnte. Was für ein gequirlter Unsinn.

»Nur wenige können sie sehen und auch nur, wenn die Wesen vom Huldufólk, also vom versteckten Volk, das wollen«, fügte seine Oma hinzu.

»Und du? Kannst du sie sehen?«

»Manchmal, wenn neben mir Blätter rascheln, obwohl es windstill ist, dann habe ich das Gefühl, da ist jemand.«

»Okay«, sagte Larus langgezogen. »Ich will Elíns Ankunft in Gjáin nicht verpassen. Deshalb werde ich ab morgen jeden Tag da hinfahren. Kann mich sowieso nicht auf die Arbeit konzentrieren.« Er nahm seine Kopfhörer aus der Hosentasche, stopfte sie in die Ohren und ging zum Auto.

54

ELÍN

Nach einigen Stunden lag der Bischofssitz Skálholt in Sichtweite. Ich dachte an Flosi und schaute zu Einar. Der Gode hatte darauf bestanden, dass er und sein Gefolgsmann Starkad Gunnar und mich auf der Suche nach Magnus begleiteten. Mit starrer Miene ritt er neben mir. Im nächsten Moment wirkte sein Gesicht jedoch, als ob an einem wolkenverhangenen Tag ein Sonnenstrahl darüber gestreift wäre. Ich folgte seinem Blick.

Am Wegesrand stand Flosi. Ein dicker dunkelroter Wulst zog sich von seiner Augenbraue über die Schläfe bis zum Jochbein.

Wir stiegen ab und Einar ging zu seinem Ziehsohn.

Flosi verzog das Gesicht, als er mich sah. »Warum ist die hier?«

Ich machte einen Schritt auf ihn zu und wollte etwas erwidern, aber Einar hob seine Hand.

»Ich will es«, sagte er mit einer Stimme, die keinen Widerspruch duldete.

Flosi wurde rot, sein Blick flatterte kurz. »Warum seid ihr nicht mit dem Treck unterwegs, Vater?«, fragte er.

»Wir haben etwas Wichtiges zu erledigen.«

»Ich will euch nicht aufhalten.« Er machte einen Schritt zur Seite.

»Nein, bleib.«

Einar legte dem Jungen einen Arm auf die Schulter.

»Wem hast du die Brosche gestohlen?«

Flosi senkte den Kopf, zuckte mit den Schultern und sah mich an. »Weiß ich nicht.«

Ich biss mir auf die Zunge, weil ich kurz davor war, ihn anzuschnauzen. Nachdem er einige Male tief ein- und ausgeatmet hatte, begann er mit leiser Stimme zu erzählen.

»Ich saß allein in der Kapelle, um zu beten. Als ich Schritte hörte, die näher kamen, versteckte ich mich unter einer der Bänke. Ich konnte nur die Füße einer Frau erkennen. Sie stürmte herein, legte etwas auf den Balken über der Kanzel und rannte wieder hinaus.« Er schniefte, bevor er weitererzählte, und sah mich an.

»Die Brosche in dem Beutel war so schön. Ich wusste nicht, dass sie dir gehört, Elín. Erst als ich das Mal auf deinem Rücken sah. Ich nahm sie, damit ich beim Bischoff und den Priestern bleiben darf. Damit hätte ich den Kirchenzehnt für mein ganzes Leben bezahlen können, oder?«

Einar konnte sich ein Lächeln nicht verkneifen. »Ja, das hätte wohl gereicht.«

Ich war so erleichtert, dass nicht Flosi mir die Brosche geklaut hatte, ich konnte nicht anders, ich musste ihn in den Arm nehmen und an mich drücken.

Es war so wie vor einigen Tagen. Zuerst machte er sich stocksteif, dann wurde er lockerer, schließlich drückte er seinen Kopf an meine Schulter.

»Es tut mir leid«, flüsterte ich in seinen Haarschopf.

»Wer hat dich überfallen?«, fragte Einar plötzlich.

Flosi stellte sich aufrecht hin und zog geräuschvoll die Nase hoch.

»Bin mir nicht sicher.«

»Könnten es Thorkell und Thorgeir gewesen sein?«, fragte ich und vermied es, den Goden anzusehen.

Der Junge senkte den Blick und nickte. »Gut möglich.«

Einar drehte sich abrupt um und lief einige Male hin und her. Als er zurückkam, wandte er sich direkt an den Jungen.

»Du kommst mit uns zum Hof. Wenn du willst, kannst du bald hierher zurück.«

»Und Hallveig? Und ihre Brüder?«

»Dir wird nichts geschehen«, versprach Einar.

Der Junge nickte.

Einar wies Starkad an, den Priestern in Skálholt mitzuteilen, dass Flosi vorerst nicht zurückkäme, und uns dann zu folgen. Der Junge sprang auf eines der Wechselpferde und wir ritten weiter.

Kurz darauf hatte sich das spärliche Tageslicht weiter zurückgezogen. Die Grautöne des Himmels und der Landschaft verschmolzen und ließen den Horizont unscharf werden. Starkad war noch nicht zu uns aufgeschlossen und Einar beschloss, eine Rast einzulegen, um zu warten. Er und Gunnar ritten vor, um den Rastplatz zu prüfen. Als Flosi und ich wenig später dort eintrafen, hockte Gunnar neben einer Feuerstelle.

»Hier waren vor kurzem mehrere Menschen«, sagte er und stand auf.

In einiger Entfernung standen ein paar Felsen, die hoch genug waren, um sich dahinter zu verbergen. Seit Stunden schon wartete ich auf so eine Möglichkeit. Ich sprang ab, rannte los und hockte mich hin, um meine Blase zu leeren.

Dann sah ich etwas. Stiefel?

Der Tote lag am Rande der Schlucht. Der Rothaarige.

»Da unten liegt der Rest seines Arms und noch ein Mann«, rief Gunnar. Einar warf einen Blick in die Schlucht. »Es ist der Junge, der Ingolf auf Schritt und Tritt gefolgt ist. Ihm wurde die Kehle durchschnitten.«

Ich lief zurück und ließ mich auf den Boden fallen. Mir war schlecht.

»Wirf den Rotschopf hinterher, er stinkt wie ein Schafbock«, rief Einar und kurz darauf hörte ich einen dumpfen Aufprall. Ich sprang auf, rannte zurück zu dem Pipifelsen und beugte mich vor. Gelber Schleim schoss mir aus dem Mund, mein Hals brannte, als ob ich mit Chili gegurgelt hätte. Ich rülpste mehrmals, lehnte meine feuchtkalte Stirn gegen den rauen Stein und schloss die Augen.

»Elín.«

Lass mich in Ruhe!

»Elín?«

Hau ab, verdammt!

Der Duft von Rasierwasser.

Ich riss die Augen auf und blickte direkt auf die Rune. Etwa einen halben Meter über dem Boden.

»Elín?«

»Larus!«

»Deine Mutter heißt Elisabeth. Komm zurück. Deine Brosche wird dich finden.«

»Wie? Wann?«

Er antwortete nicht.

»Wann?«, beharrte ich, aber die Brücke zu Larus bestand nicht mehr. Ich schlug mit der Handfläche gegen den harten Felsen.

Elisabeth? Sie hatten meine Mutter gefunden und ich saß hier fest. Unfassbar. Was sollte der Spruch, dass die Brosche den Weg zu mir fände? Das hörte sich sehr nach Oma an.

Wieso war Larus überhaupt hier? Hier gab es auch in unserer Zeit nichts zu sehen als den Blick in die Schlucht.

Die Rune! Ja klar. Er war auf der Suche nach den Runen, um Kontakt zu mir aufzunehmen.

Ach Larus, du bist der Beste. Ich atmete noch ein paar Mal tief ein und aus und gesellte mich wieder zu den anderen.

»Hej Elín«, begrüßte mich Flosi. »Du bist nicht mehr hellgrün im Gesicht.«

»Mir geht's auch viel besser.«

55

MAGNUS

Magnus' Schädel schmerzte heftiger als nach einem Trinkgelage. »Es tut mir so leid«, flüsterte eine Frauenstimme. Vorsichtig öffnete er die Augen. Ein junges Mädchen hockte neben ihm.

»Ich wollte dich nicht verletzten. Ich dachte, du wärst jemand anderes«, sagte sie.

»Wie lange ist das her?«

»Bald ist Abend.«

»Verdammt.« Magnus robbte zum Eingang der Höhle und hielt Ausschau nach dem Godensohn.

»Ingolf hat sich schon lange nicht mehr bewegt.«

»Du kennst ihn?«

»Ich bin Magd auf dem Hof seines Vaters.«

»Wie heißt du?«

»Freydis.«

»Du hast Elín bestohlen!«

Freydis stand auf. »Das ist nicht wahr!«

»Warum bist du denn geflüchtet?«

»Bin ich nicht. Bin auf dem Weg zur Waschstelle in eine Felsspalte gerutscht.«

Sie zeigte auf einen riesigen gelbgrünen Flecken mit einer verschorften Schürfwunde an ihrem Bein und eine Platzwunde an der Stirn.

»Mitten in der Nacht fanden Hallveigs Brüder mich und zogen mich da raus. Sie beschimpften mich als Diebin und zwangen mich, alles auszuziehen, damit ich nichts vor ihnen verbergen kann. So musste ich vor ihnen tanzen, sie klatschten in die Hände und lachten und lachten.« Sie schluchzte mehrmals auf. »Dann ritten sie weg und ließen mich zurück.« Sie zog geräuschvoll die Nase hoch.

»Meine Freundin Alva und ich haben vor Jahren diese Höhle erkundet. Sie fand mich, brachte mir Essen, Wasser und eine Decke. Ich gehe erst zurück nach Stöng, wenn mein Verlobter Starkad wieder da ist. Hier wollte ich auf den Treck warten.«

»Hast du jemanden gesehen?«

Sie nickte. »Thorkell und Thorgeir ritten hier dreimal vorbei. Mal kamen sie aus der einen Richtung, mal aus der anderen. Heute Morgen ritten sie Richtung Westen. Ich habe Angst, dass sie nach mir suchen.« Sie verschränkte die Arme und streichelte ihre Oberarme.

»Noch jemand?«

»Ingolf. Mit drei Pferden kam er hier an, fluchte wie ein Berserker und fiel von seinem Gaul. Seitdem liegt er da und bewegt sich nicht, aber ich traue mich nicht nachzusehen. Er ist ein elender Hundsfott. Nichts besser als Hallveigs Brüder.«

»Ich gehe zu ihm«, sagte Magnus und stand auf.

Ingolfs Pferde schnaubten, bevor Magnus sie sehen konnte. Er verharrte kurz und schaute sich um, dann bahnte er sich einen Weg durch die mannshohen Felsen. Außer Ingolf und zwei Pferden war hier niemand.

Der Godensohn lag auf dem Rücken. Seine Augen waren geschlossen. Ein gurgelndes Geräusch entwich seinem Mund, seine Zunge hing aus dem linken Mundwinkel. Sand, Gras und schaumiger Speichel klebten daran. Auf Ingolfs Kopf war eine faustgroße Beule, aus seinem rechten Ohr sickerte klebrige Flüssigkeit. Der würde niemandem mehr schaden. Trotzdem nahm Magnus Ingolfs Streitaxt an sich.

Widerwillig griff er nach der Tunika des Verletzten. Die Brusttasche war leer. Unter Ingolfs Hintern lugte ein Lederbeutel hervor. Magnus zog ihn heraus und kippte den Inhalt auf den schwarzen Sand. Ein kupferner Zahnstocher, ein zusammengerollter Stoffbeutel und zwei Kämme fielen heraus.

»Verdammt, wo ist sie?«, murmelte Magnus und klopfte Ingolfs schlaffen Körper mehrmals ab. Dann riss er ihn mit eisernem Griff an der Tunika hoch und schüttelte seinen Oberkörper, so kräftig er konnte. Der Kopf des Bodensohns flog hin und her.

»Du verdammtes Schwein!«, schrie Magnus.

Hinter ihm ein lautes Fluchen. Im nächsten Moment unsägliche Schmerzen. Sein Körper zuckte unter Tritten, er kippte nach vorne. Aufgebrachte Männerstimmen. Die Tritte hörten auf.

56

ELÍN

Starkad war immer noch nicht zu uns aufgeschlossen. Einar bestieg zum dritten Mal eine kleine Anhöhe, von der aus er den Weg einsehen konnte.

»Lasst uns weiterreiten. Er kann uns nicht verfehlen.«

»Da kommt aber doch jemand«, rief Flosi.

Gunnar und Einar ergriffen ihre Waffen. Einar kniff die Augen zusammen »Kannst du mehr erkennen?«

Wenige Sekunden später kam die Antwort: »Es ist Starkad mit ... mit Hallveigs Brüdern!« Seine Stimme zitterte. Ich stellte mich neben ihn. Einige Momente später konnte auch ich die Ankommenden erkennen.

Starkad saß auf seinem Pferd, die Brüder stolperten mit ausgestreckten Armen hinter ihm her.

Kurz darauf hatten sie uns erreicht. Thorkell und Thorgeir hatten dicke Schwellungen im Gesicht, aufgeplatzte Augenbrauen und Lippen, Starkad dagegen schien unverletzt.

»Wie Ungeziefer krochen sie vor meinen Augen aus ihrem Versteck, als ihr weg wart. Ich dachte mir, dass du dich freuen würdest, wenn ich sie dir mitbringe«, sagte er und stieg ab.

»Ihr Hunde!«, schrie Einar. Er ballte die Fäuste und sah aus, als ob er im nächsten Moment zuschlagen würde. »Wenn es nach mir ginge, würden wir euch stinkende Mistkerle sofort in die Schlucht hinab zu den anderen Schurken werfen.«

»Vielleicht brauchst du sie noch«, sagte Gunnar.

»Eure Schwester wird euch diesmal nicht retten«, zischte Einar ihnen zu, dann ging er zu seinem Pferd und stieg auf.

Wir ritten los. Ich hielt mich hinten neben Gunnar. Einar und Starkad hatten die Seile, mit denen die Brüder gefesselt waren, an ihre Sättel gebunden. Mehrmals mussten wir anhalten, weil einer der beiden gestürzt war.

Stunden später drehte Einar sich zu uns um und sprach von einer baldigen Rast an einer Quelle. Ich atmete auf. Nur mit durchgedrücktem

Rückgrat konnte ich die Schmerzen im Rücken und im Hinterteil noch ertragen.

Wir stiegen ab und führten die Pferde ans Wasser. Die Gefangenen ließen sich auf den Boden fallen. Mit starrem Blick und schmatzend beobachteten sie die Tiere beim Saufen. Einar hatte befohlen, seinen Schwägern nichts zu trinken zu geben. Ich hatte kein Mitleid mit ihnen.

Hinter mir ging Geröll nieder. Ich drehte mich um. Ein Pferd lugte hinter dem Felsen hervor.

Das war doch ...

Mit zittrigen Knien rannte ich die kleine Anhöhe hinauf. Gunnar lief neben mir. Ich hatte richtig gesehen, es war tatsächlich Steinnar.

Plötzlich spürte ich keinen Boden mehr unter den Füßen. Magnus würde seinen Hengst niemals freiwillig für längere Zeit allein zurücklassen.

»Verdammt«, flüsterte Gunnar, rannte zu seinem Pferd, sprang auf und rief: »Weit kann er nicht sein.« Kurz darauf war er außer Sichtweite.

Mit zittrigen Händen versorgte ich Steinnar. Einar und Flosi saßen neben mir auf dem Boden und unterhielten sich leise. Starkad lehnte an einem Felsen in der Nähe der Gefangenen und säuberte seine Fingernägel. Gunnar war seit mindestens einer Stunde weg. Meine Hoffnung sank mit jeder Minute.

Kurz darauf kam er zurück. Ich lief ihm entgegen, aber er schüttelte nur stumm den Kopf.

Wir machten uns auf den Weg. Mit jedem Meter, den wir ritten, sank meine Hoffnung, dass Magnus wohlauf war.

Plötzlich blieb der Gode stehen und hob die Hand. Mit einem Hieb kappte er das Seil, an dem Thorgeir hing, trieb sein Pferd an und entschwand hinter einem Felsen unseren Blicken. Starkad schnappte sich das Seilende und knotete es an seinem Sattel fest.

Gunnar und Flosi folgten Einar. Ein Mann schrie. Eine Bewegung neben mir. Freydis?

»Er war das nicht«, kreischte sie und preschte an mir vorbei. Ich sprang vom Pferd und stürmte hinterher. Hinter dem Felsen bot sich mir ein chaotisches Bild.

Flosi krallte sich an Einars Oberarme. Der Gode wollte sich offenbar auf einen Mann stürzen, der vor ihm auf dem Boden lag. Gunnar gelang es schließlich, ihn davon abzuhalten.

Ich erkannte Magnus' Talar. In wenigen Schritten war ich bei ihm. Freydis kniete sich an sein Kopfende. »Er war das nicht«, wimmerte sie unentwegt.

Mit dem Oberkörper lag er auf einem weiteren Mann. Mir blieb beinahe das Herz stehen. Das war Ingolf.

Einar kniete neben seinem Sohn und versuchte, mit ihm zu reden.

»Bring Magnus schnell hier weg«, bat ich Gunnar.

Er nickte, hob seinen Freund vorsichtig auf und legte ihn einige Meter entfernt genauso wieder ab. Ich kniete mich neben ihn.

Magnus' Augenlider flatterten. Er stöhnte.

»Magnus?«

Er versuchte ein Lächeln.

»Kannst du dich bewegen?«

Ich sah, wie er seine Beine etwas anhob und wieder senkte, dann die Finger und die Arme. Quälend langsam und mit lautem Ächzen drehte er sich auf die Seite. Aus dieser Perspektive konnte er Ingolf und Einar sehen. Er schloss die Augen, verzog das Gesicht und drehte sich wieder auf den Rücken.

»Was machst du hier?«, brachte er heraus und sah seinen Freund an.

Gunnar zuckte mit den Schultern und sah sich um. »Irgendwie habe ich geahnt, dass du mich brauchen könntest.«

»Ich bin Ingolf gefolgt. Seine Kumpane sind tot.«

Ich nickte. »Was macht Freydis hier?«

»Wir haben uns in derselben Höhle verborgen.«

»Ein gutes Versteck für eine Diebin.«

»Sie hat niemanden bestohlen.«

»Behauptet sie.«

»Ich glaube ihr.«

»Einar ist wie ein Wahnsinniger auf dich losgegangen«, sagte Gunnar.

»Wenn er das nicht getan hätte, wäre ich vielleicht zum Mörder geworden«, flüsterte Magnus.

Freydis schluchzte laut. Ich drehte mich nach ihr um.

Sie stand neben dem Goden, weinte und sprach gleichzeitig. Starkad hielt sie im Arm. Plötzlich eine rasche Bewegung. Der junge Mann ließ Freydis los, stürzte sich auf Hallveigs Brüder, packte beide am Nacken und schlug ihre Köpfe gegeneinander. Bei beiden bildete sich in Sekunden eine schnepfeneigroße Beule auf der Stirn.

»Recht so«, sagte Magnus und erzählte, was geschehen war. »Warum sind die beiden eure Gefangenen?«

»Sie waren es, die Flosi so schwer verletzten und ihm die Brosche stahlen. Hast du sie?«

Magnus schaute an mir vorbei und runzelte die Stirn.

»Im Westen zieht ein gewaltiger Sturm auf. Wir sollten uns schnellstmöglich in Sicherheit bringen«, sagte er.

Ich folgte seinem Blick und erschrak. Riesige Gewitterwolken türmten sich in der Ferne zusammen. Der Wind trieb sie schnell in unsere Richtung. Auch die anderen sahen das drohende Unheil. Wie auf Kommando führten alle gleichzeitig ihre Pferde in die Senke, die auf drei Seiten durch Felsen begrenzt wurde. Gunnar griff Magnus unter den Armen und stellte ihn auf die Beine. Der verzog das Gesicht und stöhnte.

»Bring uns zur Höhle«, rief Einar Freydis zu. »Ihr nicht«, herrschte er seine Schwäger an, als sie sich anschickten, uns zu folgen. Ihr Blick flackerte. Ich reichte Magnus meinen Arm und stützte ihn auf dem Weg zur Höhle hinauf. Wir zogen die Köpfe ein und traten in die Dunkelheit.

Ingolf lag auf einer Decke auf dem Boden. Sein Brustkorb hob und senkte sich schnell. Er war wirklich ein verdammt zäher Hund.

Wir hatten keinen Moment zu früh Schutz gesucht. Dunkle Sandschwaden rollten wie riesige schwarze Wolken auf die Höhle zu und ein Stakkato schwirrender Sandkörner und Kiesel prasselte auf alles ein, was ihnen nicht zu entweichen vermochte. Die armen Pferde.

Magnus lief vor mir her. Einar hielt ihn am Ärmel fest. »Du wirst mir noch einiges erklären müssen.«

»Du bleib. Bitte«, sagte der Gode zu mir.

57

ELÍN

Eine eiskalte Hand umschloss mein Herz und drückte zu. Aber ich würde Einars Unterstützung noch brauchen. Also nickte ich und kniete mich neben Ingolf auf den Boden. Glücklicherweise hatte er die Augen geschlossen, sonst hätte ich mich vermutlich direkt über ihm übergeben. Ätzende Magensäure stieg mir in den Hals und brannte im Rachen, als ich meine Hände vorsichtig um seinen Kopf legte. Auf dem Schädel war eine dicke Schwellung. Mittig darin ein Loch, in das ich problemlos die Kuppe meines Zeigefingers hätte versenken konnte. Ich drückte ein wenig stärker als notwendig, aber Ingolf zeigte keinerlei Reaktion. Als ich meine Hand zurückzog, hatte ich eine glitschige Flüssigkeit zwischen den Fingern. Die Härchen an meinen Armen stellten sich auf. Meine medizinischen Kenntnisse waren rudimentär, aber das hier war ganz sicher eine Schädelfraktur. Auch in meiner Zeit eine lebensgefährliche Verletzung, aber hier und jetzt? Keine Chance.

Ich blickte Einar an und schüttelte langsam den Kopf. Hier war es nicht mit Mund-zu-Mund-Beatmung oder Kräuterpackungen getan. Er nickte mir mit versteinerter Miene zu.

Ich erhob mich und ging zu Magnus und Gunnar, die im hinteren Teil der Höhle standen. Die pfeifenden Windgeräusche vor dem Höhleneingang klangen mit jedem Schritt dumpfer, bis sie schließlich ganz verstummten. Durch die Sohlen der Lederstiefeletten spürte ich den eiskalten, harten Boden. Es roch feucht und lehmig.

»Und?«, fragte Magnus.

»Er wird sterben.«

»Das ist gut.«

»Bitte gib sie mir.«

Meine Augen hatten sich noch nicht an das Licht hier hinten gewöhnt, daher konnte ich seine Mimik nicht erkennen. Aber ich spürte, dass er sich wand, um mir zu antworten. Meine Brust zog sich zusammen. Am liebsten hätte ich mir die Ohren zugehalten, um seine Worte nicht hören zu müssen.

»Hab sie nicht.«

Ich rutschte an der rauen Höhlenwand herab und plumpste auf den Boden.

Wie durch einen Nebel nahm ich wahr, dass Magnus sich umständlich neben mir niederließ. Dabei ächzte und stöhnte er. Gunnar beugte sich zu uns hinunter und fragte: »Diese Brosche soll Elín nicht nur einen großen Wunsch erfüllen, oder?«

Magnus sagte: »Du hast recht, mein Freund, aber ich kann dir nicht alles sagen – noch nicht. Glaube mir, dass ihr Leben davon abhängt.«

»Wie kann ich euch helfen?« Gunnar setzte sich zu uns.

»Ingolf hatte die Brosche nicht und es fehlte auch ein Pferd. Jemand muss vor mir bei ihm gewesen sein. Den müssen wir finden.«

Einige Zeit saßen wir drei schweigend nebeneinander auf dem Boden. Als ich sah, dass der Gode auf uns zukam, stand ich mühsam auf. Magnus und Gunnar erhoben sich ebenfalls.

»Ich war es nicht, der deinen Sohn so zugerichtet hat«, sagte Magnus.

Einar streckte Magnus seine Handfläche entgegen.

»Das weiß ich. Gib mir die Brosche und dann beantwortest du meine Fragen. Du weißt Dinge über meine erste Frau, die du nicht wissen dürftest.«

Magnus' Mimik versteinerte sich im Bruchteil einer Sekunde. Abwechselnd starrte er den Goden und mich an. Mir wurde heiß und kalt, aber mein schlechtes Gewissen hielt sich in Grenzen. Wie hätte ich bei seiner ständigen Geheimnistuerei denn ahnen können, dass Einar der Mann der Zeitreisenden war?

»Wovon sprichst du?«, fragte Magnus.

»Willst du mich zum Narren halten?«, zischte der Gode und packte ihn am Oberarm. Magnus wehrte sich nicht, er sah mich nur an wie ein verwundetes Tier.

Gunnar machte einen Schritt auf den Goden zu. »Nicht jetzt«, bat er.

»Der Sturm ist vorbei«, erfüllte in dem Moment Freydis' Stimme die Höhle.

»Wir sind noch nicht fertig miteinander.« Einar stieß Magnus von sich, drehte sich um und ging. Ohne mich noch einmal anzusehen, rannte Magnus Richtung Höhlenausgang. Gunnar folgte ihm.

Auf dem Weg zum Ausgang musste ich Einar und Starkad Platz machen, die Ingolf auf einer Trage aus Speeren und einer Decke nach draußen trugen. Seine Beine hingen über die Stoffkante und schlurften über den Boden. Jetzt würden wir noch langsamer vorankommen.

Hallveigs Brüder sahen aus wie Salzsäulen, über und über mit Sand bedeckt. Mit den zusammengebundenen Händen konnten sie sich nicht abklopfen. Sie schüttelten ihre Köpfe und sprangen auf und ab.

Wir säuberten die Pferde, Starkad befestigte die Trage am Sattel von Einars Stute und wir ritten los.

58

LARUS

Larus umrundete die Ruinen von Stöng in immer größeren Abständen.

Wann kam Elín endlich an? Den Stofffetzen, den er im See gefunden hatte, trug er immer bei sich. Leider hatte ihm das Ding nicht weitergeholfen, aber es war bis zum Schluss bei Elín gewesen, er konnte es nicht wegwerfen.

Zurück auf dem Parkplatz summte sein Handy. Eine SMS von Oma. »Habe im Nationalmuseum einen Prospekt über die Ausgrabungen erhalten. Da sind die Standorte der anderen Höfe angegeben.«

»Danke Omi«, murmelte er. Dann konnte er gleich morgen mit der Suche nach den Ruinen der Nachbarhöfe beginnen. Vielleicht war Elín gar nicht auf Stöng geblieben? Larus drehte die Musik auf und machte sich laut singend auf die Rückfahrt.

Eine Stunde später bog er auf Omas Auffahrt ein. Im selben Moment kam eine Gestalt zu Fuß von der anderen Seite. Er konnte gerade noch bremsen.

Papa?

Larus sprang aus dem Auto und war mit einem Schritt bei ihm. »Hat Mama dich tatsächlich allein reisen lassen?«

Sein Vater nickte. »Wir brauchen mal eine Auszeit.«

Er setzte die Reisetasche ab und wollte Larus in den Arm nehmen, aber der wich zurück. »Nee, lass man«, sagte er.

Oma riss die Haustür von innen auf, lief ihnen entgegen, zögerte kurz und nahm ihren Sohn dann in den Arm. »Schön, dass du hier bist.«

»Kann ich ein paar Tage bleiben?«, fragte Jón über ihren Kopf hinweg. Sie drückte ihn ein Stück von sich. »Natürlich.«

Jón nahm die Tasche auf und folgte ihr ins Haus. Larus trottete hinterher. So schnell wie Oma würde er ganz sicher nicht einknicken.

Der Tisch in der Küche war bereits gedeckt. Es gab Tomatensuppe. Oma hatte ein Baguette gebacken und es roch verführerisch nach Basilikum. Sie stellte einen dritten Teller dazu und legte Besteck daneben.

Jón schaute auf die Teller und schüttelte den Kopf.

»Bevor ich etwas herunterbekomme, muss ich euch etwas sagen.«
Larus verschränkte die Arme und lehnte sich an die Arbeitsplatte.
»Lass hören.«

»Elisabeth und ich haben an derselben Uni studiert. Irgendwann saßen wir zufällig in der Mensa nebeneinander und kamen ins Gespräch über den unterirdischen Geschmack des Essens. Danach haben wir noch einen Kaffee zusammen getrunken. Einige Wochen später habe ich sie auf dem Nachhauseweg auf einer Bank am Stadtteich gesehen. Sie weinte mitleiderregend und ich setzte mich zu ihr. Zehn Monate nach ihrem Vater war auch noch ihre Mutter gestorben. Sie zeigte mir ein Foto ihrer Eltern. Ich dachte, dich zu sehen, Mama.«

Larus' Hals zog sich zusammen, als er die Trauer in den Augen seines Vaters erkannte.

»Ich habe ihr das gesagt und Elisabeth erzählte, dass ihre Mutter eine Zwillingsschwester hat, die Gudrun heißt.«

»Es tut mir so leid«, schluchzte Oma.

Ihr Sohn winkte ab.

»Sie wusste, warum ihr den Kontakt zueinander abgebrochen hattet. Einige Tage später zeigte sie mir die Brosche und Hallas Abschiedsbrief. Wir haben das, was da drinstand, beide nicht wirklich ernst genommen. Nach dem Tod ihrer Mutter habe ich sie nicht mehr lachen sehen. Ihre Freundin Erla machte sich große Sorgen um sie.«

»Du kennst Erla?«

Jón nickte: »Die beiden hingen ja ständig zusammen.«

»Aber Erla wusste nicht, dass du Elisabeths Cousin bist?«, fragte Gudrun.

Ihr Sohn schüttelte den Kopf. »Das wollte ich nicht. Ich habe mich für meine verlogene Familie geschämt.« Er schaute seine Mutter an, bis sie den Kopf senkte.

»Wir wissen auch, was in dem Brief steht«, sagte Larus in die nachfolgende Stille hinein. Sein Vater nickte.

»Als Elisabeth damals verschwand, habe ich mir gedacht, dass da doch etwas dran sein könnte. Ich hoffte, dass es ihr dort, wo sie jetzt ist, besser geht als hier. Dass sie nicht zurückkam, hielt ich für ein gutes Zeichen.«

Er seufzte. »Als ich ein Jahr nach Elisabeths Verschwinden Elín das erste Mal sah und die Polizei uns die Brosche gab, war es, als ob eine eiskalte Hand nach mir greife. Kate weiß übrigens nichts von der Vorgeschichte des Schmuckstücks. Ihr einziger Gedanke war, alles loszuwerden, was an Elíns richtige Familie erinnern könnte. Den Gefallen habe ich ihr gerne getan, denn ich hatte Sorge, dass meine Tochter auch spurlos verschwindet, aber ...«

»Was aber?«, fragte Larus.

»Glaube mir, ich habe Elín vom ersten Augenblick an geliebt. Aber ich fürchtete mich auch vor dem Winzling. Wer war sie wirklich? Woher kam sie? Hatte sie Elisabeth etwas angetan, um an das Schmuckstück zu gelangen? Nach einigen Monaten färbte sich ihr linkes Auge dann auch noch grün, sie hatte jetzt die gleichen Augen wie Elisabeth. Ich habe ständig damit gerechnet, dass die unverhofft vor unserer Tür stehen könnte, um sich ihre Brosche zurückzuholen.«

Gudrun legte ihre Hand auf seinen Unterarm. »Du weißt aber schon, dass die Irisfarbe eines Menschen sich erst im ersten Lebensjahr vollständig entwickelt? Dass Elín zuerst zwei blaue Augen hatte, ist völlig normal.«

Er schüttelte den Kopf. »Das wusste ich nicht. Kate hat die Brosche damals nach Stockholm verkauft.« Er wischte sich mit der Hand über das Gesicht. »Hätten wir das blöde Ding bloß im Meer versenkt.« Jón schwieg einige Augenblicke.

»Seit heute wissen wir, dass Elisabeth Elíns leibliche Mutter ist«, sagte Larus leise.

Sein Vater sprang auf, ging zum Fenster und blickte in den Garten. »Was war ich bloß für ein Idiot?«, flüsterte er.

Er drehte sich zu seiner Mutter um. »Lilly, ich meine, Elisabeth ist dir mehrfach in der Stadt begegnet, hat sich aber nicht getraut, dich anzusprechen. Sie wollte dich aber auf jeden Fall irgendwann kennenlernen.«

Oma schlug die Hände vors Gesicht und schluchzte laut. »Hoffentlich kommen die beiden zurück.«

Jón legte den Arm um ihre bebenden Schultern. »Willst du wissen, wo das Grab von Halla und Benedikt ist, Mama?«

59

ELÍN

Neben dem Goden ritt Gunnar. Ihnen folgte Starkad mit Hallveigs Brüdern im Schlepptau. Aus der gräulich eingetrockneten Sandschicht in ihren Gesichtern blickten blutunterlaufene Augen. Freydis und Flosi saßen auf einem Pferd. Ich ritt neben ihnen, Magnus ganz hinten.

Nach wenigen Stunden kam mir die Umgebung bekannt vor. Bald würden wir den Hof erreichen.

Kurz darauf lag das Langhaus in der Morgensonne vor uns. Wir ritten durch das offene Tor. Zwei Kinder spielten auf dem leeren Hofplatz mit den Hundewelpen. Gerade kamen zwei Mägde mit einem Korb voll mit schmutzigem Geschirr aus dem Haus. Sie schauten zu uns herüber, strafften ihre Körperhaltung, nickten dem Goden lächelnd zu, zögerten kurz und gingen dann weiter.

Einar, Gunnar und Starkad stiegen von ihren Pferden. Ich blieb lieber noch in sicherer Höhe auf meinem sitzen. Freydis und Flosi auch, wie ich bei einem Blick nach hinten feststellte. Magnus stand bereits neben Steinnar. Er wich meinem Blick aus und schaute über das Hofgelände, ohne eine Miene zu verziehen.

Die Kinder rannten, sich gegenseitig schubsend, in das Langhaus. Die Welpen bellten aufgeregt und stolperten hinterher. Im nächsten Moment erschien Hallveig im Türrahmen des Eingangs. Mit großen Schritten lief sie auf uns zu, blieb aber schon nach wenigen Metern wie angewurzelt stehen. Mit weit aufgerissenen Augen schaute sie von einem zum anderen. Zu gern hätte ich ihre Gedanken lesen wollen. Erst in dem Moment, als sie ihren Sohn sah, kam wieder Bewegung in sie und sie stürzte zur Trage.

»Wer war das?«, keifte sie, während sie unablässig Ingolfs Wange streichelte.

»Einer seiner Kumpane«, sagte Einar.

Ich hatte den Eindruck, dass Hallveig ihn erst jetzt wirklich wahrnahm. Sie blickte ihren Mann an und für Sekundenbruchteile trat ein kleines bisschen Wärme in ihren Gesichtsausdruck.

»Unser Sohn wird sterben, Weib.«

Hallveig ging nicht darauf ein. Kurz legte sie ihre Hand auf Ingolfs Oberkörper und verlangte, dass er ins Langhaus gebracht werde. Mittlerweile standen mehrere Hofbewohner neben uns. Zwei Knechte nahmen die Trage, Hallveig lief neben ihnen.

Im selben Moment zuckte die Erde. Mein Pferd glich die Bewegung geschickt aus. Das Trockengestell fürs Gerben der Felle fiel krachend um, aber das schien niemanden zu ängstigen. Ich stieg ab und übergab das Pferd einem Knecht.

Der Gode befahl, dass seine Schwäger in den Stall gebracht und gut bewacht wurden, dann verschwand auch er im Langhaus. Ich schaute Magnus, Gunnar und Flosi hinterher. Sie gingen zum Trog, tranken und wuschen sich.

»Was machst du da?«, ertönte in dem Moment die polternde Stimme des Goden aus dem Langhaus. Ich setzte mich auf die Bank neben der geöffneten Tür und horchte.

»Nichts.« Hallveigs Stimme.

»Suchst du etwa die Brosche?« Einars Stimme ließ mich frösteln.

»Verschwinde!«, kreischte Hallveig.

Einar stürmte an mir vorbei. Er schien mich nicht wahrgenommen zu haben. Auf dem Weg trat er nach einem mit Wasser gefüllten Holzeimer, der beim Aufprall knarrend in zwei Stücke zerbrach. Dann stürmte er weiter und verschwand hinter dem Stall.

Am Trog war ich allein. Ich warf mir ein paar Hände kaltes Wasser ins Gesicht und ging ins Gesindehaus. Dort aß ich einen Getreidebrei, danach wies mir Alva einen Liegeplatz zu. Es dauerte nur Sekunden, bis ich in einen tiefen, traumlosen Schlaf fiel.

Als ich das nächste Mal erwachte, lagen um mich herum viele andere Menschen. Ich hatte den ganzen Tag und einen Großteil der Nacht durchgeschlafen. Nachdem ich ausgetreten war, legte ich mich wieder hin und döste, bis die ersten Bewohner des Gesindehauses aufstanden. Da erst sah ich, dass auch Magnus die Nacht hier verbracht hatte.

Ingolf war zäh. Gunnar, der im Langhaus wohnte, erzählte mir, dass Hallveig nahezu unablässig neben dem Alkoven wachte, in dem ihr Sohn lag.

Die Situation ruhte wie eine schwere Decke über dem ganzen Hof. Ich dagegen bebte innerlich vor Anspannung. Es war nervtötend, außer Abwarten nichts tun zu können.

Den Goden hatte ich seit seinem Abgang aus dem Langhaus am Morgen des Vortages nicht mehr gesehen.

Ich schaute zwei Frauen beim Weben zu und einem alten Mann beim Gerben eines Schaffells. Die einzigen Tätigkeiten, bei denen ich den anderen zur Hand gehen konnte, waren Geschirr abwaschen, Fische salzen, Getreide mahlen und Brei rühren. Nichts davon stand im Moment an. Hin und wieder lief mir Freydis über den Weg, aber sobald ich zu einem Gespräch ansetzen wollte, winkte sie ab und lief weiter.

Ich setzte mich auf die Bank am Gesindehaus. Die Stunden zogen sich wie Kaugummi. Hoffentlich kam der Treck bald an!

Aus dem Augenwinkel bemerkte ich Magnus. Er stieß die Tür zur Kapelle auf und verschwand darin. Nach seinem Streit mit Einar in der Höhle war er mir aus dem Weg gegangen, hatte jede Annäherung von mir ignoriert. Jetzt war der perfekte Augenblick, das zu klären! Ich folgte ihm und schob die niedrige Tür auf.

Ein Lichtstrahl fiel in den kleinen Raum und erhellte Magnus' Rücken. Er kniete vor dem Altar. Ich huschte hinein, setzte mich auf eine der Bänke an den Seitenwänden und wartete. Er bekreuzigte sich und stand wieder auf.

»Was willst du?«, fragte er unfreundlich.

Ich war kurz davor, das Kirchlein wieder zu verlassen, aber so ging es nicht weiter.

»Du hättest mir sagen müssen, dass es Einar ist.«

Er blickte einen Moment auf mich herab, dann setzte er sich neben mich. Unsere Oberschenkel berührten sich, aber wir ließen beide unser Bein da, wo es war. Die Wärme seines Körpers beruhigte mich augenblicklich. Nach geraumer Zeit des Schweigens sagte er: »Das konnte ich nicht.«

Seine Stimme klang ehrlich zerknirscht.

»Aber warum nicht?«

Magnus drehte mir seinen Oberkörper zu und schaute mir in die Augen. Dabei zog er die Luft durch die Zähne.

»Du wirst es beizeiten erfahren. Bitte glaube mir, dass ich nichts Unrechtes getan habe.«

Vielleicht würde ich mich irgendwann für völlig bescheuert erklären, aber mein Bauchgefühl sagte, dass das die Wahrheit war. »Ich glaube dir«, sagte ich.

Er lächelte mich an.

»Aber Einar wird darauf bestehen, dass du es erzählst.«

Magnus zuckte mit den Schultern. »Er hat mich schon befragt. Glücklicherweise war Gunnar zugegen. Sonst hätte er wohl versucht, die Wahrheit aus mir herauszuprügeln.«

»Damit wird er dich nicht durchkommen lassen. Spätestens wenn Ingolf tot ist …«

»Ich weiß.«

Magnus legte seine Hand auf meinen Oberschenkel. Durch den Kleiderstoff spürte ich jeden seiner Finger. Er blickte mir in die Augen, sein Mund näherte sich meinem und dann küssten wir uns. Seine Lippen waren gleichzeitig weich und fest, der Bart kitzelte. Ich genoss die sanfte Berührung, aber mein Körper reagierte nicht auf diesen Kuss. Ich wünschte mir, dass er jemand anderes wäre.

Magnus schien meine Distanziertheit zu spüren, nahm den Kopf zurück und blickte mich wortlos an. Er sah traurig aus.

»Gunnar wird Stöng verlassen, wenn der Treck hier eintrifft. Er muss zurück zu seinem Hof«, sagte er dann.

»Er kann ohnehin nichts mehr für mich tun.« Ich seufzte.

»Nicht die Hoffnung aufgeben! Ich kann jedenfalls so lange hier auf Stöng bleiben, wie du möchtest, das hat Gunnar mit Einar geklärt.« Er versuchte ein klägliches Lächeln und erhöhte den Druck seiner Hand.

Wir standen gleichzeitig auf.

»Kennst du eine Frau, die Elisabeth heißt?«, fragte ich.

Er schüttelte den Kopf. »Kein isländischer Name. Warum?«

»Ach, nur so.«

60

ELÍN

Am späten Nachmittag machten Magnus, Gunnar und ich uns auf den Weg nach Gjáin.

Oberhalb des Sees befand sich die Rune, eingemeißelt in einen großen Felsen.

Ich ließ meine Finger durch die Rillen des Zeichens gleiten. Sobald wie möglich würde ich allein hierher zurückkommen. Vielleicht wäre Larus dann auch hier. Abrupt drehte ich mich um und ging zum Ufer des Flüsschens, der sich aus dem kleinen See speiste. Das Wasser war höchstens eine Handbreit hoch.

Weiter hatte ich mich in dieser Richtung noch nie von Stöng entfernt. Wo mochte wohl der nächste Hof liegen? Ob er von dem haushohen Hügel auf der anderen Seite des Flussufers zu sehen war?

Zügig sprang ich von einem Findling auf den nächsten und erreichte das andere Ufer mit trockenen Füßen. Schritt für Schritt stieg ich den Hügel hinauf. Oben angekommen, nahm ich einen tiefen Luftzug und schaute nach unten. Gunnar und Magnus winkten mir zu. Ich winkte zurück und drehte ihnen dann den Rücken zu.

Der Ausblick war atemberaubend. Ein grüner Hügel reihte sich hinter dem anderen, dazwischen lagen niedrige Wälder und grüne Wiesen. In einigen hundert Metern Entfernung stieg eine dünne Rauchsäule auf. Gab es dort ein Geothermalgebiet oder stammte der Rauch aus dem Windauge eines Gehöfts?

»Weiß einer von euch beiden, wie weit es bis zum nächsten Hof ist?« Ich schrie, so laut ich konnte, aber die beiden blickten mich verständnislos an und zuckten gleichzeitig mit den Schultern. Ich winkte ab und schaute wieder zur Rauchsäule.

Wenig später stand ich vor den beiden. »Kann ich von da oben den nächsten Hof sehen?«

»Steinastöthum?«, fragte Gunnar. »Ja, den müsstest du sehen können.«

»Ich möchte etwas näher herangehen.«

»Wir begleiten dich«, sagte Magnus.

Ich drehte mich Richtung Hügel, um ihn erneut zu bezwingen, aber Gunnar rief: »Lasst uns die Furt überqueren und dann am Fluss entlanggehen, das ist nicht so anstrengend.«

Der Hof Steinastöthum war deutlich kleiner als Stöng. Das Langhaus stand innerhalb einer niedrigen Umzäunung in einer leichten Talsenke. Es erinnerte mich an Thordilstadir. Ob Hildigunn wohl schon zuhause war?

Im nächsten Moment wurde ich unsanft nach unten gerissen. Magnus und Gunnar hatten sich auf den Boden geworfen und mich mitgerissen.

»Hej«, rief ich.

»Bist du sicher, dass es sein Pferd ist?«, fragte Magnus.

Gunnar nickte.

»Könntet ihr mir mal sagen, warum ich im Dreck liegen muss, und von welchem Pferd ihr sprecht?«

»Siehst du den Hengst vor dem Stall?«

Ich kniff die Augen zusammen, um besser sehen zu können. Wie um alles in der Welt konnte Gunnar auf diese Entfernung erkennen, wem das Pferd gehörte, das dort angeblich stand? Ich sagte nichts.

»Das ist Ingolfs.«

Wie jetzt? Beinahe wäre ich johlend aufgesprungen. Magnus hielt mich am Ärmel fest.

»Hej Elín, wir können da nicht einfach so hingehen und nach deiner Brosche fragen. Zuerst müssen wir mit Einar sprechen.«

Wie bitte? Noch mal ließe ich meine Brosche ganz sicher nicht aus den Augen.

»Ich bleibe hier und warte, bis ihr mit Einar zurückkommt.«

»Wie du willst. Die Polarfüchse lassen dich sicher in Ruhe«, sagte Gunnar.

Verdammt. Gab es hier wirklich Polarfüchse? Ich war eine viel zu große Beute für die kleinen Viecher, oder?

»Na gut, ich komme mit euch, aber derjenige, der als Erster mit Einar spricht, erzählt ihm, was wir entdeckt haben.«

Wir robbten einige Meter rückwärts und standen dann auf.

Auf dem Rückweg nach Stöng sagte ich nichts. Meine Gedanken dagegen waren alles andere als still. Unverhofft gab es wieder die Chance, die Brosche zurückzubekommen. Die Freude darüber kribbelte in meinem Magen wie eine ganze Horde Ameisen. Den geheimnisvollen Fremden, der die Gelegenheit genutzt hatte, dem wehrlosen Ingolf das Pferd und hoffentlich auch die Brosche zu stehlen, gab es wirklich. Ich hatte daran gezweifelt.

Wir ließen das Felsentor hinter uns und konnten kurz darauf den gesamten Hof Stöng überblicken. Der Hofplatz war voller Menschen und Pferde. Der Treck war eingetroffen.

Männer, Frauen und Kinder liefen mit vollbepackten Armen hin und her. Ihre Rufe und ihr Lachen drangen bis zu der Hügelkuppe empor. Ich freute mich auf Tjara und Sigrún.

Links von uns zog ein weiterer Treck vorbei. Einige ritten, aber die meisten liefen neben den vollbeladenen Pferden her. Manche trugen kleine Kinder auf den Schultern. Zwei Frauen winkten mir zu, als sie mich sahen. Wir hatten uns in Thingvellir beim Abwasch kennengelernt. Auch sie würden es wohl bald geschafft haben, ihr Zuhause zu erreichen. Viele der Menschen, die an mir vorüberzogen, würden den Ausbruch der Hekla nicht überleben, und ich war die Einzige, die das verhindern konnte. Mir wurde flau im Magen. Ich konnte die Menschen doch nicht einfach so ins Verderben rennen lassen. Ich musste es wenigstens versuchen, sie zu retten. Egal, wie Einar darüber dachte.

Ich entdeckte den Goden in der Menschenmenge. Er stand am offenen Hoftor und unterhielt sich mit zwei älteren Männern.

»Hej«, unterbrach ich kurz darauf sein Gespräch und tat so, als ob ich sein Stirnrunzeln nicht sähe.

»Was?«, fragte er.

»Das kann ich nur dir sagen.«

»Wartet hier«, wandte sich der Gode an seine Gesprächspartner und zog mich am Arm ein paar Meter weiter.

Gunnar kam auf uns zu, beinahe hatte er uns erreicht, aber Einar hielt abwehrend seine Hand hoch.

»Und?«, fragte er, als wir weit genug entfernt waren.

»Die Bewohner des Tales sind in großer Gefahr! Schon bald ...«

»Nein!«, er schrie es beinahe panisch. »Ich darf nicht wissen, was sein wird«, zischte er dann deutlich leiser. »Lilja sagte, dass es großes Unglück bringen kann, und ich vertraue ihr.«

Er drehte sich abrupt um. Ich wollte ihn festhalten, aber er schlug mir auf die Hand. Es war kein harter Schlag, aber mir schossen Tränen in die Augen.

Im nächsten Augenblick standen Gunnar und Magnus neben mir und blickten dem Goden hinterher. »Ich dachte, er wäre froh, wenn wir eine Spur der Brosche hätten«, sagte Magnus.

»Darüber habe ich nicht mit ihm gesprochen.« Ich rieb mir die Hand. Gunnar trat einen Schritt zurück. »Morgen früh werde ich aufbrechen.«

Ich schluckte hart. Er hatte recht. Für ihn musste es so aussehen, als ob ich ihm die ganze Zeit Theater vorgespielt hätte.

»Es gab etwas noch Wichtigeres mit Einar zu besprechen«, sagte ich leise.

»Noch wichtiger?« Magnus zog die Augenbrauen hoch.

»Bitte komm mit uns zum Nachbarhof.« Ich legte mein ganzes schlechtes Gewissen in meinen Blick und hoffte, dass Gunnar es erkennen würde.

»Gut. Einen Tag länger. Ich möchte Einars Gastfreundschaft nicht ausnutzen, außerdem kann ich kaum schlafen. Hallveig spricht die ganz Nacht zu Ingolf.«

»Wie steht's um ihn?«

»Er atmet.«

Am Nachmittag sah ich Rameas Kinder beim Spielen mit den anderen. Sie hatte ich noch nicht gesehen. Vermutlich war sie im Langhaus bei Ingolf.

Beim Abendessen fragte ich in die Runde: »Hat Ramea schon ihr drittes Kind geboren?«

Ich blickte in betretene Gesichter. Nach einigen Momenten des Schweigens begann ein junges Mädchen mit piepsiger Stimme zu sprechen.

»Ramea ist vor sieben Tagen bei der Geburt ihrer Tochter gestorben. Sie lag zwei Tage in den Wehen. Das Kind war ... es ... es steckte fest.«

»Oh nein«, ich schlug mir die Hand vor den Mund. »Und das Mädchen?«

Sie schüttelte den Kopf und seufzte.

Ich hatte Ramea nur kurz gekannt. Eine hübsche junge Frau mit traurigen Augen, die unablässig ihren dicken Bauch streichelte. Mir liefen Tränen über die Wangen.

Jemand strich mir über den Rücken. Alva. Ich lehnte meinen Kopf an ihre Schulter. Die anderen setzten ihre Mahlzeit schweigend fort. Ein kleiner Junge starrte auf die Reste meiner Mahlzeit. Ich nickte ihm zu und er zog die Schüssel rasch zu sich.

Magnus räusperte sich und stand auf.

»Komm, wir gehen zu ihrem Grab«, sagte er und reichte mir seine Hand.

Kurz darauf standen wir Hand in Hand nebeneinander an dem frisch aufgeschütteten Erdhaufen auf dem kleinen Kirchhof. Bisher hatte niemand ein Holzkreuz eingeschlagen. Magnus betete laut, dass Ramea und ihr Kind im Himmel Frieden finden mochten.

Einars Sohn lag im Sterben, seine Schwiegertochter und ihr Baby waren tot. Die Brosche war für den Goden im Moment sicher völlig nebensächlich. Wir verließen den Friedhof, ich traf eine Entscheidung.

Am Zaun wäre ich beinahe mit Tjara zusammengestoßen. Wir fielen uns ohne ein Wort in die Arme. Magnus winkte mir zu und ging dann Richtung Gesindehaus.

»Arme Ramea«, flüsterte Tjara mit heiserer Stimme. »Ich mochte sie sofort, als sie vor fünf Wintern zu uns auf den Hof kam.« Sie wischte sich mit dem Handrücken über die nasse Wange und schniefte vernehmlich. »Magst du auf mich warten und mir dann erzählen, was während eures Rittes geschehen ist?«

Ich nickte und entfernte mich ein paar Schritte vom Kirchhof. Als Tjara kurz darauf zurückkam, trug sie ein verzagtes Lächeln im Mundwinkel. Schweigend liefen wir zur Wiese neben dem Stall, ließen uns ins Gras plumpsen und blickten minutenlang in die weite Ebene. Vor uns lag eine Wiese, die übersät war mit kleinen weißen Blümchen, hin und wieder unterbrochen von Flecken aus Butterblumen. Ihr sattes Gelb leuchtete sogar im dunstigen Licht der Nordnacht. Dann begann ich zu erzählen; von Flosi am Wegrand, den Toten in der Schlucht und in welchem Zustand wir Ingolf aufgefunden hatten.

Tjara hörte mir aufmerksam zu, hob nur ab und an die Augenbrauen oder verzog das Gesicht. Ich erzählte ihr auch von der Brosche. Dass sie das einzige war, was meine Mutter mir hinterließ, dass sie verschwunden war, dass ihr Bruder sie plötzlich in der Hand gehalten hatte und sie dann wieder weg war.

»Warum wollen alle dieses Schmuckstück haben?«, wunderte sich Tjara.

»Sie ist sehr wertvoll.«

»Du scheinst aus einer sehr wohlhabenden Sippe zu stammen.«
Ich zuckte mit den Schultern.

»Wo mag sie jetzt sein?«, fragte Tjara.

Mir fiel kein Grund ein, ihr nicht von unserer Beobachtung zu erzählen.

»Ingolfs Pferd?« Tjara war im nächsten Moment aufgesprungen und klopfte sich das Gras vom Hinterteil.

»Gunnar ist sich ganz sicher.« Ich stand ebenfalls auf und zupfte ein paar Grashalme von meinem Kleid.

»Kennst du jemanden auf dem Hof Steinastöthum?«

»Fast die ganze Sippe«, antwortete Tjara. »Allerdings haben sie sich schon vor vielen Wintern einem anderen Goden angeschlossen.«

»Warum das?«

»Einer meiner Vorfahren hatte eine Liebschaft mit der Frau des dortigen Hofes. Deren Mann forderte ihn zum Zweikampf und tötete ihn mit der Axt. Seitdem gehören sie nicht mehr zu unserem Godord. Aber sie sind nicht unsere Feinde. Nicht mehr.«

»Trotzdem hat jemand von den Hofbewohnern Ingolfs Pferd gestohlen.«

Tjara zuckte mit den Schultern. »Meinen Bruder mag fast niemand.«

»Ich werde gleich nach Steinastöthum laufen. Der Pferdedieb hat vielleicht auch meine Brosche.«

Sie schüttelte vehement den Kopf »Lass das bleiben. Jetzt wirst du dort niemanden mehr wach antreffen. Oder willst du heimlich nach dem Schmuckstück suchen?«

Bisher hatte ich gar keinen richtigen Plan gehabt.

»Ich begleite dich, wenn es dir recht ist. Aber erst morgen.«

Mein Herz machte einen kleinen Freudenhüpfer. Ich nahm sie in den Arm und wir trennten uns mit der Verabredung, früh am nächsten Morgen zum Nachbarhof zu gehen.

Im Gesindehaus war es ruhig, die Wandfackeln gelöscht, nur in der Feuerstelle glimmte noch ein wenig Licht. Magnus schnarchte leise.

61

ELÍN

Auf dem Nachbarhof herrschte reges Treiben. Frauen, Männer und Kinder liefen geschäftig hin und her, trugen Stoffballen, Eimer oder Satteltaschen. Aus der Schmiede drang Rauch und der Lärm von Hammerschlägen. Wie gut, dass ich auf Tjara gehört und nicht schon am Vorabend hierher geschlichen war. Was hätte ich allein hier bewirken sollen?

Die meisten Hofbewohner nickten uns freundlich zu. Einige Gesichter kamen mir bekannt vor.

Wir verließen den Trubel und gingen ins Langhaus. Nur zwei Personen waren in der Skáli. Eine kleine Frau räumte Holzgeschirr in die Regale neben dem Eingang. Sie war dürr wie ein Vögelchen, das zu früh aus dem Nest gefallen war. Ihre Haare waren seit langem weder gewaschen noch gekämmt worden. Dicke, filzige Strähnen hingen ihr bis zur Taille.

Ein Mann mit gerstenblondem Haar kniete am Boden neben der Feuerstelle und reparierte das Gestell für Töpfe.

»Hej«, rief Tjara. Die dürre Frau unterbrach ihre Tätigkeit, drehte sich zu uns um und grüßte. Aus einem schneeweißen Gesicht blickten mich aus tiefen Augenhöhlen rotgeweinte Augen an. Der junge Mann sprang nach Tjaras Begrüßung auf und kam auf uns zu.

Das war doch nicht möglich. Warum war der hier?

»Nein!« Ich riss an Tjaras Ärmel. »Das ist einer der Männer, die bei deinem Bruder waren ...«

Sie befreite sich unwirsch aus meinem Griff. »Ja und? Ich weiß, dass Hauk schon mit Ingolf unterwegs war.«

»Gut, dass du am Leben bist«, sagte Hauk mit rauer Stimme.

Tjara blickte von mir zu dem jungen Mann und wieder zurück. »Wovon redet ihr?«

Wir antworteten nicht. Mir war kotzübel. Er hatte Probleme, meinen Blick zu erwidern, schaute immer wieder an mir vorbei.

»Warum habt ihr das getan?«, fragte ich mit bebender Stimme.

Hauk senkte den Kopf.

»Wenigstens Jella hättest du beschützen können!«

»Hab ...«

Tjara konnte nicht länger schweigen. »Ihr habt etwas mit ihrem Tod zu tun?«

Der junge Mann nickte und blickte dabei auf den Lehmboden der Skáli.

»Ich habe meinen Jüngsten vor diesem Teufel gewarnt, aber er wollte nicht auf mich hören. Ich habe Hauk angefleht, seinen Bruder zu begleiten. Er sollte auf ihn aufpassen«, sagte die Frau mit krächzender Stimme. Sie blickte ihren Sohn an. »Er ist ein guter Bauer, kein Kämpfer.«

Hauk saß zusammengesunken auf der Bank. Seine Unterlippe zitterte. Er räusperte sich, bevor er weitersprach. »Mein Bruder war Ingolfs Hündchen. Konnte das alles nicht mehr ertragen ...« Er schaute auf meine vermutlich immer noch farbenprächtige Schläfe, » ... bin abgehauen, als er dich ...« Er brach ab.

Ich erinnerte mich, dass jemand wegrannte, als Ingolf über mich hergefallen war. Beim Kampf hinter den Schlammtöpfen war Hauk auch nicht dabei gewesen.

Tjara folgte dem Gespräch schweigend, aber mir war nicht entgangen, dass ihr das sehr schwerfiel. Unablässig stieg sie von einem Fuß auf den anderen und knibbelte an ihrer Nagelhaut. Mit knappen Worten erzählte ich ihr, wer uns entführt hatte, von meiner Rettung und was mit Jella geschehen war.

Tjara legte die Hand vor den Mund und riss die Augen auf. »Mein Gott«, stammelte sie immer wieder. Auch das Mütterchen schluchzte unaufhörlich.

Hauk hatte mich nicht unterbrochen. Als ich geendet hatte, räusperte er sich zum wiederholten Male und sagte: »Jella war noch nicht tot.«

Ich hielt die Luft an.

»Dachte, dass kein Leben mehr in ihr ist, wo sie da neben dem Felsen lag. Wollte sie woanders hintragen und mit Steinen bedecken.«

Er schlug seiner Mutter auf die Hand, die sie ihm auf den Unterarm gelegt hatte.

»Aber plötzlich sprach Jella. Hätte sie vor Schreck beinahe fallen lassen.« Er seufzte erneut und schaute mir in die Augen.

»Sie befahl, dass du die schöne Brosche haben musst.«

Mein Körper kribbelte plötzlich wie damals, als ich die Windpocken hatte. Ich begann, meine Unterarme zu kratzen.

Hauk atmete tief durch, wischte sich mit dem Ärmel seiner Tunika über die Augen. »Alle meine Sünden wären verziehen, wenn ich das schaffe, sagte sie.« Seine Mundwinkel zuckten.

»Wusste ja, wer die Brosche hat.« Ein bitteres Lachen entwich seinem Mund. »Hab es Jella versprochen. Dann starb sie. Hab für sie gebetet und sie dann begraben.«

Seine Stimme klang erleichtert.

»Wusste, dass Ingolf so schnell wie möglich nach Stöng reiten wollte. Wollte mich zuhause stärken und ihm dann entgegenlaufen.«

Er stockte und sah seine Mutter an.

Sie nickte. »Er hat Unmengen gegessen und ist dann zu Fuß wieder weg.«

Bevor ich fragen konnte, warum er gelaufen anstatt geritten war, gab er schon die Antwort. »Konnte mich so besser verstecken und anschleichen.«

Hauk zog die Nase hoch.

»Kam leider zu spät.« Er schwieg einige Augenblicke. »Mein Bruder war schon tot. Das war der Rotschopf, der wollte die Brosche für sich allein. Hörte, wie er und Ingolf sich stritten. Sie kämpften hart, bis Ingolf ihm den Arm abschlug.«

In der Skáli war jetzt nur noch das leise Wimmern von Hauks Mutter zu hören.

»Ingolf ist dann mit drei Pferden los«, sprach der junge Mann in die Stille. »Blieb in seiner Nähe und überlegte, wie ich an das Schmuckstück kommen könnte.« Hauk kratzte sich am Kinn. Es wirkte, als ob er immer noch darüber nachdenken würde.

»Dann kamen seine Mutterbrüder. Musste mich wieder verbergen.«

Er strich sich den rotblonden Bart glatt und schaute Tjara an.

»Dein Bruder sprach mit ihnen und ritt weiter. Die Brüder in die andere Richtung. Ingolf schwankte im Sattel hin und her und schimpfte wie ein Berserker. Dann fiel er wie ein Sack vom Pferd und stand nicht mehr auf.« Hauk atmete hörbar tief ein. »Was ist mit ihm?«

»Er wurde wohl bei dem Kampf mit dem Rotschopf am Kopf verletzt. Er wird daran sterben«, sagte ich.

Hauks Mutter schnaubte so laut, dass ich erschreckt zusammenzuckte. »Warum hast du diesem Teufel nicht ein Ende bereitet?«

»Konnte es nicht, Mutter«, brachte er nach einer Weile heraus, ohne sie anzusehen.

Die Frau schüttelte den Kopf. »Dieser Mensch hat nur Unglück über unsere Sippe gebracht. Er bespringt deine Schwester und treibt sie in den Tod, dann reißt er deinen Bruder ins Verderben. Was soll noch geschehen?«

»Deine Tochter? Die ist doch schon viele Winter tot«, sagte Tjara.

»Zuerst hat Ingolf ihr schöne Augen gemacht und als sie dann sein Kind unter dem Herzen trug, ließ er sie fallen wie glühende Lava.« Die Alte verzog das Gesicht und zog die Nase hoch.

»Als der Junge geboren wurde und so aussah, ging sie mit ihm ins Wasser.«

Sie wandte sich an Tjara. »Dein Vater hat das falsche Leben gerettet.«

Plötzlich dämmerte mir, von wem sie sprach.

»Flosi?«, fragte Tjara im selben Moment atemlos.

Hauks Mutter seufzte erneut. »Einar sorgt seitdem für seinen Sohnessohn. Vielleicht ahnte er von Anfang an, wer er wirklich ist.«

Ingolf wusste jedenfalls, dass Flosi sein Sohn war. Was für ein Arschloch.

»Aber Hallveig behandelt ihn schlecht, sie hält ihn für ein Wechselbalg«, sagte ich.

»Der Junge wird es nirgendwo einfach haben. Ich habe ihn einige Male gesehen. Er hat die Augen meiner Tochter, aber sonst ...« Der Feuerschein spiegelte sich im tränennassen Gesicht der Frau.

Tjara saß mit eingefrorener Miene auf der Bank und starrte in die Glut. In der Skáli breitete sich Schweigen aus. Jeder hing einige Momente seinen eigenen Gedanken nach.

Dann hielt ich es nicht länger aus. »Und? Hast du sie?«, unterbrach ich die Stille und sah Hauk an.

»Durchsuchte ihn und ritt dann schnell mit dem nächstbesten Pferd davon.«

Unvermittelt sprang ich auf. »Und?«

Er nickte und starrte mich dabei so unverwandt an, als ob er keine meiner Regungen verpassen wolle.

Die Freude überrollte mich. Ich hüpfte im Raum auf und ab, kicherte und fiel dann Hauk um den Hals. Er drückte mich ein Stück von sich weg.

»Wo ... wo ist sie?«, brachte ich stotternd heraus und schaute mich in der Skáli um, bis ich irgendwann bemerkte, dass Hauk den Kopf schüttelte.

»Hab sie versteckt.«

»Gib sie mir. Bitte! Es war Jellas letzter Wunsch.«

»Sie ist nicht hier. Hab meiner Mutter versprochen, meinen kleinen Bruder zu holen. Am Abend komm ich wieder. Dann kriegst du die Brosche. Ehrenwort.«

Noch mal warten? Wie sollte ich das aushalten? Eine knochige Hand legte sich auf meinen Unterarm. Hauks Mutter stand neben mir.

»Du kannst ihm vertrauen«, sagte sie mit fester Stimme. Ich schluckte hart und nickte.

»Was wollt ihr eigentlich hier?«, fragte Hauk.

»Wir haben Ingolfs Pferd auf eurem Hof gesehen«, antwortete ich.

»Verdammt. Einar wird denken, dass ich seinen Sohn verletzt habe.«

Tjara schüttelte den Kopf. »Keine Angst. Mein Vater weiß, dass nicht du es warst.«

Hauk atmete tief durch und prustete die Luft heraus.

»Gott sei Dank. Nehmt es mit.«

»Nein. Erst wenn alle erfahren, was wirklich geschah« sagte Tjara bestimmt.

62

LARUS

Am Morgen nach dessen Ankunft fuhr Larus mit seinem Vater nach Gjáin.

»Sieht ein bisschen anders aus als vor 20 Jahren, aber wunderschön«, sagte Jón.

Larus nickte, schaute auf die Karte vom Nationalmuseum und wies dann auf einen Hügel. »Lass uns da hochklettern.«

»Zuerst die Rune bitte«, sagte Jón.

Dort angekommen strich er mit den Fingern über die Rillen. »Was denkst du? Wo ist sie?«

Larus zögerte kurz. »Meiner Meinung nach bedeutet der Teil des Spruches ›wirst du es in allen Zeiten finden‹, dass sie in eine andere Zeit gereist ist, und zwar sehr lange zurück, vor dem Ausbruch der Hekla im Jahr 1104.«

»Hm, das habe ich mir im Laufe der Jahre auch gedacht. Omas Idee mit dem verborgenen Volk finde ich völlig abwegig.«

Larus nickte und zeigte seinem Vater die Karte.

»Auf der anderen Seite des Hügels lag früher ein Nachbarhof. Steinastöthum hieß der. Vielleicht können wir von oben Auffälligkeiten im Gras oder Moos erkennen.«

»Was hast du davon, nach alten Ruinen zu suchen? Wenn Elín wirklich über 900 Jahre zurückgereist ist, wirst du sie jetzt und hier nicht finden.«

»Ich kann nicht nichts tun. Außerdem ...«

Sein Vater sah ihn fragend an.

Larus winkte ab.

Sie durchquerten den schmalen Fluss, stiegen den Hügel hinauf und blickten hinunter ins Tal. Es war über und über mit lilafarbenen Lupinen übersät. Ein schöner Anblick, aber in diesem Blumenmeer waren keine außergewöhnlichen Bewuchsmerkmale auszumachen.

»Das Scheißzeugs wächst auch überall«, sagte Larus.

»Der Plan, die Lupinen gegen Bodenerosion einzusetzen war ja nicht schlecht. Leider breiten sie sich zu sehr aus und verdrängen unsere einheimische Vegetation.«

»Sag ich ja, Scheißzeugs. Lass uns runtergehen.«

Die Lupinen standen so hoch, dass sie beim Hindurchwaten ihre Schuhe nicht sehen konnten. Meter für Meter schritten sie ab. Hin und wieder spürten sie eine Bodenunebenheit unter den Sohlen, aber keine zusammenhängende, die für den Fund einer Grundmauer sprechen könnte.

Plötzlich blieb Larus stehen. Dann drehte er sich mehrmals langsam um die eigene Achse.

»Was gefunden?«, fragte sein Vater.

»Merkst du das?«

»Was meinst du?«

»Elín ist in der Nähe.«

»Bitte?«

»Sie ist hier. Ich spüre sie.« Larus lächelte. »Elín?«, sagte er.

Nichts.

Mist, hier schien keine Rune zu sein. Es war wie am Tag nach ihrem Verschwinden. Nur ein Hauch, eine Ahnung, dass sie da war.

Elín war zurück im Pjórsárdalurtal. Hoffentlich blieb sie jetzt auch hier.

Er drehte sich zu seinem Vater um, der ihn fragend ansah.

»Ich hatte schon mehrere solcher Begegnungen mit ihr. Manchmal können wir sogar kurz miteinander reden.«

Jón fiel Larus um den Hals. »Das ist wunderbar! Deshalb das ›außerdem‹ vorhin, oder? Was ist da zwischen euch?«

Larus winkte ab. »Egal, was ich für sie empfinde, für sie werde ich immer nur der kleine Bruder sein.«

»Na ja, sie hat stundenlang geweint, als sie von deiner Verlobung erfuhr. Hat Oma mir erzählt.«

»Da war sie doch selbst noch verlobt.«

»Hat mich auch gewundert, aber jetzt beginne ich, das zu verstehen.«

Ein warmes Glückgefühl breitete sich in Larus' Bauch aus. Hoffentlich hatte sein Vater recht.

Er atmete tief ein. »Und du? Wirst du dich endlich von Mama trennen?«

Sein Vater nickte. »Sieht so aus.«

Sie seufzten gleichzeitig.

»Deine Oma sagte, du willst jeden Tag hierherkommen, bis Elín wieder bei uns ist?«

»Nicht hierher, sondern nach Gjáin. Da, wo die Rune ist. Ich laufe nur seit Tagen hier rum, um herauszufinden, ob sie bereits wieder in diesem Tal ist.«

Jón lächelte. »Das weißt du jetzt.«

Larus nickte. »Ob Oma nachher irgendwas von ihrem Besuch auf dem Friedhof erzählt?« Er machte eine wegwerfende Handbewegung und gab sich selbst die Antwort: »Wahrscheinlich nicht.«

»Ich fliege übermorgen nach Hause, Larus. Muss mir eine Wohnung suchen und mich um alles andere kümmern. Aber ich komme zurück, sobald Elín wieder auftaucht. Ab jetzt werde ich für meine Tochter da sein ..., wenn sie das noch möchte.«

»Sie weiß, dass du sie liebst.«

Jóns Unterlippe bebte, dann lächelte er gequält. »Dann ist noch nicht alles verloren.«

Sie wanderten zurück zum Auto.

63

ELÍN

Tjara sprach den ganzen Rückweg kein Wort. Insgeheim rechnete ich damit, dass Einar, Gunnar und Magnus uns entgegenkämen, aber uns begegnete niemand. Als wir auf Stöng angekommen waren, bedankte ich mich bei Tjara für ihre Hilfe.

»Und bitte vorerst zu niemandem ein Wort über die Brosche«, bat ich. Sie nickte, versuchte ein Lächeln und ging mit staksigen Schritten zum Langhaus.

Was konnte ich tun, damit die Zeit bis heute Abend schneller verging? Ich blickte mich auf dem Hof um und entdeckte ein Stück entfernt vom Haupthaus Freydis. Sie stand mit drei anderen Mägden vor hüfthohen Töpfen, unter denen sie Feuer entfacht hatten. Ich gesellte mich zu ihnen und schaute in die Gefäße, in denen eine grüne, würzig riechende Flüssigkeit kochend blubberte. »Was ist das?«

»Wir kochen getrocknetes Moos aus, um in dem Sud Wolle zu färben«, erklärte Freydis.

»Darf ich euch helfen?« Die vier blickten sich fragend an. »Wenn du meinst«, sagte dann eine der Mägde vorsichtig und es hörte sich an wie eine Frage.

»Sagt mir, was ich machen soll.«

»Die Wolle da vorne ist fertig gebeizt und muss vor dem Färben ausgedrückt werden.« Freydis zeigte auf einen kniehohen Berg von ungefärbter Wolle, die zu dicken Strängen gebunden worden war.

Voller Motivation griff ich nach einem Strang. Als mir im nächsten Augenblick beißender Uringeruch entgegenschlug, hätte ich sie beinahe fallen lassen. Ein kurzer Blick in die Gesichter der anderen Frauen genügte. Genau diese Reaktion erwarteten sie von mir. Aber da konnten sie lange warten. Ich begann, den schweren Wollstrang kräftig auszudrücken. Wessen Pipi ich jetzt wohl an den Händen hatte? Ich gab mir Mühe, entspannt zu gucken.

Die Flüssigkeit in den Töpfen erinnerte mich farblich an Omas Erbsensuppe. Wir gossen sie nach dem Kochen durch ein lakengroßes Stoffstück und filterten so das Moos raus. Erst dann legten wir die gebeizte und ausgedrückte Wolle hinein und der Sud wurde erneut zum Sieden gebracht. Das Ganze kochte dann eine ganze Weile. Eine Pause gab es nicht, wir färbten in drei Töpfen mit jeweils unterschiedlichen Arbeitsschritten. Nachdem der Sud wieder abgekühlt war, musste die Wolle herausgenommen, ausgedrückt und gründlich mit kaltem Wasser ausgespült werden.

Als die erste Ladung ausgespült in einem zarten Lindgrün vor mir lag, war ich begeistert.

»Wir sind noch lange nicht fertig. Hallveig will ein viel dunkleres Grün«, sagte eine junge Magd und wischte sich den Schweiß von der Stirn.

»Und sie besteht darauf, dass sie die Einzige auf dem Hof ist, die diese Farbe tragen darf«, flüsterte Freydis.

»Warum haben wir die Wolle denn nicht gleich länger gekocht?«, fragte ich.

»Dadurch wird die Farbe nicht dunkler, das geht nur durch häufiges Färben.«

Das Ganze noch mal? Bitte nicht! Ich war schon jetzt brutal müde. Aber erst als wir die gesamte Wolle dreimal gefärbt hatten, war Freydis mit dem Ergebnis zufrieden und wir hängten sie zum Trocknen auf. Dann wurden die Töpfe entleert und ausgespült.

Während der Arbeit hatte mich nur hin und wieder ein starkes Ziehen an meinen verletzten Rücken erinnert. Jetzt konnte ich keine Bewegung mehr ohne Schmerzen ausführen. Außerdem stank ich nach Schweiß und war immer noch benommen von dem Uringeruch.

Freydis und die anderen Mägde kümmerten sich um die Vorbereitung des Abendessens. Ich ließ mich erschöpft auf die Bank am Gesindehaus sinken. Der Anblick der tannengrün gefärbten Wolle auf der Wäscheleine machte mich stolz. Ich schaute auf meine Arme, die ab Ellbogen abwärts in demselben Ton eingefärbt waren.

Plötzlich fror ich. Das Essen musste warten. Ich würde mich erst einmal ausgiebig waschen, um den Gestank und zumindest ein bisschen von der grünen Farbe loszuwerden. Sigrún hatte mir am Vortag eines ihrer Kleider gegeben, so dass ich nach dem Bad sogar etwas Frisches anziehen konnte. Skeptisch hielt ich das schmale Unterkleid hoch und probierte es sicherheitshalber an. Kurz konnte ich mich darüber freuen, dass es mir wie angegossen passte. Dann jedoch schnürte mir der Gedanke an das erste auf Stöng geliehene Kleid die Kehle zu. Arme Ramea.

Die Hilfe einer Magd zum Füllen des Badezubers wollte ich nicht beanspruchen. Die hatten mehr als genug zu tun. Ich klemmte mir die Wäsche unter den Arm und machte mich auf den Weg nach Gjáin.

Das Wasser war eisig kalt. Trotzdem schwamm ich ein paar Züge und tauchte sogar. Sauber und erfrischt ging ich zurück.

Vom letzten Hügel aus hatte ich einen guten Überblick über den Hofplatz. Bis auf ein paar Hühner und spielende Kinder war er leer. Die Hofbewohner drängten sich vor der Tür des Langhauses. Ich lief schneller, schlupfte durchs Tor und stellte mich neben Tjara.

»Unser Sohn ist tot und du stellst dumme Fragen«, kreischte Hallveig im Langhaus.

»Du bleibst hier. Wir werden das jetzt klären.« Einars Tonfall ließ keinen Widerspruch zu. Tjara schluchzte. Ihr Bruder war gerade gestorben, aber jedes tröstende Wort von mir wäre eine Lüge gewesen.

»Nicht bevor unser Sohn in geweihter Erde liegt.«

»Neben Ramea etwa?« Einars Stimme troff vor Sarkasmus.

Im nächsten Augenblick erschien er im Hauseingang. »Holt ihre Brüder aus dem Stall«, rief er und schaute suchend umher. Als sein Blick mich traf, nickte er mir zu. Dann forderte er seine Töchter, Gunnar, Flosi und mich auf, ins Langhaus zu kommen, und schickte jemanden, der Freydis aus dem Gesindehaus holen solle. Gunnar bat, Magnus ebenfalls mit hineinzunehmen, und nach kurzem Zögern willigte Einar ein.

Es war das erste Mal seit meiner Abreise nach Thingvellir, dass ich die Skáli betrat. Der Tod hatte schon seinen modrigen Geruch verbreitet. Ich zog unwillkürlich die Schultern hoch.

Hallveig saß vor der geschlossenen Alkoventür, hinter der Ingolf lag. Sie starrte auf den Boden vor sich und strich unablässig über die Sitzbank.

Ich spürte meinen Herzschlag bis in den Hals und hielt mich an Magnus' Unterarm fest.

»Pssst.« Gunnar stand hinter uns und hatte seinen Kopf zwischen unsere gesteckt. »Ich sprach mit Einar«, flüsterte er. »Wir werden noch heute nach Steinastöthum reiten.«

»Nicht mehr nötig, Tjara und ...«

Im selben Moment befahl der Gode mit lauter Stimme, die Tür zu schließen. Dumpf fiel sie ins Schloss. Einar nahm auf seinem Hochstuhl Platz. Rechts und links von ihm brannten Fackeln und warfen zuckendes Licht auf seine versteinerten Züge. Ich stand nah am Ausgang zwischen Magnus und Gunnar. Flosi und Freydis saßen rechts von uns auf der Bank neben Tjara und Sigrún. Auf der anderen Seite des Raumes Hallveigs Brüder, Rücken an Rücken gefesselt, neben dem Alkoven. Einars Worte durchschnitten die Stille.

»Von Anfang an. Meine Töchter fanden Elín in Gjáin.«

Tjara und Sigrún nickten eifrig.

»Elín verlor das Bewusstsein und wurde in diese Skáli gebracht. Was geschah dann?« Er blickte Freydis an.

Sie stand auf. Ihre Unterlippe zitterte, sie brachte kein Wort heraus.

Einar wartete kurz ab, dann sagte er: »Nun gut, dann sage ich, was du mir erzählt hast.«

Freydis schüttelte den Kopf. »Ich schaffe das«, flüsterte sie.

Sie schluchzte einige Male auf und begann.

»Hallveig befahl mir, Elín zu säubern und einzukleiden. Sie wollte dabei sein. An Elíns schmutzigem Umhang steckte eine Brosche. Die nahm ich ab.« Sie warf der Godin einen langen Blick zu, dann sah sie Einar an.

»Hallveig erblickte sie, sprang auf, riss mir das Schmuckstück aus der Hand und befahl mir, niemandem davon zu erzählen. Dann lief sie damit hinaus.«

Einar nickte Freydis zu und sie setzte sich wieder.

»Komm zu mir.« Einar winkte Flosi zu sich heran.

Der erzählte, wie er an die Brosche gekommen war.

»Warum hast du sie in der Kapelle versteckt, Hallveig?« Einar stand bei der Frage halb aus seinem Stuhl auf.

Sie zuckte gelangweilt mit den Schultern. »Wenn du einer Magd und dem Wechselbalg mehr glaubst als mir, kann ich dir auch nicht helfen.«

»Hör auf mit deinem heidnischen Gerede von einem Wechselbalg. Du weißt so gut wie ich, was Flosi für uns ist.«

Sie lachte verächtlich. »Unser Sohnessohn? Sieh ihn dir doch an.«

Ein Raunen ging durch die Anwesenden. Ich sah zu Tjara, sie nickte mir zu.

Flosi schaute von Hallveig zu Flosi. Aus seiner breiten Nase floss Schleim über die Oberlippenspalte und tropfte auf seine Tunika.

Hallveigs Gesicht verzerrte sich. »Da siehst du«, ätzte sie und zeigte mit dem Finger auf Flosi.

Ich hätte ihr am liebsten ins Gesicht gespuckt.

»Halte dein Schandmaul, oder ...« Einar war vor seinen Platz getreten und hatte die Hand erhoben. Dann aber schien er sich zu besinnen und senkte seinen Arm wieder. Zu Flosi sagte er: »Geh nach draußen und säubere dich. Dann komm zurück.« Der Junge hielt seinen Ärmel vor den Mund gepresst, nickte und schlich Richtung Ausgang.

»Flosi, warte noch«, sagte ich.

Er drehte sich um und sah mich an.

»Der Beutel in der Kapelle, welche Farbe hatte der?«

»Dunkelgrün.« Er lief hinaus.

64

ELÍN

E inar blickte seine Frau mit hochgezogenen Augenbrauen an.
»Warum hast du Elín die Brosche gestohlen?« Seine Stimme bebte.
Hallveig sprang auf und stand mit in die Hüften gestemmten Armen
vor ihrem Mann.

»Irgendjemand erdreistet sich, aus meinem Stoff einen Beutel zu nähen, und schon zweifelst du an mir? Ich habe niemandem etwas weggenommen. Die fremde Frau hatte nichts bei sich, als unsere Töchter sie
hierherbrachten.«

Einar gab sich unbeeindruckt.

»Dann sag uns, warum deine Brüder nach Freydis suchen sollten.«

»Mir fehlte ein Ring, den ich mittlerweile jedoch wiedergefunden
habe.« Sie wandte sich an Freydis. »Es tut mir so leid, dass ich dich ver-
dächtigt habe«, flötete sie mit zuckersüßer Stimme.

Der Gode stöhnte. »Und warum sollten sie Flosi suchen?«

Hallveig sah ihren Mann an, als ob er den Verstand verloren habe, aber
er ließ sich nicht beirren.

»Sie hätten ihn beinahe umgebracht.« Er blickte sich um. »Wo bleibt
der Junge?«

»Ich hole ihn«, rief Tjara und lief hinaus.

Hallveig drehte sich nach ihren Brüdern um. »Sie sind Lügner und
Tellerlecker. Du hast es immer gewusst. Jag sie vom Hof.«

Bisher waren die beiden dem Gespräch mit starrem Gesichtsausdruck
gefolgt. Jetzt kam Bewegung in sie.

»Du niederträchtiges Weibsstück. Du hast uns doch gezwungen, die
Brosche zu finden und jeden zu töten, der von ihr weiß«, schrie Thorgeir.

»Ach.« Sie blickte zuerst Freydis und dann mich an.

»Wir sollten sie Ingolf geben und das taten wir.«

»Unsinn. Er hatte keine Brosche bei sich.« Sie schaute auf die Alkoventür.

Ihre Brüder wollten aufspringen. »Mach mich los, damit ich ihr den
Hals umdrehen kann«, schrie Thorkell und versuchte, sich aus den Fesseln zu befreien.

Seine Schwester schaute ihm ohne Anzeichen einer Emotion ins Gesicht. »Du sabberst.«

Einar entschied, Hallveigs Brüder in den Stall bringen zu lassen. Gunnar fasste sie am Kragen, hob sie hoch und schob sie hinaus. Der frische Luftzug an meiner Wange tat gut. Hinter den dreien fiel die Tür ins Schloss und es blieb einige Momente still. Sogar die Godin hielt die Klappe.

Einar bat Freydis um einen Becher Bier. Sie ging mit dem Holzeimer herum und verteilte es kellenweise an die Anwesenden. Kurz darauf kam Gunnar zurück und stellte sich wieder neben Magnus und mich.

Der Gode setzte seinen Becher auf den breiten Armlehnen seines Stuhles ab, bevor er sich wieder an seine Frau wandte.

»Wie war das an dem Abend, an dem Lilja verschwand?«, forderte er sie in so einem lockeren Ton auf, als ob er sich nach einer Webarbeit erkundigen wolle.

»Was soll das?«, fragte die Godin.

»Rede!«

»Wie oft denn noch?«

»So oft ich es von dir hören will.« Einars Stimme klang gefährlich leise.

Hallveig verschränkte die Arme vor der Brust und leierte ihren Text herunter. »Lilja lag in den Wehen und ich bat eine Magd, bei ihr zu bleiben.« Sie machte eine Pause, guckte, als ob ihr etwas eingefallen sei, und holte tief Luft. »Was ich dir bisher verheimlichte, damit du dir nicht noch mehr Vorwürfe machst ...«

»Ja?« Der Gode beugte sich interessiert nach vorne.

»Der Knecht, den du gebeten hattest, sie zu beschützen ...«

»Ólafur?« Einar stützte eine Hand auf seinem Oberschenkel ab.

»Ja der. Er schickte die Magd weg und sagte, dass er in der Nacht bei Lilja bleiben wolle.«

»Und?«

»Als ich nach ihr sehen wollte, da waren Ólafur und Lilja ...«, sie stockte, »... beide weg.«

»Dieser verdammte Hundsfott«, Einar schüttelte den Kopf. »Ich dachte, er sei geflüchtet, weil er seinen Schwur gebrochen hatte.«

Magnus drängte mich unsanft zur Seite und stellte sich vor die Godin.

»Genug der Lügen«, sagte er mit lauter Stimme.

Einar hob die Hand. »Halt dich raus, Pfaffe«, knurrte er.

»Nein. Ich habe viel zu lange geschwiegen.«

»Lass ihn reden«, bat Gunnar und stellte sich neben seinen Freund.

Einar verzog das Gesicht und sagte: »Dann rede!«

Magnus stellte sich in die Mitte der Skáli.

»Getauft wurde ich auf den Namen Ólafur. Und zwar auf diesem Hof.«

Das einsetzende Gemurmel verebbte erst, als der Gode seine Hand erhob.

Einar musterte Magnus beziehungsweise Ólafur aufmerksam.

»Bist du es wirklich?«, fragte er nach einer Weile zögerlich.

Der Priester nickte und sah dem Goden unverwandt in die Augen.

Hallveig schnappte nach Luft. Ihre schneeweiße Gesichtsfarbe fiel sogar im Halbdunkel auf.

»Warum hast du den Namen Magnus gewählt?«

Magnus lächelte. »Mein Vater hieß so. Wir drei saßen oft abends auf der Bank vor dem Haus und ihr beiden erzähltet mir von eurer Jugend.«

Der Gode stand auf.

»Was ist mit meiner Lilja geschehen?«

»Meine Lilja«, äffte Hallveig ihn nach, sprang auf und lief Richtung Ausgang. Gunnar stellte sich ihr in den Weg und schob sie zurück an den Platz vor dem Alkoven. Sie keifte ununterbrochen.

»Halt endlich den Mund«, sagte Einar.

Magnus holte tief Luft und seufzte leise, bevor er zu sprechen begann.

»Ich hatte dir geschworen, auf sie aufzupassen ...«

»Was ist geschehen?«, fragte der Gode mit drängendem Tonfall.

Hallveig sprang erneut auf und krallte sich in Magnus' Oberarm. Der hob ruckartig seinen Ellbogen, es gab ein knackendes Geräusch. Sie ließ los und rieb ihr Kinn. »Er hat Lilja getötet und ihre Brosche gestohlen. Das ist geschehen. Und die da ...«, sie stocherte mit dem Zeigefinger in meine Richtung, »die steckt mit ihm unter einer Decke. Ich habe mich gleich gefragt, wie so eine an so ein kostbares Schmuckstück kommt.«

An ihrem Mund bildete sich heller Schaum, ihre Gesichtszüge froren ein. Alle starrten sie an.

Einar zuckte nur mit den Schultern »Ich wusste ohnehin, dass du lügst.« Er hob abwehrend die Hand und blickte Magnus auffordernd an.

Magnus brauchte einige Momente. Er wischte sich die Handflächen an seinem Talar ab und begann:

»Ich wich Lilja nicht von der Seite. Am Abend vor deiner Rückkehr vom

Althing drängte euer Kind auf die Welt. Als die Wehen sehr stark wurden, bat sie mich, Hallveig um Hilfe zu bitten. Die gab mir einen Trunk, der Liljas Schmerzen lindern sollte, und versprach, bald selbst nach ihr zu sehen. Und noch etwas ...« Er sah die Godin an. »Da war keine Magd, die ich wegschicken konnte.«

Plötzlich schluchzte er auf. »Ich habe ihr Hallveigs Trunk gegeben! Ich!«

»Was ...?«

»Lilja ging es plötzlich viel schlechter. Ihr Herz raste, sie bekam kaum Luft und spuckte unaufhörlich. Eine Wehe nach der anderen quälte sie. Ich lief erneut zu Hallveig.« Er drehte sich zu Hallveig und deutete mit dem Finger auf sie. »Aber sie ... sie war im Badehaus und ... und sang lauthals.«

In der Skáli war nur das Knistern des Feuers zu hören.

»Ist das wahr?« Einars Stimme durchschnitt die Stille.

Die Godin sah aus wie ein Raubtier auf dem Sprung.

»Hallveig?«

Sie verschränkte ihre Arme vor der Brust und starrte ihren Mann an.

»Kommst vom Althing mit dieser Fremden und hast sie bereits zu deiner Frau gemacht«, zischte sie aus zusammengepressten Lippen. »Dabei waren du und ich schon lange einander versprochen.«

Einar hatte ihr mit geöffnetem Mund zugehört.

»Du wolltest unbedingt auf Stöng bleiben.« Es klang ehrlich erstaunt.

Hallveig blickte ihn an. Kurz war jede Härte aus ihrem Gesicht verschwunden.

»Ich wollte trotz allem bei dir sein. Aber als dann Lilja euer Kind unter dem Herzen trug ... Du konntest deine Augen und Hände nicht mehr von ihr lassen. Ich konnte ihren Anblick nicht länger ertragen.«

Einars Gesicht war zur Maske erstarrt, seine Hände umschlossen die Endstücke der Armlehnen so fest, dass die Sehnen scharf hervortraten.

»Dafür wirst du büßen, Weib!«

»Sprich weiter«, forderte er Magnus auf.

»Als ich Lilja erzählte, was ich gesehen hatte, sagte sie, dass es nur noch eine Hilfe für sie und das Kind geben könne. Sie flehte mich an, sie zu eurem Lieblingsplatz zu bringen.«

»Nach Gjáin«, flüsterte Einar.

Magnus nickte. »Ich trug sie auf meinen Armen. Sie weinte unaufhörlich und flüsterte mir immer wieder dasselbe ins Ohr. Ich dachte zuerst, dass die Schmerzen sie verrückt gemacht hätten, aber dann ...«

»Was hat sie gesagt?«, unterbrach Sigrún.

Magnus winkte ab. »Das ist nur für wenige Ohren bestimmt«, sagte er und fuhr fort. »Ich legte Lilja an das Ufer des kleinen Sees. Es ging zu Ende mit ihr.«

Einars Mundwinkel zuckten. Er senkte sein Kinn auf die Brust und atmete tief ein. Als er seinen Kopf wieder hob, blickte er Magnus an und forderte ihn mit einer Handbewegung auf, weiterzureden.

»Sie flehte mich an, wenigstens das Leben des Kindes zu retten. Sie ...«, Magnus stöhnte gequält auf. »Mit meinem Messer sollte ich ihren Leib aufschneiden. Sie zeigte mir sogar, wo ich die Klinge ansetzen muss. Danach sollte ich die Nabelschnur durchtrennen und mich mit dem Kind verstecken, bis du zurückkehrst.« Er sah zu dem Goden, der ihn aus weit aufgerissenen Augen anstarrte.

»Und?« Einar sog zischend Luft durch die Zähne.

Magnus schüttelte den Kopf.

»Ich konnte das nicht tun. Nicht, solange sie noch atmete.«

Er strich sich eine Haarsträhne aus dem Gesicht.

»Erst als sich ihre Brust nicht mehr hob, setzte ich das Messer an, wie sie es mir gezeigt hatte, und schnitt. So viel Blut.« Er stöhnte. »Beim ersten Mal hatte ich zu zaghaft geschnitten. Ich musste es erneut tun. Mit beiden Händen griff ich in ihren Bauch ...« Er blickte seine Hände an, als ob immer noch Blut daran klebte. »Ich zog das Kind an einem Bein heraus und sah, ... ich ... ich ...«

Er wischte sich unwirsch mit dem Tunikaärmel über die Augen. »An ihrem Rücken war ein blutender Schnitt. Ich hatte sie verletzt.«

»Lilja ist tot«, sagte Einar und seine Stimme klang unendlich traurig. Er fuhr sich mehrmals mit den Fingern durch seine grauen Haare. »Und meine Tochter?« Er sah mich an. »Sie muss überlebt haben!«

Magnus fiel vor Einar auf die Knie und bekreuzigte sich. »Ich schwöre bei Gott. Gerade als ich die Nabelschnur durchschneiden wollte ... Lilja und eure Tochter sind vor meinen Augen verschwunden. Nichts blieb von ihnen zurück.«

Erschrockene Schreie erfüllten die Skáli.

Hallveig sprang auf und hielt Magnus ihre Faust entgegen. »Lilja eine Frau vom Huldufólk? Du lügst!«

Einar war ebenfalls aufgesprungen. »Du hast sie getötet, du stinkendes Mistvieh!« Er machte einen Schritt auf sie zu.

»Vater, nein!«, schrie Tjara.

»Bringt sie raus zu ihren Brüdern, sonst erwürge ich sie vor euren Augen«, stieß der Gode hervor.

Gunnar griff nach Hallveigs Oberarm und schob sie zum Ausgang. Sie wehrte sich und keifte ununterbrochen. Als sie nicht mehr zu hören war, erzählte Magnus weiter.

»Hallveig kam mir am Hoftor entgegen. Ich zeigte ihr meine blutigen Hände und sagte, dass Lilja und ihr Kind gestorben seien. Sie wollte unbedingt wissen, wo ich sie begraben hatte.«

Er zog die Luft ein. »Ich hätte es ihr nicht gesagt, selbst wenn es ein Grab gegeben hätte. Sie war außer sich und verlangte, dass ich Liljas Brosche aus dem Grab holen solle. Sonst würde sie meine kleine Schwester töten lassen. Ich tat so, als ob ich mich darauf einließe, und verließ mein Zuhause ohne Abschied.«

In der Skáli war es totenstill.

Plötzlich gab es ein großes Geschrei vor dem Haus.

Wir stürmten hinaus.

Auf dem Boden lag ein Mann mit gerstenblondem Haar. Er griff sich an den Hals. Zwischen seinen Fingern schoss pulsierend ein Blutstrahl hervor.

65

ELÍN

Tjara kniete neben Hauk. Flosi stand einige Meter abseits und bedeckte sein Gesicht mit den Händen

Gunnar hielt Hallveig fest. »Er ist der Mörder meines Sohnes. Er muss es sein!«, schrie sie und strampelte mit den Beinen. Gunnar drehte ihr die Arme auf den Rücken und drückte sie zu Boden. Sie stöhnte und schrie.

Ich ließ mich neben Tjara auf die Knie sinken. Die Blutlache wurde schnell größer. Hauk sah mich an wie ein verwundetes Tier. Dann schienen seine Augen nichts mehr wahrzunehmen. Sein Kopf fiel zur Seite. Ich hielt mein Ohr über seinen Mund und seine Nase, aber es war still. Totenstill. Ich schloss seine Augen und sah auf.

Mittlerweile umringten uns die anderen Hofbewohner.

»Du verdammte Missgeburt!«, schrie ich und wollte mich auf die Godin stürzen.

Tjara versuchte, mich am Ärmel festzuhalten, aber ich riss mich los. Jemand packte mich an der Schulter. Einar! Seine Arme umfingen mich wie ein Schraubstock und er gab erst nach, als ich aufhörte, mich zu wehren.

»Sie ist es nicht wert, dass du dich versündigst«, sagte Magnus. Ich hielt die Fäuste geballt.

Flosi schniefte, ihm liefen Tränen über das Gesicht. »Ich bin schuld, ich habe ihn aufgehalten. Hauk wollte hier vorbeireiten und seinen toten Bruder nach Hause bringen. Ich rief ihm zu, dass Ingolf tot ist. Er stieg ab und kam auf den Hof.«

»Und dann?«, fragte Einar.

»Er fragte nach Hallveigs Brüdern. Als er hörte, dass sie im Stall gefangen sind, wollte er unbedingt mit dir sprechen.«

Flosi zog geräuschvoll die Nase hoch. »Dann kam Gunnar mit Hallveig raus.«

»Hauk stand plötzlich vor uns.« Gunnar blickte zerknirscht. »Sie riss mein Messer an sich und stach sofort zu.«

»Bringt sie zu ihren Brüdern und sorgt dafür, dass sie nicht fliehen. Egal wie«, befahl Einar.

Gunnar riss Hallveig unsanft an einem Arm hoch und übergab sie zwei Knechten. Die nahmen sie in ihre Mitte und schleiften sie zum Stall.

Magnus schlug das Kreuz über dem Toten und trug mit Starkad den Leichnam weg. Ich lief hinter ihnen her.

Sie legten Hauk auf der Wiese hinter dem Stall ins Gras. Ich hockte mich hin, klopfte seine Kleidung vorsichtig nach der Brosche ab und fühlte mich dabei erbärmlich. Er hatte sie nicht bei sich. Mir wurde schwindelig. Was jetzt?

»Was machst du da?«, flüsterte Magnus.

Ich erzählte ihm von unserem Besuch auf dem Nachbarhof, kam aber nicht weit, denn Flosi stellte sich neben uns. Er weinte. »Wenn ich ihn nicht gerufen hätte, würde er noch leben.«

»Nicht du hast ihn getötet, sondern Hallveig«, sagte ich.

Magnus blickte Flosi an und lächelte. »Du könntest etwas sehr Wichtiges für Hauk tun.«

Heftiges Nicken war die Antwort.

»Geh in die Kirche und bete dafür, dass er im Himmel aufgenommen wird.«

Flosi wischte sich mit dem Hemdsärmel über das Gesicht und rannte los.

»Hat Hauk die Brosche bei Ingolf gefunden?«, fragte Magnus, während er dem Jungen hinterhersah.

Ich nickte. »Ja, aber er hat sie versteckt und ich weiß nicht wo.«

»Verdammt!«

Ich war so erschöpft. Ein Blick zu Hauk, ein Nicken Richtung Magnus, dann ging ich zum Gesindehaus, lehnte mich an dessen Rückwand und schloss die Augen.

Etwas Weiches streifte meinen Arm. Ich öffnete die Augen und sah Pferde. Hauk hing bäuchlings über einem Pferderücken. Sein herunterhängendes helles Haar wippte mit seinen Händen im Takt des Pferdeschrittes. Unwillkürlich schüttelte ich meine Arme aus. Auf dem Pferd hinter ihm hing die Leiche seines jüngeren Bruders, dem Tunikajungen.

Welche Pläne mochte der Gode mit Hallveig haben? Bis zum nächsten Thing konnte er sie und ihre Brüder kaum im Stall einsperren.

Einar stand mitten auf dem Hofplatz und sah den Pferden hinterher. Ich stand auf und ging zu ihm.

»Sie sollen seine Mutter entschädigen, als ob er der Gode persönlich gewesen sei«, sagte er. Dann starrte er zum Kirchhof. »Auch wir müssen unseren Sohn beerdigen.«

»Einar, ich weiß, es ist nicht der rechte Augenblick, aber du musst etwas wissen.«

»Willst du mir wieder sagen, was kommen wird?« Er trat bei seinen Worten einen Schritt zurück und hob abwehrend die Hände.

Ich ging ein Stück auf ihn zu, um den Abstand zwischen uns zu verringern.

»Nein. Es geht um Hauk.«

»Hat er doch etwas mit Ingolfs Tod zu tun?«

Ich schüttelte den Kopf und erzählte ihm, was Hauk gesehen hatte. »Was ich dir sagen wollte, ist, dass Hauk Ingolf nicht nur das Pferd, sondern auch die Brosche wegnahm.«

Einar blickte wieder in die Richtung, in der die Pferde mit den Leichen der Brüder verschwunden waren.

»Wo ist sie?«

»Er hat sie versteckt.«

»Verflucht! Von den Leuten auf Steinastöthum können wir keine Hilfe erwarten. Unsere Sippe wird wohl nie wieder einen Fuß dorthin setzen dürfen.«

Ich hielt mir den Mund zu, sonst hätte ich laut geschrien.

Magnus stand plötzlich neben mir. Er nahm mich in den Arm.

»Hej Ólafur«, begrüßte Einar ihn.

»Bitte nenn mich Magnus. Den Jungen Ólafur gibt es nicht mehr.«

Einar musterte ihn und schüttelte den Kopf. »Ich frage mich, wie blind ich war.«

Er klopfte ihm auf die Schulter.

»Gut, dass du wieder da bist.«

»Gut, dass ich endlich die Wahrheit aussprechen konnte.«

»Dein Vater starb schon bald nachdem du den Hof verlassen hast, deine Schwester vor vier Wintern an der Seitenkrankheit. Sie hat einen Sohn, er lebt hier auf Stöng.«

»Ich sprach bereits mit ihm. Ein guter Junge.«

Einar nickte. »Nun sag mir, was flüsterte Lilja dir ins Ohr?«

»Sie sagte mir, dass sie aus einer Welt stammt, die nach unserer kommt, und sie deshalb weiß, dass dieses Tal in vielen Wintern zerstört wird.«

Mein Herz begann zu rasen, meine Wangen glühten. Einar warf mir einen schnellen Blick zu. »Das wolltest du mir sagen?«

Ich nickte.

»Wann wird es sein?«, fragte er.

»In diesem Jahr.«

Ich blickte zur Hekla.

Er folgte meinem Blick. »Die Hekla? Die grummelt nur hin und wieder.« Seine Stimme klang spöttisch.

»Es steht in unseren Geschichtsbüchern. Viele Menschen und Tiere werden sterben.«

»Wird es Vorzeichen geben?«

Ich zuckte die Schultern.

»Was weißt du?«

»Nach dem Ausbruch wird das ganze Tal von einer dicken Ascheschicht bedeckt sein. Der Qualm der Hekla ist giftig. Ihr dürft danach nicht mehr hierher zurückkommen.«

»Wir werden also alles verlieren.«

»Euer Leben nicht!«

Er nickte.

»Über 800 Jahre wird Stöng unter der Ascheschicht verborgen bleiben.«

»So ist es«, murmelte Magnus. »Lilja sagte, im Geburtsjahr ihrer Mutter, das Jahr, in dem die zweite große Schlacht ihrer Welt beginnt, würden die Höfe wieder ausgegraben.«

Seine Worte hallten durch meinen Kopf.

»Im Jahr 1939 wurde auch meine Großmutter geboren«, sagte ich.

Einige Momente war es still. Wir starrten uns gegenseitig an.

»Hast du eine Narbe am Rücken, Elín?«, fragte Einar.

66

ELÍN

Das war es, das fehlende Puzzleteil. Alles passte zusammen: die Jahreszahlen, das eingravierte ›E‹ auf meiner Brosche, die Narbe. Ich nickte im Zeitlupentempo und fixierte den Goden dabei unablässig. Ein kurzes Zucken seiner Mundwinkel. Im nächsten Augenblick sagte er leise: »Ich glaube, ich bin dein Vater.«

Ich trat einen Schritt zurück. »Meine Mutter heißt Elisabeth.«

Einar schüttelte den Kopf und lächelte. »Das war ihr altes Leben. Sie wurde in Vinland geboren, dem Land, das Leif Eriksson vor über 100 Wintern entdeckt hat. Zuerst nannte sie sich Lilly, aber für mich war sie von Beginn an Lilja. Das ist ein isländischer Name.«

Ich wartete auf irgendein Gefühl, das mir zeigte, dass mein Vater vor mir stand.

Aber da war nichts. Gar nichts.

Er machte einen Schritt auf mich zu und breitete seine Arme aus. Ich ging zu ihm, lehnte meinen Kopf an seine Brust und schloss die Augen. Seine Tunika roch nach Schmutz, Schweiß und Kernseife.

Zum ersten Mal in meinem Leben umarmte mich mein eigener Vater. Und plötzlich war er mir unendlich vertraut. Meine Beine gaben nach und seine Umarmung wurde noch fester. Er wiegte mich leicht hin und her.

Meine Eltern hatten mich gar nicht weggeworfen, sie hatten sich auf mich gefreut. Die 900 Jahre, die meine tote Mutter und ich gemeinsam durchquerten, hatten ihren Körper vergehen lassen. Ich war glücklich und traurig zugleich.

Magnus' Gesicht war schneeweiß. Die letzten Minuten hatten auch ihn völlig überrumpelt. Ich, der kleine Mensch, den er aus Liljas Bauch geschnitten hatte, lebte und stand vor ihm.

Mit einem Schritt war ich bei ihm und gab ihm einen Kuss auf die Bartstoppeln.

»Ich danke dir. Ohne dich ...«

»Mein Gott ...«, sagte er mit heiserer Stimme. Dann drehte er sich um. Sein Rücken bebte.

»Dein Wunsch ist damit erfüllt«, flüsterte mein Vater.

Ich schmiegte mich wieder fest in seinen Arm. »Jetzt brauche ich nur noch die Brosche.«

»Bleib so lange du willst«, sagte er und sein Armdruck wurde so stark, dass mir die Luft wegblieb.

»Jap«, konnte ich noch herausquetschen, im nächsten Moment ließ er mich los, drehte sich um und lief mit großen Schritten zum Langhaus.

Magnus und ich gingen Hand in Hand zum Gesindehaus.

Die nächtlichen Stunden auf der Schlafbank verbrachte ich abwechselnd mit Lachen und Weinen, Einschlafen und abruptem Aufschrecken, begleitet von einem Gedankensturm. Seitdem ich hier war, hatte ich nur einen Antrieb gehabt. So schnell wie möglich nach Hause! Zu Larus und Oma. Jetzt aber hatte ich es nicht mehr so eilig damit. Vorher wollte ich meinen Vater kennenlernen und nach meiner Mutter ausfragen. Es war so traurig, dass sie tot war.

67

ELÍN

Die Beisetzung Ingolfs fand früh am nächsten Morgen statt. Die Hofbewohner versammelten sich im fahlen Morgenlicht auf dem Kirchhof. Ich wollte nicht dabei sein und niemand hatte mich dazu gebeten. Allein stand ich vor dem Eingang des Gesindehauses und beobachtete das Ganze aus der Entfernung. Ingolfs Leiche war wie eine Mumie in Tücher gehüllt. Zwei Männer legten sie in ein Erdloch direkt neben dem Grab Rameas und ihrem Baby.

Magnus sprach ein paar Worte. Hallveig trat danach als Erste an den Rand des Grabes, um sich von ihrem Sohn zu verabschieden. Direkt hinter ihr stand Gunnar und sah aus wie der Mitarbeiter eines mittelalterlichen Securityteams.

Was, wenn Hallveig meine Mutter nicht vergiftet hätte? Vermutlich würde ich mit Mann und Kindern, vielleicht schon Kindeskindern auf einem anderen Hof leben, könnte weder lesen und schreiben und hätte außer Island nichts gesehen von der Welt.

Mein Vater sah während der Beisetzung zu mir herüber und nickte mir kurz zu. Jetzt kam er auf mich zu. Magnus lief neben ihm.

»Ich habe Reiter zu allen Höfen des Tales geschickt. Die Sippenführer sind eigenständige Männer. Ich kann niemanden zwingen, zu fliehen.«

»Danke, dass du mir vertraust.«

»Du bist meine Tochter«, sagte er und legte mir seine Hand auf die Schulter. Ich riss mich zusammen, um nicht in Tränen auszubrechen.

»Gunnar und Sigrún werden gleich aufbrechen. Sie nehmen Hallveig mit. Beim Herbstthing wird sie dann wegen Mordes angeklagt. Wenn Hauks Sippe sie in die Finger bekommt, beginnt vielleicht eine Familienfehde, egal wie großzügig mein Sühnegeld war. Dieses sinnlose Blutvergießen muss verhindert werden. Außerdem ...« Er schnaubte. »Außerdem kann ich den Anblick dieser Frau keinen Augenblick länger ertragen.«

»Und ihre Brüder?«, fragte Magnus in die entstandene Stille.

»Sind schon auf dem Weg zur Küste. Meine Leute werden so lange warten, bis ein Schiff mit fernem Ziel mit ihnen an Bord ablegt. Thorkell und Thorgeir werden uns nie wieder begegnen.«

»Wann willst du Tjara sagen, dass ich ihre Schwester bin?«

»Wir müssen uns vorher eine Geschichte einfallen lassen, die nichts mit Frauen zu tun hat, die aus einer anderen Welt stammen.« Er zwinkerte mir zu.

Ich nickte und ging ins Gesindehaus, um bei der Vorbereitung des Frühstücks zu helfen.

Zwei Stunden später stand Sigrún vor mir. Es war so weit, wir mussten uns verabschieden. Ich holte tief Luft und versuchte, den Druckschmerz unter meinem Kehlkopf zu ignorieren. Jetzt bloß nicht weinen.

Sigrúns Augen schimmerten verdächtig. »Wir sehen uns auf Tjaras Hochzeit im Herbst. Wenn du bis dahin deine Sippe gefunden hast, bringe sie gern mit«, sagte sie.

Herbst. Der Gedanke, bei der Hochzeit meiner Halbschwester dabei zu sein, schreckte mich nicht mehr. Wir umarmten uns und hielten uns eine Weile fest wie Ertrinkende. Dann nahm sie ihren Kopf zurück, zog die Nase hoch und versuchte ein Lächeln.

»Ihr werdet mir alle sehr fehlen.«

»Dass du deinem Bruder folgst, verstehe ich.«

»Und nach ihrer Hochzeit wird Tjara wieder ganz in meiner Nähe leben«, flüsterte Sigrún und schnäuzte sich in ihre Schürze.

Ich legte mir eine Wolldecke um die Schultern und folgte ihr nach draußen. Der Hof war voller Menschen. Freydis stand neben ihrer Freundin Alva. Sie hatten sich untergehakt, beiden liefen Tränen über das Gesicht.

Emma und Fenna krallten sich in Hallveigs Oberkleid fest. Die Godin tat, als ob sie ihre Anwesenheit gar nicht bemerke. Sie starrte auf den Nacken des Pferdes, auf dem sie saß, und schwieg.

Mein Vater stand neben mir. Er legte mir einen Arm um die Schulter und zog mich an sich. Hallveig sah es und ihre Gesichtszüge verzogen sich zu einer hässlichen Fratze.

»Also doch«, zischte sie und spuckte in unsere Richtung.

Ein schleimiger Schaumbrocken landete direkt vor meinen Füßen. Ich wich einen Schritt zurück und bekam gleichzeitig einen Stoß versetzt. Was …?

Ich drehte mich um. Mein Vater ruderte mit den Armen, um aufrecht stehen zu bleiben.

Tiefes Grollen, Kreischen und Scheppern. Die Erde zitterte. Dann herrschte sekundenlang absolute Stille. Wir blickten Richtung Hekla. Über dem Vulkan schoss eine gigantische schwarze Wolke in den Himmel. Alle standen wie erstarrt, einige wimmerten, andere sprachen Gebete.

Oh nein! Jetzt schon?

Mein Vater reagierte unmittelbar. »Packt das Nötigste ein und macht die Pferde fertig. Wir können nur noch unser Leben retten!«, rief er der Hofgemeinschaft zu.

Er sah zur Weide und wurde blass. Ich folgte seinem Blick. Die Weide war leer. Alle Schafe und Rinder waren bereits ins Hochland geflüchtet.

»Schnell.« Seine Stimme klang zum ersten Mal wirklich besorgt.

Die Bewohner Stöngs blickten sich an, aber sie bewegten sich nicht von der Stelle.

»Die Hekla beruhigt sich wieder. Es ist noch nie etwas geschehen«, sagte jemand.

»Schau dir das an!«, schrie der Gode ihn an und wies zum Vulkan. »Du siehst doch, dass es diesmal anders ist.«

Der Mann zog den Kopf ein und schlich davon.

»Ich zwinge niemanden. Wer hierbleiben will, kann das tun.« Einar drehte sich um und ging.

Hallveig schritt ins Langhaus. »Ich! Ich werde hierbleiben«, schrie sie, bevor das Dunkel des Hauses sie verschlang.

Sigrún, Tjara und ein paar andere Frauen folgten ihr. Einar und Gunnar eilten gemeinsam mit weiteren Männern zum Stall. Ich lief ins Gesindehaus.

Mittlerweile schien jeder begriffen zu haben, dass es besser war, hier zu verschwinden. Die Haustür stand offen. Es hörte sich an, als ob ein riesiges Ungeheuer vor dem Eingang hockte und dort zischend und grollend auf uns lauerte.

Höchstens eine halbe Stunde später trat ich wieder auf den Hof. Draußen war es dunkel wie in einer mondlosen Winternacht. Die Aschewolke war mittlerweile monströs in die Höhe gewachsen. Die Anzahl der Flammenherde hatte sich mindestens verdoppelt. Ein riesiges, lang gestrecktes Lagerfeuer, aus dem hohe Feuersäulen züngelnd in den Aschenebel stiegen. Die Hekla spukte unablässig Gesteinsbrocken aus dem Schlund empor. Sie fielen wieder herab und wurden erneut in die

Höhe geschleudert, als ob sich am Grunde des Vulkans ein riesiges Trampolin befände.

Die gigantische Aschewolke stand senkrecht über der Ausbruchstelle. Ich hoffte inständig, dass der Wind nicht so bald aufkommen möge. Die Luft war von Schwefel und Kohlegeruch erfüllt. Ich musste husten.

Mein Vater stand nur wenige Meter von mir entfernt. Mit angespanntem Gesichtsausdruck beobachtete er die Hekla. Völlig außer Atem kam Sigrún angerannt. Ihre Haare klebten an der rußgeschwärzten Stirn, ihre schmutzigen Hände zitterten. »Wir sind fertig, Vater«, keuchte sie. »Hallveig weigert sich mitzukommen.«

Einar zuckte mit den Schultern. »Soll mir recht sein.«

Sie rannte wieder weg.

»Und du?«, fragte mein Vater.

»Ich reite mit euch. Was sonst?«

Sekundenlang blickte er mich geradezu hypnotisierend an.

»Der Mann, den ich liebe, versprach mir, dass die Brosche irgendwann den Weg zu mir findet. Bis dahin bleibe ich bei dir«, sagte ich mit fester Stimme.

Er machte einen Schritt zurück. »Es gibt in deiner Welt einen Mann, den du liebst? Ich dachte Magnus und du ...«

Dann griff er in seine Tunika und zog etwas daraus hervor. Meine Brosche.

»Was ... Woher?«

»Kommt endlich!«, schrie eine Männerstimme. Mein Vater winkte ab.

Ich nahm das darauffolgende Murren, die Gespräche, das Klappern der Hufe und das Grollen der Hekla wie durch eine Nebelwand wahr. Es dauerte nicht lange und ich stand mit meinem Vater allein auf dem Hof.

»Tjara gab sie mir vorhin. Hauk hatte sie in seiner Hand gehalten.«

Aschefetzen rieselten auf uns herab. Mein Vater wischte einige von meinem Kopf. »Wenn du gehen willst, dann jetzt«, sagte er.

»Aber ... Wir gehören doch zusammen.« Die Hekla schleuderte unablässig Lava heraus.

»Gib sie mir«, bat ich und streckte die Hand aus.

Als das Gold meine Haut berührte, wusste ich: Mein sehnlichster Wunsch hatte sich erfüllt, ich konnte zurück, wenn ich wollte. Hier lebte meine Familie, aber mein Zuhause, das waren Larus und meine Oma Gudrun.

»Verzeih mir«, flüsterte ich heiser.

Er nahm mich in den Arm.

»Da gibt es nichts zu verzeihen«, flüsterte er mir ins Ohr. »Ich danke Gott, dass ich dich kennenlernen durfte.«

Ein gequälter Laut entwich seinem Mund. »Jetzt lauf!«

Mit zitternden Händen steckte ich die Brosche am Saum meiner Schürze fest, hielt sie aber weiterhin fest. Mein Vater und ich sahen uns ein letztes Mal an, er nickte und ich rannte los. Der Abschiedsschmerz drückte schmerzhaft in meiner Kehle. Der Ascheregen war stärker geworden und jedes Stückchen, das auf meinem Gesicht landete, blieb an meiner tränennassen Haut kleben.

Den Weg nach Gjáin kannte ich mittlerweile gut, aber die Landschaft war jetzt von einer schwarzen Puderschicht überzogen und wirkte fremd. Da vorne – das Birkenwäldchen. Das musste ich links liegen lassen, aber dahinter gleich rechts den Hügel hinabsteigen. Dann ein paar hundert Meter am Fluss entlang und am Felsentor nach links abbiegen.

Unter der Ascheschicht gluckerte gedämpft der Fluss. Aber da war noch etwas anderes. Aufgeregte Stimmen, das Wiehern von Pferden und Hufgetrappel. Menschen auf der Flucht. Hoffentlich schafften sie es noch rechtzeitig. Auf diesem schmalen Weg gab es keine Möglichkeit, sich aus dem Weg zu gehen. Ich drängte mich durch die Menschenmenge, die mir entgegenhastete. Niemand schien mich wahrzunehmen.

Dann erkannte ich Hauks Mutter. Sie hockte zusammengesunken auf einem Pferd und stierte vor sich. Ich hielt mir den Arm vors Gesicht, in dem Moment hob sie den Kopf. Plötzlich fuchtelte sie wild mit der Hand herum, stocherte mit dem Finger in meine Richtung und kreischte wie irre: »Wegen der da musste mein Hauk sterben.«

Ein Tritt, ein unerträglicher Schmerz in der Brust, ich stürzte, lag unter trampelnden Füßen, bekam keine Luft mehr und verlor die Besinnung.

Als ich wieder wach wurde, bedeckte mich eine millimeterdicke Ascheschicht. Vom Treck des Nachbarhofes war nichts mehr zu sehen und zu hören. Jeder Atemzug schmerzte wie ein Messerstich.

Die Brosche! Ich tastete nach dem Schmuckstück. Da war sie. Gut, dass der Treck es so eilig gehabt hatte.

Weiter als einen halben Meter konnte ich nicht sehen. In welcher Richtung mochte Gjáin liegen? Ich hatte keine Ahnung. Es gelang mir, mich hinzuknien. In meinem Hals kribbelte es, als ob ich einen Fussel verschluckt hätte. Jetzt bloß nicht husten. Ich presste beide Hände auf meinem Brustkorb und schaffte es, aufzustehen.

Ein dumpfes Grollen der Hekla.

Wieder das Kitzeln in meiner Kehle. Bitte nicht. Mit wachsender Verzweiflung drückte ich meinen Daumen in die Kuhle unter dem Kehlkopf. Es nutzte nichts. Der Husten schmerzte, als ob meine Lunge durchbohrt würde. Die Luft, die ich durch die Luftröhre ziehen konnte, schmeckte nach Ruß. Endlich hörte es auf, aber mein Körper war eine einzige Wunde.

»Scheiße, Scheiße, Scheiße!«

»Du fluchst wie ein Mann.« Magnus' rußschwarzes Gesicht schälte sich aus dem Grau.

Nie hatte ich mich mehr gefreut und mich nie mehr geärgert, ihn zu sehen.

Ohne ein Wort zu sagen, hob er mich auf wie ein Kind und lief los. Er wusste offenbar genau, welche Richtung wir einschlagen mussten.

»Ich war in der Kapelle, um Gottes Schutz für uns zu erbeten. Zufällig sah ich, dass Einar dir die Brosche gab. Als du losgerannt bist, wusste ich, wohin du willst.«

Magnus hustete und keuchte. Ich schlang meine Arme um seinen Hals, legte das Gesicht in seine Schulterbeuge und biss die Zähne zusammen.

Nach einigen Minuten blieb er stehen. »Lass mich herunter«, sagte ich. »Du musst fliehen, bevor es zu spät ist.«

Er schüttelte den Kopf, setzte mich aber ab. Rußiger Schweiß floss ihm übers Gesicht. Er hatte seine Augen zu Schlitzen zusammengepresst. Ich machte ein paar zögerliche Schritte in die Ascheschicht. Meine Füße versanken knöcheltief in der lauwarmen, schwerelosen Masse.

Magnus hakte mich unter und zog mich mit. Auf diese Weise kämpften wir uns Schritt für Schritt eine Anhöhe hinauf. Ich versuchte, nur noch oberflächlich Luft zu holen. Mein Herz raste. Wieder ein Hustenanfall. Diesmal kotzte ich nicht nur schwarzen Schleim, sondern auch Blut. »Ich kann nicht mehr«, keuchte ich.

»Du gibst nicht auf!«, schrie er mich an, nahm mich wieder auf den Arm und lief schwankend ein paar Meter. »Elín, ich weiß nicht mehr, wo wir sind. Wir müssten doch fast am Wasserfall sein.«

Auf einmal war es ganz ruhig. Als ob der Vulkan noch einmal Anlauf nähme.

Plötzlich ein vertrauter Klang.

»Hörst du das?«, fragte ich.

Er blieb stehen. »Der Wasserfall?«

»Da singt jemand.«

»I wish I had your angel tonight ...« Larus' Lieblingsmusikstück, ziemlich schief gesungen.

Ich ließ mich von Magnus' Arm rutschen und hakte ihn unter. Mit kleinen Schritten zog ich ihn in die Richtung von Larus' Gegröle.

Dann ein Geräusch, als ob Wasser auf einen Teppich prallte. Der Wasserfall! Gestern war ich hier noch geschwommen, jetzt schaukelte eine schwarze Masse auf und ab und schwappte ans Ufer.

Ich tastete nach meiner Brosche, machte sie los und ließ sie sofort fallen. An meinem Mittelfinger bildete sich in Sekundenschnelle eine Brandblase.

»Du brennst«, schrie Magnus plötzlich.

»Was?« Ich wirbelte zu ihm herum. Er riss mir mit wenigen Handgriffen die Kleider vom Leib. Sie brannten jetzt lichterloh. Das war gerade noch mal gut gegangen.

Er starrte auf die Stelle, an der mich der Stiefeltritt getroffen hatte, und legte mir dann seinen Umhang auf die Schultern.

»Danke und jetzt hau ab«, sagte ich.

Magnus schüttelte den Kopf. Er hatte recht. Er konnte es nicht mehr rechtzeitig aus dem Tal schaffen. Ich zog ihn mit mir auf den Boden und kuschelte mich an ihn, bis ich vor ihm in Löffelchenstellung lag. Magnus legte seinen linken Arm über meine Taille, tastete nach meiner Hand und nahm sie in seine. »Ich habe keine Angst vor dem Tod, Elín«, flüsterte er.

Jeder Atemzug fühlte sich an, als ob er mir Nase und Lunge versengte. Meine Augen brannten. Als Magnus seinen anderen Arm unter meinen Kopf schob, legte ich meine Wange darauf und schloss die Augen. Sein Händedruck verstärkte sich. Um uns herum versank fauchend die Welt.

Weiche Finger streichelten meine Wange.

Licht drang durch meine Augenlider. Wieso war es plötzlich so hell? Gerade eben noch hatte ich die Hand kaum vor Augen sehen können. Hatten wir das Inferno überlebt?

Mit beiden Händen griff ich nach Magnus' Umhang, um ihn vor der Brust zusammenzuraffen. Der war ganz weich. Und hatte etwas. Was war das? Das kannte ich.

68

ELÍN

Ein Reißverschluss.
   Ein Reißverschluss?
»Hej Elín.«
Mein Herzschlag setzte kurz aus. Ich riss die Augen auf und blickte in
das Gesicht meines Adoptivbruders. Er kniete vor mir auf dem Boden
und er roch so gut. Nach Waschmittel, Zahncreme und seinem Rasier-
wasser. Ich lag unter seiner kuscheligen blauen Fleecejacke. Die mit dem
Reißverschluss.
   »Da bist du ja.«
Ich zitterte. Meine Augen füllten sich mit Tränen. Larus nahm mich
in den Arm.
   Ich dachte an die letzten innigen Momente mit Magnus und an den
Abschied von meinem Vater. Für mich war das erst wenige Stunden her,
aber die beiden waren jetzt sehr lange tot. Was mochte aus meinem Vater
und den anderen, geworden sein? Hatten sie noch ein gutes Leben gehabt? Ich wünschte es mir so sehr. Mein lieber Magnus. Hatte er über-
haupt noch begriffen, dass ich verschwunden war?
   Larus hielt mich fest, bis das Zittern verebbte, aber ich konnte nicht
aufhören zu weinen. Ich löste mich aus seiner Umarmung, um ihn anzu-
sehen. Seine glänzenden Haare, seine grünen Augen, seine Nase, seinen
Mund und das kleine Grübchen in seinem Dreitagebart-Kinn. »Danke,
dass du da warst«, flüsterte ich.
   »Tut mir leid, dass ich nicht mehr tun konnte.«
   »Spinnst du? Ohne dich hätte ich es nicht geschafft. Du hast mir das
Leben gerettet. Sogar dein schrecklicher Gesang!«
   »Echt jetzt?«
Ich nickte.
   Er hatte etwas zum Anziehen mitgebracht. Meine Klamotten waren
mir mindestens zwei Nummern zu groß.
   »Wo ist die Brosche?«
Ich wies hinter mich. »Nimm du sie. Bitte.«
   Larus hob die Brosche auf und betrachtete sie von allen Seiten, bevor

er sie in ein Taschentuch wickelte und in der Innentasche seiner Jacke verstaute.

Er fasste mich unter. »Komm, lass uns zurückfahren. Omi ist bei Helga im Krankenhaus. Und Papa ist noch in Reykjavik. Wir müssen sie so schnell wie möglich anrufen, aber ich habe kein Netz. Sie werden dermaßen aus dem Häuschen sein.«

Funklöcher, Intensivstationen, Auto fahren ...

Ich war noch nicht so weit.

»Bitte lass uns noch hierbleiben.«

Larus ließ meinen Unterarm wieder los. »Sorry. Natürlich.«

Ich stellte mich ans Ufer des Sees und blickte hinüber zum Wasserfall. Das gleichmäßige Rauschen des Wassers beruhigte den Sturm in meinem Kopf. Ich griff nach Larus' Hand und hielt sie fest.

»Wir müssen reden, Elín. Über uns.«

Ich bekam weiche Knie, nickte, zog meine Hand jedoch aus seiner und entfernte mich ein paar Schritte. Ja, wir mussten reden, aber das hatte Zeit.

»Stell dir vor. Ich habe meinen Vater gefunden. Meine Mutter ist leider schon lange tot.«

»Elisabeth ist tot? Das tut mir leid«, sagte er und hatte Tränen in den Augen.

Mein Blick fiel auf die Felsen. Im nächsten Augenblick stand Larus neben mir.

»Suchst du die Rune?« Er nahm einen Stein beiseite, dahinter wurde das :X: sichtbar. Ich zuckte zusammen, noch mal wollte ich nicht durch die Zeit reisen.

20 Minuten später blickten wir auf die kärglichen Überreste des Hofes Stöng. Sofort hatte ich das Lachen der Kinder und das helle Kläffen der Welpen in den Ohren. Nur 100 Meter von hier entfernt hatte ich meinen Papa zum letzten Mal umarmt.

Was für einen tollen Vater ich doch hatte. Nachher in Omas Küche würde ich Larus und ihr von ihm erzählen. Von der großen Liebe zwischen meinen Eltern. Dass sie sich auf mich gefreut hatten und dass meine Mutter alles getan hatte, damit ich überlebe. Sobald wie möglich würde ich mit ihnen nach Thingvellir fahren und ihnen zeigen, wo die Bude meines Vaters, dem Goden des Pjórsárdalurtales, gestanden hatte. Und natürlich zum Fjord, an dem Hildigunn und die weise Alte gelebt hatten.

Ich drehte mich zu Larus um. »Warum ist Jón in Island?«

»Ich erzähl es dir auf unserer Fahrt nach Reykjavik. Aber eines verrate ich dir schon jetzt.« Er machte eine Spannungspause, bis mein Magen kribbelte.

»Nun sag schon!«

»Ein Teil deiner leiblichen Familie wartet bei Omi auf dich.«

Was? Mir war schwindelig vor Glück.

Er legte eine Hand an meine Wange, sein Gesicht befand sich nur Zentimeter vor meinem und ich wollte nichts lieber als ihn zu küssen.

»Dürfen wir das überhaupt?«, flüsterte ich und trat einen Schritt zurück.

Larus nickte. »Wir dürften sogar heiraten, wenn deine Adoption rückgängig gemacht wird.«

Ich grinste. Er hatte also schon recherchiert. »Das hatte ich sowieso vor. Schließlich habe ich richtige Eltern. Kate und Jón können mir gestohlen bleiben.«

Er legte einen Finger auf seinen Mund. »Nicht so viel reden.«

Ich schaute zu ihm hoch und wusste plötzlich, wie sehr ich mich nach diesem Moment gesehnt hatte. Er beugte sich vor, ich hob eine Hand und legte sie um seinen Nacken. Alle meine Bedenken, die ich gehabt hatte, verschwanden in der Sekunde, in der seine Lippen meine berührten.

Epilog

S chreibst du mir etwas in mein neues Buch, Uropi?«
»Sehr gerne.« Benedikt setzte sich an Gudruns Küchentisch und nahm einen Kugelschreiber in die Hand. Seine Urenkelin Greta schob ihm ein pinkfarbenes Poesiealbum rüber.

»Hab ich zum Geburtstag bekommen.«

»Sehr hübsch. Was soll ich schreiben?«

»Welchen Tag wir heute haben und wo ich jetzt bin.«

Benedikt schrieb »Reykjavik, 1. April 2021«.

Greta stützte ihre Ellbogen auf den Tisch und legte das Kinn in die Handflächen.

»Schreib: Ich heiße Greta und bin vier Jahre alt.

Meine Mama, mein Papa und ich besuchen Uroma und Uropa. Bald ist nämlich Ostern. Mama hat mir versprochen, dass der Osterhase auch im Flugzeug hierhin kommt und bunte Eier für mich versteckt. Gestern waren wir da, wo mein Opa Einar früher gewohnt hat. Sein Haus ist ganz kaputt. Das Haus von meinem Opa Jón ist noch ganz. Er hat eine Schaukel und eine Rutsche für mich gebaut.«

Sie lehnte sich zurück. »Das reicht für heute«, sagte sie, sprang auf und lief hinaus.

Elín und Larus breiteten die Arme aus, als ihre Tochter die Treppe zum Garten heruntergerannt kam, aber auf der letzten Stufe drehte Greta um und lief zurück ins Haus.

»Genauso ein Wirbelwind wie du früher«, sagte Gudrun lächelnd.

»Bitte schreib noch, dass ich so tolle Augen wie meine Mama habe«, rief Greta ihrem Uropa Benedikt zu.

Verzeichnis der wichtigsten Personen

B is auf den offiziellen ersten Siedler Islands, Ingólfur Arnarson, den Gelehrten Ari Thorgilsson, die Bischöfe Gissur Ísleifsson und Jón Ögmundson, und den Thingsprecher Markús Skeggjason sind alle Personen in diesem Roman frei erfunden.

In der Gegenwart:
Elín ist ein ehemaliges Findelkind. An ihrem 27. Geburtstag erhält sie eine Brosche, die ihre leibliche Mutter ihr hinterließ. Mit dieser kann sie durch die Zeit reisen.
Larus, Elíns Adoptivbruder
Gudrun, Elíns Adoptivoma
Jón, Elíns Adoptivvater und Gudruns Sohn
Kate, Elíns Adoptivmutter
Benedikt, Ex-Polizist, der sich mit alten Vermisstenfällen beschäftigt.
Erla, Studienfreundin von Elíns Mutter
Mikael, mit Oma Gudrun befreundeter Polizist

In der Vergangenheit:
Hof Stöng:
Einar, Hausherr und Gode des Pjórsádalurtales
Hallveig, Einars zweite Ehefrau
Ingolf und Tjara, Einars und Hallveigs Kinder
Flosi und Sigrún, Einars und Hallveigs Ziehkinder
Ramea, Ingolfs Ehefrau
Thorgeir und Thorkell, Hallveigs Brüder
Freydis und Alva, Mägde auf dem Hof
Starkad, Freydis' Verlobter
Thingvellir
Magnus, Priester
Gunnar, Magnus, bester Freund und Sigrúns Bruder
Jella, Heilerin
Rotschopf und Tunikajunge, Ingolfs Kumpane
Hof Thordilstadir
Hildigunn, Gunnars Verlobte

Thordil, Hildigunns Vater
Helgi, Hildigunns Bruder
Weise Alte, Hildigunns Urgroßmutter
Hof Steinastöthum
Hauk, Bruder des Tunikajungen

Historische Informationen

Vom geologischen Standpunkt aus betrachtet, ist Island noch ein Baby. Die Insel ist gerade mal 20 Millionen Jahre alt. Sie liegt auf dem Mittelatlantischen Rücken, einem 18 000 Kilometer langen Grabenbruch zwischen der nordamerikanischen und der eurasischen Platte. Zudem hat die Erdkruste in Island nur ein Drittel der üblichen Stärke. Durch diese beiden Gegebenheiten ist Island eine sich ständig verändernde, dampfende und blubbernde Lehrstunde in Sachen Geologie. Der Zeitraum zwischen 870 und 930 gilt als Landnahmezeit. Sie begann mit der Besiedlung durch Wikinger aus Norwegen und ihren keltischen Sklaven. Als offizieller erster Siedler wird Ingólfur Arnarson genannt. Er hatte auf Grund von Totschlagsanklagen sein gesamtes Land in Norwegen verloren und segelte mit seiner Familie 870 nach Island. Sie landeten im Südosten, zogen jedoch später die Küste entlang bis zu einem Ort, den Ingólfur nach dem Dampf der dortigen Thermalquellen Reykjavik (Rauchbucht) nannte. 874 ließen sie sich dort nieder. Ihnen folgten etwa 400 Häuptlingsfamilien aus Norwegen. Die Namen dieser Familien wurden im Landnámabók (Landnahmebuch) aufgelistet. Dadurch wurde es ermöglicht, dass die Isländer ihre Familienstammbäume bis ins 9. Jahrhundert zurückverfolgen können.

Die im Roman genannten Orte, Vulkane, Gletscher und Fjorde existieren in der Realität. Sie sind im Westen und Südwesten Islands zu finden.

Ein so riesiges Schlammtopfgebiet, wie in diesem Roman geschildert, gibt es dort nicht.

ALTHING

Wenige Jahre nach der ersten Besiedelung gab es bereits, über ganz Island verteilt, Bauernhöfe. Grundlage der gesellschaftlichen Strukturen war der Gode (Häuptling) mit seiner Sippe. Zunächst trafen sich die Siedler auf regionalen Versammlungen, um Streitigkeiten beizulegen und Handel zu treiben. Schnell wurde aber deutlich, dass eine gesamtisländische Versammlung gebraucht wurde. So entstand das Althing.

Im Jahr 930 hielt Ingólfurs Sohn die erste Volksversammlung ab. Ein Rechtsgelehrter wurde nach Norwegen gesandt, um dort die Gesetze zu studieren. Parallel wurde ein Ort für die allgemeine Volksversammlung (das Althing) gesucht, in einer großen, bewaldeten Ebene mit angrenzendem See gefunden und in Thingvellir umbenannt. An einer Seite der Ebene erhob sich eine lange Felswand mit erhöhtem Sockel, von dem aus sich der Sprecher an das unten versammelte Volk wenden konnte.

Ingólfurs Sohn erhielt den Ehrentitel Oberhäuptling und es wurde ein erster Gesetzessprecher bestimmt. Dieser musste das gesamte Recht Islands auswendig lernen und jährlich beim Althing mündlich vortragen. Er und die 48 Goden verkörperten die gesetzgebende Gewalt.

Die Versammlung fand im Juni jeden Jahres unter freiem Himmel statt und dauerte zwei Wochen. Es wurde das gesellschaftliche Ereignis des Jahres. Das Althing beschloss 1000 auch die Einführung des Christentums. Schon bald entstanden die ersten Bischofssitze: Skálholt (1056) im Südwesten und Hólar (1106) im Norden.

HEKLA

Die Hekla gehört zu den drei aktivsten Vulkanen Islands. Sie ist der Zentralvulkan einer 40 Kilometer langen Vulkanspalte und mindestens 6600 Jahre alt. Im Mittelalter galt sie als »Tor zur Hölle«.

Schon zu Wikingerzeiten errichteten Siedler Höfe auf den fruchtbaren vulkanischen Böden rund um die Hekla. Der Ausbruch im Jahr 1104 machte jedoch alles zunichte, sehr viele Bauernhöfe wurden verschüttet. Die Asche, die aufgrund ihres hohen Fluorgehaltes giftig ist, bedeckte alles im Umkreis bis zu 50 Kilometer. Bis heute ist das Gebiet öde.

STÖNG

Beim Ausbruch der Hekla 1104 begrub Vulkanasche auch das Gehöft Stöng, das im 10. Jahrhundert dem Wikinger Gaukur Trandilsson gehörte.

Dieser und ein paar weitere Höfe wurden 1939 ausgegraben. Bis auf Stöng wurden die Überreste jedoch wieder zugeschüttet. Die Ruinen Stöngs umfassen die Fundamente eines Langhauses, einer Scheune, einer Schmiede und einer Kirche.

Der Museumshof Pjódveldisbaerinn ist eine Nachbildung des Hofes Stöng, inklusive Einrichtung und ausführlichen Erklärungen über das damalige Leben.